L'Heure trouble

Johan Theorin

L'Heure trouble

Traduit du suédois par Rémi Cassaigne

ÉDITIONS FRANCE LOISIRS

Édition originale : SKUMTIMMEN

Parue chez Wahlström Widstrand, Stockholm, Suède.
Publiée avec l'accord de Bonnier Group Agency, Stockholm, Suède.

La publication de cet ouvrage
a reçu le soutien du Swedish Arts Council.

Édition du Club France Loisirs,
avec l'autorisation des Éditions Albin Michel.

Éditions France Loisirs,
123, boulevard de Grenelle, Paris
www.franceloisirs.com

ISBN : 978-2-298-02620-7

Aux Gerlofsson, ancienne famille d'Öland

Öland, septembre 1972

Le mur de grosses pierres rondes couvertes de lichens gris était aussi haut que le petit garçon. Il n'arrivait à voir par-dessus qu'en se mettant sur la pointe des pieds dans ses sandales. Tout était gris et brumeux de l'autre côté. Le monde aurait pu finir là, devant lui, mais il savait que c'était le contraire – le monde commençait de l'autre côté du mur. C'était le vaste monde, hors du jardin de ses grands-parents. Découvrir le monde de l'autre côté du mur lui avait fait envie tout l'été.

Il avait essayé de l'escalader à deux reprises. Les deux fois, il avait lâché prise parmi les pierres inégales et était retombé à la renverse dans l'herbe humide.

Le petit garçon n'avait pas renoncé, et la troisième fois fut la bonne.

Il prit une inspiration, se hissa en s'accrochant aux pierres froides et parvint au sommet du mur.

C'était pour lui une victoire – il allait bientôt avoir six ans, et c'était le premier mur qu'il escaladait de sa vie. Il resta un moment assis là, comme un roi sur son trône.

Le monde de l'autre côté du mur était vaste, sans limites, mais gris et flou, aussi. Le brouillard arrivé sur l'île au cours de l'après-midi empêchait le petit garçon de distinguer grand-chose, mais il voyait au bas du mur l'herbe jaunie d'un petit pré. Plus loin, il apercevait quelques genévriers noueux et des rochers couverts de mousse qui sortaient de terre ici ou là. Le sol était aussi plat que dans le jardin derrière lui, mais, de l'autre côté, tout semblait plus sauvage, étrange et attirant.

Le petit garçon posa le pied droit sur un gros rocher à moitié enterré et se laissa glisser dans le pré de l'autre côté du mur. Pour la toute première fois, voilà qu'il sortait seul du jardin, et personne ne savait où il était. Sa maman avait quitté l'île ce jour-là. Son grand-père était descendu sur la plage un peu plus tôt, et quand le petit garçon avait enfilé ses sandales pour sortir en cachette de la maison, sa grand-mère dormait.

Il pouvait faire ce qu'il voulait. Il partait à l'aventure.

Il lâcha prise et s'éloigna du mur parmi les herbes folles. Elles étaient clairsemées, il s'y fraya sans peine un passage. Il fit encore quelques pas, et le monde alentour se précisa. Il vit les genévriers prendre forme au-delà des herbes et partit dans leur direction.

Le sol était mou et étouffait les bruits : ses pas ne produisaient qu'un faible frôlement d'herbes. Même lorsqu'il essaya de sauter à pieds joints pour se laisser retomber lourdement, cela ne fit qu'un petit bruit sourd. L'herbe se redressait derrière lui, les traces de son passage disparaissaient rapidement.

Il continua un moment à se déplacer de cette façon : hop, poum, hop, poum.

Quand le petit garçon arriva au bout du pré et s'enfonça parmi les genévriers, il cessa de sauter à pieds joints. Il souffla, inspira l'air frais et regarda autour de lui.

Un bref instant, il envisagea de faire demi-tour, de retraverser le pré et repasser par-dessus le mur. Il n'avait pas de montre et n'avait pas la notion précise du temps, mais le ciel au-dessus de sa tête était gris sombre à présent, et il faisait de plus en plus frais. Il savait que le jour finissait et qu'il ferait bientôt nuit.

Il allait marcher encore un peu sur ce sol mou. Il savait bien sûr où il était : la maison où sa grand-mère dormait se trouvait derrière lui, même s'il l'avait perdue de vue. Il continua d'avancer vers le mur flou du brouillard, visible mais insaisissable : il semblait reculer sans cesse, par magie, comme s'il se jouait de lui.

Le petit garçon s'arrêta. Il retint son souffle.

Tout était silencieux, rien ne bougeait, mais soudain il avait eu l'impression de ne plus être seul.

Avait-il entendu quelque chose dans le brouillard ?

Il se retourna. Il ne voyait à présent plus le mur ni le pré, il n'y avait plus que de l'herbe et des genévriers derrière lui. Les buissons l'entouraient, immobiles, et il savait qu'ils n'étaient pas vivants – pas vivants comme lui – mais il ne pouvait pourtant pas s'empêcher de les trouver très grands. C'étaient des créatures noires et silencieuses qui l'encerclaient et s'approchaient de lui dès qu'il avait le dos tourné.

Il se retourna à nouveau et vit encore plus de genévriers. Des genévriers et du brouillard.

Il ne savait plus à présent de quel côté se trouvait la maison de vacances mais, poussé par la peur de se retrouver tout seul, il partit droit devant lui. Il se mit à courir à grandes enjambées, poings fermés, il voulait retrouver le mur de pierre et le jardin derrière, mais il ne voyait que de l'herbe et des buissons. À la fin, il ne les vit même plus : le monde était brouillé par les larmes.

Le petit garçon s'arrêta, reprit son souffle, et ses larmes cessèrent de couler. Il vit encore d'autres genévriers dans le brouillard, mais l'un d'eux avait deux grosses branches – et soudain le petit garçon vit qu'elles bougeaient.

C'était quelqu'un.

Une grande personne.

Elle sortit de la grisaille du brouillard et s'arrêta à dix pas de lui. L'homme était grand et large, habillé de vêtements sombres, et il avait vu le petit garçon. Campé dans l'herbe, immobile, chaussé de ses grosses bottes, il le regardait de haut. Il avait un bonnet noir enfoncé sur le front et il paraissait vieux, mais pas aussi vieux que le grand-père du petit garçon.

Le petit garçon resta immobile. Il ne reconnaissait pas l'homme, et il fallait se méfier des inconnus, sa maman le lui avait dit. Mais à présent, il n'était plus seul, perdu dans le brouillard parmi les genévriers. Il pouvait toujours faire demi-tour et s'enfuir en courant si l'homme n'était pas gentil.

« Bonjour », dit l'homme à voix basse.

Il respirait lourdement, comme s'il venait de marcher longtemps dans le brouillard, ou de courir très vite.

Le petit garçon ne répondit rien.

L'homme regarda rapidement autour de lui. Puis il baissa à nouveau les yeux vers le petit garçon, sans sourire, et demanda d'une voix sourde :

« Tu es seul ? »

L'enfant hocha la tête en silence.

« Tu t'es perdu ?

— Je crois bien, dit-il.

— N'aie pas peur… Je connais la lande comme ma poche. »

L'homme s'approcha d'un pas.

« Comment tu t'appelles ?

— Jens, dit le petit garçon.

— Jens comment ?

— Jens Davidsson.

— C'est bien », dit l'homme. Il hésita, puis ajouta :

« Je m'appelle Nils.

— Nils comment ? » demanda Jens.

C'était un peu comme un jeu. L'homme eut un rire bref.

« Je m'appelle Nils Kant », dit-il en avançant encore d'un pas.

Jens resta sans bouger, il avait cessé de regarder autour de lui. De l'herbe, des pierres et des buissons, c'était tout ce qu'il y avait dans le brouillard. Et puis cet inconnu, Nils Kant, qui à présent lui adressait un demi-sourire, comme s'ils étaient déjà amis.

Le brouillard les enveloppait, on n'entendait aucun bruit. Pas même un chant d'oiseau.

« N'aie pas peur », dit Nils Kant en tendant la main.

Ils étaient à présent tout près l'un de l'autre.

Jens se dit que Nils Kant avait les plus grandes mains qu'il ait jamais vues, et il comprit qu'il était trop tard pour s'enfuir en courant.

1

Quand son père, Gerlof, téléphona un lundi soir d'octobre, pour la première fois depuis presque un an, Julia se mit à imaginer des ossements rejetés par la mer sur une plage rocheuse.

Des ossements blancs comme la nacre et polis par les vagues, presque phosphorescents parmi les rochers gris à fleur d'eau.

Des bouts d'os.

Julia ne savait pas s'ils se trouvaient là, sur cette plage, mais elle avait attendu plus de vingt ans pour les voir.

Plus tôt le même jour, Julia avait eu une longue conversation avec la caisse d'assurance-maladie, qui s'était mal passée, comme tout le reste cet automne, cette année.

Comme d'habitude, elle avait repoussé cette démarche jusqu'au dernier moment, pour s'épargner leurs soupirs, et quand il avait bien fallu téléphoner, elle était tombée sur une machine qui lui avait demandé d'une voix monocorde son numéro de sécurité sociale. Une fois tous ses chiffres saisis, elle avait été promenée dans le labyrinthe du central téléphonique, autant dire le néant. Elle avait dû attendre, debout dans sa cuisine à regarder par la fenêtre, en écoutant la rumeur dans le combiné, une rumeur à peine audible, comme le courant d'une rivière lointaine.

Si Julia retenait son souffle et pressait le téléphone tout contre son oreille, il lui arrivait d'entendre des voix se répercuter au loin. Elles chuchotaient sourdement, ou criaient leur désespoir. Elle était captivée par le monde fantôme du réseau téléphonique, et aussi par les voix suppliantes qu'elle entendait parfois sortir de la hotte de la cuisine, quand elle allait fumer. Ces voix murmuraient et se répercutaient dans les circuits de ventilation de l'appartement qu'elle louait – elle ne comprenait presque jamais un seul mot, mais écoutait pourtant attentivement. Une seule fois, elle avait entendu une voix de femme dire distinctement : « Oui, il est vraiment temps, à présent. »

Debout à la fenêtre de la cuisine, elle écoutait la rumeur en regardant de l'autre côté de la rue. Il faisait froid dehors, le vent soufflait. Des feuilles de bouleau, jaunies par l'automne, se détachaient de l'asphalte humide et collant pour s'envoler dans le vent. Le long du trottoir s'accumulait une bouillie grisâtre de feuilles écrasées par les pneus des voitures, à jamais collée au sol.

Elle se demanda si un visage connu allait surgir là-bas. Jens pourrait déboucher au coin de la rue, au bout de la rangée de maisons, en costume cravate comme un vrai juriste, bien peigné, une serviette à la main. Marchant à grandes enjambées, le regard levé. Il la verrait à sa fenêtre, s'arrêterait étonné sur le trottoir, puis lèverait la main pour lui faire signe en souriant…

La rumeur disparut d'un coup et une voix stressée emplit l'écouteur :

« Caisse d'assurance-maladie, Inga. »

Ce n'était pas l'assistante sociale qui s'occupait d'elle depuis peu et qui, elle, s'appelait Magdalena. Ou bien Madeleine ? Elles ne s'étaient jamais rencontrées.

Elle respira profondément.

« Julia Davidsson au téléphone, je voulais savoir si vous…

— Votre numéro de sécurité sociale ?

— Mais… j'ai entré les chiffres sur mon téléphone.

— Ça n'est pas arrivé jusqu'ici. Pouvez-vous répéter votre numéro ? »

Julia répéta les chiffres et le silence se fit sur la ligne. Elle n'entendait presque plus la rumeur. Avaient-ils fait exprès de la déconnecter ?

« Julia Davidsson ? dit l'assistante sociale, comme si elle n'avait pas entendu Julia se présenter. Qu'est-ce que je peux faire pour vous ?

— Je voudrais prolonger.

— Prolonger quoi ?

— Mon congé maladie.

— Où travaillez-vous ?

— À l'hôpital Est, service d'orthopédie, dit Julia. Je suis infirmière. »

L'était-elle encore ? Elle avait été si souvent absente ces dernières années qu'elle ne manquait probablement à personne au service d'orthopédie. Et quant à elle, les patients ne lui manquaient certainement pas, toujours à geindre sur leurs petits problèmes, sans avoir la moindre idée de ce qu'était un vrai malheur.

« Vous avez un certificat médical ? demanda l'assistante sociale.

— Oui.

— Vous êtes allée chez votre médecin aujourd'hui ?

— Non, mercredi dernier. Chez mon psychiatre.

— Et pourquoi n'avez-vous pas appelé avant ?

— C'est que… après, je ne me suis pas sentie très bien… », dit Julia, en pensant : Avant, ça n'allait pas non plus. Une douloureuse mélancolie qui jour et nuit m'écrase la poitrine.

« Vous auriez dû nous appeler le jour même… »

Julia l'entendit distinctement respirer. Un soupir, peut-être.

« Bon, alors voilà ce que je vais devoir faire, continua l'assistante sociale, je vais entrer dans l'ordinateur et faire une exception pour vous. Pour cette fois.

— C'est gentil, dit Julia.

— Un instant… »

Julia était toujours à la fenêtre, et regardait dans la rue. Rien ne bougeait.

Si, sur le trottoir, quelqu'un arrivait de la grande rue perpendiculaire, un homme. Julia sentit des doigts glacés lui serrer l'estomac, jusqu'à ce qu'elle voie que cet homme était trop âgé, il était chauve, la cinquantaine, en survêtement taché de peinture blanche.

« Allô ? »

Elle vit l'homme s'arrêter devant une maison, de l'autre côté de la rue, composer un code et ouvrir la porte. Il entra.

Ce n'était pas Jens. Juste un type ordinaire de cinquante ans.

« Allô ? Julia Davidsson ? »

C'était à nouveau l'assistante sociale.

« Oui ? Je suis toujours là.

— Alors j'ai noté dans l'ordinateur que votre certificat médical est en train de nous parvenir. C'est bien ça ?

— Bien. Je... » Julia s'interrompit.

Elle regarda à nouveau dans la rue.

« Quelque chose d'autre ?

— Je crois... »

Julia serra fort le combiné.

« Je crois qu'il fera froid demain.

— Ah oui ? dit l'assistante sociale, comme si tout était normal. Avez-vous changé de compte bancaire, ou est-ce le même qu'avant ? »

Julia ne répondit rien. Elle essayait de trouver quoi dire, une banalité de la vie de tous les jours.

« Parfois, je parle avec mon fils », fit-elle enfin.

Il y eut un moment de silence, puis la voix de l'assistante sociale :

« D'accord, mais j'ai noté comme je vous l'ai dit... »

Julia raccrocha brusquement.

Elle resta debout dans la cuisine à regarder fixement par la fenêtre, et elle se dit que les feuilles dans la rue formaient un motif, un message, et elle avait beau le regarder, elle ne comprenait pas, et elle se languissait de voir Jens revenir de l'école.

Non, c'est du travail qu'il devrait rentrer. Jens aurait fini l'école depuis plusieurs années déjà.

Qu'es-tu devenu finalement, Jens ? Pompier ? Avocat ? Professeur ?

Plus tard le même jour, assise sur son lit devant la télé, dans l'étroit séjour de son studio, elle regarda un documentaire sur les vipères, puis changea de chaîne et tomba sur une émission culinaire où un homme et une femme faisaient griller de la viande. L'émission finie, elle alla voir dans le placard de la cuisine si les verres à vin avaient besoin d'être époussetés. Oh, oui, si on les levait dans la lumière de la suspension, on voyait qu'ils étaient couverts de petites particules de poussière, et elle les sortit l'un après l'autre pour les essuyer. Julia possédait vingt-quatre verres à vin, qu'elle utilisait à tour de rôle. Elle buvait deux verres de vin rouge tous les soirs, parfois trois.

Le soir venu, comme elle était allongée sur son lit près de la télé, vêtue du dernier chemisier propre qu'il lui restait dans le placard, le téléphone sonna dans la cuisine.

Julia cligna des yeux à la première sonnerie, mais ne bougea pas. Non, elle n'obéirait pas. Elle n'était pas tenue de répondre.

Le téléphone sonna de nouveau. Elle décida qu'elle n'était pas là, elle était sortie pour une affaire urgente.

Elle pouvait voir par la fenêtre sans lever la tête, même si elle n'apercevait que les toits le long de la rue, les lampadaires éteints et, au-dessus, la cime des arbres. Le soleil s'était couché derrière la ville et le ciel était de plus en plus sombre.

Le téléphone sonna pour la troisième fois.

C'était le crépuscule. L'heure trouble.

Le téléphone sonna une quatrième fois.

Julia n'alla pas répondre.

Il sonna une dernière fois, puis tout redevint silencieux. Dehors, les lampadaires s'allumèrent en clignotant et commencèrent à éclairer l'asphalte.

La journée avait été assez bonne.

Non. En fait, il n'y avait pas de bonnes journées. Mais certaines passaient plus vite que d'autres.

Julia était toujours seule.

Un autre enfant aurait facilité les choses. Michael aurait voulu donner un petit frère à Jens, mais Julia avait dit non. Elle ne s'était jamais sentie assez sûre d'elle, et Michael avait évidemment fini par abandonner.

Parfois, quand Julia ne répondait pas au téléphone, elle était gratifiée d'un message sur son répondeur : quand le silence revint, ce soir-là, elle se leva du lit pour aller décrocher, mais il n'y avait rien d'autre que la rumeur de l'écouteur.

Elle raccrocha et ouvrit le placard au-dessus du frigidaire. C'était là qu'elle rangeait la bouteille du jour, et la bouteille du jour était comme d'habitude une bouteille de vin rouge.

À dire vrai, c'était la seconde bouteille de la journée, car elle avait fini au déjeuner la bouteille ouverte le soir précédent.

Le bouchon céda avec un petit plop. Elle remplit un verre qu'elle vida rapidement. Elle s'en versa un autre.

La chaleur du vin se répandit en elle et, alors seulement, elle eut le courage de se retourner pour aller regarder par la fenêtre de la cuisine. Il faisait nuit à présent, et les lampadaires éclairaient faiblement l'asphalte. Rien ne bougeait dans leurs halos. Mais qu'y avait-il, caché dans l'ombre ? Impossible de le voir.

Julia tourna le dos à la fenêtre et vida son deuxième verre. Elle était plus calme à présent. Elle s'était sentie tendue après sa conversation avec la caisse d'assurance-maladie, mais ça allait mieux maintenant. Elle avait bien mérité un troisième verre de vin, mais elle le boirait plus lentement, dans sa chambre. Peut-être allait-elle bientôt mettre un peu de musique, pourquoi pas du Satie, prendre un cachet et s'endormir avant minuit.

C'est alors que le téléphone sonna à nouveau.

À la troisième sonnerie, elle s'assit au bord du lit, la tête baissée. À la cinquième, elle se leva, et, après la septième, elle était enfin arrivée dans la cuisine.

Avant que le téléphone ne sonne une neuvième fois, elle décrocha. Elle chuchota :

« Julia Davidsson. »

La réponse ne fut pas la rumeur du téléphone, mais une voix basse et pourtant distincte :

« Julia ? »

Et elle comprit qui c'était.

« Gerlof ? » dit-elle faiblement.

Elle ne l'appelait plus papa désormais.

« Oui… c'est moi. »

Le silence s'installa de nouveau, et elle dut approcher l'écouteur de son oreille pour entendre.

« Je crois… que j'en sais un peu plus sur la manière dont ça s'est passé.

— Quoi ? »

Julia regardait fixement le mur.

« De quoi tu parles ?

— Eh bien, cette histoire… Jens. »

Les yeux de Julia se figèrent.

« Il est mort ? »

C'était comme avoir son numéro de file d'attente à la main. Un jour on appelait votre numéro, et il fallait y aller pour connaître la vérité. Et Julia pensa alors à des ossements blancs rejetés par la mer sur la plage dans la baie de Stenvik, même si Jens avait peur de l'eau.

« Julia, il doit bien…

— Mais est-ce qu'ils l'ont trouvé ? le coupa-t-elle.

— Non. Mais… »

Elle cligna des yeux.

« Et pourquoi tu appelles, alors ?

— Personne ne l'a trouvé. Mais j'ai…

— Alors ne m'appelle pas ! » cria-t-elle avant de raccrocher.

Elle ferma les yeux, en restant près du téléphone.

Un numéro, une place dans la queue. Mais ce n'était pas le bon jour, Julia ne voulait pas que ce soit le jour où l'on retrouverait Jens.

Elle s'assit à la table de la cuisine et tourna son regard vers l'obscurité, de l'autre côté de la fenêtre, puis à nouveau vers le téléphone. Elle se leva, s'en approcha et attendit, mais il resta silencieux.

Je le fais pour toi, Jens.

Julia décrocha, regarda le papier collé depuis des années sur les carreaux blancs de la cuisine, au-dessus de la panière, et composa le numéro.

Son père lui répondit dès la première sonnerie.

« Gerlof Davidsson.

— C'est moi, dit-elle.

— Ah, oui. Julia. »

Le téléphone resta silencieux. Julia prit son élan.

« Je n'aurais pas dû te raccrocher au nez.

— Oui, oui…

— Ça ne sert à rien.

— Non, non, dit son père. Ce sont des choses qu'on fait, parfois.

— Quel temps fait-il sur Öland ?

— Gris et froid, dit Gerlof. Je ne suis pas sorti aujourd'hui. »

Le silence s'installa à nouveau, et Julia prit sa respiration.

« Pourquoi as-tu appelé ? dit-elle. Il a dû se passer quelque chose. »

La réponse se fit attendre.

« Oui… Il s'est passé deux ou trois choses ici, dit-il, et il ajouta : Mais je ne sais rien. Rien de plus qu'avant. »

Pas plus que moi, pensa Julia. *Je suis désolée, Jens.*

« Je croyais qu'il y avait du nouveau.

— Non, mais j'ai pas mal réfléchi, dit Gerlof. Et je crois qu'il faut faire certaines choses.

— Faire ? Et pourquoi ?

— Pour aller de l'avant, dit Gerlof, qui s'empressa d'ajouter : Tu peux venir ?

— Quand ça ?

— Vite. Je crois qu'il faudrait.

— Je ne peux pas m'en aller comme ça », dit-elle.

Mais ce n'était pas si difficile – puisqu'elle était en congé maladie de longue durée.

Elle continua :

« Il faut que tu me dises quelque chose… de quoi il s'agit. Tu ne peux pas me le dire ? »

Son père se taisait.

« Tu te souviens comment il était habillé ce jour-là ? » finit-il par demander.

Ce jour-là.

« Oui. »

Elle avait elle-même aidé Jens à s'habiller ce matin-là, et avait remarqué après coup qu'il était en tenue d'été, alors que c'était déjà l'automne.

« Il avait un short jaune et un T-shirt en coton rouge, dit-elle. Avec Superman dessus. Il en avait hérité de son cousin, un de ces motifs sur pellicule plastique, qu'on peut coller soi-même avec un fer à repasser ...

— Tu te souviens des chaussures qu'il portait ? demanda Gerlof.

— Des sandales, dit Julia. Il avait des sandales en cuir marron, avec des semelles en caoutchouc noir. Une lanière avait lâché au niveau du gros orteil sur le pied droit, et plusieurs lanières du pied gauche étaient aussi sur le point de casser... C'était toujours la même chose à la fin de l'été, mais je l'avais recousue...

— Avec du fil blanc ?

— Oui », s'empressa de répondre Julia.

Puis elle réfléchit.

« Oui, je crois bien qu'il était blanc. Pourquoi ? »

Il y eut quelques secondes de silence. Puis Gerlof répondit :

« Une vieille sandale droite est posée sur mon bureau. Réparée avec du fil à coudre blanc. Elle a l'air de convenir à un enfant de cinq ans... Je suis assis devant en ce moment même. »

Julia vacilla et s'appuya contre l'évier.

Gerlof dit quelque chose d'autre, mais elle écrasa de la main la fourche du téléphone, et le silence revint dans l'écouteur.

Le numéro – voilà le numéro qu'elle avait tiré, et l'on allait bientôt appeler son nom.

Elle était calme à présent. Après dix minutes, elle leva la main de la fourche et composa le numéro de

Gerlof. Il répondit après une seule sonnerie, comme s'il l'attendait.

« Où l'as-tu trouvée ? demanda-t-elle. Où ? Gerlof ?

— C'est compliqué, dit Gerlof. Tu sais comment c'est… j'ai du mal à me déplacer, Julia. C'est de plus en plus dur. Et c'est pour ça que j'aimerais que tu viennes.

— Je ne sais pas… »

Julia ferma les yeux, et elle n'entendit plus que la rumeur du téléphone.

« Je ne sais pas si je peux. »

Elle se voyait elle-même sur la plage, parmi les rochers, rassembler précautionneusement tous les petits bouts de squelette qu'elle pouvait trouver et les presser fort contre son cœur.

« Peut-être.

— De quoi te souviens-tu ? demanda Gerlof.

— Comment ça ?

— De ce jour-là ? Tu te souviens de quelque chose en particulier ? demanda-t-il. Je veux que tu y réfléchisses.

— Je me souviens que Jens a disparu… Il…

— Je ne pense pas à Jens, là, dit Gerlof. De quoi d'autre te souviens-tu ?

— Qu'est-ce que tu veux dire ? Je ne comprends pas…

— Tu te souviens du brouillard qu'il y avait sur Stenvik ? »

Julia resta silencieuse.

« Oui, dit-elle ensuite. Le brouillard…

— Penses-y, dit Gerlof. Essaye de te souvenir du brouillard. »

Le brouillard… Le brouillard faisait partie de tous ses souvenirs d'Öland.

Julia se souvenait du brouillard. Un brouillard aussi épais n'était pas habituel sur l'île, mais il en arrivait parfois, en automne, par le détroit. Froid et humide.

Mais que s'était-il passé dans le brouillard, ce jour-là ?

Que s'est-il passé, Jens ?

Öland, juillet 1936

L'homme qui au cours de sa vie va répandre tant de peine et d'effroi sur l'île d'Öland n'est encore au milieu des années trente qu'un garçon de dix ans. Il règne sur une plage rocheuse et sur la vaste mer.

Le garçon s'appelle Nils Kant, il est bronzé, en short dans la chaleur de l'été, assis sur une grosse pierre ronde au soleil, en contrebas des maisons et des cabanons de pêcheurs dans la baie de Stenvik. Il pense :

Tout ça est à moi.

Et c'est la vérité, car la famille de Nils possède la plage. La famille Kant possède depuis des siècles de vastes terres au nord d'Öland, et depuis la mort de son père, trois ans auparavant, Nils a compris qu'il en aurait la charge. Nils ne regrette pas son père, il ne se souvient que de quelqu'un de grand, silencieux et sévère, parfois violent, et Nils est bien content qu'il n'y ait plus que sa mère Vera à l'attendre dans la villa en bois au-dessus de la plage.

Il n'a besoin de personne d'autre. Il n'a pas besoin de camarades. Il sait qu'il y a des enfants de tous âges dans les villages le long de la côte, et des garçons plus âgés, près de chez lui, qui travaillent déjà à la carrière – mais ce petit coin de plage n'appartient qu'à lui. Ni les meuniers là-haut dans leur moulin, ni les pêcheurs qui s'activent dans leurs cabanons en haut de la falaise ne sont une menace.

Nils s'apprête à descendre de son trône. Il veut retourner se baigner une dernière fois avant de rentrer.

« Nils ! » appelle la voix claire d'un petit garçon.

Nils ne tourne pas la tête, mais il entend du gravier et des petites pierres se détacher et dévaler la pente au-dessus de la plage, puis des pas rapides s'approcher.

« Nils ! Maman m'a donné des caramels à moi aussi ! Plein de caramels ! »

C'est son frère qui arrive. Axel, trois ans de moins que Nils, très vif. Il tient un paquet noué dans du tissu gris.

« Regarde ! »

Axel se hâte jusqu'à la grosse pierre, lève vers Nils un regard plein d'excitation, puis dénoue le paquet et en étale le contenu sur le mouchoir gris.

Il y a un petit canif et des caramels, des caramels au beurre, sombres et luisants.

Nils compte huit caramels. Maman ne lui en a donné à lui que cinq avant qu'il s'en aille, mais ils sont mangés à présent, et son cœur se met à battre dans un brusque accès de colère.

Axel prend un de ses caramels, le regarde, le fourre dans sa bouche et contemple la surface scintillante de la mer. Il mâche lentement, satisfait, comme s'il ne possédait pas seulement les caramels, mais la plage aussi, et la mer et le ciel par-dessus le marché.

Nils regarde ailleurs.

« Je vais me baigner », dit-il, le regard tourné vers la mer.

Il se laisse alors glisser jusqu'à terre puis enlève son short, qu'il étend sur le rocher.

Il tourne le dos à Axel et se dirige vers les vagues, en équilibre sur les rochers luisants d'algues. Des filaments bruns de varech s'accrochent entre ses orteils.

À une dizaine de pas du rivage, Nils s'élance. L'eau chauffée par le soleil éclabousse en écumant. Cet été-là, il a appris à nager sous l'eau. Il prend son souffle, plonge, ondule jusqu'au fond rocheux, effectue un retournement puis se propulse pour remonter à la lumière du soleil.

Axel s'est installé au bord de la plage.

Nils nage en rond, éclabousse autour de lui et fait des culbutes, la tête dans un bouillonnement de bulles. Il nage quelques mètres vers le large, jusqu'à ce que ses pieds ne touchent plus le fond.

Il y a là un gros rocher, un bloc erratique qui affleure comme un monstre marin endormi. Nils monte sur son dos, se met debout, les pieds juste sous la surface de l'eau, puis plonge. Là, il n'a plus pied. Il fait la planche, bat des jambes et voit qu'Axel est toujours à la lisière des vagues.

« Tu ne sais pas nager ? » crie-t-il.

Il sait qu'Axel ne nage pas.

Axel ne répond pas mais, sous sa frange, il baisse les yeux, le regard assombri par la honte et la colère. Il enlève son short et l'étend sur le rocher à côté des caramels.

Nils nage en cercles autour du plongeoir, d'abord sur le ventre, puis sur le dos, pour lui montrer comme c'est simple quand on sait nager. D'un bond, il remonte sur le rocher.

« Je vais t'aider ! » crie-t-il à Axel.

Il envisage un instant de l'aider pour de bon, d'être aujourd'hui pour Axel le grand frère qui lui apprendrait à nager.

Mais ça prendrait trop longtemps.

Il se contente de lui faire signe.

« Viens ! »

Axel entre dans l'eau d'un pas incertain, avance en tâtonnant des pieds parmi les rochers, brasse l'air comme s'il était en équilibre au bord d'un abîme. Nils regarde en silence son petit frère s'éloigner de la plage.

Après quatre pas, Axel a de l'eau jusqu'aux cuisses et regarde fixement Nils.

« Tu n'oses pas ? » dit Nils.

C'est pour rire, il va se moquer un peu de son petit frère.

Axel fait non de la tête. Nils plonge vite du rocher, et nage vers le rivage.

« N'aie pas peur, dit-il. Tu auras pied presque jusqu'au bout. »

Axel étend les bras vers lui, se penche en avant. Nils recule, et son petit frère fait malgré lui un pas en avant.

« Bien ! » dit Nils.

Ils ont à présent de l'eau jusqu'à la taille. Encore un pas.

Axel lui obéit, avance d'un pas, puis lève les yeux vers Nils avec un sourire nerveux. Nils lui répond par un petit sourire, hoche la tête, et Axel fait encore un pas.

Nils se penche en arrière, et se laisse doucement tomber bras étendus, pour lui montrer combien l'eau est douce.

« Tout le monde sait nager, Axel, dit-il. J'ai appris tout seul. »

Il se propulse doucement vers le plongeoir. Axel le suit, sans quitter des pieds le fond. L'eau lui monte jusqu'à la poitrine.

Nils remonte sur le rocher.

« Plus que trois pas ! »

Mais ce n'est pas tout à fait vrai, il y en a bien sept ou huit. Axel avance d'un pas, deux, trois, forcé d'étendre le cou pour garder la tête hors de l'eau, et il reste encore trois mètres.

« Respire ! » dit Nils.

Axel a le souffle court. Nils s'assoit sur le rocher et lui tend calmement la main.

Et son petit frère se jette en avant. Mais on dirait qu'il regrette aussitôt, car en voulant respirer il boit la tasse, avale de l'eau glacée, et se débat en regardant fixement Nils. Le rocher est juste un peu trop loin.

Nils regarde quelques secondes Axel se débattre dans l'eau, puis, vite, se penche pour hisser son frère en sécurité sur le rocher.

Axel s'accroche, et tousse, le souffle court. Nils s'assoit à côté de lui et dit ce qui lui trotte dans la tête depuis le début :

— La plage est à moi.

Il se jette alors du rocher, plonge la tête la première, fait surface plusieurs mètres plus loin, puis nage résolument à grandes brasses jusqu'à heurter les rochers du rivage. La blague a réussi, il va pouvoir maintenant en profiter. Il s'ébroue pour se déboucher les oreilles puis gagne le rocher où Axel a déplié son mouchoir.

Le petit short qu'Axel a ôté est là lui aussi. Nils le prend, croit voir une puce sur une couture et le jette sur la plage.

Puis il se penche sur le mouchoir. Les caramels au beurre sont là en tas, brillants dans le soleil. Nils en prend un et le fourre doucement dans sa bouche.

Il entend un cri furieux qui arrive du promontoire rocheux, mais n'y fait pas attention. Il mastique avec application, avale et reprend un caramel.

On entend là-bas un bruit d'éclaboussures. Nils lève les yeux : son petit frère a fini par se jeter à l'eau.

Il commence quant à lui à sécher au soleil, et résiste à son impulsion première d'aller aider Axel. Il préfère prendre un troisième caramel.

Cela continue à éclabousser là-bas, et Nils jette un coup d'œil. Axel n'a évidemment pas pied, et tente désespérément de remonter sur le rocher. Mais ses mains glissent.

Nils mâche le caramel. Il faut de l'élan pour réussir à grimper sur le rocher.

Axel n'a pas d'élan, et il fait demi-tour pour rentrer vers le rivage. Il s'escrime dans des gerbes d'écume, mais n'avance pas. Il regarde Nils, les yeux écarquillés.

Nils le regarde à son tour, avale le caramel, et en reprend un.

Très vite, là-bas, les éclaboussures faiblissent. Son frère crie quelque chose, mais Nils n'entend pas quoi. Les vagues se referment alors sur la tête d'Axel.

Nils fait alors un pas en direction de l'eau.

La tête d'Axel refait surface, mais elle dépasse moins qu'avant. En fait, Nils n'aperçoit que les cheveux mouillés. Puis il coule à nouveau. Des bulles d'air remontent à la surface, mais une petite vague les emporte.

Nils se précipite alors, il se jette à l'eau. Ses jambes font jaillir l'écume, il nage de toute la force de ses bras, le regard fixé sur le rocher. Mais on ne voit plus Axel.

Nils arrive vite près du rocher, et quand il est sur le point d'arriver, il plonge, mais il a du mal à garder les yeux ouverts sous l'eau. Il ferme les yeux et cherche à tâtons dans les froides ténèbres, ne sent rien sous ses mains et remonte à la lumière du soleil. Il s'accroche au rocher, tousse et se redresse.

Où qu'il regarde, il n'y a que l'eau alentour. Les reflets du soleil sur les vagues empêchent de voir quoi que ce soit sous la surface.

Axel a disparu.

Nils attend, et attend encore en plein vent, mais rien ne se passe, et quand il commence à avoir trop froid, il finit par plonger et nager lentement jusqu'à terre. Il n'y a rien d'autre à faire. Il sort de l'eau, reprend son souffle appuyé contre la grosse pierre, sur la plage.

Nils reste un long moment dans le soleil. Il guette un bruit d'éclaboussures, le cri familier d'Axel, mais on n'entend rien.

Tout est silencieux. C'est ce qui est difficile à comprendre.

Il reste quatre caramels sur le mouchoir d'Axel, et Nils les regarde.

Il pense aux questions que vont lui poser sa mère et les autres, réfléchit à ce qu'il dira. Puis il pense à quand son père est mort, à la cérémonie sinistre qui n'en finissait pas dans l'église de Marnäs. Tout le monde était habillé en noir et chantait des psaumes sur la mort.

Nils renifle. C'est ça. Il va remonter voir sa mère, renifler et raconter qu'Axel est resté sur la plage. Axel voulait rester, mais Nils voulait rentrer, lui. Et quand tout le monde se mettra à chercher Axel, il n'aura qu'à penser à la musique triste de l'orgue aux funérailles de son père pour pleurer avec sa mère.

Nils va bientôt remonter vers la maison, et il sait ce qu'il dira et ce qu'il ne dira pas.

Mais d'abord, il va finir les caramels d'Axel.

2

Dans sa chambre de la maison de retraite de Marnäs, Gerlof Davidsson regardait par la fenêtre le soleil se coucher. La cloche de la cuisine venait de sonner pour la première fois, c'était bientôt le dîner. Il allait se lever et aller au réfectoire. Sa vie n'était pas finie.

S'il était resté dans le village de pêcheur où il était né, Stenvik, il aurait pu aller s'asseoir sur la plage et regarder le soleil lentement disparaître dans le détroit de Kalmar. Mais Marnäs se trouvait sur la côte est de l'île, et c'est pourquoi il voyait chaque soir le soleil disparaître derrière un petit bois de bouleaux, entre la maison de retraite et l'église, plus à l'ouest. On était en octobre, les branches des bouleaux n'avaient presque plus de feuilles et ressemblaient à des bras maigres tendus vers le disque rouge et jaune du soleil déclinant.

C'était l'heure trouble – l'heure des histoires horribles.

Dans son enfance, à Stenvik, c'était l'heure où dans les champs et les cabanons de pêcheurs cessait le travail de la journée. Tout le monde rentrait avant que la nuit tombe, mais on n'allumait pas encore les lampes à pétrole. Pendant l'heure trouble, les anciens discutaient du travail de la journée, échangeaient les nouvelles des autres fermes du village. Et, parfois, ils racontaient des histoires aux enfants de la maison.

Gerlof préférait toujours les histoires les plus lugubres. Les histoires de fantômes, de présages, de trolls et de malemort sur les terres désertes d'Öland. Ou encore les histoires de naufrages et d'épaves fracassées contre les rochers de la côte.

La cloche de la cuisine sonna pour la seconde fois.

Un marin pris dans la tempête et entraîné trop près du rivage finissait tôt ou tard par entendre sa coque heurter les rochers du fond, de plus en plus fort, et c'était le début de la fin. Il était peut-être parfois assez habile et chanceux pour jeter une ancre et lentement remonter contre le vent vers le large, mais, la plupart du temps, les bateaux ne bougeaient plus d'un pouce, une fois échoués. Le plus souvent, les marins devaient abandonner l'embarcation pour sauver leur vie, essayer de gagner sains et saufs la terre ferme au milieu des vagues dévastatrices, puis, trempés et transis, regarder impuissants depuis le bord la tempête traîner encore plus fort leur bateau contre les rochers et les vagues commencer à le détruire.

Un cotre échoué ressemblait à un cercueil défoncé abandonné à tous les vents.

La cloche de la cuisine sonna une dernière fois. Gerlof prit appui sur le bord en bois de son bureau et se leva. Il sentit ses douleurs se réveiller dans ses membres. Il regarda le fauteuil roulant au pied du lit, réfléchit un moment, mais il ne l'avait encore jamais utilisé à l'intérieur et n'avait pas l'intention de commencer aujourd'hui. Il prit en revanche sa canne et la serra fort dans sa main droite en se dirigeant vers le vestibule où ses manteaux pendaient à des cintres et où s'alignaient ses paires de chaussures. Il s'arrêta, s'appuya sur sa canne et ouvrit la porte qui donnait sur le couloir. Il sortit et regarda autour de lui.

On entendait des pas traînants, et il les vit arriver un à un : les autres pensionnaires. Ils marchaient lentement, s'aidant de cannes ou de déambulateurs. Les habitants de la maison de retraite de Marnäs se rassemblaient pour manger.

Certains se saluaient à voix basse, d'autres ne quittaient pas le sol des yeux.

Tant de savoir en marche, pensa Gerlof en rejoignant la troupe fatiguée en route vers le réfectoire.

« Bienvenus à table ! » dit Boel, la responsable de l'unité, tout sourires devant la cuisine parmi les chariots de service.

Chacun s'attabla précautionneusement à sa place habituelle.

Tant de savoir. Autour de Gerlof étaient assis un cordonnier, un bedeau, un agriculteur, dont l'expérience et les connaissances n'intéressaient plus personne. Et lui, donc, qui pouvait encore faire un nœud de poupée les yeux fermés en quelques secondes, à quoi bon ?

« Il pourrait bien geler cette nuit, Gerlof, dit Maja Nyman.

— Sûr, le vent est au nord », dit Gerlof.

Maja s'assit à côté de lui, petite, ridée et maigre, mais plus vive que personne dans l'unité. Elle sourit à Gerlof, qui lui rendit son sourire. Elle était une des rares à être capable de prononcer son nom correctement, *Hier-lof*, et pas autrement.

Maja était de Stenvik, mais avait épousé un agriculteur, Helge Nyman, et s'était installée au nord-est de Marnäs dans les années cinquante. Gerlof était parti à Borgholm une fois devenu marin. Avant de se retrouver au foyer, ils ne s'étaient pas revus pendant presque quarante ans.

Gerlof attrapa une biscotte et commença à manger, comme d'habitude bien content d'arriver encore à mâcher. Plus de cheveux, une mauvaise vue, plus de force et des douleurs dans les muscles – mais, en tout cas, il avait toujours ses dents.

Une odeur de choux arrivait de la cuisine. Il y avait de la soupe aux choux au menu, et Gerlof saisit sa cuillère en attendant que le chariot passe.

Une fois le repas avalé, les pensionnaires de la maison de retraite s'installeraient pour la plupart devant la télévision le reste de la soirée.

Les temps avaient changé. Les bateaux ne s'échouaient plus sur les côtes d'Öland désormais, et plus personne ne racontait d'histoires pendant l'heure trouble.

Le dîner était fini. Gerlof avait regagné sa chambre.

Il appuya sa canne contre l'étagère et se rassit à son bureau. Derrière la fenêtre, la nuit était tombée. S'il se penchait au-dessus de la table à se coller le nez contre la vitre, il pourrait apercevoir les champs au nord de Marnäs et, au-delà, la plage et la mer sombre. La Baltique, son ancien lieu de travail. Mais il n'était plus capable d'une telle gymnastique, et il se contenta de regarder les bouleaux derrière la maison de retraite.

Ce terme n'était plus employé par les autorités, mais évidemment ce n'était rien d'autre. Ils avaient beau toujours chercher des expressions pour embellir la réalité, il s'agissait bien de vieux parqués ensemble et qui bien trop souvent restaient assis à attendre la mort.

Il tendit la main vers un carnet noir posé près d'une pile de journaux, sur le bureau. Après avoir passé sa première semaine à la maison de retraite de Marnäs assis sur sa chaise à regarder par la fenêtre, Gerlof s'était arraché à sa torpeur, était allé à l'épicerie du bourg acheter ce carnet. Puis il s'était mis à écrire.

Le carnet était rempli de pensées et d'injonctions. Il écrivait les choses à faire et les rayait quand elles étaient faites, sauf l'injonction RASE-TOI ! inscrite en haut de la première page, et qui n'était jamais rayée, puisque c'était une tâche quotidienne. Se raser était nécessaire, et il avait déjà pensé à le faire plus tôt ce jour-là.

Voici la première pensée inscrite dans le carnet :

MIEUX VAUT UN HOMME LENT À LA COLÈRE QU'UN HÉROS, UN HOMME MAÎTRE DE SOI QU'UN PRENEUR DE VILLES.

C'était une formule biblique qui donnait à réfléchir, tirée du Livre des Proverbes, seizième chapitre. Gerlof avait commencé à lire la Bible dès son enfance, et n'avait jamais cessé.

À la fin du carnet, il y avait trois lignes qui n'avaient pas été rayées :

PAYER LES FACTURES DU MOIS.
JULIA ARRIVE MARDI SOIR.
PARLER À ERNST.

Les factures du téléphone, des journaux, de sa pension à la maison de retraite de Marnäs et de l'entretien de la tombe d'Ella, son épouse, il n'avait pas besoin de les régler avant la semaine prochaine.

Et Julia arrivait, elle avait fini par promettre de venir. Il ne fallait pas l'oublier. Il espérait qu'elle resterait un peu sur Öland. Après toutes ces années, le chagrin l'accablait encore, et il voulait l'aider à faire son deuil.

La dernière ligne était tout aussi importante, et concernait également Julia. Ernst était tailleur de pierre à Stenvik, une des rares personnes à y habiter toute l'année. Lui, Gerlof, et leur ami commun John se téléphonaient une fois par semaine. Parfois, ils se réunissaient pendant l'heure trouble pour se raconter de vieilles histoires, ce que Gerlof appréciait, même s'il les avait déjà entendues la plupart du temps.

Mais un soir, quelques mois auparavant, Ernst était venu à la maison de retraite de Marnäs avec une histoire nouvelle : celle de l'assassinat de son petit-fils, Jens.

Gerlof n'était pas du tout préparé à entendre cette histoire – au fond, il ne voulait pas penser au petit Jens – mais Ernst s'était assis au bout du lit en insistant pour raconter.

« J'ai beaucoup réfléchi à ce qui s'est passé, avait dit Ernst à voix basse.

— Ah oui ? avait dit Gerlof, assis à son bureau.

— Je ne crois pas que ton petit-fils soit descendu sur la plage et se soit noyé, avait dit Ernst. Je crois qu'il est sorti dans le brouillard sur la lande. Et je crois qu'il y a rencontré un assassin.

— Un assassin ? »

Ernst s'était tu, ses mains calleuses jointes sur ses genoux.

« Et qui donc ? avait demandé Gerlof.

— Nils Kant, avait dit Ernst. Je crois que c'est Nils Kant qu'il a rencontré dans le brouillard. »

Gerlof s'était contenté de le dévisager, mais le regard d'Ernst était sérieux.

« Je suis certain que c'est ce qui s'est passé. Je crois que Nils Kant est revenu par mer, je ne sais d'où, pour sévir une fois de plus. »

Il n'en avait pas dit plus. C'était une histoire brève à l'heure trouble, mais Gerlof n'avait pas pu l'oublier. Il espérait qu'Ernst reviendrait le voir et lui en raconterait davantage.

Gerlof continua à feuilleter son carnet. Il y avait beaucoup moins de pensées que de pense-bêtes, et il arriva bientôt au bout de ces derniers.

Il referma le carnet. Il ne pouvait plus faire grand-chose à ce bureau, mais resta pourtant assis là à regarder les bouleaux se balancer dans le noir. Ils faisaient un peu penser à des voiles dans la houle et, de là, il n'y avait qu'un pas pour se souvenir de semblables journées d'automne où, sur le pont, il avait observé au passage la côte d'Öland, tantôt de près, avec ses rochers et ses habitations, tantôt réduite à une bande sombre à l'horizon – et au moment précis où il venait d'évoquer cette image, le téléphone sonna soudain sur son bureau.

La sonnerie stridente retentit dans la chambre silencieuse. Gerlof laissa sonner encore une fois. Souvent, il réussissait à deviner à l'avance qui appelait. Cette fois-ci, il n'était pas certain.

Il décrocha après la troisième sonnerie.

« Davidsson. »

Personne ne répondit.

On entendait un bourdonnement continu d'électrons, ou autre chose qui tourbillonnait dans le câble téléphonique, mais la personne qui se trouvait à l'autre bout du fil ne disait pas un mot.

Gerlof crut pourtant qu'il savait ce qu'elle voulait.

« Ici Gerlof, dit-il dans le combiné, et je l'ai bien reçue. Si c'est au sujet de la sandale que vous appelez. »

Il lui sembla entendre une respiration sourde.

« Je l'ai reçue par la poste il y a quelques jours. »

Silence dans l'écouteur.

« Je crois que c'est vous qui l'avez envoyée, dit Gerlof. Pourquoi avez-vous fait cela ? »

Juste le silence.

« Où l'avez-vous trouvée ? »

On n'entendait qu'un bourdonnement dans l'écouteur. À force de le presser contre son oreille, Gerlof finit par avoir l'impression d'être seul au monde, à écouter le silence des espaces infinis. Ou la mer.

Après trente secondes, quelqu'un toussa doucement.

Puis on entendit un déclic. À l'autre bout du fil, on avait raccroché.

3

La grande sœur de Julia, Lena Lundqvist, serrait les clés dans sa main et regardait la voiture, et presque seulement la voiture. Elle jeta un rapide coup d'œil vers Julia, mais revint aussitôt à leur voiture commune.

C'était une petite Ford, de couleur rouge. Pas neuve, mais avec une peinture encore brillante et de bons pneus d'été. Elle était garée près de l'entrée de la grande villa en brique de Lena et son mari Richard à Torslanda, avec son grand terrain sans vue sur la mer, mais cependant si proche d'elle que Julia crut sentir dans l'air l'odeur de l'eau salée. Julia entendit un rire strident par une fenêtre entrouverte, et comprit que les enfants étaient tous à la maison.

« Nous ne devrions peut-être pas te la laisser… quand as-tu conduit pour la dernière fois ? » demanda Lena.

Elle tenait toujours d'une main les clés de l'auto, les bras fermement croisés sur sa poitrine.

« L'été dernier, dit Julia, en se dépêchant d'ajouter, pour lui rafraîchir la mémoire : Mais c'est aussi *ma* voiture… pour moitié. »

Une rafale de vent marin froid et humide balaya la rue. Alors qu'elle ne portait qu'une veste légère sur sa robe, Lena n'invita pourtant pas Julia à poursuivre la conversation au chaud à l'intérieur – et même si elle l'avait proposé, Julia ne serait jamais entrée. Richard était sûrement là, et elle ne voulait pas le voir, ni lui ni leurs enfants adolescents.

Richard avait un poste haut placé, ou assez haut placé à la direction de Volvo. Il avait bien entendu sa voiture de fonction, tout comme Lena qui dirigeait une école primaire sur l'île de Hisingen. Ils avaient bien réussi tous les deux.

« Tu n'en as pas besoin, ajouta Julia d'une voix ferme. Tu l'as juste eue pendant cette période où je… où je ne voulais pas conduire. »

Lena regarda à nouveau la voiture.

« Oui, oui, mais Richard a sa fille un week-end sur deux, et elle veut…

— Je paierai l'essence », l'interrompit Julia.

Elle n'avait pas peur de sa grande sœur, elle n'en avait jamais eu peur, et maintenant, elle avait décidé d'aller sur Öland.

« Oui, très bien, mais ce n'est pas ça, dit Lena. Je ne suis pas sûre que ce soit une bonne idée. C'est aussi par rapport à l'assurance. Richard dit que…

— Je vais juste rouler jusqu'à Öland, dit Julia. Et puis rentrer à Göteborg. »

Lena leva les yeux vers la villa, dont presque toutes les fenêtres étaient éclairées, derrière leurs rideaux.

« Gerlof veut que j'y aille, continua Julia. J'ai parlé avec lui hier.

— Mais pourquoi faut-il que ce soit juste maintenant ? dit Lena, qui continua, sans attendre de réponse : Et où vas-tu loger ? Tu ne peux quand même pas rester avec lui à la maison de retraite – ils n'ont pas de chambre pour les visiteurs, que je sache. Et tu sais bien que la maison de Stenvik est inhabitée, nous avons coupé l'électricité, l'eau, et…

— Je me débrouillerai », lâcha Julia.

Elle se rendit compte qu'elle ne savait pas elle-même où elle logerait. Elle n'y avait pas réfléchi.

« Je peux l'avoir, alors ? »

Elle sentait que sa sœur était sur le point de céder, et Julia voulait une réponse rapide, avant que Richard ne sorte aider sa femme à retarder le prêt de la voiture.

« Oui…, dit Lena. Allez, tu peux l'emprunter. Je récupère juste quelques bricoles. »

Elle alla ouvrir l'habitacle et en sortit quelques papiers, une paire de lunettes de soleil et une demi-tablette de chocolat Marabou.

Elle revint vers Julia, tendit la main et lâcha le trousseau de clés. Julia l'attrapa, et Lena lui donna encore autre chose.

« Prends aussi ça, qu'on puisse te joindre, dit-elle. Je viens d'en recevoir un neuf au boulot. »

C'était un téléphone portable, noir. Peut-être pas le plus petit modèle, mais assez compact.

« Je ne sais pas me servir de ces trucs-là, dit Julia.

— C'est facile. Il faut d'abord entrer un code… voilà. »

Lena le nota avec le numéro de téléphone sur un papier.

« Pour appeler, il faut juste entrer le numéro complet, y compris l'indicatif régional, et presser ce bouton vert. Il reste un peu d'argent, après tu paieras toi-même.

— D'accord. »

Julia prit le téléphone.

« Merci.

— Bon… conduis prudemment, alors. Et bonjour à papa. »

Julia répondit d'un hochement de tête et gagna la voiture. Elle s'y installa, huma le parfum de sa sœur, mit le contact et partit.

C'était déjà le crépuscule. En traversant l'île de Hisingen, vingt kilomètres-heure sous la vitesse limite, elle se demanda pourquoi elle et sa sœur ne pouvaient jamais se regarder dans les yeux plus de quelques secondes. Elles avaient été proches autrefois – c'était même pour Lena que Julia s'était installée à Göteborg à l'époque – mais c'était le contraire à présent. Et leurs rapports s'étaient dégradés après un certain vendredi, plusieurs années auparavant. C'était la dernière fois que Julia avait mis les pieds dans la villa de Lena et Richard. Les enfants n'étaient pas là, elle était venue dîner. La soirée avait tourné court quand Richard avait posé son verre et s'était levé de table en demandant :

« Pourquoi toujours ressasser des histoires vieilles de vingt ans ? Je pose juste la question. Pourquoi ? »

Il était en colère, un peu ivre, et sa voix était rauque – Julia n'avait pourtant mentionné la disparition de Jens qu'en passant, pour expliquer l'état dans lequel elle se trouvait.

Lena avait regardé Julia, puis lui avait asséné, d'une voix calme :

« Il ne reviendra jamais. Tout le monde le sait, enfin… Jens est mort, Julia. Même toi, tu peux bien comprendre ça ? »

Elle lui en avait voulu et, à cause de cette phrase, Julia avait refusé d'accompagner sa sœur sur Öland deux ans après, pour aider Gerlof à déménager de Stenvik à la maison de retraite de Marnäs. Sur le coup, même si cela ne servait à rien, Julia s'était levée et avait poussé des hurlements hystériques à l'adresse de sa sœur, par-dessus la table.

Julia revint chez elle, gara sa voiture dans la rue et rentra faire ses bagages. Après avoir entassé des vêtements pour dix jours d'absence, des affaires de toilette et quelques livres (plus deux bouteilles de vin rouge et plusieurs boîtes de médicaments), elle mangea une tartine et but de l'eau à la place du vin. Ensuite, il se fit tard, et arriva l'heure de se coucher.

Une fois au lit, elle resta la tête sur l'oreiller, les yeux écarquillés dans le noir sans pouvoir s'endormir. Elle se leva, alla dans la salle de bains prendre un cachet qui lui avait été prescrit, et se recoucha.

La chaussure d'un petit garçon. Une sandale.

En fermant les yeux, elle se revit jeune maman en train d'enfiler à Jens ses sandales, et ce souvenir fit peser un poids noir sur sa poitrine, une lourde incertitude qui la fit se blottir sous les draps.

La petite chaussure de Jens, après vingt ans sans la moindre trace. Après tout ce temps passé à chercher sur Öland, à ressasser des idées noires pendant les nuits d'insomnie.

Les somnifères commençaient doucement à faire leur effet.

Plus de ténèbres maintenant, pensa-t-elle à moitié endormie. *Aide-nous à le retrouver.*

Le matin mit longtemps à arriver, et il faisait encore nuit quand Julia se réveilla et sortit du lit. Elle prit son petit déjeuner, fit la vaisselle, ferma l'appartement et s'installa au volant de la voiture. Une fois le moteur démarré, elle fit marcher l'essuie-glace pour enlever les feuilles qui étaient tombées pendant la nuit puis, quittant enfin sa rue, sa ville, elle se mit en route, au soleil levant, dans la circulation dense du matin. Le dernier feu passa au vert et, tournant le dos à Göteborg, elle s'engagea sur l'autoroute en direction de l'est, vers la campagne.

Elle roula les premiers kilomètres la vitre baissée, pour que l'air frais du matin chasse de la voiture les dernières traces du parfum de sa sœur.

Jens, je suis en route, pensa-t-elle. *Je suis vraiment en route et personne ne pourra m'arrêter.*

Elle savait qu'il aurait mieux valu éviter de lui parler, même en son for intérieur. Ce n'était pas équitable, mais elle n'avait pas cessé de le faire depuis la disparition de Jens.

L'autoroute s'arrêtait après Borås, et les maisons, de plus en plus petites, se firent plus rares. Les épaisses forêts du Småland pressaient leurs sapins de part et d'autre de la route. Elle aurait pu prendre n'importe quelle sortie et partir au hasard vers une destination inconnue, mais les routes qui s'enfonçaient dans la forêt avaient l'air si désolées. Elle continua droit devant elle, traversant le pays en direction de la côte est, et elle essaya de se réjouir du voyage, le plus long qu'elle ait entrepris seule depuis bien des années.

À quelques dizaines de kilomètres de la côte, elle s'arrêta pour faire le plein et avaler quelques bouchées d'une fricassée coriace et collante, trop chère pour ce que c'était, avant de reprendre la route.

Cap sur le pont d'Öland. Au nord de Kalmar, le pont qui reliait l'île à la terre ferme avait été construit vingt ans auparavant, inauguré le même automne que…

Il ne fallait plus qu'elle y pense, pas avant d'être arrivée à destination.

Le pont d'Öland était solidement campé sur ses larges piliers de béton et ne bougeait pas d'un pouce malgré les rafales de vent qui s'acharnaient contre la voiture. Il était large et rectiligne, à part une arche surélevée du côté de la terre ferme, qui laissait un passage pour les plus gros bateaux. De là, elle avait un point de vue sur l'île plate. Elle couvrait l'horizon du nord au sud.

Elle aperçut le plateau, la lande herbeuse qui couvrait une grande partie de l'île. Des nuages bas et sombres, pareils à de longs dirigeables, glissaient au-dessus du paysage.

Les touristes comme les habitants de l'île aimaient à s'y promener pour observer les oiseaux, mais Julia n'aimait pas la lande. Elle était trop vaste – et nulle part où s'abriter si le ciel immense venait à s'effondrer.

Après le pont, elle s'engagea vers le nord, en direction de Borgholm. La route le long de la côte ouest était presque rectiligne sur plusieurs dizaines de kilomètres et, comme la saison touristique était finie, elle ne croisa que quelques rares voitures. Julia regardait droit devant elle, pour ne pas voir la lande déserte et la grande étendue d'eau de l'autre côté, et essayait de ne pas penser à la petite sandale à la lanière réparée.

Cela ne voulait rien dire, cela ne devait pas forcément signifier quelque chose.

Le trajet du pont jusqu'à Borgholm prit presque une demi-heure. Il y avait un unique carrefour et, au feu, elle décida de tourner à gauche et de descendre vers la petite bourgade au bord de l'eau.

Elle s'arrêta près d'une pâtisserie au début de la grand-rue, en évitant ainsi le port et la place de l'église, derrière laquelle elle avait vécu avec ses parents à l'époque où Gerlof possédait son propre cotre et voulait habiter près du port. Borgholm, c'était toute son enfance. Julia ne voulait pas se voir courir dans les rues autour de la place, fantôme diaphane d'une fillette de huit ou neuf ans qui a encore toute la vie devant elle. Elle ne voulait pas croiser de jeunes hommes venant vers elle à grandes enjambées qui lui feraient penser à Jens. Des souvenirs de ce genre, elle en avait tout son saoul à Göteborg.

Une cloche sonna quand elle entra dans la petite pâtisserie.

« Bonjour ! »

Une mignonne petite blonde semblait mourir d'ennui derrière le comptoir. Le regard vide, elle écouta Julia commander deux brioches à la cannelle, et un fraisier couvert de glaçage pour manger avec Gerlof.

Elle aurait pu être à la place de cette fille, trente ans auparavant, mais Julia avait bien sûr quitté l'île dès ses dix-huit ans, et, avant d'en avoir vingt-deux, elle avait déjà vécu et travaillé à Kalmar et Göteborg. C'est à Göteborg qu'elle avait rencontré Michael. Elle était tombée enceinte de Jens après seulement quelques semaines, et elle avait alors perdu pour de bon une grande partie de son inépuisable énergie – qu'elle n'avait jamais retrouvée après leur séparation.

« Il n'y a pas grand monde en ce moment, dit-elle, tandis que la jeune fille sortait les pâtisseries du présentoir en verre. Je veux dire, maintenant que c'est l'automne.

— Mouais, dit la jeune fille sans esquisser un sourire.

— Vous vous plaisez ici ? » demanda Julia.

La jeune fille secoua brièvement la tête.

« Ça dépend. Le problème, c'est qu'il n'y a rien à faire. Borgholm ne vit que l'été.

— Qui pense ça ?

— Tout le monde, dit la fille. Les gens de Stockholm, en tout cas. »

Elle ficela le paquet de gâteaux et le lui tendit.

« Je ne vais pas tarder à déménager pour Kalmar, dit-elle. Ce sera tout ? »

Julia hocha la tête. Elle aurait pu ajouter qu'elle avait elle aussi travaillé à Borgholm adolescente, dans un café près du port, et qu'elle aussi s'y était ennuyée en attendant que sa vie commence vraiment. Et soudain, elle ressentit le besoin de lui parler de Jens, de son chagrin et de l'espoir qui l'avait fait revenir. Une petite sandale dans une enveloppe.

Elle ne dit rien. À part le ronronnement d'un ventilateur, tout était silencieux dans la boutique.

« Vous faites du tourisme ? demanda la jeune fille.

— Oui… non, hésita Julia. Je vais passer quelques jours à Stenvik. Ma famille a une maison là-bas.

— En ce moment, là-bas, c'est la Laponie, dit la fille en rendant à Julia sa monnaie. Presque toutes les maisons sont vides. On a beau chercher, on ne voit personne. »

Julia sortit de la pâtisserie à quatre heures et regarda autour d'elle dans la rue. Borgholm était déserte. Une dizaine de personnes dehors, quelques voitures qui roulaient à vitesse minimale, pas grand-chose de plus. Sur une hauteur au-dessus de la ville, l'immense ruine du château, percée des trouées sombres de ses meurtrières, montait la garde.

Un vent froid balaya les rues tandis que Julia regagnait sa voiture. Le silence était presque oppressant.

Elle passa devant un panneau d'affichage où se chevauchaient les annonces de films d'action américains au cinéma de Borgholm, de concerts de rock dans les ruines du château et de divers cours du soir. Les affiches avaient pâli au soleil, et le vent avait rongé leurs coins.

C'était la première fois que Julia revenait à Öland si tard dans l'année, à la morte-saison, quand tout se ralentissait sur l'île. Elle regagna sa voiture.

Maintenant j'arrive, Jens.

Au nord de la ville, les étendues d'herbe sèche de la lande continuaient à border la route de part et d'autre. La route s'écartait doucement de la côte et s'enfonçait tout droit vers l'intérieur des terres, dans ce paysage plat où des pierres rondes et grises couvertes de lichens avaient été tirées des champs et empilées en longs murets. Ces murs dessinaient un gigantesque motif sur le plateau.

Julia ressentit un début d'agoraphobie sous ce ciel immense, et avait de plus en plus envie de son verre de vin rouge – un désir qui augmentait à mesure qu'elle s'approchait de Stenvik. Chez elle, elle essayait chaque jour d'arrêter de boire, et elle ne buvait jamais quand elle conduisait, mais dans cette désolation, les bouteilles de vin qu'elle avait dans sa valise lui semblaient la seule compagnie intéressante. Elle aurait voulu s'enfermer quelque part et rester en leur compagnie jusqu'à ce qu'elles soient vides.

Elle ne croisa que deux véhicules en chemin, un bus et un tracteur. Le long de la route, des panneaux jaunes indiquaient des villages et des fermes, des noms qu'elle se rappelait de précédents séjours. Elle pouvait en débiter la liste par cœur, comme une comptine. Elle ne connaissait ces endroits que pour être passée devant pendant toutes ces années. Pour son père et sa mère ne comptait que Stenvik où ils avaient fait construire une maison de vacances à la fin des années quarante – longtemps avant que les touristes ne découvrent l'endroit. L'automne, l'hiver et le printemps se passaient à Borgholm, mais l'été avait toujours été synonyme de Stenvik pour Julia. Avant de monter jusqu'à Marnäs retrouver Gerlof, elle voulait revoir le village. Elle y avait de mauvais souvenirs, mais aussi beaucoup de bons. Des souvenirs de longues et chaudes journées d'été.

Elle vit de loin le panneau : Stenvik, 1 km, et au-dessous le mot CAMPING barré à l'adhésif noir. Elle freina et s'engagea sur la petite route qui descendait vers le village, vers le détroit, tournant le dos à la lande.

Cinq cents mètres plus loin s'alignaient les premières maisons de vacances : elles étaient toutes inhabitées, leurs stores blancs baissés. Puis venait le kiosque, point de rencontre des habitants, l'été. À sa devanture, aucune manchette de journal, ni publicité, ni fanions. Des volets de bois obturaient les fenêtres. À côté, il y avait un panneau qui indiquait le camping, au sud, et un mini-golf, fermé pour la saison. Elle se souvint que le camping était géré par un ami de Gerlof.

La route du village continuait vers la mer, tournait à droite en haut de la falaise au-dessus de la plage, et se prolongeait vers le nord, bordée à l'est par un nombre croissant de maisons de vacances fermées. De l'autre côté, il y avait la plage rocheuse. De petites vagues ridaient la surface de l'eau, dans le détroit.

Julia passa lentement devant le vieux moulin qui dominait la mer, campé sur son gros pied en bois. Aussi loin que Julia pouvait se souvenir, le moulin avait toujours été là, abandonné sur la falaise à une dizaine de mètres de la plage, mais à présent il avait pris une couleur grise, ayant perdu presque toute sa peinture rouge, et ses ailes se réduisaient désormais à deux poutres fendues assemblées en croix.

À cent mètres du moulin, il y avait le cabanon de pêche de la famille Davidsson. Il avait l'air bien entretenu, avec ses murs peints en rouge, ses fenêtres blanches et son toit noir goudronné. On l'avait repeint récemment. Lena et Richard ?

Julia se souvenait de Gerlof réparant ses longs filets, assis sur un tabouret devant le cabanon, l'été, pendant qu'elle, Lena et leurs cousins s'amusaient sur la plage en contrebas, le nez plein de l'odeur entêtante du goudron.

Mais Gerlof était descendu nettoyer ses filets à flétan ce jour-là. Depuis, Julia n'avait plus voulu entendre parler de pêche.

Le cabanon était inhabité. De l'herbe sèche tremblait dans le vent. Une barque à fond plat peinte en vert était couchée sur le flanc dans l'herbe près de la maison – c'était le vieux bateau de Gerlof, sa coque était si sèche que Julia pouvait voir des bandes de ciel clair entre les planches disjointes.

Elle coupa le moteur, mais resta dans la voiture. Elle n'avait ni les vêtements ni les chaussures adaptées au vent d'automne qui soufflait sur Öland, et de toute façon la porte du cabanon de pêche était fermée avec une barre et un gros cadenas. Les stores aux fenêtres étaient tirés comme dans toutes les autres maisons du village.

Stenvik était vide. Des coulisses, tout ressemblait aux coulisses d'un théâtre estival. Une pièce sinistre, en tout cas du point de vue de Julia.

Bon. Il restait à aller jeter un coup d'œil à la maison de vacances que Gerlof avait lui-même construite sur un terrain qui appartenait depuis longtemps à sa famille. Elle démarra et continua sur le chemin du village qui bifurquait. Elle prit la route de droite, qui retournait vers l'intérieur de l'île. Les rares maisons habitées durant l'hiver étaient protégées par des bosquets, dont tous les arbres penchaient un peu en tournant le dos à la plage, courbés par le vent incessant.

Dans un grand jardin du côté droit de la route, une grande maison en bois jaune semblait prête à s'effondrer parmi les hauts buissons. La peinture des murs s'écaillait et les tuiles du toit étaient fendues et couvertes de mousse. Julia ne se rappelait pas à qui cette maison avait appartenu, mais elle ne se souvenait pas avoir jamais vu ce jardin bien entretenu.

Parmi les arbres, sur la gauche, un petit chemin s'écartait, étroit et couvert en son centre d'un ruban d'herbe jaunie à hauteur de genou. Julia reconnut l'entrée, s'y engagea et coupa le moteur. Elle enfila son manteau et sortit dans l'air frais qui lui sembla revigorant et plein d'oxygène.

Le silence n'était pas total car le vent bruissait dans les feuilles sèches des arbres, et derrière, on entendait le murmure plus sourd des vagues sur la plage, en contrebas. Il n'y avait aucun autre bruit : pas d'oiseaux, pas de voix, pas de circulation.

La fille de la pâtisserie avait raison : on se serait cru dans les montagnes de Laponie.

Le chemin qui conduisait à la maison de vacances de Gerlof s'arrêtait bientôt devant une grille métallique, au milieu d'un muret de pierre. Julia la poussa, et la grille émit un faible grincement. Elle entra dans le jardin.

Me voilà, Jens.

La maisonnette peinte en brun souligné de blanc le long des arêtes n'avait pas l'air aussi inhabitée que la plupart des autres maisons de Stenvik. Mais si Gerlof avait encore vécu là, il n'aurait jamais laissé l'herbe pousser autant, ni les feuilles mortes et les aiguilles de pin envahir ainsi le jardin. Son père était méticuleux dans son travail, qu'il effectuait en silence et avec méthode jusqu'à ce que tout soit fini.

Lui et la mère de Julia avaient travaillé dur. Ella surtout, restée toute sa vie femme au foyer, qui semblait parfois venir tout droit du XIXe siècle, d'une époque pauvre où l'on n'avait pas le temps ni la force de rire ou de rêver sur l'île, et où chaque morceau de papier essuie-tout devait être mis à sécher pour être réutilisé plusieurs fois. Ella était petite, taciturne et refermée sur elle-même, avec la cuisine pour royaume. Julia et Lena avaient parfois reçu de leur mère une petite tape sur la joue, jamais elle ne les avait embrassées. Quant à Gerlof, pendant toute son enfance, il était le plus souvent parti en mer.

Rien ne bougeait dans le jardin. Quand Julia était petite, il y avait au milieu de la pelouse une pompe à eau, une pompe peinte en vert d'un mètre de haut, avec un gros robinet et une poignée joliment arquée, mais elle avait disparu. Le puits était désormais scellé par un couvercle en béton.

À l'est de la maison, il y avait un muret de pierres et derrière commençait la lande, à perte de vue. Sans les arbres, Julia aurait pu voir le clocher de Marnäs se dresser là-bas comme une flèche noire : c'est là qu'elle avait été baptisée, âgée de quelques mois.

Julia tourna le dos à la lande et se dirigea vers la maison. Elle contourna un espalier envahi par la vigne vierge et gravit quelques marches de calcaire rose qui lui avaient semblé gigantesques dans son enfance. L'escalier conduisait à une petite véranda et une porte en bois.

Elle fit tourner la poignée, mais la porte était fermée à clé. Il fallait s'y attendre.

C'était à la fois le début et la fin de son voyage.

C'était étrange que la maison soit encore là, pensa Julia, le monde avait tant changé depuis la disparition de Jens. De nouveaux pays étaient nés, d'autres avaient cessé d'exister. Le village de Stenvik était déserté par ses habitants la plus grande partie de l'année – mais la maison d'où Jens était parti ce jour-là était toujours debout.

Julia s'assit sur les marches et poussa un soupir.

Je suis fatiguée, Jens.

Elle regarda fixement un monticule de pierres que Gerlof avait construit devant la maison. À son sommet était posé un bloc déformé, grisâtre, qui selon ses dires était tombé du ciel en sifflant comme une boule de feu vers la fin du XIXe siècle et avait creusé un cratère dans la carrière, un jour où son propre père et son grand-père y travaillaient. Ce visiteur sans âge venu de l'espace était strié de blanc par les fientes d'oiseaux.

Jens était passé devant cette pierre venue de l'espace, ce jour-là. Il avait enfilé ses sandales, quitté la maison où dormait sa grand-mère, avait descendu les marches pour sortir dans le jardin. C'était tout ce dont on pouvait être absolument certain. Où il était ensuite parti et pourquoi, personne n'en savait rien.

Quand elle était rentrée du continent, ce soir-là, elle s'attendait à voir Jens se précipiter à sa rencontre. Au lieu de quoi l'attendaient deux policiers, Ella en larmes et Gerlof, les dents serrées.

Julia eut envie de sortir la bouteille de vin rouge et de rester assise là, sur l'escalier, à boire pour oublier jusqu'à ce que la nuit tombe – mais elle résista à sa pulsion.

Des coulisses. Ce jardin désert ressemblait autant à une scène de théâtre que le reste du village, mais la pièce s'y était achevée bien des années auparavant, tout le monde était rentré chez soi et Julia se sentait paralysée par la solitude.

Elle resta plusieurs minutes, assise sans bouger sur les marches, jusqu'à ce qu'un nouveau bruit se mêle au murmure de la mer. Un moteur.

C'était une voiture, une vieille voiture fatiguée qui s'avançait en vrombissant sur la route du village.

Le bruit augmenta. Il s'approchait. On coupa le moteur tout près du jardin.

Julia se leva, se pencha et entrevit à travers les arbres une voiture tout en rondeurs. Une vieille Volvo PV.

La grille qui donnait sur la route du village grinça en s'ouvrant. Elle rajusta son manteau, se passa machinalement la main dans les cheveux et attendit.

Les pas qui approchaient dans les feuilles mortes étaient petits et lourds.

Petit et lourd lui aussi, un vieil homme s'avança sans rien dire jusqu'au bas de l'escalier d'où il jeta sur Julia un regard renfrogné. Il avait quelque chose qui lui rappelait son père, mais elle ne pouvait pas dire quoi, peut-être sa casquette, son pantalon ample et son pull en laine ivoire qui lui donnait une allure de marin tout à fait crédible. Mais il était plus petit que Gerlof, et la canne sur laquelle il s'appuyait montrait qu'il n'avait pas navigué depuis longtemps. Ses mains étaient couvertes des marques noires laissées par des écorchures plus au moins récentes.

Julia se souvint avoir rencontré cet homme bien des années auparavant. C'était un des habitants permanents de Stenvik. Combien en restait-il ?

« Salut, dit-elle avec un sourire crispé.

— Bonjour. »

L'homme lui répondit avec un hochement de tête. Il enleva sa casquette, de sorte que Julia vit ses mèches de cheveux gris coiffées en fines lignes sur son crâne dégarni.

« Je jette juste un coup d'œil, en passant, dit-elle.

— Pour sûr... Il faut bien jeter un coup d'œil de temps en temps par ici, dit-il à voix basse d'un ton bourru, dans le dialecte d'Öland le plus marqué que Julia ait jamais entendu. C'est lui qui me le demande. »

Julia hocha la tête.

« Tout a l'air en ordre. »

Il ne répondit rien.

« Je suis Julia, dit-elle, et elle se dépêcha d'ajouter en désignant la maison de la tête : La fille de Gerlof Davidsson. De Göteborg. »

Le bonhomme hocha la tête, comme si cela allait de soi.

« Oh oui ! c'est une tête connue. Moi, c'est Ernst Adolfsson. J'habite par là-bas. »

Il fit un geste de travers, en direction du nord, dans son dos.

« Gerlof et moi, on se connaît. On se parle de temps en temps. »

Julia se souvint alors. C'était Ernst, le tailleur de pierre. Déjà une curiosité touristique du village à l'époque où elle était jeune.

« La carrière est toujours ouverte ? demanda-t-elle.

— Oh non ! Non, on n'y travaille plus. Les gens viennent de temps en temps y ramasser des pierres de remblais... mais on n'en abat plus.

— Mais vous travaillez là-bas ? dit Julia.

— Je fais de l'art, dit Ernst. De la sculpture. Vous pouvez venir en acheter si vous voulez... Ce soir, j'ai de la visite, mais venez demain.

— Oui, je verrai », dit Julia.

Elle n'avait certainement pas les moyens de lui acheter quoi que ce soit avec sa maigre allocation maladie, mais elle pourrait toujours passer jeter un coup d'œil à ses pierres.

Ernst hocha la tête et fit lentement demi-tour, avant de s'éloigner à courts pas chaloupés. Julia ne comprit que la conversation était finie qu'une fois qu'il lui eut entièrement tourné le dos. Mais elle avait encore quelque chose à dire. Elle reprit son souffle :

« Ernst, dit-elle, vous habitiez bien à Stenvik il y a vingt ans ? »

L'homme s'arrêta et se retourna à moitié.

« Je vis ici depuis cinquante ans, dit-il.

— Je pensais juste… »

Julia se tut, elle n'avait pas réfléchi. Elle voulait poser une question, mais ne savait pas par quoi commencer.

« Mon fils a disparu à cette époque, continua-t-elle en se faisant violence, comme si elle avait honte d'avoir du chagrin. Mon fils Jens… vous vous souvenez ?

— Oh ça, oui. »

Ernst hocha brièvement la tête sans avoir l'air d'y toucher.

« On s'occupe de cette histoire. Gerlof et moi, on y travaille. Mais…

— Si tu vois ton père, dis-lui une chose, dit Ernst.

— Quoi ?

— Dis-lui que c'est le pouce qui compte, dit Ernst. Pas seulement la main. »

Julia le regarda fixement, sans comprendre, mais Ernst poursuivit :

« On finira par y voir clair. C'est une vieille histoire, qui remonte à la guerre… mais on finira par y voir clair. »

Il se retourna alors de son court pas chaloupé.

« La guerre ? dit Julia dans son dos. Quelle guerre ? »

Mais Ernst Adolfsson s'en alla sans répondre.

Öland, juin 1940

Quand le tombereau a déchargé sur la plage sa dernière cargaison de pierres calcaires fraîchement taillées et polies, les chevaux le remontent à la carrière, et l'embarquement peut commencer. C'est le travail le plus dur et, depuis un ans, il faut le faire à la main, puisque les deux camions de la carrière ont été réquisitionnés pour devenir des véhicules militaires.

C'est la Guerre mondiale, mais sur Öland, le travail quotidien doit continuer comme d'habitude. Il faut extraire les pierres de la montagne et les charger sur les cotres.

« Hissez ! » crie le contremaître Lass-Jan Augustsson.

Il dirige la manœuvre depuis le pont du cotre *Vind* en agitant vers les chargeurs ses larges mains sèches et crevassées par la surface rugueuse des pierres.

Le bateau mouille à l'ancre à une centaine de mètres du rivage, à bonne distance, au cas où une tempête s'abattrait brusquement sur les côtes d'Öland. La baie de Stenvik n'est protégée par aucune jetée et, près du rivage, les bas-fonds rocheux se tiennent prêts à fracasser l'embarcation, si l'occasion se présente.

Les blocs de pierre sont acheminés sur deux barques d'une tonne. Sur l'une d'elles, à la rame de tribord, est assis Johan Almqvist, dix-sept ans, qui travaille comme tailleur de pierre et rameur depuis deux ans.

À la rame de bâbord, le débutant Nils Kant. Il a quinze ans révolus, il a presque atteint sa taille adulte.

Sa mère lui a donné du travail dans la carrière familiale après son échec au brevet élémentaire. Vera Kant a décidé qu'il travaillerait sur les barques de chargement, malgré son jeune âge, et Nils sait que son oncle maternel lui cédera peu à peu la responsabilité de toute l'exploitation. Il sait qu'il laissera une marque profonde dans la montagne. Il veut creuser tout Stenvik.

Parfois, la nuit, Nils rêve qu'il coule dans une eau noire mais, pendant la journée, il pense rarement à son frère Axel qui s'est noyé. Ce n'était pas un meurtre, quoi qu'en disent les ragots qui circulent au village. C'était un accident. On n'a jamais retrouvé le corps d'Axel, il a été entraîné vers le fond du détroit comme celui de tant de noyés, pour ne jamais plus remonter à la surface. Un accident.

Le seul souvenir d'Axel est une photo de lui dans un cadre, sur le bureau de sa mère. Elle et Nils sont devenus beaucoup plus proches depuis qu'Axel s'est noyé. Vera dit toujours qu'il est tout ce qui lui reste, et Nils comprend alors combien il est important.

Les barques attendent leur chargement près d'un ponton provisoire en bois qui s'avance d'une dizaine de mètres dans l'eau, où les pierres empilées sur le rivage sont portées par une chaîne ininterrompue d'habitants de Stenvik : des jeunes, des femmes, des hommes âgés, et les quelques hommes dans la force de l'âge qui n'ont pas été mobilisés. Des jeunes filles, aussi : Nils voit Maja Nyman aller et venir sur le ponton dans sa robe à carreaux rouges. Il sait qu'elle sait qu'il la regarde de temps en temps.

La Guerre mondiale plane comme une ombre au-dessus d'Öland. Quelques mois auparavant, le Danemark et la Norvège ont été envahis sans grosses difficultés par les Allemands. La radio diffuse chaque jour un bulletin spécial d'informations. La Suède est-elle réellement en état de repousser une attaque ? On a aperçu des navires de guerre étrangers dans le détroit, et la rumeur d'une invasion du sud de l'île a couru à plusieurs reprises dans Stenvik.

Si les Allemands arrivent, les habitants d'Öland savent qu'ils ne pourront compter que sur eux-mêmes : depuis des siècles, aucun secours venu du continent n'est jamais arrivé à temps quand des envahisseurs ont débarqué sur l'île. Jamais.

On dit que l'armée va noyer des zones entières au nord de l'île : ce serait une mauvaise plaisanterie, alors que les grandes inondations du printemps sur la lande finissent juste de s'évaporer au soleil.

Quand le ronronnement d'un moteur au-dessus de la mer a interrompu le chargement, un peu plus tôt ce matin, chacun a scruté le ciel nuageux d'un œil inquiet. Sauf Kant, curieux, lui, de savoir à quoi ressemble un bombardement aérien. Des bombes qui sifflent et se transforment en boules de feu, la fumée, des larmes, des cris, le chaos ?

Mais aucun avion n'est apparu au-dessus de l'île, et le chargement a continué.

Nils déteste ramer. Traîner des pierres ne vaut peut-être pas mieux, mais, dès le premier coup de rame, ce geste mécanique lui donne mal à la tête. Il ne peut pas réfléchir quand il doit manœuvrer la lourde barque, son attention est requise à tous les instants. Lass-Jan supervise les allées et venues des embarcations, la casquette vissée jusqu'aux yeux, et dirige les opérations en donnant de la voix.

« Vas-y, Kant ! hurle-t-il au-dessus de l'eau quand, sur le ponton, on a chargé la dernière pierre.

— Ralentis, Kant ! Attention au ponton ! crie-t-il quand, au retour, Nils donne des coups de rame trop violents, alors que la barque vide est plus facile à manœuvrer.

— Du nerf, Kant ! » crie Lass-Jan.

Nils lui jette un regard noir en s'approchant de la barge. Nils possède la carrière. Ou pour être exact, elle appartient à sa mère et à son oncle, mais de toute façon, Lass-Jan l'a traité comme un esclave dès le premier jour.

« On charge ! » crie Lass-Jan.

Ce matin, les gens discutaient, riaient au début du chargement, l'ambiance était presque à la fête, mais les pierres les ont impitoyablement fait taire, avec leur poids muet et leurs angles vifs. Les gens les portent à présent les dents serrées et l'échine courbée, ils les portent en traînant les pieds, les vêtements couverts de poussière calcaire grise.

Nils n'a rien contre le silence, il ne parle jamais à personne, à moins d'y être obligé. Mais de temps en temps il se retourne pour regarder Maja Nyman sur le ponton.

« Elle est pleine ! » crie Lass-Jan quand les plaques de pierre forment un tas d'un mètre dans la barque de Nils, et que l'eau vient presque lécher le bastingage.

Deux chargeurs embarquent et s'asseyent sur les tas de pierres, au-dessus d'un gamin de neuf ans préposé à l'écope, qui regarde Nils à la dérobée, l'air craintif, avant de prendre son seau et de commencer à écoper l'eau qui entre par les planches mal jointes de la coque.

Nils cale bien ses pieds et appuie de tout son poids sur la rame. La barque glisse lentement vers le bateau, où l'autre barque vient juste d'être déchargée.

La rame va et vient, va et vient sans répit. Les mains de Nils brûlent, ses muscles le tirent aux bras et au dos. Il aimerait tant entendre maintenant le fracas des bombardiers allemands.

La barque finit par heurter la coque du bateau avec un choc sourd. Les deux chargeurs se mettent en branle à l'arrière, ils se courbent, attrapent les blocs de pierre qu'ils commencent à faire passer par-dessus le bastingage du cotre *Vind*.

« Allez, on s'y met ! » crie Lass-Jan depuis le pont, avec sa chemise sale qui tombe sur sa bedaine.

Les pierres sont hissées par-dessus le bastingage, portées jusqu'à une trappe ouverte où elles glissent dans la cale sur une large planche en guise de toboggan.

Nils doit aider au chargement. Il hisse quelques pierres à bord du bateau, puis hésite une seconde de trop avec un bloc plus lourd appuyé au bastingage, lâche prise et le laisse retomber dans la barque. Il atterrit sur son pied gauche, et ça lui fait drôlement mal.

Furieux, il attrape le bloc et le balance par-dessus le bastingage sans faire attention où il tombe.

« J'en ai rien à foutre ! » grommelle-t-il à l'intention du ciel et de la mer, avant de s'asseoir sur son banc de rameur.

Il délace sa chaussure, touche ses orteils meurtris, les tâte avec précaution. Ils sont peut-être cassés.

Autour de lui, les derniers blocs sont transbordés, et les deux chargeurs enjambent le bastingage pour finir d'installer les pierres en bon ordre dans la cale du *Vind*.

Le rameur Johan Almqvist les suit. Nils reste dans la barque avec le gamin préposé à l'écope.

« Kant ! »

Lass-Jan se penche vers lui par-dessus le bastingage.

« Viens donner un coup de main !

— Je suis blessé », dit Nils, étonné de parler d'une voix aussi calme alors qu'une escadre entière de bombardiers vrombit dans son crâne comme un essaim d'abeilles en colère.

Toujours aussi calme, il pose ses mains sur sa rame.

« Je me suis cassé les orteils.

— Lève-toi voir. »

Nils se lève. C'est vrai, ça ne fait pas spécialement mal, et Lass-Jan le regarde en secouant la tête.

« Allez, monte aider au chargement, Kant. »

Nils secoue la tête en serrant le poing sur la rame. En lui, les bombes fendent l'air en sifflant.

Il détache le tolet et lève la rame de quelques décimètres.

Il la ramène lentement en arrière.

« Cassé les orteils… »

Un des chargeurs, un gaillard trapu dont Nils ne se rappelle plus le nom, se penche, accoudé au bastingage à côté de Lass-Jan.

« … cours chez ta mère, alors ! se moque-t-il.

— Je m'en occupe », dit le contremaître en tournant la tête vers le chargeur.

Il a eu tort. Lass-Jan ne voit pas venir la rame que Nils balance à la volée.

La large spatule de la rame le heurte à l'arrière du crâne. Lass-Jan pousse un long « Huuuh » et ses genoux se dérobent sous lui.

« Tu m'appartiens ! » crie Nils.

Il prend appui, le pied sur le bord de la barque, et lance à nouveau sa rame. Cette fois, il touche son chef au dos, et le voit tomber à la renverse par-dessus bord, comme un sac de farine.

« Bordel ! » crie quelqu'un à bord du cotre.

On entend un plouf énorme quand Lass-Jan atteint l'eau entre la barque et la coque du bateau.

Des cris retentissent à terre, mais Nils n'y fait pas attention. Il faut qu'il tue Lass-Jan ! Il lève sa rame, l'abat dans l'eau et touche les mains tendues de Lass-Jan. Ses doigts se brisent avec un craquement sec, sa tête est rejetée en arrière et disparaît sous la surface de l'eau.

Nils donne encore un coup de rame. Le corps de Lass-Jan coule dans un tumulte de bulles et d'écume. Nils lève sa rame pour continuer à frapper.

Quelque chose siffle à l'oreille de Nils et touche sa main gauche : ses doigts sont broyés avant que la douleur n'anesthésie presque sa main. Il vacille et ne peut plus tenir la rame, qu'il laisse retomber au fond de la barque.

Il ferme fort les yeux puis regarde au-dessus de lui. Le chargeur qui s'est moqué de lui se tient près du bastingage, une longue gaffe à la main. Il regarde Nils d'un air effrayé mais décidé.

Le chargeur brandit à nouveau sa gaffe, mais, d'un coup de rame, Nils a eu le temps d'écarter la barque de la coque du cotre. Il abandonne les chargeurs à bord et Lass-Jan en route vers le fond, et raccroche la rame bâbord à son tolet.

Il rame alors, droit vers le rivage, avec les doigts cassés de sa main gauche qui l'élancent. Le gamin préposé à l'écope s'est blotti à l'avant comme une figure de proue.

« Remontez-le ! » crie quelqu'un dans son dos.

Avec force cris et éclaboussures, on passe le corps inerte de Lass-Jan par-dessus le bastingage du *Vind*. On le met en sécurité, on lui fait cracher l'eau qu'il a avalée, et on le ranime. Il a eu de la chance, car il ne sait pas nager. Nils est un des seuls à savoir, au village.

Nils regarde au loin, vers l'horizon plat. Le soleil a trouvé des failles entre les nuages, là-bas, il brille sur l'eau qui luit, comme pavée d'argent.

Tout va bien à présent, malgré la douleur dans sa main gauche. Nils a montré à qui appartient Stenvik. Bientôt, il possédera tout le nord de l'île et la défendra au prix de sa vie quand les Allemands arriveront.

La barque racle le fond, Nils lève la rame bâbord et saute à terre. Il est prêt, mais personne ne vient l'attaquer.

Là-bas, sur le ponton, les chargeurs sont comme pétrifiés, hommes, femmes et enfants. Ils le regardent en silence, la peur dans les yeux. Maja Nyman semble au bord des larmes.

« Allez au diable ! » leur hurle Nils Kant en jetant sa rame sur les rochers.

Puis il tourne les talons pour courir vers le village, vers sa mère qui l'attend dans la grande maison jaune.

Mais ni elle ni personne ne sait ce que sait Nils : il est destiné à accomplir de grandes choses, plus grandes que Stenvik, aussi grandes que la guerre. Un jour, on le connaîtra et on parlera de lui sur toute l'île d'Öland. Il le sent.

4

Gerlof Davidsson attendait sa fille dans sa chambre à la maison de retraite.

L'édition du jour d'*Ölands-Posten* était ouverte devant lui sur le bureau : un vieillard sénile de quatre-vingts ans avait été porté disparu aux environs de Kastlösa, au sud de l'île. L'homme avait quitté sa petite maison la veille, et s'en était allé sans laisser de traces. La police aidée de volontaires le recherchait à présent sur la lande – un hélicoptère avait même participé aux recherches. La nuit, hélas ! avait été froide, et l'on n'était pas certain de le retrouver en vie.

Un vieillard sénile de quatre-vingts ans. Gerlof n'avait qu'un an de moins, il allait sur ses quatre-vingts. Ce n'était pas si vieux, mais des vieillards qui disparaissent sans laisser de traces, c'était bien sûr plus compréhensible que des enfants. Il referma le journal et regarda sa montre. Trois heures et quart.

« Je suis content que tu sois venue », se dit-il à lui-même. Il marqua une pause, toussa puis continua : « Tu es aussi belle que dans mon souvenir, Julia. Maintenant que te voilà sur Öland, il y a deux ou trois choses que nous devons faire. Pour l'une, il faudra t'en occuper seule. Et puis nous pourrons causer… Je sais que je n'ai pas toujours été un bon père pour toi quand tu étais petite, j'étais souvent absent, et ta sœur et toi avez dû rester seules avec Ella à Borgholm lorsque j'étais en mer. C'était mon métier d'être marin, de transporter des marchandises sur la Baltique, loin de ma famille… Mais à présent, je suis ici à demeure et je ne m'en vais plus nulle part. »

Il se tut et regarda fixement le bureau. Il avait rédigé dans son carnet son discours à Julia. Depuis le moment où elle lui avait dit le jour de son arrivée sur Öland, il avait essayé de l'apprendre par cœur – et cela *faisait* texte appris par cœur. Il devait réussir à donner l'impression d'une conversation de tous les jours entre un père et sa fille.

« Je suis content que tu sois venue, recommença Gerlof. Tu es aussi belle que dans mon souvenir. »

Ou plutôt mignonne ? Mignonne, c'était sûrement mieux pour décrire une fille qui a manqué à son père.

Enfin, comme quatre heures approchaient, et qu'il ne restait plus qu'une heure avant le dîner, on entendit frapper doucement à la porte de sa chambre.

« Entrez », dit-il, et la porte s'ouvrit.

Boel passa la tête.

« Oui, il est là, dit-elle à quelqu'un qui se trouvait derrière elle, avant de reprendre plus fort : Tu as de la visite, Gerlof.

— Merci », dit-il, et Boel lui sourit en reculant d'un pas.

Une autre femme entra, elle fit quelques pas dans l'entrée, et Gerlof prit son souffle avant de continuer :

« Je suis content que tu sois venue... », commença-t-il, avant de s'arrêter.

Il vit en face de lui dans l'entrée une femme d'âge mûr vêtue d'un manteau fripé qui le regardait, les yeux las et des rides au front. Après seulement quelques secondes, elle détourna les yeux et serra entre ses bras son sac de voyage brun, comme pour se protéger au moment d'avancer encore de quelques pas dans la pièce.

Gerlof reconnut lentement sa fille dans le visage grave et ridé de cette femme, mais Julia avait l'air plus fatiguée qu'il ne s'y attendait. Plus fatiguée et beaucoup plus maigre. Avec cette expression d'amertume qui émane de ceux qui s'apitoient sur leur sort.

Sa fille avait vieilli. Et lui, donc ?

« Bonjour, Gerlof, dit Julia, qui se tut quelques secondes avant de continuer : Voilà, je suis de retour. »

Gerlof hocha la tête en remarquant qu'elle se refusait toujours à l'appeler Papa, même seule avec lui. Elle disait « Gerlof » comme si elle s'adressait à un parent éloigné.

« Le voyage s'est bien passé ? demanda-t-il.

— Oui. »

Elle déboutonna son manteau, l'accrocha dans l'entrée et posa son sac par terre. Gerlof trouva qu'elle avait des mouvements lents, sans énergie. Il avait envie de lui demander comment elle se portait, mais c'était peut-être trop tôt.

« Eh oui. »

Silence à nouveau.

« Oui, cela faisait longtemps.

— Quatre ans, je crois, dit Julia. Plus de quatre ans.

— Oui, mais on s'est pas mal parlé au téléphone, aussi.

— Oui. J'avais pensé venir te donner un coup de main quand tu as déménagé de Stenvik pour venir t'installer ici, mais ce n'était pas… »

Julia se tut et Gerlof hocha la tête.

« Tout s'est quand même très bien passé, dit-il. On m'a beaucoup aidé.

— Bien », dit Julia.

Elle était parvenue au milieu de la pièce. Elle changea alors de direction et alla s'asseoir au bord du lit.

Gerlof se souvint du petit discours qu'il avait répété.

« Maintenant que te voilà sur Öland, dit-il, il y a deux ou trois choses que nous devons… »

Julia l'interrompit :

« Où l'as-tu mise ?

— Quoi donc ?

— Tu sais bien, dit Julia. La sandale.

— Ah oui. Elle est dans mon bureau. »

Gerlof la regarda.

« Mais je pensais que nous pourrions d'abord…

— Je peux la voir ? l'interrompit Julia. Je voudrais bien.

— Tu vas peut-être être déçue, dit Gerlof. Ce n'est qu'une chaussure. Elle n'apporte aucune… aucune vraie réponse.

— Je veux la voir, Gerlof. »

Julia se leva. Elle n'avait jusqu'à présent pas même esquissé un sourire, et voilà qu'elle le regardait fixement. Gerlof commençait à se demander si tout cela n'était pas une erreur. Il n'aurait peut-être pas dû lui téléphoner. Mais il était impossible de revenir en arrière.

Il tenta pourtant de retarder le moment aussi longtemps que possible.

« Personne n'est venu avec toi ? demanda-t-il.

— Qui donc aurait pu venir ?

— Le père de Jens, peut-être, dit Gerlof. Mats... c'est bien comme ça qu'il s'appelait ?

— Michael, dit Julia. Non, il vit à Malmö. Nous n'avons presque plus aucun contact désormais.

— Non, bien sûr », dit Gerlof.

Le silence s'installa à nouveau. Julia avança de quelques pas, mais Gerlof changea de sujet :

« Tu as fait ce que je t'ai demandé au téléphone ? demanda-t-il.

— Quoi donc ?

— Tu as réfléchi à l'épais brouillard qu'il y avait ce jour-là ?

— Oui... sans doute. »

Julia hocha brièvement la tête.

« Où veux-tu en venir avec ce brouillard ?

— Je crois... »

Gerlof pesait ses mots.

« Je crois que rien n'aurait pu se passer... tourner si mal sans brouillard. Et y a-t-il souvent du brouillard sur Öland ?

— Non, pas souvent, dit Julia.

— Non. Trois ou quatre fois par an, peut-être. En tout cas du brouillard aussi épais que ce jour-là. Et beaucoup de gens savaient qu'il allait arriver, on en avait parlé au bulletin météo.

— Comment le sais-tu ?

— J'ai appelé le service météorologique national, dit Gerlof. Ils conservent les bulletins.

— Ce brouillard était donc si important ? dit Julia.

— Oui, je crois… que quelqu'un a profité du brouillard, dit Gerlof. Quelqu'un qui voulait éviter d'être vu dans le coin.

— D'être vu ce jour-là, tu veux dire ?

— D'être vu tout court, dit Gerlof.

— Donc, quelqu'un a utilisé le brouillard pour… pour enlever Jens ? dit Julia.

— Je ne sais pas, dit Gerlof. Mais je me demande si c'était bien le but. Qui pouvait prévoir qu'il sortirait ce jour-là ? Personne. Je me trompe ? Jens lui-même n'en savait rien, il a juste… saisi l'occasion qui se présentait. »

Gerlof vit que Julia avait commencé à serrer les lèvres depuis qu'ils avaient abordé la disparition de son fils, et il se hâta de poursuivre :

« Mais le brouillard qui est venu ce jour-là… il était prévu, lui. »

Julia ne dit rien. Elle ne regardait plus que le bureau.

« Nous devons y réfléchir, dit Gerlof. Réfléchir à qui le brouillard pouvait le plus profiter, ce jour-là.

— Je peux la voir, maintenant ? » dit Julia.

Gerlof savait qu'il ne pouvait plus repousser le moment. Il hocha la tête et se tourna sur sa chaise en direction du bureau.

« Elle est là », dit-il.

Il ouvrit le premier tiroir, y plongea la main et en sortit délicatement un objet de petite taille. Il n'avait pas l'air de peser plus de quelques dizaines de grammes, et était emballé dans du papier de soie.

5

Julia s'approcha lentement de Gerlof, qui déballait le petit paquet sur le bureau. Elle regarda ses mains, où l'âge se lisait dans les rides, les taches brunes de la peau et les veines bleu sombre. Les doigts tremblants, il déplia tant bien que mal le papier de soie. Julia trouva ce froissement assourdissant.

« Tu as besoin d'aide ? demanda-t-elle.

— Non, ça ira. »

Il lui fallut plusieurs minutes pour ouvrir le paquet – ou peut-être n'était-ce qu'une impression. Il déplia enfin le dernier pan de papier et Julia vit ce qu'il cachait. La chaussure était emballée dans un sachet plastique transparent – elle n'arrivait pas à en détacher les yeux.

Je ne vais pas pleurer, se dit-elle, ce n'est qu'une chaussure. Puis elle sentit ses yeux s'emplir de larmes brûlantes qu'elle dut chasser en clignant des yeux pour y voir clair. Elle vit la semelle de caoutchouc noir et les lanières de cuir brun, sec et fendu par les ans.

Une sandale, la sandalette usée d'un petit garçon.

« Je ne sais pas si c'est la bonne chaussure, dit Gerlof. D'après mes souvenirs, elle ressemblait à ça, mais c'est peut-être…

— C'est la sandale de Jens, l'interrompit Julia d'une voix chargée d'émotion.

— Nous ne pouvons pas en être sûrs, dit Gerlof. Il ne faut pas être trop sûr de soi, n'est-ce pas ? »

Julia ne répondit pas. Elle savait. Elle essuya d'un revers de la main les larmes qui avaient coulé sur ses joues, puis attrapa avec précaution le sachet plastique.

« Je l'ai mise dans ce sachet dès que je l'ai reçue, dit Gerlof. Il pourrait y avoir des empreintes digitales…

— Je sais », dit Julia.

Elle était légère, si légère. Quand on devait enfiler à son jeune fils une telle sandale, on la ramassait par terre près de la porte d'entrée sans même penser qu'elle pesait quoi que ce soit. Puis on s'asseyait à côté de lui et l'on se penchait, on sentait la chaleur de son corps et on lui attrapait le pied pendant qu'il s'accrochait au T-shirt de sa maman, sans rien dire, ou en débitant un babil d'enfant qu'on n'écoutait qu'à moitié, parce qu'on pensait à autre chose : aux factures à payer, aux courses, aux hommes absents.

« C'est moi qui ai appris à Jens comment enfiler tout seul ses sandales, dit Julia. Ça a pris tout l'été, mais quand mes cours ont commencé, à l'automne, il en était capable. »

Elle tenait toujours la petite chaussure.

« Et c'est pour ça qu'il a pu sortir seul ce jour-là, qu'il a pu filer… Il avait enfilé ses chaussures tout seul. Si je ne lui avais pas appris, il n'aurait pas pu…

— Il ne faut pas penser comme ça.

— Ce que je veux dire, c'est que… je lui ai appris ça juste pour gagner un peu de temps, dit Julia. Du temps pour moi.

— Arrête de te faire des reproches, Julia, dit Gerlof.

— Merci du conseil, dit-elle sans le regarder, mais c'est ce que je fais depuis vingt ans. »

Le silence s'installa, et Julia se rendit compte que l'image qu'elle avait à l'esprit n'était plus celle de petits morceaux d'os sur la plage de Stenvik. Elle se représentait à présent son fils vivant, quand il se penchait, concentré, pour enfiler tout seul ses sandales, avec ses petits doigts gauches.

« Qui l'a trouvée ? demanda-t-elle alors en regardant Gerlof.

— Je ne sais pas. C'est arrivé par la poste.

— De la part de qui ?

— Il n'y avait aucun nom d'expéditeur, dit Gerlof. C'était dans une enveloppe en papier kraft, avec un cachet postal mal imprimé. Mais je crois que ça venait d'Öland.

— Pas de lettre ?

— Rien, dit Gerlof.

— Et tu ne sais pas qui l'a envoyée ?

— Non », dit Gerlof.

Il cessa pourtant de regarder Julia dans les yeux, baissa le nez vers son bureau et elle ne put plus rien tirer de lui. Peut-être en avait-il compris plus qu'il ne voulait dire.

Plus de réponses. Julia soupira.

« Mais il y a d'autres choses qu'on peut faire », se dépêcha d'ajouter Gerlof. Puis il se tut.

« Comme quoi, par exemple ? demanda Julia.

— Mmh… »

Gerlof cligna des yeux sans répondre et la regarda comme s'il avait déjà oublié pourquoi il lui avait demandé de venir.

Mais Julia non plus n'avait aucune idée de ce qu'ils allaient faire à présent, et resta silencieuse. Elle se rendit compte alors qu'elle n'avait pas pris le temps de regarder comment son père était installé dans sa chambre : elle n'avait pensé à rien d'autre qu'à la sandale, à pouvoir la tenir entre ses mains.

Elle regarda donc autour d'elle. En qualité d'infirmière, elle repéra tout de suite les boutons d'alarme le long des murs, et comme fille, elle nota que Gerlof avait pris avec lui ses souvenirs de marin. Les trois pancartes en bois verni portant le nom des cotres qu'il avait commandés, *Vågryttaren*, *Vind* et *Nore* étaient pendues au-dessus de photos en noir et blanc des bateaux. Sur un autre mur étaient accrochés sous verre des certificats de navigation, avec leurs tampons et leurs sceaux. Sur l'étagère près du bureau s'alignaient ses livres de bord reliés en cuir, à côté de deux bateaux miniatures échoués chacun dans sa bouteille en verre.

Tout était aussi ordonné qu'un musée de marine, épousseté et astiqué, et Julia s'aperçut qu'elle enviait son père de pouvoir rester ainsi dans sa chambre entouré de ses souvenirs, sans avoir à sortir dans le monde réel où l'on était forcé de se démener, d'avoir l'air jeune et entreprenant, et de toujours devoir prouver ce qu'on valait.

Sur la table de nuit, il y avait une bible noire et une demi-douzaine de boîtes de médicaments. Julia se tourna à nouveau vers le bureau.

« Tu ne m'as pas demandé comment j'allais, Gerlof », dit-elle à voix basse.

Gerlof opina du chef.

« Et toi, tu ne m'as pas appelé Papa. »

Le silence s'installa.

« Et donc, comment vas-tu ? demanda-t-il.

— Bien, se contenta de répondre Julia.

— Tu travailles toujours à l'hôpital ?

— Bien sûr », dit-elle, sans mentionner son congé maladie de longue durée. Elle préféra ajouter :

« J'ai traversé Stenvik avant de venir ici. J'ai jeté un coup d'œil à la maison.

— Bien. Et c'était comment, là-bas ?

— Comme d'habitude. Inhabité.

— Pas de vitres cassées ?

— Non, non, dit Julia, mais il y avait quelqu'un. Ou plutôt, quelqu'un est venu pendant que j'étais là-bas.

— C'était sûrement John, dit Gerlof. Ou Ernst.

— C'était Ernst Adolfsson. Vous vous connaissez, n'est-ce pas ? »

Gerlof hocha la tête.

« Il est sculpteur. Ancien tailleur de pierre. Il vient du Småland, mais…

— Mais c'est quand même quelqu'un de bien, tu veux dire ? se dépêcha de compléter Julia.

— Il vit ici depuis longtemps, dit Gerlof.

— Oui, je me souviens vaguement de lui quand j'étais petite… Il a dit quelque chose d'étrange avant de s'en aller, une histoire à propos de la guerre. Il parlait de la Seconde Guerre mondiale ?

— Il garde un œil sur la maison, dit Gerlof. Ernst habite du côté de la carrière, il récupère des pierres inutilisées. Autrefois, ils étaient une cinquantaine à travailler là-bas, et maintenant, il ne reste plus qu'Ernst… Il m'a un peu aidé avec tout ça.

— Tout ça ? Tu veux dire ce qui est arrivé à Jens ?

— C'est ça. On discute, on spécule là-dessus, dit Gerlof, avant de demander : Combien de temps comptes-tu rester ?

— C'est-à-dire… »

Julia ne s'était pas préparée à cette question. « Je ne sais pas.

— Reste une ou deux semaines. Ça serait bien.

— C'est trop long, s'empressa de dire Julia. Il faut que je rentre chez moi.

— Tu es obligée ? » dit Gerlof, comme si cela l'étonnait.

Il regarda du coin de l'œil la sandale posée sur la table, et Julia suivit son regard.

« Je vais rester un moment, se hâta-t-elle de dire. Je te donnerai un coup de main.

— Pour faire quoi ?

— Eh bien… ce qu'il faut faire. Pour aller de l'avant.

— Bien, dit Gerlof.

— Qu'allons-nous faire, alors ? demanda-t-elle.

— Nous allons parler à des gens… écouter les histoires qu'ils racontent. Comme on faisait autrefois.

— Tu veux dire… plusieurs personnes ? dit Julia. Il s'agit de plusieurs personnes ? »

Gerlof regarda la sandale.

« Il y a certaines personnes sur Öland à qui je voudrais parler, dit-il. Je crois qu'elles savent des choses. »

Encore une fois, il n'avait pas directement répondu à la question de Julia. Cela commençait à la lasser et, au fond, elle ne souhaitait que s'en aller, mais elle était quand même là, et elle avait apporté des gâteaux.

Je vais rester, Jens, pensa-t-elle. *Quelques jours, pour toi.*

« C'est possible d'avoir du café, ici ? dit-elle.

— D'habitude, oui, dit Gerlof.

— Alors on va prendre du café et manger des gâteaux », dit Julia, et elle trouva qu'elle avait une voix désagréable, comme sa sœur aînée qui passait son temps à prévoir tout à l'avance.

Elle demanda pourtant :

« Où est-ce que je pourrais dormir ce soir ? Tu as une idée ? »

Gerlof étendit lentement le bras vers le bureau. Il ouvrit un petit tiroir et fouilla dedans du bout des doigts. Cela fit un bruit de ferraille, et il en tira un trousseau de clés.

« Voilà, dit-il en le lui tendant. Dors dans le cabanon de pêche cette nuit… Il y a l'électricité, maintenant.

— Mais je ne peux pas… »

Toujours assise au bord du lit, Julia regarda Gerlof. Il avait l'air d'avoir tout prévu.

« Il n'y a pas un tas de filets et de machins là-dedans ? dit-elle alors. Des flotteurs, des pierres de lest et des pots de goudron ?

— Il n'y a plus rien, je ne pêche plus, dit Gerlof. Plus personne ne pêche à Stenvik. »

Julia prit le trousseau de clés.

« On pouvait à peine entrer autrefois, c'était tellement encombré, dit-elle. Je me souviens que…

— Tout est en ordre maintenant, dit Gerlof. Ta sœur a bien aménagé le cabanon de pêche.

— Il faut que je dorme à Stenvik ? Seule ?

— Le village n'est pas inhabité. Ce n'est qu'une impression. »

Une demi-heure après avoir quitté Gerlof, Julia était de retour à Stenvik, au bord de l'eau sombre. Le ciel était aussi nuageux que le matin, et s'emplissait d'ombres. Le crépuscule approchait, et Julia avait envie d'un verre de vin rouge, et après d'un autre verre encore. Du vin ou un cachet.

C'était à cause des vagues. Les vagues qui ce soir clapotaient doucement sur les graviers et les galets du rivage, mais qui, les jours de tempête, hautes comme un homme, déferlaient sur la côte avec un long fracas. Elles pouvaient tout ramener du fond du détroit – des morceaux d'épaves, des poissons morts ou des bouts d'os.

Julia ne voulait pas regarder de trop près ce qu'on trouvait entre les rochers sur la plage. Elle ne s'était plus jamais baignée à Stenvik depuis ce jour-là.

Elle tourna les talons et regarda en direction du cabanon de pêche. Il avait l'air minuscule, tout seul au-dessus de la plage.

Si proche de toi, Jens.

Julia ne savait pas pourquoi elle avait pris les clés et accepté de dormir là, mais pour une nuit, ça pourrait aller. Elle n'avait jamais eu spécialement peur du noir, et elle avait l'habitude d'être seule. Une ou deux nuits, ça pourrait aller. Après elle rentrerait chez elle.

Son sac de voyage à l'épaule et son porte-habits à la main, elle ouvrit le cadenas qui fermait la porte blanche du cabanon. Une dernière rafale glacée arrivée du détroit la poussa dans l'obscurité.

Quand la porte se referma derrière elle, le sifflement du vent d'automne fut coupé net. Entre les quatre murs, tout était silencieux.

Elle alluma la lampe du plafond et resta debout près de la porte.

Gerlof avait raison. Le cabanon n'était pas comme dans son souvenir.

Ce n'était plus le lieu de travail d'un pêcheur, plein de filets puants et de flotteurs fendus, avec des journaux jaunis empilés à même le sol. Depuis sa dernière visite, sa sœur aînée l'avait fait rénover de fond en comble, et l'avait aménagé comme un petit pavillon de plaisance, avec panneaux de bois lisses aux murs et plancher de pin verni. Il y avait un petit frigidaire, un radiateur électrique et une plaque de cuisson près de la fenêtre qui donnait sur la plage. Sous la fenêtre, côté terre ferme, était posé sur une table un gros compas de navigation en bronze et laiton poli : encore un souvenir des années que Gerlof avait passées en mer.

L'air du cabanon était sec. Il n'y avait qu'une vague odeur de goudron qui s'atténuerait quand elle aurait levé les stores et ouvert les petites fenêtres pour aérer. Il serait possible de séjourner là sans se sentir en détresse, abstraction faite de l'absolue solitude du lieu.

Ernst Adolfsson était probablement son plus proche voisin, là-bas, du côté de la carrière. Ernst avait une vieille Volvo PV qu'elle aurait bien aimé voir maintenant arriver par la route du village, mais quand elle regarda dans cette direction par la fenêtre au-dessus du compas, rien ne bougeait là-bas, sauf l'herbe rare dans le vent au bord de la falaise. Même les mouettes avaient disparu.

Il y avait deux lits étroits dans le cabanon. Elle défit ses bagages sur l'un d'eux : ses vêtements, des affaires de toilette, ses chaussures de rechange et les livres de poche romantiques de la collection Harlequin qu'elle avait fourrés au fond de son sac et qu'elle ne lisait qu'en cachette. Elle les posa à côté du lit.

Près de la porte était accroché au mur un petit miroir au cadre de bois verni, dans lequel Julia examina son visage. Elle était ridée et avait l'air fatiguée, mais sa peau n'était plus aussi grise qu'à Göteborg : le vent puissant qui soufflait sur l'île avait redonné des couleurs à ses joues.

Qu'allait-elle faire à présent ? Elle avait acheté une insipide saucisse grillée dans un kiosque ambulant en sortant de la maison de retraite, aussi n'avait-elle pas faim.

Lire ? Non.

Boire le vin qu'elle avait apporté ? Non, pas encore.

Elle décida de partir en exploration.

Julia sortit du cabanon et redescendit doucement vers la plage, qu'elle longea ensuite vers le sud. Elle se déplaçait de plus en plus facilement à mesure qu'elle retrouvait ce sens de l'équilibre qu'elle avait quand, écolière à Stenvik, elle sautait de rocher en rocher sans jamais trébucher.

Un peu en biais en contrebas du cabanon, Œil-Gris était toujours là, mais il avait été lentement traîné vers la mer par les vagues et la glace, l'hiver. Œil-Gris était une formation rocheuse d'un mètre de haut qui s'allongeait en forme de dos de cheval. Julia en avait fait jadis son rocher préféré, et elle lui donna une petite tape sur le dos en passant. Avec les années, il semblait s'être enfoncé dans le sol.

Le moulin, lui aussi, paraissait plus petit. C'était le plus haut bâtiment de Stenvik, juché au bord de la falaise à quelques centaines de mètres au sud du cabanon. Mais, en s'approchant, Julia vit que les rochers étaient trop escarpés pour qu'elle puisse monter par là.

Au sud du moulin, il y avait d'autres cabanons de pêche, au fond de la baie, là où, l'été, on installait un long ponton pour la baignade. On n'y voyait pas âme qui vive.

Julia remonta jusqu'à la route et continua vers le nord, en repassant devant le cabanon de pêche de Gerlof. Elle s'arrêta et regarda par-delà le détroit, en direction du continent. Le Småland se réduisait à une petite bande grise à l'horizon. Aucun bateau en vue.

Julia pivota lentement sur place pour embrasser tout le paysage de la côte, comme s'il s'agissait d'une énigme qu'elle pourrait résoudre en trouvant les bons détails.

Si ce que chacun redoutait avait eu lieu, si Jens était parvenu à descendre jusqu'à l'eau, alors il avait dû passer par ici dans le brouillard, ce soir-là. Elle pouvait essayer de retrouver des traces de son passage, mais cela avait déjà été fait, bien sûr. Elle avait cherché, la police avait cherché, tout Stenvik avait cherché.

Elle se remit en marche, et après quelques centaines de mètres, elle arriva à la carrière.

Elle était fermée, évidemment. Personne n'extrayait plus de calcaire de la montagne. On pouvait deviner l'inscription STE VIK PIERRES SA sur un panneau de bois qui s'écaillait au bord de la route. Un chemin bifurquait en direction de la lande, mais il disparaissait d'un coup, tout comme le paysage brun jaune, dans un large trou qui s'ouvrait dans le sol. Julia s'approcha du bord, qui tombait à pic jusqu'au fond.

La carrière n'avait pas plus de quatre à cinq mètres de profondeur, mais elle était vaste comme plusieurs terrains de football. Les habitants d'Öland avaient extrait de la pierre à cet endroit depuis des siècles, ils avaient peu à peu creusé le socle rocheux, mais il sembla à Julia que l'activité avait brusquement cessé et que chacun était rentré pour toujours chez soi. Des blocs entièrement taillés s'alignaient encore au fond de la carrière.

De l'autre côté, de grandes silhouettes claires se découpaient sur la lande. Elles étaient trop loin et il faisait trop sombre pour qu'elle puisse distinguer aucun détail, mais, au bout d'un moment, Julia comprit qu'il s'agissait de colonnes de pierre. On aurait dit un alignement de sculptures de différentes tailles. Tout au bord de la carrière se dressait un bloc de la taille d'un homme que son extrémité pointue faisait ressembler au clocher d'une église médiévale. Une copie de l'église de Marnäs, peut-être.

Julia comprit qu'elle était en train de regarder les œuvres d'Ernst Adolfsson.

Derrière les pierres alignées se découpait sur la lande le rectangle rouge sombre d'une maison de bois parmi les arbres bas et les genévriers, et près d'elle stationnait la Volvo d'Ernst, avec ses formes rondes. Plusieurs des fenêtres de la maison étaient éclairées.

Elle décida d'aller regarder de plus près les œuvres d'Ernst Adolfsson le lendemain matin avant de quitter Stenvik.

De là où elle était, on apercevait à l'horizon la bosse bleu gris de l'île de Blå Jungfrun, qu'on appelait aussi Blåkulla : selon la légende, c'était là que les sorcières se rendaient pour fêter le sabbat avec Satan. Personne n'y habitait, la zone tout entière était un parc naturel, mais on pouvait y faire des excursions en bateau. Petite, Julia y était allée, un jour ensoleillé, avec Lena, Gerlof et Ella.

Les plages de cette île étaient couvertes de beaux galets ronds, mais Gerlof l'avait avertie de ne pas en emporter avec elle. Cela portait malheur. Évidemment, cela ne l'avait pas empêché d'avoir son lot de malheurs au cours de sa vie.

Julia tourna le dos aux sorcières pour regagner le cabanon de pêche.

Vingt minutes plus tard, elle était au lit, à écouter le vent. Elle n'avait pas sommeil. Vers dix heures, elle essaya de commencer un des romans d'amour qu'elle avait apportés, intitulé *Le Secret du manoir*, mais elle n'arrivait pas à avancer. Elle referma le livre, et fixa le vieux compas sur la table près de la porte d'entrée.

Elle aurait pu être à Göteborg en ce moment, assise dans sa cuisine un verre de vin à la main, à regarder les réverbères éclairer la rue vide.

Il faisait nuit noire à Stenvik. Elle était sortie uriner, avait trébuché parmi les rochers et failli tomber à quelques mètres seulement du cabanon. Elle ne voyait plus la mer en contrebas, elle entendait seulement le bruit des vagues et du ressac sur les graviers de la plage. On devinait dans le ciel noir les épais nuages de pluie qui filaient au-dessus de l'île comme des esprits maléfiques.

Accroupie dans le noir, les fesses au vent, Julia se mit à penser sans le vouloir au fantôme qui était apparu une nuit sur cette même plage, au début du XXe siècle.

Elle se souvint d'une des histoires que sa grand-mère maternelle Sara lui avait racontées, à l'heure trouble du crépuscule : un soir de grand vent, son mari et le frère de celui-ci étaient descendus tirer leurs barques de pêche à l'abri des vagues.

Comme ils se trouvaient au bord de la mer écumante, occupés à traîner à terre leurs barques étroites, une créature était soudain sortie des ténèbres, un homme vêtu d'un épais ciré qui avait commencé à tirer un des bateaux dans le sens opposé, vers la mer. Le grand-père lui avait crié dessus, et la créature avait crié elle aussi, répétant sans cesse dans un suédois incompréhensible :

— Ösel ! Ösel !

Les pêcheurs avaient tenu bon et la créature avait brusquement fait volte-face et plongé parmi les vagues mugissantes. Elle avait disparu dans la tempête sans laisser de traces.

Julia finit rapidement d'uriner sur le sentier devant le cabanon, et se dépêcha de rentrer se mettre au chaud en fermant la porte derrière elle. Elle se souvint alors qu'il n'y avait pas l'eau courante, il faudrait qu'elle remonte jusqu'à la maison chercher un bidon.

Trois jours après ce soir de tempête, la nouvelle est arrivée de l'extrémité nord d'Öland : un navire s'était échoué près de Böda et avait été brisé par les vagues trois jours auparavant. Le navire venait de l'île estonienne d'Ösel. Tous les membres de l'équipage s'étaient noyés dans la tempête, et le marin avec lequel les pêcheurs avaient parlé à Stenvik était donc déjà mort à ce moment-là. Mort noyé.

La grand-mère avait hoché la tête en direction de Julia, à l'heure trouble du crépuscule.

Un fantôme de la plage.

Julia y croyait : c'était une bonne histoire, et elle croyait à toutes les vieilles histoires qu'elle avait pu entendre. Ce marin noyé errait sans doute toujours quelque part le long du rivage, seul et égaré.

Julia ne voulait plus ressortir. Elle n'avait pas l'intention d'aller chercher de l'eau, et fit une croix sur le brossage de dents.

Il y avait de grosses bougies rouges à la fenêtre du cabanon. Elle en alluma une avec son briquet avant d'aller se coucher, et la laissa briller un moment.

Une bougie pour Jens. Et pour sa mère, aussi.

À la lueur de la flamme, elle prit une décision : pas de verre de vin ni de cachet ce soir. Elle allait combattre son chagrin, même si elle le rencontrait partout, et pas seulement à Stenvik : dès qu'elle croisait un petit garçon dans la rue, il la submergeait.

En voyant sur le lit son petit carnet d'adresses à côté du vieux téléphone de Lena, elle l'attrapa sur un coup de tête, chercha un numéro dans le carnet et le composa.

Ça marchait. Deux sonneries, puis trois, quatre.

Une sourde voix masculine répondit alors.

« Allô ? »

Il était déjà dix heures et demie. Pour un soir de semaine, Julia avait appelé trop tard, mais elle était forcée de continuer :

« Michael ?

— Oui ?

— C'est Julia.

— Ah oui ?... Bonsoir, Julia. »

Il avait l'air plus fatigué que surpris. Elle essaya de s'imaginer à quoi pouvait ressembler Michael à présent, mais aucune image ne se présenta.

« Je suis sur Öland. À Stenvik.

— Ah oui ?... Et moi à Malmö, comme d'habitude. J'étais en train de dormir.

— Je sais qu'il est tard, dit-elle. Je voulais juste te dire qu'on a trouvé une nouvelle trace.

— Une trace ?

— De notre fils, expliqua-t-elle. De Jens. »

Il resta silencieux pendant quelques secondes.

« Ah oui ? finit-il par dire.

— Alors je suis venue ici... Je pensais que tu voudrais être au courant. Ce n'est pas une piste très importante, mais peut-être que...

— Comment vas-tu, Julia ?

— Bien... Je peux te donner des nouvelles s'il se passe quelque chose de plus.

— D'accord, dit-il. Apparemment, tu as toujours mon numéro. Mais appelle un peu plus tôt la prochaine fois.

— Entendu, se dépêcha-t-elle de dire.

— Au revoir, alors. »

Michael raccrocha et le silence emplit le téléphone.

Julia resta assise, le mobile à la main. Bon. Elle avait testé qu'il fonctionnait, mais elle comprenait qu'elle n'avait pas appelé la bonne personne.

Michael avait tourné la page depuis longtemps, même avant leur séparation. Depuis le début, il avait été persuadé que Jens était descendu au bord de l'eau et s'était noyé. Parfois, elle l'avait haï pour cette certitude, d'autres fois elle en avait juste été malade de jalousie.

Quelques minutes plus tard, comme Julia s'était glissée dans le lit, toujours vêtue de son pantalon et de son T-shirt, l'averse qui avait couvé toute la soirée se déclencha.

Elle s'abattit d'un coup, un crépitement rapide et furieux contre le toit de tôle du cabanon. Toujours couchée, Julia entendit dehors des petits ruisseaux se former le long du talus. Elle savait que le cabanon allait rester debout, il avait résisté à tant de tempêtes, alors elle ferma les yeux et s'endormit.

Elle n'entendit pas la pluie cesser une demi-heure plus tard. Elle n'entendit pas les pas dans le noir du côté de la carrière, elle n'entendit rien.

Öland, mai 1943

Nils a possédé la plage, il a possédé la baie de Stenvik, il possède à présent toute la lande qui s'étend autour du village. Quand sa mère n'a pas besoin de son aide à la maison, il la parcourt chaque jour à grands pas. Dans la lumière jaune du soleil, il avance sur la steppe d'Öland, sac au dos, un fusil à la main.

Les lièvres restent terrés dans les broussailles jusqu'au moment où ils se sentent découverts, ils déboulent alors à toute vitesse, et il faut pouvoir épauler rapidement. Nils est toujours prêt quand il part à la chasse.

Son univers se limite à la maison et à la lande depuis que sa mère lui a expliqué qu'il ne pourrait plus travailler à la carrière après sa bagarre avec Lass-Jan, quelques années auparavant. Aucun des autres tailleurs de pierre ne voudrait plus de lui. Et Nils s'en fiche, de toute façon il a refusé d'y retourner, refusé de présenter ses excuses. La seule chose qui le chiffonne, c'est que sa mère ait dû payer son salaire au contremaître pendant les semaines où il n'avait pas pu aller à la carrière, le temps que ses doigts cassés guérissent.

Putain. Tout était quand même sa faute !

Nils a gardé un souvenir de la bagarre : deux doigts cassés à la main gauche. Il a refusé d'aller voir le docteur à Marnäs, malgré la douleur, et ses doigts ont mal guéri, ils se sont repliés vers l'intérieur et raidis. Ça ne fait rien, il est droitier et il peut quand même tenir son arme.

Les gens du village l'évitent désormais, mais ça ne fait rien non plus. Il trouve parfois Maja Nyman sur le bord du chemin, en sortant sur la lande, mais elle se contente de le regarder passer, silencieuse comme les autres. Maja a de grands yeux bleus, mais Nils se débrouille sans elle.

Sa mère lui a donné ce fusil Husqvarna à double canon pour lui tenir compagnie. Et lui, il lui donne tous les lièvres qu'il tire, ça lui évite de se faire rouler en achetant de la viande trop chère aux paysans radins du village.

Le clocher blanc de l'église de Marnäs se dresse à l'horizon vers l'est, mais Nils n'a pas besoin de repères. Il a appris à trouver son chemin sur la lande, dans ce labyrinthe de longs murets de pierre, de rochers, de buissons et d'herbes à l'infini.

Devant lui, sur un côté, s'élève un cairn votif, un petit tas de pierres qui rappelle l'assassinat d'un prêtre ou d'un évêque par un valet de ferme fou, plusieurs centaines d'années avant la naissance de Nils. Les gens qui passent continuent d'y déposer des cailloux. Nils, jamais, mais c'est un bon endroit pour s'asseoir et manger son casse-croûte.

Et il s'arrête, se tâte et sent qu'il commence à avoir un petit creux. Il s'approche du monticule, enlève quelques pierres moussues et s'assoit, son fusil contre lui et son sac sur les genoux.

Il l'ouvre et trouve deux sandwichs au fromage et deux à la saucisse, emballés dans du papier gras, et une petite bouteille embuée pleine de lait. C'est sa mère qui a tout préparé. Sans lui demander la permission, Nils, lui, est allé remplir le flasque en cuivre qu'il garde dans la poche de sa veste avec le cognac qu'elle range par terre le long du mur, tout au fond du garde-manger.

Pour commencer sa pause casse-croûte, il ouvre sa flasque et avale une grande rasade qui répand dans sa gorge une longue chaleur, puis il déballe ses sandwichs. Il mange et boit les yeux fermés, en laissant vagabonder ses pensées.

Nils pense à la chasse. Aucun lièvre aujourd'hui, mais il a encore tout l'après-midi pour en tirer un.

Puis il pense à la guerre, qui occupe encore tous les bulletins d'information dès qu'on allume la radio.

La Suède n'a pas été attaquée, même après l'explosion de trois torpilleurs allemands entrés par erreur dans un secteur miné au large de la pointe sud d'Öland à l'été 1941. Plus de cent marins d'Hitler sont morts noyés ou brûlés dans les nappes de mazout en feu. Et beaucoup d'insulaires ont cru la guerre arrivée pour de bon quand, l'été suivant, pour une raison inconnue, un bombardier allemand a largué huit bombes dans la forêt en contrebas de la ruine du château de Borgholm.

On a entendu les déflagrations jusqu'à Stenvik. Nils, réveillé par le grondement sourd, est allé à la fenêtre, le cœur battant. Il aurait juré avoir entendu les moteurs de l'avion qui s'éloignait. Peut-être un

Messerschmitt. Il a tendu l'oreille en espérant d'autres explosions, une pluie de bombes sur Stenvik.

Mais il n'y a pas eu d'invasion allemande, et maintenant il est trop tard pour que Hitler fasse quoi que ce soit. Nils a lu dans *Ölands-Posten* la nouvelle de la capitulation massive devant Stalingrad pendant l'hiver glacial de l'année passée. Hitler est un perdant.

Nils entend un cheval hennir derrière lui.

Il ouvre les yeux et tourne la tête. Il y a plusieurs chevaux derrière lui. Quatre jeunes bêtes à la robe brun et blanc sont arrivées derrière le cairn, et maintenant elles contournent Nils au trot, un peu en arc de cercle, tête baissée, les jambes cernées d'un léger nuage de poussière. Leurs sabots ne font presque aucun bruit dans l'herbe.

Des chevaux. Ils se déplacent librement en bandes sur la lande. Plus occupé à guetter les lièvres qu'à regarder où il met les pieds, il est arrivé quelquefois à Nils d'enfoncer ses bottes dans leur crottin, qui forme des monticules bruns un peu partout.

Cette petite bande a l'air de se diriger vers un but précis, mais quand Nils les siffle et plonge la main gauche dans son sac, le cheval de tête ralentit et tourne la tête vers lui.

Tous les chevaux s'arrêtent et regardent Nils. L'un d'eux se penche pour flairer l'herbe jaunie de la lande, mais n'en broute pas. Ils attendent mieux.

Nils a toujours la main dans le sac, où il froisse le papier qui emballait les sandwichs, la main droite calmement posée sur les pierres empilées du cairn.

Les chevaux hésitent, flairent, grattent du sabot. Nils recommence à froisser le papier et le cheval de tête, brun foncé, fait un pas dans sa direction. Les autres aussi s'approchent lentement du cairn, les narines un peu frémissantes.

Le cheval de tête s'arrête à nouveau, à cinq mètres.

« Viens donc à la mangeoire », dit Nils avec un sourire forcé.

On ne peut pas tromper comme ça les lièvres, seulement les chevaux.

Le cheval de tête secoue la tête et s'ébroue avec un hennissement sourd.

Il s'approche d'un pas et c'est alors que Nils détache vite sa main droite du cairn et jette la première pierre.

Dans le mille ! Le morceau de calcaire moussu touche l'animal juste au-dessus du museau, et il saute en arrière comme s'il avait reçu une décharge électrique. Il recule, terrorisé, heurte le cheval qui le suit et fait volte-face, pris de panique, quand Nils se lève brusquement et lance la deuxième pierre. Elle est plus plate et coupante, et fend l'air comme la lame d'une scie.

Elle touche le cheval de tête au flanc. Il pousse un grand hennissement d'effroi et tous les chevaux comprennent à présent le danger. Ils font demi-tour et s'élancent au galop sur la lande, leurs sabots martelant le sol. Ils disparaissent parmi les broussailles.

Nils s'énerve et sa troisième pierre tombe trop loin sur la gauche. Raté. Il se baisse aussitôt, mais son quatrième lancer est trop court.

La dernière chose qu'il voit du cheval de tête, en tout cas, c'est une longue traînée de sang qui lui poisse les poils sur le flanc droit. La blessure est profonde, elle ne guérira pas avant plusieurs jours. Nils va essayer de retrouver la pierre qui a blessé le cheval avant de rentrer, pour voir s'il y a du sang dessus.

Le fracas de la fuite effrénée des chevaux meurt au loin. Le silence revient sur la lande. Nils soupire et se rassoit sur le monticule de pierres, il ricane en pensant à l'expression de stupéfaction ridicule dans les yeux du cheval de tête quand la première pierre l'a touché.

Saloperie de chevaux.

Nils leur a montré qui commandait sur la lande autour de Stenvik. Il ricane toujours tout seul et attrape son sac. Est-ce que Mère a mis des caramels au fond ?

6

C'était le soir à la maison de retraite de Marnäs. Gerlof était à son bureau, devant son carnet. Il tenait un stylo-bille, mais n'écrivait rien.

Dans ces moments Gerlof pouvait facilement se persuader qu'au fond il n'était pas aussi vieux qu'il pensait et qu'il lui restait beaucoup d'énergie : il allait bientôt se lever d'un bon pied, s'étirer et se mettre en route.

Sortir. Descendre sur la plage de Stenvik, mettre la barque à l'eau et ramer jusqu'à son bateau qui mouillait dans les eaux plus profondes. Lever l'ancre, hisser la voile et partir au loin.

Gerlof avait toujours été fasciné par l'idée qu'un marin pouvait, depuis les eaux d'Öland, atteindre n'importe quelle côte. Avec un peu de chance, beaucoup d'habileté, le bon équipement et assez de provisions à bord, il pouvait naviguer d'Öland jusqu'à n'importe quel port dans le monde et revenir. Fantastique. Quelle liberté.

Quelques minutes plus tard, la cloche du dîner sonna dans le couloir et Gerlof retrouva son corps sans force. Ses jambes étaient raides, ses bras n'arriveraient jamais plus à hisser aucune voile.

Elles étaient passées vite, ses années en mer. Et, en fin de compte, elles n'avaient pas été si nombreuses. Gerlof avait accompagné son père comme mousse sur son *Ingrid Maria* à la fin des années vingt, et cinq ans plus tard, quand son père s'était installé à terre comme armateur, il avait repris le navire, l'avait rebaptisé *Vind* et avait été chargé de transporter du bois entre la côte du Småland et Öland. Il était devenu capitaine à vingt-deux ans.

Pendant la Seconde Guerre mondiale, il avait servi comme pilote au large d'Öland, et, à deux reprises, il avait dû assister au naufrage corps et biens de navires dont les commandants pensaient connaître un meilleur chemin à travers les champs de mines.

Pendant ces années, Gerlof avait vécu dans la hantise permanente des mines. Dans un cauchemar qui le réveillait encore certaines nuits, trempé de sueur froide, il se trouvait sur le pont d'un remorqueur penché au coucher du soleil sur la mer miroitante et apercevait soudain une grosse mine noire juste sous la surface de l'eau. Vieille et rouillée, couverte d'algues flottantes, mais hérissée de piquants qui dans un instant allaient toucher le bateau et déclencher l'explosion.

Impossible d'arrêter le bateau qui glissait, de plus en plus près des piquants… et chaque fois, juste au moment où la coque allait toucher la mine, Gerlof se réveillait.

Après la guerre, il avait acheté son deuxième cotre, le *Vågryttaren*, et avait commencé à naviguer entre Borgholm et Stockholm, par le canal de Södertälje. Sa cargaison était le marbre d'Öland, du calcaire rouge pour les chantiers de la capitale, et il ramenait du carburant, des marchandises variées ou de la chaux pour la coopérative de Borgholm. Dans les ports, sur le chemin, on rencontrait toujours des collègues prêts à vous aider en cas de besoin.

Il n'y avait pas de rivalité à l'époque, et Gerlof avait reçu beaucoup d'aide cette nuit de décembre 1951, quand son *Vågryttaren* avait pris feu à l'ancre au large de l'île d'Ängsö. La cargaison d'huile de lin s'était enflammée, et Gerlof et son second John Hagman avaient tout juste eu le temps d'arriver sur le pont avant que tout le bateau ne s'embrase. Aucun des deux ne savait nager, mais un autre cotre en provenance d'Oskarhamn se trouvait dans les parages et les avait recueillis à bord. Ils étaient sains et saufs, mais pour le *Vågryttaren*, il n'y avait rien eu d'autre à faire que de lui couper l'ancre et de le laisser partir à la dérive dans la nuit.

Pour Gerlof, l'image de son cotre en flammes s'apprêtant à sombrer dans la nuit d'hiver était un symbole de l'activité maritime à Öland, même s'il ne l'avait pas compris clairement sur le coup. Il aurait pu raccrocher après avoir été blanchi par la commission d'enquête maritime, mais, par pure obstination, il avait racheté un cotre à moteur avec l'argent de l'assurance et avait navigué encore neuf ans. Le *Nore* avait été sa dernière embarcation, la plus belle, élancée, avec sa proue superbe et son moteur à tête chaude qui turbinait à ravir. Il entendait encore parfois sa pulsation sourde à deux temps résonner dans sa tête au moment de s'endormir.

En mille neuf cent soixante, il avait vendu le *Nore*, était revenu à terre travailler dans l'administration communale de Borgholm, et avait commencé sa vie sédentaire, assis derrière un bureau. L'avantage, bien sûr, était de pouvoir rentrer chaque soir auprès d'Ella. Il était très largement passé à côté de l'enfance de ses filles, mais à présent qu'elles entraient dans l'adolescence, il allait en tout cas les voir grandir. Et quand sa cadette était tombée enceinte à la fin des années soixante, Gerlof ne s'était pas soucié qu'elle soit mariée ou non – il avait aimé le petit garçon. Son petit-fils.

Jens Gerlof Davidsson.

Et puis ce jour-là est arrivé.

C'était l'automne, mais comme Julia poursuivait désormais à mi-temps ses études d'infirmière, elle avait pu rester avec Jens à Stenvik plus longtemps que d'habitude. Michael, le père de Jens, était resté sur le continent. Et Julia avait confié son fils à Ella et Gerlof après le déjeuner pour se rendre à Kalmar par le pont qui venait d'être construit. Et après le café, sans hésitation ni pressentiment, Gerlof avait laissé Jens à son épouse et était descendu démêler quelques filets qu'il pensait mettre à la mer le lendemain matin.

Du cabanon de pêche, il avait vu le brouillard monter du détroit de Kalmar : le plus épais qu'il ait vu depuis ses années en mer. Quand le brouillard était arrivé sur la plage, il avait senti sur sa peau comme un voile glacé, et s'était mis à grelotter, comme dans le froid sur le pont d'un bateau. Quelques minutes après, le monde autour de lui n'était plus qu'une nébuleuse blanche, où l'on ne voyait plus rien.

Il aurait dû rentrer alors, rejoindre Ella et Jens. Il y avait pensé. Mais il était resté dans le cabanon à travailler avec les filets une heure encore.

Et voilà. Mais comme il était resté dans le cabanon et qu'il avait l'ouïe fine, il était certain d'une chose, dont il n'avait jamais réussi à convaincre personne, sauf peut-être Julia : Jens n'était pas descendu sur le rivage ce jour-là. Gerlof l'aurait entendu. Les bruits étaient un peu étouffés par le brouillard, mais on les percevait. Jens ne s'était pas noyé, comme le croyait la police, et son corps n'avait pas été aspiré vers le fond du détroit de Kalmar.

Jens était allé ailleurs que dans l'eau.

Gerlof se pencha sur son bureau, et écrivit une seule phrase :

LA LANDE EST COMME LA MER.

Oui. Tout pouvait y arriver, sans que personne n'en sache rien.

Il posa son stylo, ferma son carnet, et, en ouvrant le tiroir du bureau, il regarda à nouveau la sandale emballée dans son papier de soie, et, à côté, un livre mince publié plus tôt dans l'année.

C'était un livre de souvenirs, de soixante pages, avec sur la couverture le titre : *Compagnie Maritime Malm, 40e anniversaire*, et au-dessous la photo d'un bateau.

C'est Ernst qui le lui avait prêté lors de sa dernière visite, deux semaines plus tôt.

« Il y a peut-être quelque chose à creuser de ce côté-ci, avait-il dit. Regarde page dix-huit. »

Gerlof prit le livre, l'ouvrit et le feuilleta jusqu'à cette page. Tout en bas, sous le texte, il y avait une petite photo en noir et blanc qu'il avait déjà examinée à de nombreuses reprises.

L'image était ancienne. On y voyait la jetée en pierre d'un petit port, où s'entassait un lot de longues planches. Derrière le tas de bois dépassait la proue d'un voilier de taille moyenne, semblable à celui sur lequel Gerlof avait jadis navigué, et à côté des planches s'alignait un groupe d'hommes en vêtements de travail sombres, portant des casquettes. Deux hommes étaient campés jambes écartées devant le groupe, l'un posant amicalement la main sur l'épaule de l'autre.

Gerlof dévisagea les deux hommes, qui à leur tour le dévisagèrent.

On entendit frapper à la porte.

« Le café du soir, Gerlof, dit la voix de Boel.

— J'arrive », dit Gerlof en reculant sa chaise.

Il se leva péniblement de son bureau.

Il avait du mal à détacher les yeux de ces hommes.

Aucun des deux ne souriait, et Gerlof ne leur souriait pas non plus, car après sa dernière conversation avec Ernst, il était quasiment sûr que l'un d'eux, sur ce vieux cliché, avait causé la mort de son petit-fils Jens, puis fait disparaître le corps.

Seulement il ne savait pas lequel.

Avec un soupir silencieux, il referma le livre et le rangea à sa place dans le tiroir du bureau. Il attrapa alors sa canne et sortit lentement pour aller boire son café.

7

Sur l'île d'Öland, l'aube illumine en silence l'horizon rectiligne d'une lumière éblouissante, mais ce matin d'octobre, le lever du soleil ne réveilla pas Julia.

Aux trois fenêtres du cabanon de pêche de Gerlof s'enroulaient des stores qui avaient dû être rouge sombre, mais qui s'étaient lentement décolorés au soleil jusqu'à prendre une teinte rose pâle. Juste avant huit heures et demie, le store le plus proche du lit de Julia se débloqua et s'enroula sur lui-même avec un bruit qui dans le silence claqua comme un coup de tonnerre.

Julia ouvrit l'œil. Elle n'avait pas été réveillée par le bruit, mais par la lumière du soleil brusquement entrée par la fenêtre ouverte à l'est. Elle cligna des yeux et leva la tête de son oreiller douillet. Elle vit par la fenêtre des herbes jaunies par l'automne se coucher sous le vent, et elle se souvint alors où elle était. Grand vent et lumière.

Stenvik, pensa-t-elle.

Elle cligna encore des yeux en essayant de garder la tête levée, mais retomba bientôt dans le creux de l'oreiller. Elle n'était pas du matin, depuis toujours et, pendant vingt ans, elle avait souvent succombé à la tentation de chercher l'oubli dans le sommeil. Après ce jour-là, sa dépression lui avait fait passer une trop grande partie de sa vie d'adulte à dormir. Mais il est difficile de se lever le matin quand on ne voit aucune bonne raison de le faire.

Se lever à Stenvik était d'autant plus difficile qu'il n'y avait pas de salle de bains chauffée où aller d'un pas encore mal assuré faire sa toilette au saut du lit. Tout ce qu'il y avait, c'était une plage de galets en contrebas du cabanon, et de l'eau glacée.

Julia se souvint vaguement du crépitement d'une averse pendant la nuit, mais on n'entendait plus à présent que le bruit des vagues. Le rythme du ressac l'invitait à sauter du lit, se déshabiller, dévaler la pente et se jeter à l'eau, mais l'envie lui passa.

Elle resta encore couchée quelques minutes dans le lit étroit, puis finit par se lever.

L'air était humide et froid, le vent soufflait toujours, mais le Stenvik qu'elle découvrit en ouvrant la porte du cabanon ne ressemblait plus au paysage fantôme de la veille au soir.

L'averse nocturne semblait avoir balayé toute la grisaille : le soleil était revenu, et la côte rocheuse d'Öland resplendissait comme un sou neuf. La baie qui donnait son nom au village n'était pas très échancrée, c'était plutôt un golfe doucement arrondi qui s'étendait de part et d'autre du cabanon, comme sculpté par les eaux scintillantes du détroit. À quelques centaines de mètres du rivage, des goélands, ailes étendues, se reposaient sur le dos des vagues, et leurs cris ou leurs rires stridents se perdaient dans le vent.

Ce soleil lui rappelait douloureusement que tout n'était pas aussi beau qu'il y paraissait, mais Julia essaya de repousser cette idée. Elle voulait juste se sentir bien, ne pas penser à des bouts d'os ni converser avec le souvenir de Jens ce matin.

Elle entendit un aboiement joyeux. En tournant la tête vers la route côtière, elle vit une femme aux cheveux blancs, vêtue d'un ciré rouge, qui se promenait vers le sud, accompagnée d'un petit chien brun clair, sans laisse, occupé à courir de long en large et flairer le chemin. De dos, Julia les vit obliquer et entrer d'un bon pas dans une des maisons de l'autre côté de la route.

Julia constata qu'Ernst n'était pas le seul résident permanent à Stenvik.

Elle se réveillait peu à peu et retrouvait son énergie. Elle prit un bidon en plastique et se dépêcha de monter chez Gerlof le remplir au robinet du jardin. En plein soleil, la maison semblait à présent vraiment accueillante, malgré les hautes herbes qui l'entouraient, mais comme Gerlof ne lui avait pas donné de clé, elle ne pouvait pas entrer voir sa chambre de petite fille.

Tout en faisant couler l'eau qui éclaboussait, elle se dit que rien ne l'empêchait de rester sur Öland un peu plus longtemps. S'il y avait quelque chose de sensé à faire – si Gerlof pouvait être plus clair et lui suggérer concrètement quoi faire ou chercher – elle pourrait rester deux ou trois jours de plus.

Puis elle regarda autour d'elle dans le jardin désert et prit sa décision. Non. Elle rentrerait à Göteborg le jour même, mais un peu plus tard.

En revenant vers le cabanon de pêche, le bidon d'eau à bout de bras, elle s'arrêta pour regarder la villa jaune derrière la haie d'aubépine, en contrebas. Elle était entourée de hauts frênes touffus, et l'on ne pouvait que la deviner derrière la haie, mais ce qu'on apercevait n'était pas beau à voir. La maison était non seulement vide, mais à l'abandon. De la vigne vierge avait envahi la façade et commençait à couvrir les fenêtres aux vitres cassées.

Julia se souvenait vaguement d'une vieille femme qui vivait là autrefois, sans jamais sortir ni fréquenter personne au village.

Étrange que cette maison ait ainsi été laissée à l'abandon : derrière toutes les fissures, c'était une superbe villa. Il faudrait que quelqu'un s'attelle à rénover toute la bâtisse.

Julia se remit en route et descendit jusqu'au cabanon de pêche où elle fit chauffer du thé et se prépara un petit déjeuner.

Quarante-cinq minutes plus tard, elle verrouillait la porte du cabanon, un sac en bandoulière, l'autre à bout de bras. À l'intérieur, le lit était fait, l'électricité était correctement coupée au niveau du disjoncteur principal et les stores tirés. Le cabanon de pêche était à nouveau vide.

Julia regagna sa voiture en haut de la falaise, regarda autour d'elle sans apercevoir personne le long de la côte puis s'installa dans l'auto. Elle démarra et jeta un dernier regard en direction du cabanon. Elle regarda la falaise, le moulin en ruine et toute cette eau scintillante sous ses yeux et elle sentit son chagrin revenir.

Elle manœuvra pour rejoindre la route côtière.

Elle passa devant des fermes transformées en maisons de vacances, devant la villa jaune laissée en déshérence et devant la grille qui donnait sur la maison de vacances de Gerlof. *Adieu. Adieu.*

Adieu, Jens.

Sur la gauche de la route, un chemin partait vers un dernier groupe de maisons de vacances, et un bloc rectangulaire de calcaire était fiché dans le sol avec l'inscription SCULPTURE SUR PIERRE 1 KM en lettres blanches. Au-dessus, un panneau métallique indiquait une impasse.

Julia vit le panneau et se rappela ce qu'elle avait envisagé de faire ce matin avant d'aller dire au revoir à Gerlof : s'arrêter à la carrière désaffectée et jeter un coup d'œil aux sculptures d'Ernst Adolfsson.

Elle n'avait pas les moyens de lui acheter quoi que ce soit, mais elle avait bien envie d'aller voir. Peut-être en profiterait-elle aussi pour poser d'autres questions au sujet de Jens, si Ernst se souvenait de sa disparition et s'il voulait bien raconter où il avait été ce jour-là. Cela ne pouvait pas faire de mal.

Elle tourna dans le chemin étroit, où sa petite Ford s'engagea cahin-caha. L'eau de pluie stagnait en longues flaques dans les deux traces de roues : elle ralentit et conduisit en première, ce qui n'empêchait pas la voiture de faire des embardées dans les ornières luisantes de boue.

Elle dépassa les maisons de vacances et longea le bord de la lande. Le chemin obliquait lentement vers la carrière le long de la route côtière, mais se redressait ensuite en direction de la maison basse d'Ernst Adolfsson. Il s'arrondissait en cul-de-sac dans la cour devant chez lui, où sa vieille Volvo PV blanche était toujours garée.

Rien ne bougeait, mais une autre pierre plate polie se dressait au milieu de la cour avec écrit en noir : SCULPTURE SUR PIERRE – BIENVENUE.

Julia contourna la Volvo et se gara. Elle sortit de sa voiture en prenant dans son sac son mince portefeuille.

Le vent chantait dans l'herbe courte à travers un paysage presque sans arbres. D'un côté du jardin d'énormes plaies dans la colline. La carrière. De l'autre il n'y avait que de l'herbe et des genévriers épars à perte de vue. La lande.

Elle se retourna et regarda la maison. Elle était close et silencieuse.

« Il y a quelqu'un ? » cria-t-elle.

Le vent étouffa sa voix et personne ne répondit.

Une large allée couverte d'éclats de calcaire concassé conduisait à la porte d'entrée sur le petit côté de la maison, où il y avait une sonnette.

Julia s'approcha et sonna.

Pas de réponse non plus. La voiture était pourtant là. Où Ernst était-il donc passé ?

Elle sonna encore, longuement. Rien.

Sans réfléchir, elle toucha la porte. Elle n'était pas fermée, et s'entrebâilla, comme une invitation.

Elle glissa la tête dans l'embrasure.

« Il y a quelqu'un ? »

Pas de réponse. La lumière était éteinte, le hall d'entrée plongé dans l'obscurité. Elle tendit l'oreille pour entendre des pas lourds et le bruit d'une canne sur le sol, mais tout restait silencieux.

Il n'est pas chez lui – passe ton chemin et va voir Gerlof maintenant, lui dit sa voix intérieure. Mais elle était trop curieuse. Ne fermait-on pas la porte derrière soi sur Öland ? Avait-on toujours autant confiance ?

Sur un paillasson en plastique vert devant la porte on lisait : BIENVENUE. Julia essuya à deux reprises les semelles de ses chaussures puis entra.

« Il y a quelqu'un ? appela-t-elle. Ernst ? C'est Julia, la fille de Gerlof… »

Du plafond du hall d'entrée pendait un mobile fait de petits bateaux de bois qui voguaient en rond dans le courant d'air. La cuisine était à droite, propre et bien rangée avec une petite table desservie et deux chaises à barreaux de bois. À gauche se trouvait une chambre à coucher avec un lit étroit bien fait.

Le hall d'entrée se prolongeait jusqu'à un séjour avec fauteuil, télé et une baie vitrée donnant sur la carrière et, au-delà, les eaux bleues du détroit. La table centrale était chargée de piles de journaux et de livres, mais la pièce était vide elle aussi. À un mur pendait une horloge hexagonale en calcaire poli, avec des bouts d'ardoise pour les graduations du cadran.

Ce qu'il y avait d'étonnant, dans cette maison, c'était, à part l'horloge, l'absence de pierres sculptées à l'intérieur. Celles du dehors lui suffisaient sans doute ?

Elle retourna dans le hall en regardant plusieurs fois autour d'elle, comme si un assaillant inconnu allait, d'un instant à l'autre, lui fondre dessus par une fente du mur. Elle ressortit sur le perron et referma soigneusement la porte.

Julia resta sans bouger dans le soleil, ne sachant pas quoi faire à présent. Ernst Adolfsson était sûrement quelque part dehors et avait oublié de fermer derrière lui.

Elle regarda en direction des sculptures au bord de la carrière. Il y avait à côté un petit atelier peint en rouge, au milieu des bouleaux, et devant l'atelier s'empilaient encore d'autres blocs de pierre de diverses dimensions. Ils portaient quelques traces de polissage, mais semblaient inachevés. Certains ressemblaient à des hommes difformes, pensa Julia. Elle vit des visages malformés et des orbites noires s'enfonçant dans la pierre, et pensa à ces trolls qui s'emparaient des enfants et les emmenaient avec eux pour toujours sous la montagne. Gerlof lui avait raconté que jadis, lorsque des outils disparaissaient à la carrière, on accusait toujours les trolls. Il était impensable qu'un camarade les ait volés.

Elle quitta des yeux ces pierres et regarda vers les sculptures achevées qui s'alignaient au bord de la falaise qui surplombait la carrière. Des phares miniatures, des margelles de puits arrondies, de grands cadrans solaires et quelques larges pierres tombales. L'espace prévu pour graver le nom y avait été laissé vide.

Quelque chose manquait. Il y avait un vide dans le long alignement des sculptures, et Julia s'approcha. La veille au soir, depuis l'autre côté de la carrière, elle avait remarqué un grand clocher qui ressemblait à celui de Marnäs : il n'était plus là. À sa place s'ouvrait un trou béant dans le gravier au bord de la falaise, au-dessus de la carrière.

Julia s'approcha lentement parmi les pierres polies, et la carrière s'ouvrit sous ses yeux comme une énorme piscine vide.

L'excavation n'était pas très profonde à cet endroit, juste quelques mètres, mais la falaise tombait à pic.

Elle s'arrêta au bord du vide, regarda en silence l'âpre paysage minéral et aperçut soudain le clocher exactement sous ses pieds. Il était tombé dans la carrière, et s'était couché sur le flanc. La pointe du clocher indiquait la mer, vers l'ouest.

Le clocher ne s'était pas brisé.

Mais, sous la longue sculpture, Ernst Adolfsson gisait de tout son long. Du fond de la carrière, il fixait le ciel, la bouche sanglante, le corps écrasé.

Öland, mai 1945

Tout a basculé. De grands changements se préparent dans le monde et dans la vie de Nils Kant. Il sent que le vent tourne.

Le soleil brille plus fort que jamais sur la lande, les vents sont plus frais sur l'île, l'air plus limpide, toutes les fleurs sont écloses. L'herbe est verte, pas encore brûlée par le soleil du plein été. Des stries indistinctes palpitent dans les cieux, grossissent, ce sont des nuées d'hirondelles qui s'abattent comme des flèches noires et couvrent un instant le plateau, puis d'un coup d'aile rebondissent très haut dans le ciel.

Le printemps est arrivé pour de bon sur Öland, Nils Kant sent le changement dans l'air. Il a presque vingt ans à présent, il est enfin adulte et libre. La vie s'ouvre devant lui et de grands événements vont avoir lieu. Il le sent dans toutes les fibres de son corps.

Nils a bientôt passé l'âge de battre la campagne à la chasse au lièvre. Il a d'autres projets. Maintenant que la guerre est finie, il va s'en aller par le vaste monde, n'importe où. Il aimerait emmener avec lui Maja Nyman qui vit là-bas, près de la falaise, à Stenvik. Il se souvient de son allure et pense assez souvent à elle. Ils ne se sont pourtant jamais parlé, se sont juste parfois salués en se croisant, lorsqu'il n'y avait personne avec elle. S'il ne trouve pas bientôt moyen d'avoir une conversation sérieuse avec elle, il partira seul.

Aujourd'hui, il s'est aventuré plus loin de Stenvik que d'habitude, il a presque atteint la côte est de l'île. Avant de croiser la route, il a tiré deux lièvres qu'il a cachés sous un buisson pour les prendre au retour. Il a l'intention d'en tirer encore un ou deux avant de rentrer chez sa mère, et sur le chemin du retour peut-être encore quelques hirondelles, pour s'amuser.

L'eau de la fonte des neiges forme encore de larges flaques sur tout le plateau, c'est comme marcher dans un marécage parmi une multitude de petits lacs. L'eau sèche vite au soleil. Nils porte de grandes bottes en caoutchouc et, s'il veut, il peut marcher droit devant lui à travers les flaques. Ce qu'il fait parfois, et parfois il les contourne. Il est libre, le monde lui appartient.

Adolf Hitler a tenté de devenir maître du monde. Il est mort à présent, il s'est tiré une balle dans la tête à Berlin voilà quelques semaines. C'en était fini de l'Allemagne. Plus personne là-bas ne voulait ou n'avait la force de résister aux Russes ou aux Américains.

Nils patauge hors d'une flaque et s'avance parmi un enchevêtrement de genévriers. Il se souvient que, plus jeune, Hitler lui plaisait bien, il avait en tout cas eu un grand respect pour la force de sa volonté.

Il a écouté religieusement des bouts de discours hurlés par Hitler en Allemagne, lorsque sa mère allumait la radio au salon, et pendant plusieurs années il a attendu que des bombardiers allemands piquent sur Öland, que la guerre enfin arrive, mais à présent Hitler a disparu et la puissante Allemagne est anéantie sous les bombes anglaises.

L'Allemagne ne l'intéresse plus. Il irait bien visiter l'Angleterre. Et l'Amérique semble immense et pleine de promesses, mais tant d'habitants d'Öland y sont partis et ne sont jamais revenus, des milliers, disparus sans laisser de trace au cours du XIXe siècle. Nils veut s'en aller de par le vaste monde, puis revenir comme un empereur à Stenvik.

Nils entend quelque chose, un son faible mais distinct. Il s'arrête net.

Pas de lièvre en vue, mais il a l'impression que…

Il n'est pas seul.

Il y a quelqu'un.

Il a entendu quelque chose dans le vent, un bruit bref qui n'est pas un chant d'oiseau ni un bourdonnement d'insecte ou le gémissement d'un lièvre. Il a roulé sa bosse sur la lande pendant des années, il sait si les choses sont ou non comme elles doivent être. Là, il y a quelque chose qui cloche, c'est certain. Des frissons lui parcourent la nuque et le dos, il est sur ses gardes.

Ce n'est pas un lièvre, c'est autre chose.

Des loups ? La grand-mère de Nils, morte depuis longtemps, racontait des histoires de loups sur la lande. Il y avait des loups ici. Mais plus maintenant.

Des gens ?

Quelqu'un qui l'épie ?

Nils décroche doucement de son épaule son fusil Husqvarna, l'empoigne à deux mains, prêt à tirer, et du pouce ôte la sécurité. Deux cartouches de chevrotine de l'usine de Gyttorp sont engagées dans le canon, prêtes à partir.

Il regarde autour de lui : les genévriers couvrent tout par ici. Pour la plupart tordus et couchés par le vent, ils ne dépassent pas un mètre, mais ils sont touffus, impossible de voir à travers. Si Nils monte sur la pointe des pieds, son horizon se dégage, à perte de vue, et personne ne peut s'approcher en cachette, mais lorsqu'il s'accroupit, les genévriers semblent grandir et se pencher sur lui.

Plus un bruit à présent – si tant est qu'il y en ait jamais eu. Peut-être était-ce dans sa tête, cela lui est déjà arrivé quand il est seul.

Nils s'arrête, silencieux, absolument immobile parmi les herbes, et attend. Il respire calmement, il a tout son temps. Les lièvres sortent toujours quand il attend, leurs nerfs finissent par les trahir et ils abandonnent leur cachette, bondissent à l'aveuglette pour échapper au chasseur. Alors il n'y a qu'à épauler, viser la forme brune et appuyer sur la détente. Puis aller ramasser le corps qui tressaille faiblement.

Nils retient son souffle. Il écoute.

Il n'entend plus rien, mais le vent se lève et soudain il sent distinctement une odeur de vieille sueur et de tissu huileux. L'odeur âcre d'un corps humain, deux peut-être, lui est amenée par le vent.

Il y a des gens, tout près.

Nils se tourne vers la droite, le doigt sur la détente.

Des yeux effrayés le regardent dans un buisson de genévriers, à seulement quelques mètres.

Un regard humain qui croise le sien.

C'est le visage d'un homme qui prend forme dans l'ombre derrière le rideau d'épines, le visage d'un homme gris de crasse sous une tignasse ébouriffée.

Derrière ce visage, un corps plaqué au sol, vêtu d'habits vert-de-gris. Un uniforme, se dit Nils.

C'est un soldat. Un soldat étranger sans casque et sans arme.

Nils brandit son fusil et sent son cœur battre jusqu'au bout des doigts. Il lève le canon de quelques centimètres.

« Sors de là ! » crie-t-il.

Le soldat ouvre la bouche et dit quelque chose. Ce n'est pas du suédois, pas en tout cas un suédois que Nils ait jamais entendu. C'est une langue étrangère. Cela ressemble à de l'allemand.

« Quoi ? lance Nils. Qu'est-ce que tu dis ? »

Le soldat lève lentement les mains, elles sont sales et crevassées – et c'est alors que Nils voit qu'il n'est pas seul dans sa cachette. Un peu de côté derrière lui, un autre homme en uniforme sale le fixe, plaqué dans l'herbe. Ils ont tous deux l'air aux abois, comme s'ils fuyaient des souvenirs atroces.

« *Bitte nicht schiessen* », chuchote le soldat le plus proche de Nils.

8

Julia avait appelé Gerlof depuis le téléphone d'Ernst Adolfsson et lui avait raconté ce qui s'était passé – qu'elle avait trouvé Ernst, où il était tombé, qu'il était mort.

Gerlof avait bien compris, mais il était parvenu à ne pas trop penser, à brider ses sentiments pour ne se concentrer que sur la voix de sa fille. Elle semblait tendue, bien sûr, mais ne tremblait pas. Julia se maîtrisait.

« Alors Ernst est mort », dit Gerlof.

Silence dans l'écouteur.

« Tu es certaine ?

— Je suis infirmière, répondit Julia.

— Tu as appelé la police ?

— J'ai fait le 18. Ils vont envoyer quelqu'un. Mais pas d'évacuation d'urgence pour Ernst… c'est trop tard. »

Elle se tut quelques secondes.

« Mais la police va sûrement venir aussi, même si c'est un accident. Il a…

— J'arrive », dit Gerlof.

Il se décida sur-le-champ, en prononçant ces mots.

« La police ne va sûrement pas tarder, mais je viens moi aussi. Assieds-toi dans le fauteuil d'Ernst et attends-les.

— D'accord. Je vais attendre, dit Julia. Je t'attends. »

Elle semblait toujours calme.

Ils raccrochèrent, et Gerlof resta quelques minutes à son bureau, le temps de rassembler ses forces.

Ernst. Ernst était mort. Gerlof laissa décanter la nouvelle. Jusqu'à un instant auparavant il ne lui restait que deux amis intimes, John et Ernst. Il n'en avait plus qu'un.

Il attrapa sa canne et se leva. Il était bel et bien décidé, même si les rhumatismes et le chagrin rendaient ses mouvements plus douloureux que jamais. Il sortit dans le couloir, des rires venaient de la cuisine, il marcha dans leur direction.

Boel était là avec une nouvelle, une jeune à qui elle expliquait apparemment l'utilisation du lave-vaisselle. Elles s'aperçurent de la présence de Gerlof et Boel lui sourit, mais reprit un air sérieux en voyant son visage.

« Boel, je dois aller à Stenvik. Il y a eu un accident. Mon meilleur ami est mort, dit Gerlof d'une voix résolue. Il faut que quelqu'un me conduise. »

Il ne baissa pas les yeux, et Boel finit par opiner du chef. Elle n'aimait pas ce qui sortait de l'ordinaire, mais cette fois-ci elle ne discuta pas.

« Attends deux minutes, je t'emmène », dit-elle seulement.

En vue de l'entrée nord de Stenvik, qui descendait vers la carrière, Gerlof, depuis le siège passager, leva le bras en indiquant droit devant.

« On passe par le sud, dit-il.

— Pourquoi ? dit Boel. Tu voulais pourtant…

— J'ai deux amis à Stenvik, coupa Gerlof. L'un était Ernst. Il faut prévenir l'autre. »

Ce n'était pas un long détour. Bientôt apparut l'entrée sud avec son panneau CAMPING recouvert d'adhésif noir pour signifier la fermeture temporaire du camping de Stenvik. C'était John Hagman qui l'avait collé, même si le risque était faible de voir débarquer quelqu'un avec sa tente ou sa caravane en plein mois d'octobre.

Sur la gauche apparut le kiosque fermé, puis le minigolf. Un homme en survêtement vert balayait les pistes, d'un geste las. Il regarda la voiture au passage. C'était Anders Hagman, le fils unique de John. Il était célibataire et taciturne, et Gerlof ne l'avait jamais vu habillé autrement qu'avec ce survêtement élimé – il en possédait peut-être plusieurs.

L'entrée du camping apparut.

« C'est là, dit Gerlof. La maison là-bas. »

Il indiqua une petite maison à l'entrée du camping, un bâtiment bas aux fenêtres étroites qui ressemblait à un poste de garde. Devant la porte était garée une vieille Volkswagen Passat verte, toute rouillée : John était bien chez lui.

Boel freina et s'arrêta. Gerlof ouvrit la portière et sortit de la voiture en s'appuyant sur sa canne. Presque en même temps, la porte de la petite maison s'ouvrit. En sortit un homme de petite taille en bleu de travail, ses cheveux gris tirés en arrière, attachés en catogan. Il descendit les marches en simples chaussettes de laine. C'était John Hagman, toujours aussi prompt à venir voir qui lui rendait visite.

John et Anders Hagman géraient ensemble le camping durant l'été. Anders vivait surtout à Borgholm l'hiver.

John restait toute l'année à Stenvik, et assumait seul l'entretien quotidien du camping quand Anders n'était pas là. C'était un travail usant pour un homme de son âge – Gerlof serait volontiers venu l'aider s'il n'avait pas lui-même été encore plus âgé que lui.

Gerlof fit un signe de tête en direction de John, qui lui répondit en enfilant des bottes en caoutchouc qui attendaient en bas des marches.

« Ça alors, dit John en voyant approcher Gerlof. C'est une surprise.

— Oui. Il y a eu un accident, dit Gerlof.

— Où ça ?

— À la carrière.

— Ernst ? » dit John à voix basse.

Gerlof hocha la tête.

« Il est blessé ?

— Oui. C'est grave, dit Gerlof. Vraiment grave. »

John le connaissait depuis presque cinquante ans, ils avaient gardé le contact après leurs années passées ensemble en mer. Il sembla comprendre rien qu'au regard de Gerlof.

« Il y a du monde là-bas ? demanda-t-il.

— Sans doute à l'heure qu'il est, dit Gerlof. Ma fille Julia a appelé. Elle est ici. Elle est arrivée hier de Göteborg.

— Je vois. »

John en quelques pas rentra dans la maison et en ressortit avec un manteau et un trousseau de clefs.

« On peut prendre ma voiture, dit-il. Je vais prévenir qu'on y va. »

Gerlof hocha la tête. Très bien. Boel voudrait sûrement regagner à la maison de retraite et il pourrait parler plus librement avec John s'ils étaient seuls.

John alla trouver Anders, se campa devant lui et lui désigna la piste de golf en disant quelque chose à voix basse. Anders fit non de la tête. Gerlof vit John faire un signe dans sa direction en haussant la voix. Les Hagman père et fils avaient une relation tendue, Gerlof le savait bien – ils dépendaient trop l'un de l'autre.

Anders finit par opiner du chef, et John tourna les talons en secouant la tête. Ils avaient fini de se disputer.

Pendant que John ouvrait sa voiture, Gerlof alla remercier Boel de l'avoir conduit.

« Alors Ernst est mort, dit John en tenant le volant.

— C'est ce qu'a dit Julia, dit Gerlof assis à côté de lui, le regard tourné vers la plage et l'eau qui scintillait en contrebas de la route côtière.

— Une pierre lui sera tombée dessus, dit John.

— Une très grosse pierre. À ce qu'a dit Julia. »

En soixante ans, il n'y avait pas eu un seul accident grave à la carrière, pensa-t-il, et maintenant qu'elle avait fermé, Ernst prenait une pierre sur la tête.

« J'ai pris mon double de clefs, dit John. Au cas où ils l'auraient déjà emmené.

— Il t'avait laissé ses clefs ? » dit Gerlof, à qui Ernst n'avait jamais témoigné la même confiance.

D'un autre côté, il ne lui avait pas non plus donné les clés de sa maison. Peut-être qu'ils ne se fiaient pas complètement l'un à l'autre.

« Ernst savait que je ne viendrais pas fouiner, dit John.

— Maintenant, on va quand même aller jeter coup un œil chez lui, dit Gerlof. Je ne sais pas vraiment ce qu'il faut chercher. Mais il faut chercher.

— Sûr, dit John. C'est différent maintenant. »

Gerlof se tut, le regard rivé droit devant lui. Une ambulance arriva alors à leur rencontre sur la route côtière. C'était la première fois que Gerlof voyait une ambulance à Stenvik.

Elle revenait de la carrière sans se presser, son gyrophare bleu sombre éteint. Ce n'était pas bon signe, mais il fallait s'y attendre. John ralentit, l'ambulance les croisa, puis ils s'engagèrent dans l'entrée nord du village.

« Ses sculptures se vendaient bien, l'été, dit John après un moment de silence. On faisait des blagues là-dessus : Ernst avait plus de clients que moi de poissons dans mes filets. »

Gerlof se contenta d'opiner du chef, il n'y avait rien d'autre à ajouter pour le moment. Il se sentait toujours accablé par la mort d'Ernst, c'était comme un énorme poids sur les épaules.

John tourna dans le petit chemin qui conduisait au plateau au-dessus de la carrière, et Gerlof remarqua dans la boue les traces de plusieurs véhicules. Oui, il apercevait là-bas les voitures d'Ernst et Julia, deux voitures de police garées derrière, et encore une voiture particulière, une Volvo d'un bleu étincelant. À côté d'elle se tenait un homme, coiffé d'une casquette, un appareil photo pendu sur le ventre.

« Tiens, Bengt Nyberg a encore acheté une nouvelle voiture, dit Gerlof.

— Les journalistes doivent être bien payés, dit John.

— Tu crois ? » dit Gerlof.

John freina au niveau du panneau SCULPTURE SUR PIERRE – BIENVENUE et coupa le contact. Le silence s'installa.

Gerlof sortit péniblement de la voiture, ses membres étaient raides comme toujours et protestaient contre ces mouvements inhabituels. Il s'appuya sur sa canne, se redressa et fit un signe de tête au correspondant du quotidien local *Ölands-Posten* qui venait vers eux d'un pas nonchalant, la main sur son appareil.

« L'ambulance l'a emmené, dit Nyberg.

— Nous savons, dit Gerlof.

— Je l'ai raté moi aussi. J'ai à peine quelques clichés des policiers et de la grande flaque de sang là-bas, mais je ne pense pas que ce soit publiable. Ce sera bien sûr à eux de décider, à Borgholm. »

On aurait cru qu'il parlait d'images de voitures dans le fossé, ou de vitres cassées. Bengt a toujours été insensible, pensa Gerlof.

« Laisse tomber les photos, ça vaut mieux, dit-il.

— Savez-vous qui l'a trouvé ? » demanda Nyberg en appuyant sur un bouton de son appareil.

La pellicule commença à se rembobiner en ronronnant.

« Non », dit Gerlof.

Il se mit à marcher lentement vers le bord de la carrière. Mais où était passée Julia ?

« Rentre écrire ton article maintenant, Bengt, dit John dans le dos de Gerlof.

— Très bien, dit Nyberg. Vous en saurez plus dans le journal demain matin. »

Il regagna alors sa voiture neuve, s'installa au volant et démarra.

Gerlof passa lentement devant la maison, l'atelier, et continua en direction de la carrière. Comme il n'était plus qu'à quelques mètres du bord apparut un policier qui remontait du fond. Il parvint à poser un pied au bord de la falaise, se hissa puis se pencha pour aider à grimper un jeune collègue. En reprenant son souffle, il avisa Gerlof qui ne les reconnut ni l'un ni l'autre. Ils devaient venir de Borgholm, ou du continent.

« Vous êtes des membres de la famille ? demanda le policier le plus âgé.

— De vieux amis, dit Gerlof. Sa famille vit en Småland. »

Le policier hocha la tête.

« Il n'y a pas grand-chose à voir, dit-il.

— C'est un accident ?

— Un accident du travail, dit le policier.

— Il voulait déplacer une sculpture, là, dit le plus jeune policier en désignant, au bord de la falaise, l'endroit où se dessinait un trou dans le gravier. Il était là, il a dû attraper le bloc de pierre. Et alors…

— Oui, il a glissé, ou trébuché, alors il est tombé et le bloc l'a écrasé, continua l'autre policier.

— Ça a dû se passer très vite », dit le jeune policier.

Gerlof avança encore d'un pas, appuyé sur sa canne. Alors il vit.

Le clocher, la plus grande sculpture d'Ernst, au fond de la carrière. On voyait clairement l'endroit où elle avait heurté le sol en tombant. Il y avait une profonde entaille dans le gravier, en contrebas.

Une trace d'Ernst. Gerlof détourna vite le regard vers le reste de la carrière, mais, à l'idée du nombre de pierres tombales et de stèles funéraires qu'on avait extraites de la montagne au fil des ans, il détourna à nouveau les yeux et regarda plus loin, vers la plage et la mer. Il se sentit enfin un peu mieux.

Il considéra alors sur sa droite les autres sculptures qui s'alignaient au bord de la falaise. Ernst les avait installées à quelques mètres d'intervalle, mais il y avait un peu plus loin un espace plus large… Gerlof alla voir.

Là, une autre sculpture était tombée, un plus petit format. Il la vit qui gisait au fond de la carrière, une forme oblongue, quelque chose comme un œuf ou une tête de troll. À la différence du clocher, elle s'était cassée en deux.

Bien. Gerlof fit demi-tour, doucement, pour ne pas perdre l'équilibre sur le sol inégal, et commença à marcher vers la maison.

« Julia Davidsson est toujours ici ? » demanda-t-il aux deux policiers.

Ils s'étaient arrêtés pour jeter un familier œil dans l'atelier d'Ernst, où s'entassaient des masses, des brouettes, une vieille ponceuse et encore d'autres sculptures de tailles diverses.

« Elle est à l'intérieur, avec Henriksson, répondit le plus âgé, avec un geste en direction de la maison.

— Merci. »

La porte était entrebâillée, John avait dû entrer. Gerlof monta péniblement le petit escalier de bois. Il fit quelques tentatives maladroites pour s'essuyer les pieds sur le paillasson. Puis il ouvrit la porte en grand.

Plusieurs paires de chaussures lui barraient le chemin – il dut les pousser du bout de sa canne pour pouvoir passer. Que lui-même réussisse à se pencher pour ôter les siennes, il ne fallait même pas y penser, et il s'avança chaussures aux pieds dans le hall étroit.

Des photos de vieux tailleurs de pierre tenant leurs pics et leurs pelles étaient accrochées aux murs dans des cadres.

Il entendit qu'on parlait à voix basse un peu plus loin.

Dans la grande pièce, il trouva John debout près de la fenêtre, qui regardait par la vitre. Dans le canapé était assise Julia ainsi qu'un autre policier en uniforme, un homme d'âge mûr qui avait poliment enlevé sa casquette.

Gerlof le salua en hochant la tête :

« Bonjour, Lennart. »

L'homme assis dans le canapé était le premier policier que Gerlof reconnaissait. Lennart Henriksson était en fonction depuis bientôt trente-cinq ans, il travaillait sur toute la partie nord de l'île, mais vivait dans une villa au nord de Marnäs, où il était responsable du commissariat local, sur le port. Il avait les cheveux gris et approchait tranquillement de la retraite. D'habitude, son regard était un peu émoussé et ses larges épaules tombantes, mais à présent il se tenait bien droit près de Julia.

« Bonjour, matelot, dit Henriksson à Gerlof.

— Bonjour, papa », dit Julia à voix basse.

C'était la première fois depuis des années qu'elle utilisait ce mot en s'adressant à lui, et Gerlof comprit qu'elle était sonnée. Il s'avança lentement jusqu'à la table.

« Tu veux t'asseoir ? demanda Lennart.

— Non, ça ira, Lennart. Il faut bien que je fasse un peu d'exercice de temps en temps.

— Tu as l'air en pleine forme, Gerlof.

— Merci. »

Ils se turent. Derrière eux, John tourna les talons et quitta la pièce sans un mot.

« Julia vient juste de dire qu'elle était ta fille. »

Gerlof hocha la tête, et le silence revint.

« L'ambulance est partie ? demanda Julia en regardant Gerlof.

— Oui… John et moi, nous l'avons croisée en route. »

Julia hocha la tête.

« Ils l'ont emmené, alors.

— Oui. »

Il se tourna vers Henriksson :

« Il y avait un médecin avec eux ?

— Oui, bien sûr. Un jeune remplaçant, de Borgholm… Je ne l'avais encore jamais rencontré. Il s'est contenté de faire le constat.

— Il a dit que c'était un accident ? dit Gerlof.

— Oui. Et puis il est reparti.

— Mais il a passé la nuit sous la pluie.

— Oui, dit Lennart. Ça a dû se passer hier soir.

— Alors il n'y avait pas de sang ? dit Gerlof. La pluie efface bien toutes les traces, non ? »

Il ne savait pas lui-même pourquoi il posait ces questions ni où cela pouvait le conduire. Il supposa que c'était pour faire son intéressant. Sans doute un des travers les plus tenaces de la nature humaine.

« Il avait du sang sur le visage, dit Julia. Un peu de sang. »

Gerlof hocha la tête. On entendit des pas lourds dans le couloir, et le plus jeune des deux autres policiers passa la tête dans la pièce.

« Nous, on a fini, Lennart, dit-il. On rentre.

— Très bien. Je crois que je vais rester encore un peu.

— Toujours sur la brèche, hein ? »

Il y avait quelque chose de respectueux dans la voix du jeune policier, se dit Gerlof. Peut-être était-ce la longue carrière de Lennart qui forçait le respect, ou le fait qu'il soit lui-même fils d'un policier tué en service.

« Soyez prudents sur la route de Borgholm », dit Henriksson.

Son collègue hocha la tête et disparut.

Derrière lui se tenait John, un gros portefeuille de cuir brun à la main. Il le montra à Gerlof, Julia et Henriksson.

« Trois mille deux cent cinquante-huit couronnes, le produit de la vente de ses sculptures, dit-il. Il gardait ça dans le dernier tiroir de la cuisine, sous les sacs plastiques.

— Tu vas t'en occuper, John, dit Henriksson depuis le canapé. Ce serait bête de laisser tant d'argent traîner ici.

— Je peux le garder, jusqu'à ce que l'héritage soit partagé », dit Gerlof en tendant la main vers le portefeuille.

John avait l'air soulagé de le lui donner.

Le silence emplit à nouveau la pièce.

« Bien », dit Henriksson au bout d'un moment.

Il se pencha et se leva assez péniblement du canapé.

« Je crois que je vais y aller aussi.

— Merci de… »

Toujours dans le canapé, Julia cherchait ses mots :

« … d'avoir pris le temps.

— C'est tout à fait normal. »

Henriksson la regarda.

« Ce n'est pas facile d'être le premier à arriver sur les lieux d'un accident mortel. Ça m'est arrivé plusieurs fois à moi aussi au cours de toutes ces années. On se sent assez… seul. Impuissant. »

Julia hocha la tête.

« Mais ça va mieux à présent.

— Bien. »

Henriksson remit sa casquette.

« J'ai mon bureau au commissariat de Marnäs. Passez me voir si vous avez besoin. »

Il se tourna vers John et Gerlof :

« Vous aussi, bien sûr. Ma porte est ouverte, n'hésitez pas à venir me voir. Vous fermerez la maison derrière vous ?

— On s'en occupe », dit Gerlof.

Lennart Henriksson les salua d'un signe de tête et sortit.

Ils entendirent un moteur démarrer et lentement disparaître.

« On ne va pas non plus tarder à y aller », dit Gerlof à Julia.

Il fourra le portefeuille d'Ernst dans sa poche et regarda John :

« On peut sortir un instant ? Je voudrais juste te montrer… Quelque chose que j'ai remarqué dehors.

— Je viens aussi ? demanda Julia.

— Ce n'est pas la peine. »

Une fois dehors, John laissa Gerlof passer devant. Appuyé sur sa canne, il descendit les marches, s'avança sur les graviers, contourna la maison et gagna le bord de la carrière.

« Qu'est-ce qu'on va regarder ? demanda John.

— C'est là-bas, au bord, je l'ai remarqué avant de rentrer… Là. »

Gerlof lui indiqua au fond de la carrière la pierre polie qui ressemblait à un gros œuf ou à une tête malformée, brisée en deux morceaux, un petit et un grand.

« Tu reconnais ça, non ? » dit-il à John.

John hocha lentement la tête.

« Ernst l'appelait "Tête de Kant", pour rire.

— On l'a fait tomber, non ? continua Gerlof.

— Oui. »

John hocha à nouveau la tête.

« Ça en a tout l'air.

— Elle était installée derrière la maison l'été dernier, dit Gerlof.

— Elle y était encore la semaine dernière, quand je suis passé, dit John, j'en suis certain.

— Ernst l'a jetée volontairement, dit Gerlof.

— Certainement. »

Les deux vieux amis se regardèrent.

« Qu'est-ce que tu penses ? demanda John.

— Je ne sais pas trop. »

Gerlof soupira.

« Moi non plus. Mais je me demande si Nils Kant n'est pas de retour. »

9

Il fallait du café bien fort pour ces deux vieillards endeuillés. Julia y veilla. Elle emprunta à Ernst son service en porcelaine blanche décorée d'un motif solaire typique d'Öland et, avant qu'ils partent, leur en servit une tasse chacun, avec le sentiment de se rendre utile, pour une fois. John et Gerlof restèrent sur le canapé à parler d'Ernst à voix basse.

C'étaient des anecdotes et des souvenirs, souvent sans queue ni tête : les erreurs d'Ernst à ses débuts de tailleur de pierre à peine installé sur l'île, les belles sculptures qu'il avait réalisées à la fin de sa vie. Julia comprit qu'à part quelques années comme marin sur la Baltique pendant la guerre, Ernst avait passé sa vie à tailler la pierre. Quand la carrière avait fermé dans les années soixante, il avait continué à son compte. Il récupérait des chutes de pierre mises au rebut, les taillait, les polissait et en faisait des sortes d'objets d'art.

« Il aimait cette carrière, dit Gerlof en regardant par la fenêtre. Il l'aurait sûrement rachetée à ce Gunnar Ljunger de Långvik s'il avait eu les moyens. Il ne voulait pas vivre ailleurs. Il savait tout sur la taille et le travail des différentes sortes de pierres.

— Ernst faisait les plus belles pierres tombales, dit John. Il suffit de faire un tour au cimetière de Marnäs ou de Borgholm pour s'en rendre compte. »

Assise sans rien dire, Julia ne quittait pas des yeux les vieux livres d'arts et traditions populaires qui s'entassaient sur la table basse. Elle écoutait bien ce que disaient John et Gerlof, mais elle avait du mal à chasser l'image d'Ernst tel qu'elle l'avait découvert.

Le premier policier arrivé sur les lieux de l'accident, Lennart Henriksson, s'était dépêché de couvrir le corps avec une couverture qu'il avait dans sa voiture et de conduire Julia à l'intérieur de la maison. Il était resté auprès d'elle, mais sans dire grand-chose, ce qui l'avait réconfortée. Depuis la disparition de son fils, ce jour-là, elle avait trop entendu de consolations creuses et intempestives.

« Tu as le courage de me ramener ? demanda Gerlof une fois le café bu et les histoires racontées.

— Mais bien sûr ! »

Elle se leva pour aller laver les tasses, presque irritée par la question.

J'ai trouvé un homme écrasé sous un rocher, pensa-t-elle, *la bouche en sang et les yeux exorbités. Mais j'ai déjà vu du sang, j'ai vu des morts. J'ai connu pire.*

Tandis qu'elle ressassait ces idées, elle se souvint soudain de quelque chose qui était peut-être important, s'arrêta sur le seuil du séjour et se tourna vers son père :

« Il avait un message pour toi. J'avais oublié. »

Gerlof leva les yeux.

« Ernst, précisa-t-elle. C'est que je l'ai rencontré près de la maison en arrivant à Stenvik, et je devais te dire de sa part… il l'a dit en partant… »

Elle se tut, essayant de se souvenir.

« Quelque chose du genre : c'est le pouce qui compte, pas la main.

— C'est le pouce qui compte ? » dit Gerlof.

Julia hocha la tête.

« Tu sais ce qu'il voulait dire ? »

Gerlof secoua la tête, pensif. Il se tourna vers John.

« Et toi ?

— Pas la moindre idée. C'est un proverbe ?

— C'est ce qu'il a dit, en tout cas », dit Julia avant de continuer vers la cuisine.

Julia et Gerlof revinrent au camping dans la Ford, John les suivait dans sa voiture. Le rideau gris des nuages était tombé sur le détroit de Kalmar, le soleil était voilé à présent. Ce village où l'on vivait et travaillait toute l'année, où chaque maison, chaque sentier portait un nom, le Stenvik que les histoires des deux vieillards avaient ramené à la vie s'était rendormi. Toutes les maisons étaient vides et fermées, les pales du moulin avaient cessé de tourner et l'on ne voyait plus, étendus à sécher sur des piquets de bois, les longs filets pour pêcher l'anguille dans le détroit.

Julia s'arrêta près du minigolf, suivie de John qui alla se garer puis s'approcha. Gerlof baissa la vitre de la portière, et John regarda Julia :

« Prends soin de ton père, maintenant. »

C'était la première fois que John Hagman s'adressait à elle directement.

Julia hocha la tête.

« Je vais essayer.

— On se tient au courant, John, dit Gerlof. Appelle si tu vois des… des inconnus. »

Des inconnus, pensa Julia en se souvenant d'un événement de son enfance, dans les années cinquante. Un Noir avec un grand sourire mais qui parlait mal l'anglais et pas du tout le suédois avait débarqué un été à Stenvik, pour faire du porte-à-porte une valise à la main. Les gens du village s'étaient enfermés chez eux en refusant de lui ouvrir – et quand quelqu'un avait finalement osé lui demander ce qu'il voulait, il s'était avéré que ce n'était pas un cambrioleur, mais un chrétien du Kenya qui vendait des bibles et des livres de psaumes. À Stenvik, on n'aimait pas les inconnus.

« Oui, d'accord, on s'appelle », dit John Hagman.

Julia le regarda retourner vers la maison et saisir un balai comme si c'était son bien le plus précieux. Le balai à la main, il se dirigea vers le minigolf, où il se remit à gesticuler à l'intention de son fils Anders.

« John s'est occupé du camping pendant vingt-cinq ans, dit Gerlof. C'est maintenant son fils Anders le responsable, mais il passe le plus clair de son temps à bayer aux corneilles. C'est toujours John qui doit balayer, peindre, empêcher que tout ça tombe en ruine… Il devrait lâcher un peu la bride, mais il ne m'écoute pas. »

Il soupira.

« Une bonne chose de faite. Alors maintenant on peut aller jeter un coup d'œil à la maison. »

Julia fit non de la tête.

« Je te reconduis à Marnäs.

— J'aimerais bien jeter un coup d'œil à la maison, dit Gerlof. Maintenant que j'ai un si bon chauffeur.

— Il est déjà tard, dit Julia. J'avais pensé rentrer aujourd'hui.

— Rien ne presse, non ? dit Gerlof. Göteborg ne va pas changer de place. »

Julia ne se souvint pas après-coup qui d'elle ou Gerlof avait proposé de passer la nuit dans la maison.

Cela se décida peut-être lorsque Gerlof, encore vêtu de son manteau, se laissa tomber avec un profond soupir dans l'unique fauteuil du salon. Ou peut-être lorsque Julia sortit sur la rue ouvrir le robinet du compteur d'eau et revint dans la cuisine enclencher le disjoncteur principal. Ou quand elle alluma les lampes à suspension, les radiateurs et la cuisinière pour préparer deux tasses d'infusion de sureau. D'un commun accord, ils décidèrent de rester à Stenvik pour la nuit. Julia alluma son portable pour que Gerlof puisse prévenir le personnel de la maison de retraite.

Il alla ensuite faire un tour dans le jardin.

« Pas de trace de rats », dit-il, satisfait, en revenant.

Julia inspecta en silence les petites pièces sombres de la maison de vacances, comme si elle visitait un musée. Il y avait ici une partie de son histoire, depuis son enfance, mais tout était comme enfermé dans des vitrines.

Qu'y avait-il à voir dans la maison ? Pas grand-chose. Cinq petites pièces aux meubles protégés par des étoffes blanches, six lits étroits sans draps, une petite cuisine où les mouches mortes formaient les caractères d'une écriture brouillonne devant le carreau de la fenêtre. Au mur, une vieille carte marine du nord d'Öland pâlie par la lumière. Sur un bureau, dans un cadre, une photo des années soixante, en noir et blanc, représentait Julia adolescente avec un sourire crispé, aux côtés de sa sœur Lena, et dans un coin s'alignaient les rayons d'une bibliothèque. Il n'y avait à part cela pas plus d'objets personnels que dans une maison de location.

Aucun tapis, et le parquet était glacial. Des souvenirs d'enfance de Julia, il ne restait presque plus rien.

Pour trouver quelque chose de plus personnel, il fallut que Julia ouvre le dernier tiroir du bureau dans ce qui avait été sa chambre d'enfant : la photo encadrée d'un petit garçon bronzé en T-shirt de coton blanc qui souriait timidement au photographe. Pendant des années, la photo avait été exposée sur le bureau, mais depuis quelqu'un l'avait cachée.

Julia remit la photo à sa place. En détaillant l'image de son fils disparu, elle eut envie de vin rouge : quelques verres lui apporteraient chaleur et oubli, faciliteraient son séjour dans cette maison. Mais elle ne voulait pas montrer à Gerlof qu'elle buvait.

Gerlof ne semblait pas remarquer son malaise, il passait lentement d'une pièce à l'autre, comme s'il habitait vraiment cette maison. Et c'était le cas, d'une certaine façon. Il y avait passé tous les étés et tous les week-ends une fois à la retraite, d'abord avec Ella, puis seul, aussi loin que Julia pouvait se souvenir. Debout à la grille, il saluait d'un geste ses enfants qui repartaient sur le continent après quelques semaines de vacances.

Nous ne sommes plus en été et il faut bientôt que je rentre, pensa Julia près de la porte, ses clefs de voiture à la main, mais c'est autre chose qu'elle dit à Gerlof :

« Lena et moi dormions ici dans des lits superposés… j'avais celui du haut. »

Gerlof hocha la tête.

« C'est sûr, on était un peu à l'étroit, l'été, quand tout le monde était là, mais je ne me souviens pas que personne se soit jamais plaint.

— Non. Je me souviens juste qu'on s'amusait bien, tous les étés avec les cousins et les cousines… dans mon souvenir, il faisait toujours beau, dit Julia en regardant sa montre. Mais maintenant, c'est l'heure d'aller nous coucher.

— Déjà ? dit Gerlof en redressant la carte marine sur le mur. Tu n'as pas d'autres questions ?

— Des questions ? dit Julia.

— Oui… »

Gerlof ôta lentement la housse de protection d'un fauteuil dans la grande pièce et la plia.

« N'hésite pas à demander », dit-il.

Comme il s'installait lentement au fond du fauteuil, le téléphone portable de Julia sonna dans sa veste restée pendue dans le couloir sombre.

Ce signal électronique détonnait dans le silence, elle se dépêcha d'aller répondre.

« Allô ?

— Salut. Comment ça va ? »

C'était Lena – sans doute la seule à connaître le numéro.

« Tu es bien arrivée ?

— Euh… oui. »

Que dire ? Julia croisa le reflet de son regard inquiet dans la fenêtre sombre : au fond elle ne voulait rien raconter à sa sœur, ni la sandale de Jens, ni l'accident mortel à la carrière.

« Tout va bien, finit-elle par dire.

— Tu as vu Gerlof ?

— Oui… là, nous sommes à la maison.

— La maison de Stenvik ? dit Lena. Vous n'allez quand même pas dormir là-bas ?

— Si, dit Julia. On a remis l'eau et l'électricité.

— Il ne faut pas que Papa prenne froid, dit Lena.

— Mais non », dit Julia.

Elle eut honte, puis honte d'avoir honte.

« Tu sais, on était en train de bavarder, c'est tout… Tu appelais pour quoi ?

— C'est-à-dire… c'est à propos de la voiture. Marika a appelé, il se trouve qu'elle doit aller à un cours de théâtre du côté de Dalsland le week-end prochain, et elle aurait besoin de la voiture… Tu ne vas pas rester sur Öland, hein ?

— Un petit moment, si », dit Julia.

Marika était la fille d'un premier mariage de Richard, le mari de Lena. Julia pensait que Lena et Marika ne s'entendaient pas très bien – mais en tout cas assez, apparemment, pour qu'elle lui prête sa voiture.

« Combien de temps ?

— Difficile à dire… quelques jours.

— Mais quoi… Trois jours, alors ? dit Lena. Tu ramènes donc la voiture dimanche ?

— Lundi », s'empressa de répondre Julia.

Elle aurait de toute façon rajouté un jour.

« Rentre tôt, alors, dit Lena.

— Je vais essayer, dit Julia. Lena…

— Bien. Bonjour à Papa, au revoir.

— Lena… c'est toi qui as rangé la photo de Jens dans le bureau ? » se dépêcha de demander Julia.

Mais Lena avait déjà raccroché.

Julia referma son téléphone en soupirant.

« Qui c'était ? demanda Gerlof depuis son fauteuil.

— Ton autre fille, dit Julia. Elle te salue.

— Ah oui, dit Gerlof. Et elle veut que tu rentres ?

— C'est ça. Elle veut me tenir à l'œil. »

Julia s'assit à l'autre bout de la pièce. Son infusion de sureau au miel attendait toujours sur la table. Elle était tiède, presque froide, mais elle la but quand même.

« Elle s'inquiète pour toi ? demanda Gerlof.

— Un peu. »

Elle s'inquiète pour sa voiture, en tout cas, pensa-t-elle.

« C'est plus sûr ici qu'à Göteborg », plaisanta Gerlof.

Puis il sembla se souvenir de ce qui s'était passé plus tôt dans la journée à la carrière, et il cessa de sourire. Il regarda par terre en silence. Julia se taisait aussi.

La maison se réchauffait peu à peu. Dehors, la nuit tombait, il serait bientôt neuf heures. Julia se demanda s'il y avait des draps dans la maison. Il devrait y en avoir.

« Je n'ai pas peur de la mort, dit soudain Gerlof. J'en ai eu peur pendant des années en mer quand j'étais jeune, peur des écueils, des mines et des tempêtes, mais maintenant je suis trop vieux… et une grande part de ma peur a disparu quand Ella est partie à l'hôpital. L'automne où elle est devenue aveugle et nous a lentement quittés. »

Julia hocha la tête en silence. Elle ne voulait pas non plus penser à la mort de sa mère.

Jens avait pu sortir et se perdre dans le brouillard ce jour de septembre pour deux raisons. D'abord parce que Gerlof n'était pas à la maison. Et puis parce que sa grand-mère Ella était allée se coucher et s'était endormie au milieu de l'après-midi. Une fatigue chronique s'était insensiblement emparée d'elle cet été-là, chassant sa vivacité coutumière. Elle semblait inexplicable, jusqu'à ce que l'année suivante les médecins diagnostiquent un diabète.

Jens avait disparu, et sa grand-mère Ella lui avait survécu quelques années seulement. Elle avait dépéri, minée par la douleur et le remords de s'être endormie ce jour-là.

« Avec l'âge, la mort devient une sorte d'amie, dit Gerlof. Une connaissance, en tout cas. Je voulais juste te le dire, que tu n'ailles pas croire que je ne pourrai pas surmonter tout ça… la mort d'Ernst.

— Très bien », dit Julia.

À vrai dire, elle n'avait pas eu le temps de se demander comment allait son père, au cours de cette journée.

« La vie continue, dit Gerlof, en buvant sa tisane.

— D'une façon ou d'une autre », dit Julia.

Ils se turent quelques minutes.

« Tu voulais que je te demande quelque chose ? dit ensuite Julia.

— Bien sûr. Vas-y.

— À quel sujet ?

— Voyons… Tu voulais peut-être savoir le nom de cette sculpture arrondie que quelqu'un a poussée dans la carrière ? »

Gerlof regarda Julia.

« Ce bloc informe… Les policiers de Borgholm ont peut-être posé des questions à son sujet ? Ou Lennart Henriksson ?

— Non », dit Julia.

Elle réfléchit.

« Je ne crois même pas qu'ils l'aient vu. Ils ont seulement regardé à l'opposé, le clocher et… »

Elle se tut.

« Moi-même je n'ai pas fait attention à cette pierre. Qu'est-ce qu'elle avait de particulier ?

— On peut se poser la question, dit Gerlof. Mais c'était surtout son nom.

— Elle s'appelait comment, alors ? »

Gerlof prit une longue respiration et se cala au fond de son fauteuil. Il poussa un long soupir.

« Ernst n'en était pas vraiment content…, dit Gerlof. Il la trouvait fendue et ratée. C'est pour ça qu'il l'avait baptisée "Tête de Kant" »

Ils se turent à nouveau. Gerlof regardait Julia comme si elle devait réagir, et elle ne comprenait pas pourquoi.

« Nils Kant, fit-elle juste. Je vois.

— Tu as déjà entendu ce nom ? demanda Gerlof. Quelqu'un qui l'aurait mentionné devant toi quand tu étais petite ?

— Pas que je me souvienne, dit Julia. Mais j'ai déjà entendu le nom de Kant, ça oui. »

Son père hocha la tête.

« La famille Kant habitait ici, à Stenvik, dit-il ensuite. Nils était le fils, le mouton noir… mais après la guerre, quand tu es née, il n'était plus là.

— Ah oui ?

— Il s'était enfui, dit Gerlof.

— Qu'est-ce que Nils Kant avait donc fait de si horrible ? dit Julia. Il a tué quelqu'un ? »

Öland, mai 1945

Nils Kant tient en joue les deux soldats étrangers, le doigt sur la détente. Le vent, les gazouillis d'oiseaux et tous les autres bruits se sont tus sur la lande. Le paysage est devenu flou : Nils ne voit plus que les soldats et le double canon de son fusil braqué sur eux.

Les soldats se lèvent lentement devant lui comme s'ils obéissaient à un ordre. On dirait qu'ils n'ont plus de force dans les jambes : ils prennent appui dans l'herbe pour se mettre debout, puis lèvent les mains en l'air. Mais Nils ne baisse pas son arme.

« Qu'est-ce que vous faites ici ? » demande-t-il.

Les hommes le fixent, les mains au-dessus de la tête, sans rien répondre.

Celui de devant recule d'un demi-pas, heurte l'autre et s'arrête. Il a l'air plus jeune que son camarade, mais tous deux portent sur le visage un masque de poussière grise, couvert de taches de terre et des poils raides d'une barbe noire mal rasée : impossible de dire leur âge. Leurs yeux injectés de sang ont l'air d'avoir cent ans.

« D'où venez-vous ? » demande Nils Kant.

Pas de réponse.

En jetant un rapide coup d'œil à terre, Nils ne voit aucun paquetage. Leurs uniformes vert-de-gris sont élimés, leurs coutures s'effilochent, le soldat de devant a le pantalon déchiré au-dessus du genou.

Nils est armé, mais cela ne le calme pas. Il essaye de respirer lentement par le nez pour que ses bras ne se mettent pas à trembler et le canon de son fusil à bringuebaler. Un étau invisible lui broie les tempes : la douleur est telle qu'il n'arrive plus à réfléchir.

« *Nicht schiessen !* » répète dans un souffle le soldat de devant.

Nils ne comprend pas, mais trouve que la langue ressemble aux discours d'Adolf Hitler à la radio. Ce sont donc des Allemands qui viennent de la grande guerre. Comment ont-ils atterri ici ?

En bateau, se dit-il. Ils ont dû traverser la Baltique.

« Vous allez… me suivre », dit-il.

Il parle lentement, pour que les soldats comprennent. Il faut qu'il prenne le commandement, ici, c'est quand même lui qui tient le fusil.

Il leur fait un signe de la tête.

« Vous avez compris ? »

Parler lui fait du bien, même s'ils ne comprennent pas. Cela diminue la peur et permet de combattre la torpeur qui le paralyse. Nils pourrait les conduire à Stenvik, il serait un héros. Ce que les gens du village penseraient n'a aucune importance, mais sa mère serait fière de lui.

Le soldat de devant fait aussi un signe de tête et baisse doucement les bras.

« *Wir wollen nach England fahren*, dit-il. *Wir wollen in die Freiheit.* »

Nils le regarde. Le seul mot qu'il comprend est « England », qui sonne comme en suédois, pourtant il est certain que les soldats ne sont pas anglais. Il est quasiment sûr qu'ils sont allemands.

Le soldat de derrière descend une main vers la poche de son uniforme.

« Non ! »

Le cœur de Nils s'emballe, il ouvre la bouche.

Le soldat met la main dans sa poche. Son geste est rapide : Nils n'arrive pas à suivre. Il faut faire quelque chose, et il dit :

« Lève cette m… »

La détonation noie le reste du mot. Le fusil tremble.

Un nuage de poudre sort du canon, et efface un instant les traits de l'homme qui lui fait face.

Nils ne voulait pas vraiment tirer, il a juste serré un peu plus fort son fusil pour faire un signe, faire signe vers le haut. Mais le coup est parti, et la volée de plomb abat comme une masse le premier soldat.

Nils le voit derrière le nuage de poudre comme une ombre qui tombe, tressaille et reste étendue dans l'herbe.

La fumée se dissipe, le silence revient, mais le soldat est toujours allongé sur le flanc, avec sa veste d'uniforme en lambeaux. Quelques secondes, son corps semble indemne, puis le sang commence à suinter par les déchirures du tissu où grandissent des auréoles noires. Le soldat ferme les yeux, il a l'air mourant.

« Oh merde… », fait Nils entre ses dents.

C'est fait. Il a tiré, et sur le mauvais soldat en plus. Ce n'est pas le soldat de devant qui a mis sa main dans sa poche, mais c'est lui qui est par terre dans son sang.

Nils a abattu un homme comme un vulgaire lièvre : c'est lui et personne d'autre qui a tiré.

Le soldat à terre cligne des yeux, ses bras tressaillent, il lutte pour redresser la tête, en vain.

Il expire, haletant, tousse, expire sans plus reprendre son souffle. Son uniforme est couvert de sang. Son regard tourne, vacille, et finit par se figer vers le ciel.

Derrière lui se tient l'autre soldat, celui qui avait mis sa main dans sa poche, bouche fermée, les yeux vides. Il est pétrifié, mais tient quelque chose entre le pouce gauche et l'index. Un objet qu'il a sorti de sa poche juste avant que le coup parte.

Pas une arme, quelque chose de beaucoup plus petit. Cela ressemble à une petite pierre rouge sombre qui brille alors qu'il n'y a pas de soleil sur la lande.

Nils tient son fusil, le soldat sa pierre, sans bouger. Aucun des deux ne baisse les yeux.

Nils a tiré, il a tué. La panique première se dissipe et fait place à un calme froid. Il contrôle la situation à présent.

Nils respire, fait un pas vers le soldat et montre la pierre d'un hochement de tête.

« Donne ça », dit-il calmement.

10

Gerlof ne répondit pas à la question de Julia. Il se contenta de faire un geste vers les ténèbres de la fenêtre, derrière elle.

« La famille Kant habitait juste en contrebas. Dans la grande maison jaune. Ils y étaient déjà longtemps avant la construction de notre maison de vacances.

— Je me souviens d'une vieille qui habitait là-bas quand j'étais petite, dit Julia.

— C'était la mère de Nils, Vera, dit Gerlof. Elle est morte au début des années soixante-dix. Avant cela, elle était restée de longues années seule. Elle était riche… Sa famille possédait une scierie en Småland, et elle-même avait beaucoup de terres le long de la côte, mais je ne crois pas qu'elle ait jamais beaucoup profité de tout cet argent. La famille doit toujours être en train de se disputer au sujet de l'héritage, je suppose, puisque la villa tombe en ruine, là-bas. Ou alors c'est que personne n'ose aller y vivre.

— Vera Kant…, dit Julia. Je me souviens vaguement d'elle. Elle n'avait pas très bonne réputation, non ?

— Non, elle était aigrie, et ça la rendait rancunière, dit Gerlof. Si ta grand-mère lui avait fait du tort, elle haïssait ta mère, toi et même ton chien pour le reste de ses jours. Elle était têtue et orgueilleuse. À la mort de son mari, elle avait vite repris son nom de jeune fille.

— Et elle ne sortait jamais dans le village ?

— Non, Vera était une solitaire, dit Gerlof. Elle passait le plus clair de son temps recluse dans sa villa, à se languir de son fils.

— Et lui, alors, qu'a-t-il donc fait ? demanda à nouveau Julia.

— Pas mal de choses, dit Gerlof. Enfant, on l'a soupçonné d'avoir noyé son petit frère sur la plage. Évidemment, Nils et son frère étaient seuls, et Nils a raconté après coup que c'était un accident... on ne connaîtra donc jamais la vérité.

— Vous étiez amis ?

— Non, non. Il avait quelques années de moins que moi, et je suis parti en mer assez vite. Alors je ne l'ai presque jamais rencontré enfant.

— Et pas non plus une fois adulte ? »

Gerlof était sur le point d'esquisser un sourire, mais s'agissant de Nils Kant, il n'y avait pas de quoi sourire.

« Sûrement pas une fois adulte, finit-il par dire. Il a quitté le village, comme je disais. »

Il leva le bras et désigna l'étroite bibliothèque dans un coin de la pièce.

« Il y a un livre sur Nils Kant là-bas. En partie en tout cas. Troisième étagère en partant du haut, la fine couverture jaune. »

Julia se leva et s'approcha des livres. Elle chercha et finit par sortir un livre de la troisième étagère. Elle lut le titre.

« *Crimes sur Öland.* »

Elle regarda Gerlof d'un air interrogateur.

« C'est le bon, dit Gerlof. C'est un collègue de Bengt Nyberg à *Ölands-Posten* qui l'a écrit voilà quelques années. Lis-le, tu sauras l'essentiel.

— D'accord. »

Elle regarda la pendule.

« Mais pas ce soir.

— Non. Allons nous coucher, dit Gerlof.

— J'aimerais bien reprendre mon ancienne chambre, dit Julia. Si tu es d'accord. »

Gerlof était d'accord. Il choisit la chambre voisine, qu'il avait si longtemps partagée avec Ella. Leur vieux lit double n'était plus là, mais les nouveaux lits occupaient le même emplacement. Pendant le temps que Gerlof passa aux toilettes, Julia lui en prépara un : faire son lit était un sport dont il n'était plus capable.

Quand elle eut fini et se fut retirée dans sa chambre, Gerlof se mit en caleçon et maillot de corps et se coucha. Le matelas était plus dur que ce à quoi il était maintenant habitué.

Il resta un moment à réfléchir, dans le silence : désormais, il ne se sentait guère plus chez lui ici que dans sa chambre à Marnäs. Quand il lui avait fallu admettre qu'il ne pouvait plus se débrouiller seul à Stenvik, il avait eu du mal à franchir le pas et à partir s'installer à la maison de retraite, mais c'était sans doute le bon choix. Plus besoin de faire la vaisselle et de se préparer soi-même le café.

Gerlof écouta un peu le vent dans les arbres puis s'endormit. Pendant la nuit, il rêva qu'il était couché sur un dur lit de pierres, là-bas, dans la carrière.

Le ciel était bleu sombre au-dessus de lui, le vent soufflait mais, de façon inexplicable, une mince couche de brouillard flottait toujours au-dessus du sol.

Ernst Adolfsson se tenait au bord de la falaise et promenait le regard vide de ses orbites noires au-dessus de la carrière.

Gerlof ouvrit la bouche pour demander à son ami si c'était vraiment lui qui avait jeté sa sculpture au fond, et dans ce cas ce qu'il voulait dire par là – mais un chuchotement fit se retourner Ernst.

« *Je les ai tous tués.* »

C'était Nils Kant.

« *Gerlof... Tu as le bonjour de ton petit-fils.* »

Nils Kant arrivait de la lande, son fusil encore fumant, il allait bientôt dépasser le coin de la maison d'Ernst et arriver. Gerlof leva les yeux en retenant son souffle, dans l'expectative : il allait enfin voir à quoi Nils Kant ressemblait adulte, âgé. Avait-il encore ses cheveux ? Étaient-ils gris ? Portait-il la barbe ?

Mais au lieu de cela, c'est Ernst qui disparut derrière le coin de la maison : il s'éloigna lentement dans le brouillard, glissant comme un vaisseau fantôme. Gerlof l'appela, mais Ernst avait disparu.

Taraudé par le chagrin que lui causait cette perte, il se réveilla.

« Tourne à gauche », dit Gerlof à Julia, dans la voiture, le lendemain.

Julia le regarda et freina.

« On ne va pas à Marnäs ? dit-elle. À la maison de retraite ?

— Bientôt. Mais pas tout de suite, dit Gerlof. Je m'étais dit qu'avant, on pourrait aller prendre un café à Stenvik. »

Julia le regarda encore quelques secondes, puis tourna à gauche. Ils revinrent sur la route qui surplombait la mer. Gerlof jeta machinalement un œil en direction de son cabanon de pêche, pour s'assurer qu'aucune vitre n'était cassée.

« Encore à gauche, dit-il ensuite en indiquant une maison le long de la route côtière.

— C'est là-bas. »

Julia freina et coupa la route sans contrôler qu'aucun véhicule n'arrivait en sens inverse, ni même regarder dans son rétroviseur.

« Il y a une vieille femme qui habite ici, dit-elle une fois la voiture garée devant la maison. Je l'ai vue avant-hier… Elle promenait son chien.

— Elle n'est pas si vieille que ça, dit Gerlof. Astrid Linder doit avoir tout au plus soixante-sept ou soixante-huit ans. Elle vient tout juste de prendre sa retraite… Elle a été médecin pendant des années à Borgholm. Mais elle est d'ici.

— Et elle passe toute l'année à Stenvik ?

— Maintenant, oui. Moi, j'ai quitté ma maison de vacances, mais elle a fait l'inverse une fois veuve. Elle s'est installée à demeure dans la sienne. »

Gerlof se tourna pour ouvrir la portière, les membres endoloris. Il soupira :

« Évidemment, elle est un peu plus en forme que moi. »

Il parvint à sortir les jambes, mais Julia dut faire le tour de la voiture pour l'aider à se mettre debout. Il la remercia d'un bref hochement de la tête, puis ils se dirigèrent vers la maison.

Gerlof regarda autour de lui.

« Quand je reviens à Stenvik, je fais comme si les maisons étaient habitées toute l'année, dit-il. Parfois, j'ai l'impression que les rideaux bougent aux fenêtres. On peut voir passer des ombres dans la rue, des petits mouvements au bord du champ visuel… C'est du coin de l'œil qu'on voit le mieux les fantômes. »

Julia ne répondit pas.

Elle poussa le portail de bois dans le muret de pierre. Le jardin était vide, mais meublé. Sur une terrasse basse devant la maison étaient disposées quatre chaises et une table en plastique, et, à côté, un nain de jardin en faïence grise avec un bonnet vert regardait en direction de la baie, un sourire figé aux lèvres.

Des aboiements furieux se firent entendre à l'intérieur de la maison avant même qu'ils soient arrivés jusqu'à la sonnette.

« Chut, Willy ! » cria une voix de femme, mais le chien ne se calma pas.

Quand la porte s'ouvrit, il déboula comme un éclair brun et blanc et se mit à sautiller autour de leurs jambes : Gerlof dut se tenir au bras de Julia pour ne pas perdre l'équilibre.

« Couché, imbécile ! » cria encore Astrid.

Elle apparut dans l'embrasure de la porte, petite, les cheveux blancs, très belle aux yeux de Gerlof.

« Bonjour, Astrid ! »

Astrid attrapa la laisse du fox-terrier, le maîtrisa et leva les yeux.

« Bonjour, Gerlof, tu es de retour ? »

Elle regarda ensuite Julia et ajouta vite :

« Oh là là, tu es venu avec ta nouvelle petite amie ? »

Le soleil brillait faiblement, mais le vent d'automne qui arrivait des terres était tenace et glacial. Astrid servit pourtant le café sur la terrasse. Elle alla chercher une couverture dont elle couvrit Gerlof, et enfila elle-même un épais pull vert.

« Moi aussi, il me faudrait une petite laine ! dit Gerlof.

— Mais non ! Il faut profiter du bon air frais ! » dit Astrid en allant chercher le café et le plat à gâteaux.

Il n'était pas garni de biscuits maison, mais seulement de têtes de nègre du commerce. Astrid n'aimait pas faire les gâteaux. Elle servit le café et s'installa à sa place.

Gerlof lui avait présenté Julia comme sa fille cadette, elles s'étaient saluées. Ils avaient parlé de l'énergie débordante de Willy qui peu à peu s'était calmé et était allé se coucher sous la table. Aucun d'entre eux ne mentionna Ernst.

Gerlof ne pensait pas qu'Astrid se souvenait de Julia, aussi fut-il surpris en l'entendant soudain dire à voix basse :

« Tu ne te souviens sûrement pas de moi, Julia, mais… j'étais là et j'ai cherché moi aussi le long du rivage ce jour-là. Avec mon mari. »

Gerlof vit Julia se figer de l'autre côté de la table, ouvrir lentement la bouche en cherchant ses mots.

« Merci, finit-elle par dire. Je ne me souviens pas… Tout était si confus ce jour-là.

— Je sais, je sais. »

Astrid hocha la tête et but une gorgée de café.

« Tout le monde courait dans tous les sens. La police a envoyé des bateaux dans le détroit, mais personne ne savait où chercher. Un groupe d'habitants du village a été envoyé le long de la côte vers le sud, et nous sommes partis avec un autre groupe vers le nord. Nous avons marché, et encore marché le long de la plage, en regardant dans l'eau, sous les bateaux tirés à terre, derrière chaque rocher. À la fin, la nuit est tombée, nous n'y voyions plus rien, pas même notre propre main tendue… alors nous avons rebroussé chemin. C'était horrible.

— Oh oui, dit Julia, le nez dans sa tasse. Tout le monde a cherché ce soir-là. Jusqu'à la nuit.

— C'était si horrible, dit Astrid. Et ce n'était pas le premier ni le dernier à disparaître dans le détroit. »

Le silence se fit autour de la table. Le vent soufflait faiblement. Willy s'ébroua et commença à s'agiter aux pieds d'Astrid.

« On vient de retrouver la sandale du gamin », dit alors Gerlof.

Il ne quitta pas Astrid des yeux, mais devina le regard étonné de Julia.

« Ah bon ? dit Astrid. Elle était dans l'eau ?

— Non, dit Gerlof. Quelqu'un devait la garder depuis tout ce temps, mais nous ne savons toujours pas qui.

— Ça alors ! dit Astrid. Ce n'était donc pas une… noyade ? »

Julia posa sa tasse de café sans dire un mot.

« On dirait que non, dit Gerlof. C'est compliqué… Nous ne savons toujours pas grand-chose.

— Et cet homme dont tu parlais hier, Gerlof, dit Julia. Nils Kant. Il pourrait savoir quelque chose sur Jens ? Tu le penses ?

— Nils Kant ? dit Astrid en regardant Gerlof. Pourquoi parlez-vous de lui ?

— J'ai dû le mentionner hier en passant. »

Julia regarda Astrid, puis Gerlof d'un air incertain, comme si elle avait dit quelque chose d'inconvenant.

« Je pensais juste… qu'il était peut-être mêlé à cette histoire. Avec son passé de fauteur de troubles. »

Astrid soupira.

« Je croyais que Nils Kant était bel et bien oublié aujourd'hui, dit-elle. Quand il s'est enfui de Stenvik…

— Il est passé aux oubliettes, pour l'essentiel, l'interrompit Gerlof. La preuve : Julia n'en avait jamais entendu parler avant hier.

— Il avait bien quelques années de plus que moi, continua Astrid, mais nous nous sommes pourtant retrouvés dans la même classe à l'école. J'avais l'impression qu'il était toujours de mauvaise humeur, je ne l'ai jamais vu joyeux. Il n'arrêtait pas de se bagarrer et il était grand. Nous, les filles, nous avions peur de lui… et les garçons aussi. Il cognait toujours le premier, et après il accusait les autres.

— J'y ai échappé à l'école, parce que j'étais plus âgé que lui, dit Gerlof, mais John Hagman m'a raconté les bagarres.

— Et puis il a commencé à travailler dans la carrière familiale, dit Astrid, mais ça ne s'est pas bien passé non plus.

— Là aussi, il y a eu du grabuge. Un contremaître a failli se noyer. »

Gerlof secoua la tête.

« Tu te souviens, Astrid, de ce cotre transporteur de pierres qui a brûlé, la nuit, quand Nils a démissionné de la carrière ? Il s'appelait *Isabell.* Il était à quai, là-bas, au port de Långvik, et le capitaine avait été réveillé par l'incendie. Ils ont tout juste eu le temps de le remorquer au-delà de la jetée avant que tout s'embrase. Incendie spontané, a conclu l'enquête, mais ici, à Stenvik, beaucoup ont pensé que c'était Nils Kant qui avait fait le coup. Et c'est là que tout a commencé.

— Qu'est-ce qui a commencé ?

— Comment dire… Nils Kant est devenu le bouc émissaire attitré de Stenvik. On s'est mis à l'accuser de tous les malheurs qui pouvaient arriver.

— Pas tous, dit Astrid. Juste les actes de malveillance. Les incendies, les vols, les animaux blessés…

— Les accidents aussi, ajouta Gerlof. Que les ailes d'un moulin prennent feu, qu'un filet se déchire, que des bateaux se détachent et partent à la dérive…

— Tout était prétexte à le soupçonner, continua Astrid. Il faut dire qu'il y mettait du sien.

— C'est qu'il avait aussi son histoire personnelle, dit Gerlof. Un père sévère qui est mort quand il était petit, et une mère qui passait son temps à répéter que Nils valait mieux que les autres au village. Ce n'était pas une éducation saine. »

Astrid hocha la tête, mais resta quelques instants silencieuse et pensive, avant de demander :

« J'ai entendu la nouvelle de l'accident, hier, sur la radio locale… Quand aura lieu l'enterrement, Gerlof ? »

Il remarqua qu'elle avait vite changé de sujet. Si Astrid elle-même ne voyait pas ce qui liait Nils Kant à la mort d'Ernst…

« Mercredi, si j'ai bien compris, dit-il. J'en ai parlé à John, et c'est ce qu'il pensait, en tout cas.

— Et ce sera à l'église de Marnäs ?

— Oui, dit Gerlof en soulevant sa tasse. Même si c'est ce satané clocher qui a causé sa perte.

— Ernst était toujours si prudent avec les pierres, dit Astrid. Je n'arrive pas à comprendre ce qu'il pouvait bien fabriquer au bord de cette falaise. »

Gerlof hocha la tête, mais il ne dit rien.

« On a fait le tour ? demanda Julia après le café chez Astrid, alors qu'ils étaient dans la voiture, en route pour Marnäs.

— Quel tour ? dit Gerlof.

— Le tour de tous les habitants de Stenvik. Nous les avons tous rencontrés, maintenant ?

— En gros, oui, dit Gerlof. Les vrais. Après, il y en a quelques-uns qui viennent de Borgholm ou Kalmar pour le week-end. Ils sont bien quinze ou vingt. Je ne les connais pas très bien.

— Et c'est comment l'été ?

— Noir de monde, dit Gerlof. C'est plein à craquer d'estivants… plusieurs centaines. Il vient toujours plus de touristes. Ils n'arrêtent pas de construire. Et il y en a au moins autant au camping de John chaque semaine. Il y a presque plus de vacanciers qu'il n'y avait d'habitants permanents quand j'étais petit. Mais c'est encore pire à Långvik, avec leur port de plaisance et l'hôtel de la plage.

— Je me souviens à quoi cela ressemblait l'été », dit Julia.

Gerlof soupira.

« Je ne vais pas me plaindre : les gens du continent apportent de l'argent.

— Mais c'est difficile de les avoir tous à l'œil, dit Julia en freinant pour prendre l'embranchement vers Marnäs.

— Oui, l'été, c'est impossible, dit Gerlof. C'est comme chez toi dans la grande ville, les gens peuvent aller et venir comme ils veulent.

— Ils le peuvent aussi à l'automne, non ? dit Julia. Il n'y a personne à Stenvik pour voir si… »

Elle s'interrompit soudain, comme si elle avait eu une idée.

« Astrid ouvre l'œil », dit Gerlof.

Il remarqua alors le silence de Julia et la regarda :

« Qu'y a-t-il ?

— Je me suis juste souvenue… Ernst a dit qu'il attendait de la visite, dit Julia. Quand je l'ai rencontré avant-hier. Il a dit quelque chose du genre : "Viens voir les sculptures, tu es la bienvenue, mais pas ce soir, j'ai de la visite."

— Il a dit ça ? dit Gerlof, pensif, en regardant par la fenêtre.

— Il s'agissait aussi de… ce Nils Kant ?

— Peut-être.

— C'est lui qui devait venir voir Ernst ?

— Je ne crois pas », dit Gerlof.

Le silence revint dans la voiture. Ils passèrent devant l'église de Marnäs, et Gerlof se souvint de l'enterrement d'Ernst qui approchait. Il n'avait pas hâte d'y être.

« Tu en sais plus que tu ne veux bien le dire, dit Julia au bout d'un moment.

— Un peu plus, reconnut Gerlof à voix basse. Pas beaucoup. Nous avons quelques hypothèses, John et moi. »

Ernst avait bien sûr un certain nombre d'hypothèses, lui aussi, pensa-t-il tristement.

« Ce n'est pas un jeu, dit tout bas Julia. Jens est mon fils.

— Je sais. »

Gerlof aurait voulu pouvoir lui demander d'arrêter de parler de Jens comme s'il était toujours vivant.

« Et je t'expliquerai comment je vois les choses, bientôt.

— Pourquoi as-tu mentionné la sandale de Jens devant Astrid ? demanda Julia.

— Pour que la nouvelle circule. Astrid va sûrement la divulguer, elle est douée pour ça. »

Il regarda Julia :

« As-tu parlé de la sandale à la police, hier ?

— Non… J'avais d'autres choses en tête. Et pourquoi faudrait-il en parler ?

— Eh bien… cela pourrait faire remonter des choses à la surface. Ou quelqu'un.

— Qui ça ?

— On ne sait jamais », dit Gerlof.

Ils étaient arrivés à la maison de retraite. Julia l'aida à nouveau à sortir de la voiture.

« Qu'est-ce que tu vas faire maintenant ? demanda-t-elle.

— Je ne sais pas… aller à l'église, peut-être ?

— Bonne idée. Ella a un lumignon sur sa tombe, tu peux apporter une bougie. J'en ai une dans ma chambre.

— D'accord, dit Julia en l'accompagnant jusqu'à la porte.

— Tu pourras aussi faire un tour dans le cimetière. Quand tu auras allumé une bougie sur la tombe de ta mère, tu peux aller près du mur ouest jeter un coup d'œil sur les tombes.

— Ah oui ? Pourquoi ? demanda Julia en appuyant sur le bouton qui ouvrait la porte de la maison de retraite.

— Tu comprendras là-bas », dit Gerlof.

11

Julia était au cimetière de Marnäs, debout devant la tombe de Nils Kant.

Elle était contre le mur ouest, la dernière d'une longue rangée. Le nom NILS KANT y était gravé, avec les dates 1925-1963. La pierre tombale était sans prétention, une dalle calcaire ordinaire qui venait probablement de la carrière de Stenvik. Peut-être Ernst Adolfsson l'avait-il taillée. Elle avait plus de trente ans, des taches de lichens blancs avaient commencé à en couvrir la surface.

Sur la tombe poussait de l'herbe sèche jaunie, mais pas de fleurs.

Julia avait demandé pourquoi personne n'avait soupçonné Nils Kant à la disparition de Jens. En guise de réponse, Gerlof l'avait guidée jusqu'ici, dans ce cimetière désert à l'écart de Marnäs – et maintenant elle voyait bien que Nils Kant n'était pour rien dans la disparition de Jens. En mille neuf cent soixante-douze, Kant était mort depuis dix ans. C'était une réponse gravée dans la pierre.

Et voilà. Encore une impasse.

Deux mètres plus loin, il y avait une autre pierre tombale, elle aussi en calcaire, mais plus haute et plus large. On y lisait : KARL-EINAR ANDERSSON 1889-1935 ET VERA ANDERSSON NÉE KANT 1897-1972. En plus petits caractères était encore gravé : AXEL THEODOR KANT 1929-1936. C'était le petit frère noyé de Nils Kant, dont le corps avait disparu dans le détroit.

Au moment de tourner les talons, Julia remarqua une petite tache qui flottait derrière la tombe de Nils Kant. Elle se ravisa, fit un pas et se pencha.

C'était une enveloppe blanche qui bougeait un peu dans le vent, coincée entre les tiges de quelques roses séchées.

Julia vit qu'on avait placé là ces roses depuis peu, car les pétales séchés rouge sombre n'étaient pas encore tombés. En attrapant l'enveloppe, elle sentit qu'elle était humide. Ce qu'il avait pu y avoir d'écrit dessus avait été effacé par la pluie.

Elle regarda autour d'elle. Le cimetière était toujours désert. L'église blanche de Marnäs s'élevait à une cinquantaine de mètres, Julia y avait trouvé porte close, aucun mouvement n'était visible derrière ses étroites fenêtres.

Elle fourra vite l'enveloppe dans la poche de son manteau et tourna les talons.

Elle revint à la tombe de sa mère, ôta une feuille de bouleau jaunie tombée là pendant les quelques minutes où elle s'était éloignée, puis se pencha pour contrôler si la bougie brûlait toujours bien dans le lumignon. C'était le cas.

Elle regagna alors sa voiture pour faire le petit kilomètre qui la séparait du centre de Marnäs.

Quand Julia était petite, une excursion de la maison de vacances jusqu'à Marnäs, sur la côte est de l'île, était une véritable aventure. Il n'y avait pas seulement un kiosque, mais des *boutiques*. On pouvait acheter des jouets.

En entrant à présent dans le petit village, elle se réjouit juste de trouver à se garer gratuitement – gros avantage comparé à Göteborg. Il y avait des places de parking dans la rue principale, devant la supérette ICA, et près du port. Julia choisit le port. Il y avait un petit restaurant, le « Moby Dick », dont les tables en terrasse étaient complètement vides à une demi-heure de l'heure du déjeuner.

Pas de bateaux de plaisance ni de pêche à quai. Julia descendit de sa voiture et s'avança sur la courte jetée en béton qui pointait vers l'horizon. Elle resta là quelques minutes, à contempler la mer grise froissée de petites vagues. Rien à l'horizon. Quelque part au nord-est, il y avait l'île de Gotland, et sur l'autre rive de la Baltique l'Estonie, la Lettonie et la Lituanie, nouvellement détachées de l'Union soviétique. Tout un monde inconnu pour Julia.

Elle fit demi-tour et remonta la rue principale sans croiser personne. Elle passa devant une petite boutique de vêtements, un fleuriste et un distributeur automatique où elle s'arrêta pour retirer trois cents couronnes. Son relevé de compte était comme d'habitude dans le rouge, elle se dépêcha de le froisser en boule.

La porte suivante était surmontée d'une enseigne métallique : ÖLANDS-POSTEN, et, en plus petits caractères : *quotidien pour tout le nord d'Öland.*

Après avoir hésité quelques secondes, Julia entra.

Une clochette en laiton tinta à l'ouverture de la porte. Elle donnait sur un local lumineux qui sentait le renfermé et le tabac froid. Près de l'entrée, la réception était vide. Plus loin, deux bureaux couverts de journaux et de papiers. Chacun derrière un ordinateur qui ronronnait, deux hommes d'un certain âge, l'un aux cheveux gris, l'autre sans cheveux, tous deux habillés de jeans et de chemises qui auraient eu besoin d'un coup de fer à repasser. Le bureau du chauve portait une pancarte : LARS T. BLOHM. Pas de pancarte pour les cheveux gris, mais Julia reconnut Bengt Nyberg, le reporter qui était rapidement arrivé sur les lieux de l'accident à la carrière. Elle l'avait aperçu par la fenêtre, et Lennart Henriksson lui avait dit qui il était.

Au mur étaient alignées des manchettes. La plus à gauche annonçait : ACCIDENT TRAGIQUE À LA CARRIÈRE.

Tous les accidents n'étaient-ils pas tragiques ?

« Je peux faire quelque chose pour vous ? »

Bengt Nyberg n'avait pas l'air de la reconnaître à travers les verres épais de ses lunettes.

« C'est au sujet de l'annonce ?

— Non, dit Julia, qui ne savait pas vraiment elle-même pourquoi elle était entrée. Je passais seulement… Je suis à Stenvik en ce moment et… mon fils a disparu. »

Elle cligna des yeux. Pourquoi avait-elle dit ça ?

« Je vois, dit Nyberg. Mais vous n'êtes pas au commissariat. C'est quelques maisons plus loin.

— Merci, dit Julia, en sentant son cœur s'emballer comme si elle avait dit quelque chose de gênant.

— Ou bien voulez-vous que nous écrivions quelque chose à ce sujet ?

— Non, se dépêcha de répondre Julia. Je vais voir la police.

— Quand a-t-il disparu ? » demanda l'autre, Lars Blohm. Sa voix était grave et rauque. « À quelle heure ? C'était à Marnäs ?

— Non, ce n'est pas arrivé aujourd'hui », dit Julia.

Elle sentit qu'elle rougissait, comme si elle était en train de mentir aux deux journalistes.

« Je dois y aller. Merci. »

Elle tourna les talons et quitta le local en sentant leurs regards dans son dos.

Une fois sur le trottoir, elle inspira une grande bouffée d'air frais et essaya de retrouver son calme. Qu'est-ce qui lui avait pris d'entrer à la rédaction du journal ? Pourquoi avait-elle parlé de Jens ? Elle n'était pas habituée à rencontrer des inconnus. Et c'était pire encore dans des coins perdus comme ici, où tout le monde se connaissait et où un nouveau venu était remarqué sur-le-champ et devenait l'objet des racontars. Elle regrettait Göteborg, où les gens ne prêtent pas plus d'attention aux autres qu'à un arbre dans la forêt et se croisent dans la rue sans un regard.

Pour ne pas rester devant la vitrine brillante du journal, elle fit quelques pas et aperçut une nouvelle enseigne : POLICE, surmontée de l'insigne jaune et bleu.

Un papier était scotché sur la porte. Julia monta les deux marches du perron et lut ce qui était écrit à l'encre noire :

Permanence les mercredis de 10 h à 12 h.

C'était vendredi, le commissariat était fermé. Comment faisait-on quand un délit était commis à Marnäs un autre jour que le mercredi ? Il n'y avait aucune indication à ce sujet.

Elle regarda par la fenêtre, et vit une silhouette bouger à l'intérieur.

Au moment où Julia redescendait les marches en béton, elle entendit un bruit de clefs. La porte s'ouvrit et Lennart Henriksson apparut dans l'embrasure, un petit sourire aux lèvres.

« Je vois que j'ai de la visite, dit-il. Comment ça va aujourd'hui ?

— Bonjour, dit-elle. Ça va… je pensais qu'il n'y avait personne. J'ai vu le papier…

— Je sais, je dois être présent ici deux heures le mercredi, dit Lennart. En réalité j'y suis aussi à d'autres moments. Mais c'est secret. Le travail avance plus vite de cette façon. Entrez. »

Comme il était en veste d'uniforme sombre et portait une radio et son pistolet noir à la ceinture, elle demanda :

« Vous alliez sortir ?

— J'allais déjeuner, mais entrez un moment. »

Il s'écarta pour la laisser passer.

Les locaux avaient l'air moins neufs que ceux de la rédaction du journal, mais ils étaient bien tenus, avec des plantes vertes aux fenêtres, et pas d'odeur de tabac froid. Il n'y avait qu'un seul bureau, face à la porte, où des papiers s'entassaient en piles bien ordonnées. Un ordinateur, un fax et un téléphone y trônaient, bien alignés. Au-dessus d'une étagère chargée de classeurs, une affiche représentant un téléphone faisait la réclame pour le numéro antidrogue de la police. Sur l'autre mur, une grande carte du nord d'Öland.

« Joli bureau », dit Julia.

Lennart Henriksson était ordonné, elle appréciait cela.

« Vous trouvez ? dit Lennart. C'est en l'état depuis trente ans.

— Vous êtes seul à travailler ici ?

— En ce moment, oui. L'été, nous sommes plusieurs, mais à cette période de l'année, il n'y a que moi. Les postes ont été supprimés les uns après les autres. »

Il considéra le local, l'air sombre.

« On verra combien de temps encore ça restera ouvert.

— Ça doit fermer ?

— Peut-être. Les grands chefs n'arrêtent pas d'en parler, histoire de faire des économies, dit Lennart. D'après eux, tous les moyens devraient être concentrés à Borgholm, ce serait plus efficace et moins cher. Mais j'espère bien pouvoir rester ici encore quelques années jusqu'à ma retraite. »

Il regarda Julia :

« Vous avez déjà déjeuné ?

— Non. »

Julia s'aperçut qu'elle avait assez faim.

« On prend le plat du jour ensemble ? proposa Lennart.

— Bon… pourquoi pas ? »

Julia ne trouvait pas de raison de refuser.

« Bien. Nous allons au "Moby Dick"… je dois juste éteindre l'ordinateur et mettre le téléphone sur répondeur. »

Cinq minutes plus tard, Julia était de retour sur le petit port en compagnie de Lennart. Ils entrèrent dans le meilleur restaurant de Marnäs – le meilleur, et le seul, lui avait-il expliqué.

La décoration du « Moby Dick » était d'inspiration marine, avec des cartes, des filets et de vieilles rames fendues clouées aux lambris sombres des murs. La moitié des tables était à présent occupée par des convives, un brouhaha et des bruits de vaisselle emplissaient le local. Quelques visages curieux se tournèrent vers Julia, mais Lennart ouvrit le passage, comme pour la protéger, et choisit une table isolée près de la fenêtre, avec vue sur la mer Baltique.

Quand Julia avait-elle mangé au restaurant pour la dernière fois ? Elle ne s'en souvenait pas. S'asseoir à une table au milieu de tant d'inconnus lui semblait très inhabituel, mais elle se força à respirer calmement et à regarder Lennart dans les yeux de l'autre côté de la table.

« Bonjour, et bienvenue. »

Un homme au ventre imposant, manches retroussées, s'approcha en leur tendant deux menus reliés cuir.

« Bonjour Kent, dit Lennart en prenant le menu.

— Que voulez-vous boire par un si beau temps ?

— Je prends une petite bière, dit Lennart.

— De l'eau glacée, merci », dit Julia.

Elle avait d'abord été tentée de commander du vin rouge, si possible toute une carafe, mais elle parvint à réprimer cette envie. Elle ferait face en restant sobre, cette fois-ci. Il n'y avait rien à craindre, des gens mangeaient dans des restaurants tous les jours partout dans le monde.

« Comme plat du jour, nous avons des lasagnes, dit Kent.

— Très bien pour moi, dit Lennart.

— Pour moi aussi. »

Julia hocha la tête et, au moment où l'aubergiste se pencha pour reprendre les menus, elle aperçut, dépassant de sa manche, sur son avant-bras droit, un large tatouage vert sombre rendu flou par les ans. On aurait dit une inscription dans un cadre. Un nom ? Le nom d'un bateau ?

« La salade et le café sont compris », dit l'aubergiste avant de disparaître dans la cuisine.

Lennart se leva pour se servir en salade, et Julia le suivit.

« Lennart ! appela une voix d'homme de l'autre côté du local, comme ils revenaient vers leur table. Lennart ! »

Le policier poussa un profond soupir.

« J'arrive tout de suite », dit-il à voix basse en obliquant vers celui qui l'avait interpellé, un homme au visage rougeaud vêtu d'une espèce de bleu de travail.

Julia s'assit seule à leur table et regarda l'homme qui faisait de grands gestes en racontant quelque chose à Lennart d'un air contrarié. Lennart lui fit à voix basse une réponse laconique et l'homme se remit à gesticuler.

Le policier revint après quelques minutes, et s'assit au moment où l'aubergiste Kent arrivait avec deux assiettes de lasagnes tout juste sorties du four.

Lennart soupira encore une fois.

« Excusez-moi, dit-il à Julia.

— Mais ce n'est rien.

— Il a eu une effraction dans sa grange et on lui a volé un bidon d'essence, continua-t-il. Quand on est policier à la campagne, on est toujours en service, aucun problème pour occuper son temps libre. Mais à présent mangeons. »

Il se pencha sur son assiette.

Julia mangea elle aussi. Elle avait faim et les lasagnes étaient bonnes, avec beaucoup de viande.

Quand son assiette fut presque vide, Lennart but une gorgée de bière et se redressa.

« Alors comme ça vous êtes venue rendre visite à votre père ? dit-il. Pas pour vous baigner et bronzer, j'imagine ? »

Julia secoua la tête en souriant.

« Non, même si Öland est agréable aussi en automne.

— Gerlof a l'air d'aller bien, dit Lennart. À part les rhumatismes.

— Oui… il souffre du syndrome de Sjögren, dit Julia. C'est une espèce de douleur rhumatismale intermittente dans les membres. Mais il garde toute sa tête. Et il continue à construire des bateaux dans des bouteilles.

— Oui, ils sont jolis… Figurez-vous que j'avais pensé lui en commander un pour le commissariat, mais ça ne s'est pas fait. »

Ils se turent à nouveau. Lennart vida son verre de bière, et demanda à voix basse :

« Et vous, Julia ? Vous allez bien ?

— Oui, oui », se dépêcha-t-elle de répondre.

C'était une demi-vérité, mais elle se dit que le policier s'intéressait vraiment à elle, et elle ajouta :

« Vous voulez dire… depuis hier ?

— Oui, dit Lennart, c'est bien sûr ce que je voulais dire. Mais je parlais aussi de ce qui s'est passé, il y a longtemps… dans les années soixante-dix.

— Ah », fit Julia.

Lennart était donc au courant. Évidemment, qu'est-ce qu'elle croyait ? Il était policier ici depuis trente ans, il le lui avait dit. Et tout comme Astrid, il avait osé aborder le sujet interdit, avec calme et tact – un sujet qui avait depuis longtemps lassé sa sœur, et que plusieurs membres de sa famille n'avaient jamais osé mentionner.

« Vous étiez… là ? » demanda-t-elle à voix basse.

Les yeux baissés vers la table, Lennart hésita à répondre, comme si la question réveillait en lui de mauvais souvenirs.

« Oui, j'ai participé aux recherches, finit-il par dire. J'étais un des premiers policiers arrivés sur place à Stenvik… j'ai organisé la battue sur la plage. On y est resté toute la soirée, les recherches n'ont été interrompues qu'une heure après minuit. Quand un enfant disparaît, personne ne veut arrêter de chercher… »

Il se tut.

Julia se souvint qu'Astrid Linder avait dit presque la même chose, et elle baissa les yeux. Elle n'avait pas l'intention de se mettre à pleurer, pas devant un policier.

« Excusez-moi, dit-elle à Lennart une seconde plus tard, en sentant monter les larmes.

— Vous n'avez pas à vous excuser, dit Lennart. Moi aussi, il m'est parfois arrivé de pleurer. »

Sa voix était profonde et calme, comme la surface d'une eau paisible. Julia cligna des yeux et se concentra sur son visage sérieux pour empêcher les larmes de lui brouiller la vue. Elle voulait dire quelque chose, n'importe quoi.

« Gerlof, dit-elle, avant de se racler la gorge, il ne croit pas que Jens, mon fils… se soit noyé. »

Lennart la regarda.

« Ah bon ? dit-il seulement.

— Il… a trouvé une chaussure, dit Julia. Une petite sandale, une sandale de garçon. Comme celles que Jens portait quand…

— Une chaussure ? » Lennart ne la quittait pas des yeux. « Une sandale de garçon. Vous l'avez vue ? »

Julia hocha la tête.

« Vous l'avez reconnue ?

— Oui… peut-être. »

Julia leva son verre d'eau.

« J'ai commencé par en être certaine… mais maintenant je ne sais plus trop. »

Elle regarda le policier.

« C'était il y a longtemps. On pense qu'on n'oubliera jamais certaines choses, mais on les oublie.

— J'aimerais la voir, dit Lennart.

— C'est sûrement possible. »

Elle ne savait pas ce que Gerlof penserait du fait qu'elle avait mis la police au courant, mais ce n'était pas si important. Jens était *son* fils.

« Vous croyez que cela peut vouloir dire quelque chose ? demanda-t-elle.

— Je crois qu'il faut éviter les faux espoirs », dit Lennart.

Il avala sa dernière bouchée de lasagnes et ajouta :

« Alors comme ça Gerlof est devenu détective privé sur ses vieux jours ?

— Détective privé… oui, peut-être bien. »

Julia soupira, cela lui faisait du bien de parler de tout cela avec quelqu'un d'autre que Gerlof.

« Il brasse plein de théories, ou comment dire… des hypothèses vagues. Je ne sais pas ce qu'il pense vraiment. Il m'a dit que la sandale lui était arrivée par la poste dans une enveloppe sans nom d'expéditeur, et il a parlé d'un homme, Nils Kant, qui…

— Kant ? » l'interrompit Lennart.

Il s'était figé sur place.

« Nils Kant ? C'est ce qu'il a dit ?

— Oui, dit Julia. Il était de Stenvik, mais il n'y vivait plus quand je suis née. Je suis passée au cimetière, aujourd'hui, et j'ai vu…

— Il est enterré au cimetière de Marnäs, dit Lennart.

— Oui, j'ai vu la tombe »

Le policier en face d'elle gardait les yeux baissés. Ses épaules s'étaient affaissées, il avait à nouveau l'air très las.

« Nils Kant… Il refuse de mourir. »

Öland, mai 1945

Une grosse mouche aux reflets verts bourdonne dans le soleil au-dessus de la lande. Elle tournicote parmi les genévriers et les herbes, et finit par atterrir lourdement au milieu de la paume grande ouverte d'une main étendue. Les ailes de la mouche arrêtent de battre, elle étend les pattes pour s'accrocher solidement, prête à s'envoler au moindre danger, mais la main gît immobile dans l'herbe.

Nils Kant, le fusil toujours levé, regarde cette grosse mouche qui repose ses ailes sur la main du soldat allemand.

Le soldat est sur le dos dans l'herbe. Ses yeux sont ouverts, son visage tourné de côté, comme étonné de voir la mouche. Mais la moitié de son cou et son épaule gauche ont été emportées par la décharge de chevrotine de Nils, le sang a maculé sa veste d'uniforme élimée et le soldat ne voit plus rien.

Nils vide ses poumons et tend l'oreille.

Maintenant que même la mouche a cessé de bourdonner, le silence est total sur la lande, même si les oreilles de Nils sifflent encore un peu après les deux coups de feu. Leur écho a dû porter très loin, mais Nils ne pense pas qu'on les ait entendus. Il n'y a pas de route à proximité, et les gens s'aventurent rarement si loin sur la lande. Il se sent calme.

Nils se sent très calme. Après le premier coup de feu, *le coup parti tout seul* qui a abattu le premier Allemand, c'est comme si deux mains invisibles s'étaient posées sur ses épaules tremblantes pour les remettre d'aplomb.

Là, calme-toi. Le sang a cessé de battre au bout de ses doigts, ses mains ont cessé de trembler et il s'est senti plus sûr de lui que jamais en braquant le fusil Husqvarna sur l'autre Allemand. Son regard était droit, son doigt effleurait la détente, le canon pointé sans fléchir. Si c'était ça la guerre, ou presque la guerre, ça ressemblait beaucoup à la chasse au lièvre.

« Donne ça », a-t-il répété.

Il a tendu la main et l'Allemand a compris, il a prudemment retourné la sienne pour remettre à Nils la pierre précieuse brillante qu'il lui montrait.

Nils a refermé ses doigts sur la pierre sans baisser les yeux ni son arme, et l'a fourrée dans sa poche arrière. Il a hoché la tête puis, très calmement, a arrondi l'index autour de la détente.

L'Allemand désemparé a levé les mains, il a compris à cet instant que les choses tournaient mal, s'est laissé tomber à genoux et a ouvert la bouche, mais Nils n'avait pas l'intention de l'écouter.

« *Heil Hitler* », a-t-il murmuré. Puis il a fait feu.

Une dernière détonation, puis le silence. C'était aussi simple que ça.

Les deux soldats gisent à présent là, parmi les genévriers, l'un tombé à la renverse sur l'autre, le dos à moitié plié. La mouche grimpe sur la pointe de l'index de celui du dessus, étend les ailes et s'envole sans effort. Nils la suit du regard jusqu'à ce qu'elle disparaisse au détour d'un gros buisson de genévriers.

Il avance d'un pas, pose une botte sur le soldat du dessus et le pousse du pied. Le corps glisse doucement et s'étale dans l'herbe. C'est mieux comme ça. Il pourrait arranger encore mieux le tableau, comme pour une veillée funèbre, mais ça suffira comme ça.

Nils regarde les morts. Les soldats semblent âgés, mais ils ont son âge, et maintenant qu'ils sont couchés bien tranquilles, il se demande à nouveau qui ils sont.

D'où viennent-ils ? Il ne les a pas compris, mais il est presque certain qu'ils parlaient allemand. Leurs uniformes sont pleins de terre, usés, ourlets effilochés et coudes élimés. Aucun d'eux n'est armé, mais celui du dessus avait en bandoulière une musette de toile kaki, jetée de côté dans sa chute. Il ne l'avait pas remarquée avant.

Nils se penche et ouvre la musette qui est sèche, à peine tachée de sang. Il déplie le rabat de toile et découvre quelques objets entassés : deux boîtes de conserve sans étiquette, un canif au manche de bois usé, une liasse de lettres attachées par une ficelle, une demi-miche de pain noir sec. Quelques bouts de corde, deux bandes Velpeau brunes de saleté, une petite boussole en laiton dépoli.

Nils prend le canif en souvenir. Il n'a pas de valeur marchande.

Il y a aussi autre chose dans la musette : un étui en fer-blanc, un peu plus petit qu'une crosse de fusil. Nils l'attrape et entend quelque chose s'entrechoquer à l'intérieur. Il appuie avec son pouce et ouvre le couvercle.

L'étui de fer-blanc est plein d'autres pierres précieuses qui brillent. Il les fait couler dans sa main et sent comme elles sont lourdes et polies. Il y en a des petites comme des plombs de chasse, d'autres grosses comme des amorces, il y en a plus d'une vingtaine. Et, à côté, quelque chose de plus grand, enveloppé dans un mouchoir vert. Il le prend et déplie le tissu.

C'est un crucifix en or pur, grand comme la paume de la main, serti d'une rangée de pierres précieuses aux reflets rouges. Joli. Il regarde longtemps la croix avant de la renvelopper dans son mouchoir.

Nils referme le couvercle et fourre son trésor de guerre dans son sac à dos. Il referme la musette et la replace près de son propriétaire mort. Il n'y a plus rien à faire ici. Il devrait bien sûr enterrer les soldats, mais il n'a rien pour creuser.

Les corps n'auront qu'à rester là où ils sont, à l'abri des genévriers, comme ça il pourra peut-être revenir avec une grosse pelle un autre jour. Mais il tend la main et leur ferme au moins les yeux, qu'ils ne restent pas comme ça à fixer le ciel.

Alors il se redresse, il est temps de rentrer. Il harnache son sac à dos, ramasse son fusil encore chaud qui sent la poudre et se met en route vers l'ouest, en direction de Stenvik. Le soleil brille entre les nuages.

Après une cinquantaine de pas, il se retourne et regarde l'étendue d'herbe claire. L'espace entre les buissons est plongé dans l'ombre, et les uniformes vert-de-gris des soldats se fondent dans le paysage, mais une main blanche inerte dépasse de l'herbe et se voit très distinctement parmi les troncs tordus des genévriers.

Nils continue son chemin. Il commence à se demander ce qu'il va raconter à sa mère, comment expliquer les taches de sang sur son pantalon. Il veut tout lui raconter, ne rien lui cacher de ce qu'il fait sur la lande, mais parfois il lui semble qu'il y a des choses qu'elle préférerait ne pas entendre. Peut-être que son combat avec les soldats allemands est une chose de ce genre. Il faut qu'il y réfléchisse.

Il y réfléchit donc, mais ne trouve pas de réponse satisfaisante. Et voilà qu'il approche de la route qui descend vers Stenvik. Elle est déserte, et il continue d'avancer.

Non, la route n'est pas complètement déserte. Dans un petit virage, à quelques centaines de mètres des premières maisons du village, quelqu'un arrive à pied.

Le premier réflexe de Nils est de battre en retraite, mais il ne voit que des buissons rachitiques derrière lui. Et pourquoi s'enfuir et se cacher, au fond ? Il lui est arrivé quelque chose d'important sur la lande, quelque chose de bouleversant, et désormais il ne craint plus personne.

Nils s'arrête derrière un mur de pierre à quelques mètres de la route, et laisse la silhouette approcher.

Soudain, il voit que c'est Maja Nyman.

Maja, la fille de Stenvik qu'il a regardée, à qui il a encore plus pensé, sans jamais lui parler. Il ne peut pas lui parler maintenant non plus, mais elle approche, un petit sourire aux lèvres, comme si c'était un jour d'été ordinaire. Elle a aperçu Nils, et même si elle n'accélère pas, il lui semble la voir redresser le dos, lever le menton de quelques centimètres et avancer la poitrine.

Nils reste comme gelé au bord du chemin et voit Maja s'arrêter de l'autre côté du muret.

Elle le regarde. Il la regarde aussi mais ne trouve pas ses mots, pas même un bonjour. Le silence devient d'autant plus insupportable qu'un rossignol se met à chanter joyeusement dans le fossé le long du muret.

Maja finit par ouvrir la bouche.

« Tu as tiré quelque chose, Nils ? » demande-t-elle d'une voix claire.

La question le fait presque tomber à la renverse. D'abord il croit que Maja est au courant de tout, puis il comprend qu'elle ne parle pas des soldats. Il a son fusil, il revient d'habitude au village avec des lièvres.

Il secoue la tête.

« Non, dit-il, pas de lièvres. »

Il recule d'un pas, sent le poids de l'étui de fer-blanc dans son sac à dos, et dit :

« Je dois… y aller maintenant. Chez ma mère, au village.

— Tu ne prends pas la route ? demande Maja.

— Non ». Nils recule encore. « Ça va plus vite pour moi par la lande. »

Les mots lui viennent de plus en plus facilement ; il arrive donc à parler avec Maja Nyman. Il lui parlera plus longtemps une autre fois, mais pas aujourd'hui.

« Au revoir, alors », se contente-t-il de dire, avant de tourner les talons sans attendre de réponse.

Il devine qu'elle reste là à le regarder, il s'éloigne de la route en ligne droite, compte deux cents pas, puis oblique pour redescendre vers le village.

Il entend sans arrêt l'étui qui bringuebale au fond de son sac à dos, et se dit que ce n'est pas prudent de le ramener à la maison. Il faut qu'il fasse attention à son trésor de guerre.

Après encore quelques centaines de pas, quand la route du village a bien disparu derrière les genévriers, il se retrouve devant un petit tas de pierres.

C'est l'ancien cairn. Un point de repère devant lequel Nils ne fait jamais que passer sur le chemin de Stenvik, mais cette fois il se dirige droit dessus et s'arrête devant. Il observe le monticule de grosses et petites pierres, réfléchit et regarde alentour.

La lande est absolument déserte. On n'entend que le vent.

Une idée prend forme, il décroche son sac à dos et le pose par terre. Il l'ouvre et en sort l'étui des pierres précieuses, il s'approche avec, tout près du cairn.

Quasiment plein est se trouve l'église de Marnäs. Nils voit son clocher se dresser comme une petite flèche noire à l'horizon. Il se tourne vers le clocher, se met comme au garde-à-vous et fait un grand pas en s'écartant du cairn. Alors il commence à creuser.

Le soleil brille depuis plusieurs jours et le sol est tout sec : il arrive à arracher la couche d'herbe en bandes de plusieurs décimètres, puis à creuser à mains nues, en s'aidant du canif des Allemands. La roche affleure vite ici, la couche de terre est très mince partout sur la lande.

Nils gratte la terre pour élargir le trou, pique et creuse tout en regardant sans cesse alentour.

Quand il a fait dans le sol un large trou d'un bon pied de profondeur, il touche déjà le rocher, mais c'est suffisant. Il prend l'étui de fer-blanc et le dépose précautionneusement au fond, puis construit autour une petite voûte avec des pierres plates prises au cairn.

Ensuite il se dépêche de reboucher la tranchée en tassant aussi fort qu'il le peut la terre sous la paume de sa main.

Ce qui lui prend le plus de temps, c'est de recouvrir la terre de bandes d'herbe – c'est important que tout ait l'air comme d'habitude à côté du cairn.

Il faut du temps pour arranger l'herbe, mais il finit par se lever et inspecte l'endroit sous différents angles. Le sol a l'air intact mais en chargeant son sac à dos, il voit que ses mains sont sales.

Il se remet en route vers la maison.

Il va raconter à sa mère sa rencontre avec les Allemands, c'est décidé, mais avec des précautions, pour qu'elle ne s'inquiète pas. Il ne parlera pas des pierres précieuses qu'il a cachées. Pas encore, ce sera une surprise pour elle. Pour le moment, son butin restera un trésor caché dans un lieu connu de lui seul.

Il finit par enjamber un muret, et le voilà de retour sur la route, mais plus près du village que lors de sa rencontre avec Maja. Il est presque à Stenvik.

Avant d'arriver chez lui, il croise deux hommes chaussés de grosses bottes qui remontent de la plage d'un pas pesant. Ce sont des pêcheurs d'anguilles qui portent à deux, les mains noires, une nasse qu'ils viennent d'enduire de poix.

Aucun des deux ne le salue, ils regardent ailleurs en le croisant. Nils ne se rappelle pas leurs noms, mais c'est sans importance. Leur manque de politesse n'a pas d'importance non plus.

Nils Kant leur est supérieur, il est supérieur à tout Stenvik. Il l'a prouvé aujourd'hui, au combat, sur la lande.

C’est presque le soir. Il ouvre le portail de chez lui, traverse le jardin silencieux et gravit les degrés de pierre à grandes enjambées, fier de lui. Le jardin désert est luxuriant. L’herbe odorante.

Tout est resté comme ce matin, quand il est parti chasser le lièvre – mais Nils, lui, est un autre homme.

12

Debout près du bureau de Gerlof, Lennart Henriksson soupesait la petite sandale dans son sac plastique, comme si son poids pouvait révéler si elle était ou non authentique. Cette trouvaille avait l'air de ne pas du tout lui faire plaisir.

« Il faut raconter ce genre de choses à la police, Gerlof.

— Je sais, dit Gerlof.

— Les choses de ce genre doivent être signalées immédiatement.

— Oui, oui, dit Gerlof à voix basse. Ça ne s'est pas fait, voilà. Mais qu'est-ce que tu en penses ?

— De ça ? »

Le policier regarda la sandale.

« Je n'en sais rien, je ne tire pas de conclusions hâtives. Et toi, qu'est-ce que tu en penses ?

— Je pense que vous auriez dû chercher ailleurs qu'au bord de l'eau, dit Gerlof.

— C'est ce qu'on a fait, dit Lennart. Tu ne t'en souviens pas ? Nous avons cherché dans la carrière, dans tous les cabanons, toutes les remises et tous les hangars du village, et j'ai moi-même quadrillé la lande en voiture. Nous n'avons rien trouvé. Mais si Julia dit que c'est la bonne chaussure, nous devons prendre ça au sérieux.

— Je *crois* que c'est la sandale de Jens, dit Julia dans leur dos.

— Et tu l'as reçue par la poste ? » demanda Lennart.

Gerlof hocha la tête avec la sensation désagréable de subir un interrogatoire de police.

« Quand ?

— La semaine dernière. J'ai téléphoné à Julia pour lui raconter… c'est en partie pour ça qu'elle est venue.

— Tu as encore l'enveloppe ? demanda Lennart.

— Non, s'empressa de dire Gerlof. Je l'ai jetée… je suis parfois un peu distrait. Mais il n'y avait pas de lettre avec et aucune mention de l'expéditeur, j'en suis sûr. Je crois qu'il y avait juste "Capitaine Gerlof Davidsson, Stenvik" dessus, et la poste a fait suivre jusqu'ici. Mais l'enveloppe ne peut pas être si importante ?

— Il y a quelque chose qui s'appelle les empreintes digitales, dit Lennart à voix basse avec un soupir. Il y a des cheveux, et plein d'autres choses qu'on peut… Bon, en tout cas, je voudrais bien emporter la sandale. Il peut y avoir des traces dessus.

— C'est que je préférerais…, commença Gerlof, mais Julia l'interrompit en demandant :

— Vous allez l'envoyer dans un laboratoire ?

— Oui, dit Lennart, il y a un laboratoire de médecine légale à Linköping. Le laboratoire central de la police scientifique. Ils analysent ce genre de choses. »

Gerlof se taisait.

« Très bien, dit Julia.

— On peut avoir un reçu ? » dit Gerlof.

Julia avait l'air en colère, comme s'il lui faisait honte, mais Lennart hocha la tête avec un sourire las.

« Bien sûr, Gerlof, dit-il. Je vais te faire un reçu, comme ça tu pourras attaquer la police de Borgholm si le labo venait à perdre la sandale. Mais à ta place je ne m'inquiéterais pas. »

Lorsque quelques minutes plus tard le policier s'en alla, Julia le raccompagna, mais revint peu après. Gerlof, toujours assis à son bureau, le reçu que lui avait griffonné Lennart Henriksson à la main, regardait fixement par la fenêtre, l'air renfrogné.

« Lennart dit que nous ne devons parler à personne de cette sandale, dit Julia dans son dos.

— Ah, oui, il a dit ça ? »

Gerlof regardait toujours par la fenêtre.

« Qu'est-ce qu'il y a ? dit Julia.

— Tu aurais mieux fait de ne rien lui dire, dit Gerlof.

— Mais tu as dit qu'il fallait en parler aux gens.

— Pas à la police, dit Gerlof. On va régler ça nous-mêmes.

— Régler ? dit Julia en haussant le ton. Comment ça, régler ça nous-mêmes ? Qu'est-ce que tu crois, à la fin ? Tu crois que celui qui a enlevé Jens, pour autant que quelqu'un ait fait ça… que cette personne va venir ici demander à voir la sandale ? Tu crois vraiment ? Qu'il va venir raconter ce qu'il a fait ? »

Gerlof ne répondit pas, il regardait toujours par la fenêtre en lui tournant le dos, et cela mit Julia encore plus hors d'elle.

« Et toi, qu'est-ce que tu faisais, ce jour-là ? continua-t-elle.

— Tu le sais bien, dit-il à voix basse.

— Je sais, dit Julia. Maman était fatiguée, et il fallait s'occuper de ton petit-fils... et toi tu es descendu à la plage pour préparer tes filets. Parce que tu devais sortir pêcher. »

Gerlof hocha la tête.

« Et alors le brouillard est arrivé, dit-il.

— Oui, une vraie purée de pois... et à ce moment-là, est-ce que tu es rentré ? »

Gerlof secoua la tête.

« Tu as continué à t'occuper de tes filets, poursuivit Julia, parce que ça te plaisait beaucoup plus de vaquer à tes occupations au bord de la mer que de t'occuper d'un gamin. C'est bien ça ?

— J'ai tendu l'oreille tout le temps que je suis resté en bas, dit Gerlof sans la regarder. On n'entendait rien. J'aurais entendu Jens si...

— Il ne s'agit pas de ça ! l'interrompit Julia. Le problème, c'est que tu as toujours été ailleurs quand tu aurais dû être à la maison. *Tout* a toujours été selon ton bon vouloir... Et ça a toujours été comme ça. »

Gerlof ne répondit rien. Il lui sembla que le ciel s'était obscurci. Déjà le crépuscule ? Il avait bien écouté ce que sa fille lui disait, mais il ne trouvait pas quoi lui répondre.

« J'ai sans doute été un mauvais père, finit-il par dire. J'étais souvent absent, il fallait que je m'absente. Mais si j'avais pu faire quelque chose pour Jens ce jour-là... Si toute cette journée avait pu être différente... »

Il se tut, la voix lui manquait.

Le silence était insoutenable.

« Je sais, Papa, finit par dire Julia. Je n'ai qu'à me taire, moi, je n'étais même pas sur Öland. Je suis allée à Kalmar, et j'ai vu le brouillard arriver sous le pont pendant que je traversais le détroit. »

Elle soupira.

« Si tu savais combien je m'en suis voulu d'avoir laissé Jens ce jour-là ! Je ne lui ai même pas dit au revoir. »

Gerlof respira profondément. Il se retourna et la regarda.

« Mardi, la veille de l'enterrement d'Ernst, je t'emmènerai chez celui qui m'a envoyé la sandale. »

Julia resta silencieuse.

« Comment vas-tu t'y prendre ? dit-elle ensuite.

— Je sais qui c'est, dit Gerlof.

— Tu es sûr à cent pour cent ?

— Quatre-vingt-dix.

— Où habite-t-il ? demanda Julia. Ici, à Marnäs ?

— Non.

— À Stenvik ? »

Gerlof secoua la tête.

« Là-bas, à Borgholm », dit-il.

Julia resta un moment sans rien dire, comme si elle croyait à une supercherie.

« D'accord, finit-elle par dire. Alors nous irons avec ma voiture. »

Elle alla prendre son manteau sur le lit.

« Qu'est-ce que tu vas faire maintenant ? demanda Gerlof.

— Je ne sais pas… Je pense que je vais rentrer à Stenvik ramasser les feuilles mortes dans le jardin autour de la maison, ou quelque chose de ce genre.

Maintenant que l'eau et le courant sont rétablis, je peux me faire à manger dans la maison, mais je retournerai dormir dans le cabanon de pêche. Je dors bien là-bas.

— Bien. Mais garde le contact avec John et Astrid, dit Gerlof. Vous devez faire bloc.

— Bien sûr, dit Julia en enfilant son manteau. Au fait, je suis passée au cimetière. J'ai allumé une bougie sur la tombe de Maman.

— Bien... Alors elle restera allumée cinq jours, jusqu'à dimanche. Le conseil paroissial entretient la tombe. Moi, je n'y vais pas très souvent, hélas... » Gerlof toussa. « On avait déjà creusé une tombe pour Ernst ?

— Je n'ai rien vu », dit Julia.

Elle ajouta :

« Mais j'ai trouvé la tombe de Nils Kant près du mur. C'est bien ce que tu voulais me montrer ?

— C'est ça, oui.

— Avant de voir la tombe, je pensais que Nils Kant aurait dû être soupçonné, dit Julia... mais à présent je comprends pourquoi personne ne l'a accusé. »

Gerlof s'apprêta à dire quelque chose – peut-être faire remarquer que ce qu'un meurtrier avait de mieux à faire, c'était de faire le mort – mais il resta silencieux.

« Il y avait des roses sur sa tombe, dit Julia.

— Des roses fraîches ? dit Gerlof.

— Pas tout à fait, dit Julia. Peut-être de l'été. Et puis autre chose... »

Elle mit la main dans la poche de son manteau, et sortit la petite enveloppe qu'elle avait prise dans le bouquet de roses. Elle avait séché et Julia la tendit à Gerlof.

« Peut-être que nous ne devrions pas l'ouvrir, dit-elle. C'est privé, et… »

Mais Gerlof se dépêcha de décacheter l'enveloppe, en sortit un billet blanc et le lut. D'abord en silence, puis à haute voix à l'intention de Julia.

« *Nous nous présenterons tous devant le tribunal de Dieu.* »

Il regarda Julia.

« C'est tout… C'est une citation de l'*Épître aux Romains*. Je peux garder ça ? »

Julia hocha la tête.

« Y a-t-il des roses et des lettres sur la tombe de Nils Kant, d'habitude ? demanda-t-elle.

— Pas si souvent que ça, dit Gerlof en rangeant l'enveloppe dans un des tiroirs du bureau. Mais c'est arrivé quelquefois ces dernières années… Des fleurs, en tout cas. J'ai déjà vu des bouquets de roses.

— Alors Nils Kant a des amis qui vivent encore ?

— Oui… ou en tout cas quelqu'un qui veut se souvenir de lui, pour une raison ou une autre, dit Gerlof, et il ajoute : Les gens de mauvaise réputation ont parfois des admirateurs. »

Ils se turent.

« Bon. Je rentre à Stenvik, alors, dit Julia en boutonnant son manteau.

— Qu'est-ce que tu fais demain ?

— J'irai peut-être jusqu'à Långvik, dit Julia. On verra. »

Une fois sa fille sortie de la pièce, les épaules de Gerlof s'affaissèrent sous le coup de la fatigue. Il leva les mains et vit que ses doigts tremblaient. L'après-midi avait été épuisant, mais il lui restait encore quelque chose à faire avant la fin de la journée.

« Torsten, as-tu enterré Nils Kant ? » demanda Gerlof quelques heures plus tard.

Lui et le vieil homme étaient assis chacun à une table, seuls dans le local en sous-sol. Cela ne devait rien au hasard : après le dîner, Gerlof avait pris l'ascenseur jusqu'à la salle d'activités, tout en bas, où il avait attendu une bonne heure qu'une autre pensionnaire, une dame plus âgée du premier étage, en finisse avec son interminable tissage.

Le but était de se retrouver seul en compagnie de Torsten Axelsson qui avait travaillé au cimetière de Marnäs de la guerre jusqu'au milieu des années soixante-dix. Pendant que Gerlof attendait, l'obscurité était devenue compacte de l'autre côté des étroits soupiraux. C'était le soir.

Avant de poser sa question décisive, Gerlof avait bavardé un moment du prochain enterrement avec Axelsson, histoire de le faire rester dans la pièce. Axelsson souffrait de rhumatismes lui aussi, mais il avait toute sa tête et il était le plus souvent de bonne compagnie. Il n'éprouvait apparemment pas pour son travail de fossoyeur la même nostalgie que Gerlof pour ses années en mer, mais il était cependant resté pour parler du bon vieux temps.

Gerlof était assis à une table couverte de morceaux de bois, de colle, d'outils et de toile émeri. Il travaillait à une maquette du *Paket*, le dernier cotre de Borgholm, devenu bateau de plaisance à Stockholm dans les années soixante. Il avait fini la coque, mais il avait encore beaucoup à faire avec le gréement, qui ne serait de toute façon achevé qu'à l'intérieur de la bouteille, quand il pourrait dresser les mâts et fixer les derniers cordages. Tout cela prenait du temps.

Gerlof limait soigneusement une petite encoche au sommet d'un mât en attendant la réponse du fossoyeur retraité. Axelsson courbait le dos sur une table couverte de milliers de pièces de puzzle. Il avait à moitié assemblé une image reproduisant les grands nymphéas de Monet.

Axelsson plaça une pièce dans l'eau sombre de l'étang, puis leva les yeux.

« Kant ? dit-il.

— Nils Kant, oui, dit Gerlof. Sa tombe est toujours là, un peu à l'écart le long du mur ouest. Et comme ça je me demandais, à propos de son enterrement. C'est que je ne vivais pas par ici à l'époque… »

Axelsson hocha la tête, attrapa une pièce de puzzle et réfléchit.

« Oui, j'ai creusé la tombe et porté le cercueil, avec mes collègues du cimetière… Personne n'était volontaire pour y aller.

— Il y avait des gens en deuil ?

— Oui… sa mère était là. Elle ne l'a pas quitté. Je l'avais à peine aperçue auparavant, mais là, elle était maigre, noueuse, vêtue d'un manteau anthracite. Mais je ne sais pas si on peut dire qu'elle était en deuil. Elle avait l'air un peu trop contente pour ça.

— Contente ?

— Oui… bien sûr, je ne l'ai pas vue dans l'église, dit Axelsson, mais je me souviens l'avoir regardée à la dérobée quand nous avons mis son fils en terre. Vera se tenait à quelques mètres de la tombe, elle regardait le cercueil disparaître, et je l'ai vue esquisser un sourire sous son voile noir. Comme si elle était vraiment contente de l'enterrement. »

Gerlof hocha la tête.

« Et il n'y avait qu'elle au moment de la mise en terre ? Personne d'autre ? »

Axelsson secoua la tête.

« Il y avait des gens, mais en deuil, presque personne. Il y avait aussi des policiers, mais ils sont restés à l'écart, quasiment à l'entrée du cimetière.

— Ils voulaient voir Kant enterré une bonne fois pour toutes, dit Gerlof.

— Pour sûr, opina Axelsson. Et voilà tous ceux qui étaient là, en plus du pasteur Fridland.

— Lui était payé pour ça. »

Ils se turent. Gerlof ponça quelques minutes la petite coque du *Paket*. Puis il prit son élan et dit :

« Ce que tu racontes sur le sourire esquissé par Vera au bord de la tombe, ça incite quand même à se demander ce qu'il y avait vraiment dans le cercueil... »

Axelsson plongea le nez dans son puzzle et attrapa une nouvelle pièce.

« Tu vas me demander s'il n'était pas par hasard curieusement léger à porter, Gerlof ? dit-il. On m'a posé la question plusieurs fois depuis le temps.

— C'est que les gens en parlent, parfois, dit Gerlof... On prétend que le cercueil de Kant aurait été vide. Tu as certainement déjà entendu ça ?

— Tu peux arrêter de te poser la question, parce qu'il n'était pas vide, dit Axelsson. Nous étions quatre à le porter, avant et après la cérémonie, et il fallait bien ça. Il était diablement lourd. »

Gerlof avait l'impression de mettre en doute la conscience professionnelle du vieux fossoyeur, mais il fallait qu'il pose la question :

« On raconte qu'il n'y avait que des pierres dans le cercueil, ou des sacs de sable, dit-il à voix basse.

— J'ai entendu cette rumeur, dit Axelsson. Je n'ai pas regardé dedans, mais quelqu'un a bien dû le faire… quand il est arrivé sur Öland par le ferry.

— J'ai entendu dire que personne ne l'a ouvert, dit Gerlof. Le cercueil était sous scellés, et personne n'a osé ou voulu prendre la responsabilité de les briser. Sais-tu si quelqu'un l'a ouvert ?

— Non…, dit Axelsson. Je me souviens juste qu'il y avait une sorte de certificat de décès en provenance d'Amérique du Sud, arrivé avec le cercueil sur un des ferries de la compagnie Malm. Au débarcadère, là-bas, à Borgholm, quelqu'un qui connaissait un peu d'espagnol l'a lu… Nils Kant s'était noyé, était-il indiqué, et il était resté assez longtemps dans l'eau avant d'être repêché. Alors le corps ne devait pas être beau à voir.

— Les gens avaient peut-être peur que Vera Kant ne se mette à faire des histoires, dit Gerlof. Ils voulaient enterrer Kant et passer à autre chose, en somme. »

Axelsson regarda Gerlof, mais se contenta de hausser les épaules.

« Ne me demande pas à moi, dit-il en plaçant encore un morceau de nénuphar dans l'étang peint par Monet. Je l'ai juste mis en terre, j'ai fait mon boulot et je suis rentré chez moi.

— Je sais, Torsten. »

Axelsson plaça encore une pièce de son puzzle, contempla un moment le résultat puis se tourna vers l'horloge murale. Il se leva lentement.

« C'est bientôt l'heure du café du soir », dit-il.

Mais avant de quitter la pièce, il s'arrêta et tourna la tête.

« Et toi, Gerlof, à ton avis ? dit-il. Nils Kant repose-t-il dans son cercueil ?

— Certainement », dit à voix basse Gerlof, sans regarder le vieux fossoyeur.

Quand Gerlof remonta dans sa chambre, il était sept heures passées, il ne restait plus qu'une demi-heure avant le café du soir. Routine, tout était routine à la maison de retraite de Marnäs.

Mais la conversation avec Torsten Axelsson au sous-sol était une bonne chose, pensa Gerlof. Elle avait été fructueuse. Peut-être qu'il s'était montré un peu trop bavard et insistant sur la fin, ce qui lui avait valu les regards perplexes d'Axelsson.

On devait déjà discuter dans les couloirs de la maison de retraite de l'étrange intérêt de Gerlof pour Nils Kant. La rumeur se répandrait peut-être même au-delà de l'enceinte de l'institution, mais tant pis. N'était-ce pas ce qu'il cherchait justement : déranger la fourmilière et peut-être ainsi provoquer des événements ?

Il s'assit lourdement sur le lit et prit sur la table de nuit l'exemplaire du jour d'*Ölands-Posten*. Il n'avait pas eu le temps de lire le journal le matin, ou plutôt pas eu envie.

L'accident mortel à Stenvik faisait les gros titres, avec une photographie de Bengt Nyberg sur laquelle une flèche indiquait le lieu précis de l'accident.

C'était un accident, selon la police de Borgholm. Ernst Adolfsson avait essayé de déplacer une statue au bord de la falaise, avait trébuché et il était tombé en recevant sur lui le gros bloc de pierre. On ne soupçonnait aucun crime.

Gerlof se contenta de lire le début de l'article de Bengt Nyberg. Il feuilleta ensuite le journal jusqu'aux pages moins personnelles : des affaires immobilières qui traînaient en longueur à Långvik, un incendie de grange du côté de Löttorp et un vieillard sénile de quatre-vingt-un ans qui, quelques jours auparavant, avait quitté son domicile au sud de l'île pour aller se promener et avait pour l'heure disparu sans laisser de trace sur la lande. On le retrouverait sûrement, mais pas vivant.

Gerlof replia le journal et le reposa sur la table, et il vit alors le portefeuille d'Ernst. Il l'avait rangé à son retour de Stenvik. Il le saisit, l'ouvrit à nouveau, et regarda tous les billets et une liasse de reçus plus grosse encore. Il laissa les billets dans le portefeuille, mais sortit les reçus pour les parcourir lentement.

Pour la plupart, ils correspondaient à de petits achats dans des magasins d'alimentation de Marnäs ou Långvik, ou alors il s'agissait de reçus de la main d'Ernst, rédigés lors de la vente de ses sculptures l'été passé.

Gerlof chercha un dernier reçu, si possible daté du jour où la sculpture représentant le clocher de Marnäs était tombée sur le malheureux. Il n'y en avait pas.

Tout en bas de la pile des reçus, il trouva quelque chose d'inattendu : un petit ticket jaune. *Musée du Bois de Ramneby*, était-il inscrit sur le ticket, à côté d'un petit dessin représentant des planches empilées, et une date tamponnée à l'encre bleue : *13 sept.*

Il laissa le ticket sur la table de nuit. Il agrafa ensemble les autres reçus, et les fourra dans un tiroir. Puis s'installa à son bureau, tendit la main vers son carnet de notes et l'ouvrit à la première page libre. Il prit un crayon, réfléchit un moment, puis inscrivit deux notes :

VERA KANT A SOURI QUAND ON A ENTERRÉ LE CERCUEIL.

Et :

ERNST AVAIT VISITÉ LA SCIERIE HISTORIQUE DE LA FAMILLE KANT À RAMNEBY.

Ensuite il rangea le ticket du musée du Bois dans son carnet, le referma et alla s'asseoir pour attendre le café du soir. Routine, tout n'était que routine quand on se faisait vieux.

13

Le premier verre de vin, Julia ne se rappela même pas l'avoir bu. Elle avait vu Astrid le lui remplir dans sa cuisine, vu le liquide rouge tourbillonner dans le verre, avait tendu une main pleine d'espoir – et soudain il n'y avait plus qu'un verre vide sur la table. Elle avait dans la bouche le goût caractéristique, une dose d'alcool commençait à diffuser sa chaleur dans son corps, il lui semblait retrouver un vieil ami très cher.

Par la fenêtre de la cuisine d'Astrid, on voyait le soleil couchant, et Julia avait les jambes courbatues après une longue promenade à vélo le long de la côte.

« Veux-tu un autre verre ? demanda Astrid.

— Oui, merci, dit Julia d'un ton aussi calme et détaché que possible. Il est bon. »

Évidemment, elle l'aurait tout aussi bien bu s'il avait eu un goût de vinaigre.

Elle essaya de boire le second verre beaucoup plus doucement. Elle ne prit que quelques gorgées, reposa le verre sur la table, respira.

« Tu as eu une journée difficile ? demanda Astrid.

— Assez », dit Julia.

Mais au fond il ne s'était pas passé grand-chose.

Elle avait longé la côte en vélo jusqu'à la localité voisine, Långvik, où elle avait déjeuné. Ensuite, elle avait entendu un vieux vendeur d'œufs dans une petite ferme lui raconter que son fils Jens avait été assassiné. Pas seulement mort et enterré depuis longtemps – assassiné.

« Une journée assez difficile », répéta Julia en vidant son deuxième verre de vin.

La veille au soir, le ciel était dégagé quand Julia s'était préparée à passer une nouvelle nuit seule dans le cabanon de pêche.

Les étoiles semblaient être ses seules amies sur cette plage déserte. La lune pendait comme un éclat d'os grisâtre accroché à l'est, mais Julia était restée une demi-heure à regarder les étoiles sur la plage, noire d'encre, avant de remonter au cabanon. De là, on voyait une autre lumière rassurante : la lampe extérieure de la maison d'Astrid, de l'autre côté de la route. Les autres lumières des maisons encore habitées au nord et au sud le long de la côte étaient éloignées et presque aussi faibles que celle des étoiles, mais la lampe brillante d'Astrid montrait qu'il y avait d'autres personnes dans les ténèbres.

Julia s'était endormie, à une vitesse et avec un calme inhabituels, et s'était réveillée bien reposée huit heures plus tard au bruit du ressac dont le rythme se confondait presque avec celui de sa respiration.

Le paysage rocheux était paisible, et elle avait regardé les vagues sans penser à des bouts d'os.

Elle remonta jusqu'à la maison de Gerlof pour faire sa toilette et prendre le petit déjeuner, puis, en faisant le tour du terrain, elle trouva un vieux vélo de dame derrière la remise. Elle supposa que c'était celui de Lena. Il était rouillé et mal graissé, mais il restait assez d'air dans les pneus.

C'est à ce moment qu'elle avait décidé d'aller en vélo vers le nord, jusqu'à Långvik, pour y déjeuner. À Långvik, elle essaierait de retrouver un vieil homme nommé Lambert pour s'excuser de l'avoir frappé bien des années auparavant.

Le chemin côtier vers le nord était couvert de gravillons, poussiéreux, parsemé de profondes fondrières, mais on pouvait y passer à vélo. Le paysage était d'une beauté à couper le souffle, comme toujours, avec la lande à droite et à gauche la mer qui miroitait quelques mètres en contrebas de la falaise. Julia détourna les yeux en passant devant la carrière : elle ne voulait pas savoir si les mares de sang étaient toujours là.

Après, le trajet à vélo ne fut qu'une partie de plaisir, avec le soleil de côté et le vent dans le dos.

Långvik se trouvait à cinq kilomètres au nord de Stenvik, mais la localité était plus importante, et d'un tout autre genre. Là, il y avait une vraie baignade, avec une plage de sable, un port de plaisance, plusieurs immeubles collectifs en centre-ville et des lotissements aux entrées nord et sud.

TERRAINS À VENDRE annonçait une pancarte au bord de la route. On continuait à construire à Långvik : des clôtures, des piquets de bornage et des chemins récemment couverts de gravier avançaient sur la lande et se terminaient parmi des palettes de tuiles encore dans leur emballage plastique et des tas de planches goudronnées.

Et il y avait aussi, bien sûr, l'Hôtel du Port aussi long que la plage avec ses trois étages et son grand restaurant.

Julia déjeuna d'un plat de pâtes avec un vague sentiment de nostalgie. Elle avait dansé dans ce local au début des années soixante. L'hôtel était plus petit à l'époque, quand Julia, adolescente, y allait en vélo avec d'autres jeunes de Stenvik, mais l'endroit était déjà clinquant. Une grande véranda en bois s'avançait sur la plage, et c'est là qu'ils dansaient jusqu'à minuit. Du rock anglais et américain qui se mêlait au bruit des vagues entre deux morceaux. Une odeur de sueur, d'après-rasage et de cigarette. C'est ici, à Långvik, que Julia avait bu son premier verre de vin et elle se faisait parfois raccompagner très tard dans la nuit sur des mobylettes pétaradantes. À toute vitesse dans le noir, sans casque, profondément convaincue que désormais la vie serait chaque jour plus fantastique.

Il n'y avait à présent plus de véranda, l'hôtel avait été agrandi, doté de grandes salles de conférences lumineuses et d'une piscine privée.

Après le déjeuner, Julia avait commencé à lire le livre que Gerlof lui avait donné, *Crimes sur Öland*. Au chapitre « L'assassin qui s'est échappé », elle avait lu ce que Nils Kant avait fait sur la lande un jour d'été 1945, et ce qui s'en était suivi :

Qui étaient donc ces deux hommes en uniforme que Nils Kant exécuta ainsi de sang-froid sur la lande, en cette belle journée ?

Probablement des soldats allemands qui avaient réussi à traverser la Baltique, fuyant les durs combats qui faisaient rage en Courlande, sur la côte est de la Lettonie à la fin de la Seconde Guerre mondiale. Les Allemands étaient encerclés par l'Armée rouge, et la seule façon d'en réchapper était de s'embarquer, par n'importe quel moyen. Les risques étaient énormes, mais beaucoup de soldats et de civils avaient décidé alors de tenter de fuir vers la Suède.

Cependant personne ne sait avec certitude. Les soldats morts n'avaient sur eux aucun document ou passeport qui aurait permis de les identifier, et ils ont eu une tombe anonyme.

Mais ils avaient laissé des traces. Ce que Kant ignorait en abandonnant les deux corps sur la lande, c'est que le matin même, on avait retrouvé dans une crique à quelques kilomètres au sud de Marnäs un petit bateau à moteur peint en vert avec un nom russe.

Dans le bateau abandonné et partiellement rempli d'eau, on avait trouvé des casques allemands, des douzaines de boîtes de conserve rouillées, un pot de chambre, une rame brisée et un petit pot de poudre contre les poux du Dr Theodor Morell, le médecin personnel d'Hitler, fabriquée à Berlin spécialement pour les soldats de la Wehrmacht.

La trouvaille du bateau avait fait sensation – comme toujours lorsque quelque chose d'inhabituel échoue sur les côtes d'Öland – et beaucoup, à Marnäs savaient donc avant Kant que des étrangers étaient arrivés dans la région. Certains sont même partis à leur recherche, armés ou non.

Nils n'avait pas enterré ni même couvert les soldats qu'il avait tués. Des cadavres abandonnés sur la lande ne tardent pas à attirer une foule de charognards, oiseaux et autres petits animaux, dont les cris et les disputes s'entendent et se voient de loin.

Ce n'était donc qu'une question de temps avant qu'on les retrouve.

Quand la serveuse revint débarrasser sa table, Julia referma le livre et, pensive, embrassa du regard la plage de sable déserte en contrebas de l'hôtel.

L'histoire de Nils Kant était intéressante, mais il était mort et enterré, et elle ne comprenait toujours pas pourquoi Gerlof pensait qu'il était si important qu'elle lise ce livre.

« Je vais payer tout de suite, dit Julia.

— D'accord. Quarante-deux couronnes, merci. »

La serveuse était jeune, sans doute moins de vingt ans, et avait l'air d'aimer son travail.

« Vous restez ouvert toute l'année ? » demanda Julia en lui donnant l'argent.

Elle était étonnée de voir tant de monde à Långvik et en particulier à l'Hôtel du Port, alors qu'on était en automne.

« Entre novembre et mars, nous ouvrons seulement les week-ends, pour des conférences », dit la serveuse.

Elle prit l'argent et ouvrit le porte-monnaie qu'elle portait à la taille pour attraper quelques pièces d'une couronne.

« Gardez la monnaie », dit Julia.

Elle jeta un regard par la fenêtre du restaurant sur l'eau grise avant d'ajouter :

« Je me demandais... Savez-vous s'il y a un Lambert à Långvik ? Lambert, avec un nom en –son, Svensson, Nilsson, ou Karlsson. »

La serveuse eut l'air de réfléchir, puis secoua la tête.

« Lambert ? dit-elle. Je me souviendrais de ce nom, mais je ne crois pas l'avoir jamais entendu. »

Elle était trop jeune pour connaître les anciens habitants de Långvik, se dit Julia. Elle hocha la tête et se leva, mais la serveuse continua :

« Demandez à Gunnar. Gunnar Ljunger. C'est le propriétaire de l'hôtel. Il connaît presque tout le monde à Långvik. »

Elle se retourna pour lui indiquer le chemin.

« Vous n'avez qu'à ressortir par l'entrée principale, puis prenez à gauche jusqu'au petit côté de l'hôtel. C'est là que se trouve le bureau, il devrait y être. »

Julia remercia du conseil et quitta le restaurant. Elle avait encore bu de l'eau glacée avec son déjeuner, cela devenait une habitude. C'était agréable d'avoir les idées claires en sortant à l'air frais sur le parking, même si un coup de vin rouge n'aurait pas été de trop si elle devait revoir Lambert…

Svensson, Nilsson ou Karlsson.

Julia se passa la main dans les cheveux et fit le tour du bâtiment. Sur le petit côté, elle trouva une porte en bois à côté de laquelle étaient fixées plusieurs plaques de sociétés. La première annonçait : LÅNGVIK CONFERENCE CENTER S.A. Elle ouvrit la porte et entra dans une petite pièce d'accueil, tapissée de moquette jaune et ornée de grandes plantes vertes en plastique.

On se serait cru dans un bureau du centre de Göteborg. De la musique douce était diffusée en fond sonore. Une jeune femme bien habillée était assise à l'accueil, et un jeune homme en chemise blanche se penchait, accoudé au comptoir. Ils regardèrent tous deux Julia comme si elle interrompait une conversation très importante, mais la réceptionniste fut la première à lui sourire en la saluant. Julia la salua à son tour, tendue comme toujours quand elle rencontrait de nouvelles personnes, puis demanda Gunnar Ljunger.

« Gunnar ? dit la réceptionniste, en regardant l'homme accoudé au comptoir. Il est rentré de déjeuner ?

— Mais oui, dit le jeune homme en hochant la tête à l'intention de Julia. Venez, je vais vous montrer le chemin. »

Julia le suivit dans un court corridor qui se terminait devant une porte entrouverte. Il frappa en la poussant.

« Papa ? dit le jeune homme. Tu as de la visite.

— Ah oui ? répondit une voix grave. Entrez. »

Le bureau n'était pas spécialement grand, mais la vue sur la plage et les eaux de la Baltique par la baie vitrée était fantastique. Un homme de grande taille était assis à un bureau, Gunnar Ljunger, propriétaire de l'hôtel, barbe grise et sourcils broussailleux, occupé à taper sur une bruyante machine à calculer. Il portait une chemise blanche et des bretelles, une veste marron était pendue au dossier de sa chaise. Sur le bureau, à côté de la machine à calculer, était étalé un exemplaire d'*Ölands-Posten*, qu'il semblait parcourir tout en faisant ses comptes.

« Bonjour, dit-il en levant les yeux vers Julia.

— Bonjour.

— Je peux faire quelque chose pour vous ? »

Ljunger lui sourit, tout en continuant à taper ses additions sur la machine à calculer.

« Juste une question, dit Julia en avançant d'un pas. Je cherche Lambert.

— Lambert ?

— Lambert, à Långvik… Lambert Karlsson, je crois.

— Lambert Nilsson, alors, dit Ljunger. Il n'y a pas d'autre Lambert à Långvik.

— C'est ça… Nilsson, se dépêcha de dire Julia.

— Mais Lambert n'est plus de ce monde, dit Ljunger. Il est mort il y a cinq ou six ans.

— Je vois… »

Julia ressentit une brève déception, mais elle s'attendait à cette réponse. Lambert paraissait déjà âgé dans les années soixante-dix, cet après-midi où il était arrivé sur sa mobylette demander ce qui était arrivé à son fils.

« Son frère cadet Sven-Olof vit toujours, bien sûr, ajouta Ljunger en indiquant une direction dans le dos de Julia, un peu de biais. Sven-Olof Nilsson, il habite là-haut, sur la colline, derrière la pizzeria, là où Lambert vivait, lui aussi. Sven-Olof vend des œufs, alors vous pouvez chercher la maison avec des poules dans la cour.

— Merci.

— Si vous y allez, vous pourrez lui dire de ma part que le raccordement au réseau communal des eaux est encore moins cher maintenant, dit Ljunger en souriant. C'est le dernier à Långvik qui préfère tirer son eau du puits.

— D'accord, dit Julia.

— Vous êtes cliente de l'hôtel ? demanda Ljunger comme elle s'apprêtait à tourner les talons.

— Non, mais j'avais l'habitude de venir ici danser quand j'étais jeune… J'habite à Stenvik. Je m'appelle Julia Davidsson.

— De la famille du vieux Gerlof, dit Ljunger.

— Je suis sa fille.

— Ah oui ? dit Ljunger. Vous le saluerez bien de ma part. Il a construit quelques bateaux en bouteille pour le restaurant. Nous en prendrions volontiers d'autres.

— Je lui dirai.

— On est bien à Stenvik, non ? dit Ljunger. C'est calme et silencieux, avec la carrière fermée et les maisons vides. »

Il sourit à moitié.

« Ici, évidemment, nous avons choisi une autre voie… nous développer, miser sur le tourisme, le golf, les conférences. Nous pensons que c'est l'unique façon de garder en vie les villages côtiers du nord d'Öland. »

Julia hocha la tête d'un air un peu dubitatif.

« Ça a l'air de marcher », dit-elle.

Stenvik aurait-il aussi dû miser sur le tourisme ? se demanda Julia en quittant le bureau de l'hôtel pour ressortir sur le parking balayé par le vent. C'était une question sans réponse, car Långvik avait désormais pris une trop grande avance. On ne pourrait jamais construire d'hôtel sur la plage ou de pizzeria à Stenvik. Le village resterait presque vide la plus grande partie de l'année, pour ne revivre que quelques mois avec l'arrivée des estivants, il n'y avait rien à y faire.

Elle passa devant une petite station-service sur l'esplanade du port puis remonta la large rue principale, dépassant la pizzeria.

La rue tournait vers l'intérieur des terres et montait à flanc de colline. Elle se retrouva avec le vent dans le dos. Au sommet, il y avait un bosquet, et derrière un muret qui entourait un jardin, une maison d'habitation blanchie à la chaux avec un poulailler enclos.

On ne voyait pas de poules, mais une pancarte annonçait VENTE D'ŒUFS près de la grille.

Elle l'ouvrit et s'engagea sur un chemin couvert de dalles calcaires inégales. Elle passa devant une pompe peinte en vert, et se souvint de ce que Gunnar Ljunger lui avait dit à l'Hôtel de la Plage au sujet du réseau d'eau communal.

La porte de la maison était fermée, mais il y avait une sonnette. Julia appuya. D'abord rien, puis un bruit sourd, et enfin la porte s'ouvrit. Un homme âgé regarda dehors, maigre et ridé, quelques cheveux gris ramenés sur le crâne.

« Bien le bonjour, dit-il.

— Bonjour, dit Julia.

— C'est pour des œufs ? »

Le vieil homme semblait avoir été interrompu au milieu de son déjeuner, il mâchait encore.

Julia hocha la tête. Bien sûr, elle allait lui acheter quelques œufs.

« Vous êtes Sven-Olof ? » demanda-t-elle, sans ressentir de tension désagréable comme d'habitude chaque fois qu'elle rencontrait une personne nouvelle. Peut-être s'était-elle habituée sur Öland à rencontrer des inconnus.

« Bon, voyons voir, dit l'homme en enfilant une grande paire de bottes noires en caoutchouc qui attendaient devant la porte. Il vous en fallait combien ?

— Disons… une demi douzaine. »

Sven-Olof Nilsson sortit de chez lui et, au moment où il allait refermer la porte, un chat se faufila dehors dans son dos comme une ombre d'un noir de suie. Il ignora complètement Julia.

« Je vais vous les chercher, dit-il.

— Merci », dit Julia, en lui emboîtant le pas jusqu'au poulailler.

Quand il ouvrit la porte verte qui donnait sur le sol en terre battue, elle resta sur le seuil, dans l'entrée où il n'y avait pas de poules, juste quelques cagettes d'œufs blancs empilées sur une petite table.

« Je vais vous en chercher qui viennent d'être pondus », dit Sven-Olof en ouvrant une porte branlante en bois nu, avant d'entrer dans le poulailler proprement dit.

Julia sentit l'odeur des volailles et devina des cages en bois étagées le long des murs, mais elle n'y voyait pas grand-chose : l'ampoule du plafond était éteinte, et l'obscurité était presque complète. L'air était chaud et chargé de poussière.

« Vous avez combien de poules ? demanda-t-elle.

— Plus tellement, maintenant, dit Sven-Olof. Une cinquantaine... on verra combien de temps je pourrai encore les garder. »

Seuls quelques gloussements timides sortaient pour le moment du poulailler.

« On m'a dit que Lambert avait disparu, dit-elle.

— Comment... Lambert ? Oui, il est mort en soixante-dix-huit », dit Sven-Olof dans le noir.

Elle ne comprenait pas pourquoi il n'allumait pas, peut-être que l'ampoule était grillée.

« J'ai rencontré Lambert, dit Julia, il y a longtemps.

— Ah oui ? dit Sven-Olof. Là, voilà. »

Il n'avait pas l'air particulièrement intéressé d'entendre une histoire concernant son frère défunt, mais Julia n'avait pas d'autre choix que continuer :

« C'était là-bas, à Stenvik, où j'habite.

— Ah oui ? » dit Sven-Olof.

Julia franchit le seuil et avança vers lui, dans le noir. L'air sentait la poussière et le renfermé. Elle entendit les poules s'agiter le long des murs, sans voir si elles étaient libres ou en cage.

« Ma mère Ella avait téléphoné à Lambert, dit-elle, car nous avions besoin… besoin d'aide pour retrouver quelqu'un qui avait disparu depuis trois jours, sans laisser de trace. C'est Ella qui avait commencé à parler de Lambert… Elle disait que Lambert pouvait retrouver les choses. Il avait cette réputation, d'après Ella.

— Ella Davidsson ? dit Sven-Olof.

— Oui. Elle a appelé et, dès le lendemain, Lambert est arrivé de Långvik sur son triporteur.

— Ça oui, il aimait rendre service », dit Sven-Olof, qui n'était plus qu'une ombre dans la pièce.

Sa voix basse s'entendait à peine parmi les gloussements sourds des poules :

« Lambert avait le don de trouver les choses. Il en rêvait, puis les retrouvait. Il trouvait aussi des sources avec une baguette en noisetier. Les gens l'appréciaient. »

Julia hocha la tête.

« Il est arrivé chez nous avec son propre oreiller, dit-elle. Il voulait dormir dans la chambre de Jens, entouré des affaires de Jens. Et on l'a laissé faire.

— Oui, c'est comme ça qu'il s'y prenait, dit Sven-Olof. Il avait des visions dans ses rêves. Des gens qui s'étaient noyés, des choses disparues. Et aussi l'avenir, ce qui allait arriver. Il a rêvé pendant des semaines au jour de sa propre mort. Il avait prédit que cela arriverait bientôt, dans son lit à deux heures et demie du matin, que son cœur s'arrêterait et que l'ambulance arriverait trop tard. Et c'est ce qui s'est passé, le jour qu'il avait indiqué. Et l'ambulance est arrivée trop tard.

— Mais cela marchait toujours ? dit Julia. Tout était vrai ?

— Non, pas toujours, dit Sven-Olof. Parfois, il ne rêvait rien du tout. Ou bien il ne se rappelait pas son rêve… ça arrive, n'est-ce pas ? Et il n'arrivait jamais à donner de noms, les gens n'avaient pas de nom dans ses rêves.

— Mais quand il avait une vision ? dit Julia. C'était toujours vrai, alors ?

— Presque toujours. Les gens lui faisaient confiance. »

Julia avança de quelques pas. Il fallait qu'elle lui raconte.

« Je n'avais pas dormi depuis trois jours le soir où votre frère est arrivé, dit-elle à voix basse. Mais je n'ai pas réussi à dormir cette nuit-là non plus. Je suis restée éveillée, et je l'ai entendu se coucher dans le lit d'enfant de la chambre de Jens. Les plumes de l'édredon crissaient quand il se retournait. Puis le silence s'est installé, mais je ne pouvais toujours pas dormir… Quand il s'est levé le lendemain vers sept heures, je l'attendais dans la cuisine. »

Les poules inquiètes gloussaient tout autour, mais Sven-Olof ne fit aucun commentaire.

« Lambert avait rêvé de mon fils, continua-t-elle. Je l'ai vu à son regard quand il est entré dans la cuisine son coussin sous le bras. Il m'a regardée, et quand je lui ai demandé, il m'a dit que oui, il avait rêvé de Jens. Il avait l'air triste… Je suis certaine qu'il avait l'intention de me raconter, mais je n'ai pas eu la force de l'écouter. Je l'ai frappé, et je lui ai crié de disparaître.

Mon père Gerlof l'a raccompagné jusqu'à son triporteur près de la grille, moi je suis restée à pleurer dans la cuisine, et je l'ai entendu partir. »

Elle marqua une pause et soupira.

« C'est la seule fois que j'ai rencontré Lambert. Dommage. »

Le silence se fit dans le poulailler. Même les poules s'étaient calmées.

« Cet enfant..., dit Sven-Olof dans le noir. C'est cette histoire terrible... ? Ce petit garçon qui a disparu à Stenvik ?

— C'était mon fils Jens, dit à voix basse Julia, qui avait une irrésistible envie de vin rouge. Il est toujours porté disparu. »

Sven-Olof ne dit rien de plus.

« J'aimerais bien savoir... Lambert n'a pas raconté ce qu'il avait rêvé cette nuit-là ?

— Voilà cinq œufs, dit la voix dans le noir. Je n'en trouve pas davantage. »

Julia comprit qu'il ne voulait pas répondre.

Elle poussa un profond soupir.

« Je n'ai rien à quoi me raccrocher, dit-elle. Rien. »

Ses yeux avaient commencé à lentement s'habituer à l'obscurité, et elle vit Sven-Olof qui la regardait, immobile au milieu du poulailler, tenant cinq œufs contre sa poitrine.

« Lambert doit bien avoir raconté quelque chose, Sven-Olof, dit-elle. Il a bien dû un jour vous dire quelque chose au sujet de ce qu'il a rêvé cette nuit-là, non ? »

Sven-Olof toussa.

« Il a parlé du gamin une seule fois. »

C'était au tour de Julia de se taire. Elle retenait son souffle.

« Il avait lu un article dans *Ölands-Posten*, dit Sven-Olof. C'était bien cinq ans après. On lisait le journal au petit déjeuner. Mais il n'y avait rien de neuf.

— Jamais, dit Julia à voix lasse. Il n'y a jamais rien eu de neuf à raconter, mais ils ont continué à publier des articles.

— Nous étions à la table de la cuisine, et j'ai lu le journal le premier, dit Sven-Olof. Puis c'était au tour de Lambert. Et quand j'ai vu qu'il arrivait à l'article sur le petit garçon, je lui ai demandé ce qu'il en pensait. Et alors Lambert a baissé le journal, et a déclaré que l'enfant était mort. »

Julia ferma les yeux. Elle hocha la tête en silence.

« Dans le détroit ? demanda-t-elle.

— Non. Lambert a dit que c'était arrivé sur la lande. On l'avait tué sur la lande.

— Tué ? dit Julia en sentant un froid glacial lui parcourir tout le corps.

— Quelqu'un l'avait tué, a dit Lambert. Le jour de sa disparition, un homme plein de haine l'avait tué sur la lande. Puis il avait enterré l'enfant dans une tombe près d'un mur de pierre. »

Le silence se refit. Une poule battit frénétiquement des ailes du côté de la cloison.

« Lambert n'a rien dit d'autre, dit Sven-Olof. Rien d'autre ni sur l'enfant ni sur l'homme. »

Pas de nom, pensa Julia. Les gens n'avaient pas de nom dans ses rêves.

Sven-Olof bougea à nouveau. Il sortit du poulailler en tenant les cinq œufs, et jeta vers Julia un regard effrayé comme s'il craignait qu'elle le frappe lui aussi.

Julia respira.

« Comme ça je sais, dit-elle. Merci.

— Vous voulez un carton ? » demanda Sven-Olof.

Julia savait.

Elle pouvait toujours essayer de se convaincre que Lambert s'était trompé ou que son frère avait inventé l'histoire, mais à quoi bon ? Elle savait.

Sur le chemin du retour, elle s'arrêta le long de la côte au-dessus de la plage déserte, regarda en contrebas l'écume qui se formait à la lisière des vagues et pleura plus de dix minutes.

Elle *savait*, et cette certitude était effroyable. Comme si quelques jours seulement s'étaient écoulés depuis la disparition de Jens, comme si toutes ses blessures intérieures saignaient encore. Elle commença petit à petit à lui faire une place dans son cœur, mort. Il fallait aller doucement, pour ne pas se noyer dans le chagrin.

Jens était mort.

Elle le savait. Mais elle voulait pourtant revoir son fils, voir son corps. Si c'était impossible, elle voulait au moins savoir ce qui lui était arrivé. C'était pour cela qu'elle était venue.

Le vent sécha ses larmes. Au bout d'un moment, Julia remonta sur la selle et se remit doucement en route.

Au niveau de la carrière, elle rencontra Astrid, sortie avec son chien, qui l'invita à dîner – sans faire aucun commentaire au sujet de ses yeux rougis par les larmes.

Astrid servit des côtelettes de porc, des pommes vapeur et du vin rouge. Julia mangea avec appétit, et but plus encore, plus que nécessaire. Mais après trois verres de vin, l'idée que Jens était mort depuis longtemps était devenue moins lancinante, ce n'était plus qu'une douleur sourde dans sa poitrine. De toute façon il n'y avait jamais eu aucun espoir, une fois les premiers jours écoulés sans qu'on retrouve le moindre signe de vie. Aucun espoir…

« Alors comme ça tu es allée à Långvik aujourd'hui ? » dit Astrid.

Tirée des pensées qu'elle ruminait, Julia hocha la tête.

« Oui, et hier j'étais à Marnäs, se dépêcha-t-elle de dire pour se libérer du souvenir de Långvik et des visions nocturnes de Lambert Nilsson.

— Quoi de neuf, alors ? demanda Astrid en remplissant le verre de Julia.

— Pas grand-chose, dit Julia. Je suis passée au cimetière, pour voir la tombe de Nils Kant. Gerlof pensait que je devais le faire.

— Ah oui, cette tombe, dit Astrid en levant son verre.

— Je me pose une question, dit Julia. Peut-être n'avez-vous pas la réponse, mais ces soldats allemands que Nils Kant a tués sur la lande… Il en est arrivé beaucoup comme eux sur Öland ?

— Pas que je sache, dit Astrid. Ils ont dû être quelque chose comme une centaine à arriver vivants en Suède en provenance des pays Baltes, mais la plupart ont débarqué le long des côtes du Småland. Ils voulaient rentrer chez eux, bien sûr, ou se rendre en Angleterre. Mais en Suède, on avait peur de Staline, et ils ont été réexpédiés en Union soviétique. C'était assez lâche. Mais tu as dû en entendre parler ?

— Oui, un peu… mais c'était il y a longtemps », dit Julia.

Elle avait le vague souvenir d'avoir lu quelque chose pendant sa scolarité au sujet de ces réfugiés venus de Russie, mais, à l'époque, elle ne s'intéressait pas spécialement à l'histoire de la Suède ou d'Öland.

« Et qu'est-ce que tu as fait d'autre à Marnäs ? dit Astrid.

— Eh bien… j'ai déjeuné avec le policier, dit Julia, Lennart Henriksson.

— Ah, ah, dit Astrid. Un garçon sympathique. De la classe. »

Julia hocha la tête.

« Tu as reparlé de Nils Kant avec lui ? » demanda Astrid.

Julia fit non de la tête, puis réfléchit et dit :

« Si, j'ai dit en passant que j'étais allée voir la tombe de Nils Kant. Mais nous n'en avons pas plus parlé.

— Il vaut mieux ne plus le mentionner devant Lennart, dit Astrid. Il le prend mal.

— Il le prend mal ? dit Julia. Et pourquoi ?

— C'est une vieille histoire, dit Astrid en buvant une gorgée dans son verre à vin. Lennart est le fils de Kurt Henriksson. »

Elle regarda Julia, l'air grave, comme si cela expliquait tout.

Mais Julia secoua la tête sans comprendre.

« Qui ça ? dit-elle.

— L'agent de police de Marnäs, expliqua Astrid. Ou le garde champêtre, comme on disait à l'époque.

— Et donc ?

— C'est lui qui devait arrêter Nils Kant pour avoir abattu les Allemands », dit Astrid.

Öland, mai 1945

Nils Kant scie son fusil.

Il courbe l'échine dans la remise à bois écrasée de chaleur, où les bûches de bouleau s'empilent jusqu'au plafond. Le tas de bois semble prêt à s'effondrer. Son fusil Husqvarna repose sur le large billot, le canon est presque entièrement scié. Nils a calé la crosse de l'arme sous sa botte gauche et tire des deux mains sur la scie à métaux. Lentement, mais sûrement, la lame tranche le canon, et de temps en temps il chasse de la main les mouches qui bourdonnent dans la remise et cherchent à se poser sur son visage en sueur.

Il règne un silence de mort dans la cour. Sa mère Vera est restée dans la cuisine à préparer son sac à dos. L'air chaud de ce début d'été est chargé de tension.

Nils scie et scie encore, sa lame finit par mordre le dernier millimètre d'acier, le canon se détache et tombe sur le sol de pierre de la remise avec un bref tintement.

Il le ramasse, le glisse entre deux bûches à la base de la pile de bois et pose la scie sur le billot. Il prend deux cartouches de chevrotine et charge l'arme.

Il est prêt.

Quatre jours ont passé depuis les coups de feu tirés sur la lande, et désormais tout le monde est au courant. DEUX SOLDATS ALLEMANDS RETROUVÉS MORTS – EXÉCUTÉS AU FUSIL DE CHASSE, lisait-on la veille en travers de la première page d'*Ölands-Posten*. Les titres étaient aussi gros que lors du bombardement de la forêt côtière près de Borgholm trois ans plus tôt.

Les titres mentent – Nils n'a exécuté personne. Il s'est retrouvé sous le feu des deux soldats, et c'est lui qui a fini par l'emporter.

Mais tout le monde ne le voit peut-être pas de cette façon. Pour une fois, Nils est descendu au village dans la soirée, il est passé devant le moulin et a croisé les regards silencieux des meuniers. Il ne leur a pas dit un mot, mais il sait qu'ils parlent de lui dans son dos. La rumeur court. Et le récit de ce qui s'est passé sur la lande se propage comme des ronds dans l'eau.

Il rentre dans la maison.

Sa mère Vera, silencieuse et immobile devant la table de la cuisine, lui tourne le dos et regarde la lande par la fenêtre. Il voit ses maigres épaules toutes tendues d'inquiétude et de chagrin sous son tablier gris.

L'appréhension de Nils est elle aussi sans paroles.

« Allez, le moment est venu », dit-il.

Elle se contente de hocher la tête sans se retourner. Le sac à dos et la petite valise sont prêts sur la table, à côté d'elle, et Nils s'avance pour les prendre. C'est presque intolérable : s'il essayait de dire quelque chose, sa voix serait chargée de sanglots – alors il s'en va.

« Tu reviendras, Nils », dit sa mère d'une voix rauque dans son dos.

Il hoche la tête sans qu'elle puisse le voir, et prend sa casquette bleue sur l'étagère à chapeaux près de la porte. Dans sa casquette est cachée sa flasque de cuivre pleine de cognac. Il la fourre dans son sac à dos.

« Alors le moment est venu », dit-il à voix basse.

Son portefeuille avec l'argent pour le voyage est dans son sac à dos, et il a en plus vingt gros billets que lui a donnés sa mère, bien roulés tout au fond de la poche arrière de son pantalon.

Il se retourne sur le seuil. Sa mère est à présent de profil dans la cuisine, mais elle ne le regarde toujours pas. Peut-être n'en a-t-elle pas la force. Elle a les mains jointes sur le ventre, ses longs ongles blancs s'enfoncent dans ses paumes, ses mâchoires serrées tremblent.

« Je t'aime, mère, dit Nils. Je reviendrai. »

Puis, vite, il franchit la porte, dévale le perron et sort dans la cour. Il s'arrête juste à la remise à bois pour récupérer son arme avant de faire le tour de la maison et de disparaître parmi les frênes.

Nils sait comment sortir du village sans être vu, et c'est ce qu'il fait maintenant. Il se faufile par les sentiers à vaches, traverse d'épaisses broussailles loin de la route du village, escalade des murets couverts de lichens et s'arrête parfois pour guetter si des voix chuchotent derrière le bourdonnement des insectes qui monte de l'herbe.

Il débouche en plein soleil sur la lande au sud-est du village sans avoir été vu.

Ici, il est hors de danger : Nils connaît l'endroit mieux que personne et d'un pas léger parmi les herbes. Il peut repérer qui il veut avant d'être vu. Il se dirige presque droit vers le soleil, traçant un large arc de cercle autour de l'endroit où il a rencontré les Allemands. Il ne veut pas voir si les corps sont toujours là ou si on les a enlevés. Il ne veut pas y penser, car ce sont eux qui le chassent maintenant loin de sa mère.

Les soldats morts le chassent.

« *Tu dois t'éloigner,* lui a dit sa mère la veille au soir. *Tu vas prendre à Marnäs le train pour Borgholm, puis le ferry jusqu'en Småland. Ton oncle August te retrouvera à Kalmar, et là tu feras comme il dira – et tu enlèveras ta casquette en le remerciant. Tu ne parles à personne d'autre, et tu ne reviens pas sur Öland avant que les choses se soient tassées ici. Le moment viendra, Nils, il n'y a qu'à attendre.* »

Soudain, il lui semble entendre un cri étouffé un peu sur le côté, derrière lui, et il s'arrête. Mais on n'entend rien. Nils se déplace un peu plus prudemment parmi les genévriers, mais il ne peut pas non plus trop ralentir. Le train n'attend pas.

Après quelques kilomètres, il parvient à la route empierrée. Une charrette arrive du sud, vite il traverse et plonge dans le fossé. Mais la charrette est tirée par un seul cheval et Nils est loin de la route quand elle finit par arriver.

Il est à peu près au centre de l'île, à présent, et il réfléchit à ce qu'il a lu dans le journal : c'est par ce chemin qu'on soupçonne les Allemands d'être passés une semaine plus tôt, après la panne de leur embarcation qui les a fait échouer au sud de Marnäs.

Il ne doit pas penser à eux, mais, pendant un instant, il se souvient de l'étui plein de pierres précieuses qu'il a pris aux soldats, et il se revoit les enterrer, bien profond au pied du cairn. Ces derniers jours passés avec sa mère presque sans sortir de la maison, il a plusieurs fois été sur le point de lui parler de son butin, mais quelque chose l'a fait se taire. Il lui racontera, il ira déterrer le trésor pour le montrer à sa mère, mais il pense attendre pour cela d'être revenu chez lui.

Après vingt autres minutes de marche, le talus couvert de ballast de la voie ferrée s'élève devant lui. C'est le train à petit écartement qui relie Böda et Borgholm. Il oblique vers le nord et longe la voie en direction de Marnäs. Le bâtiment en bois de deux étages se dresse tout seul comme une villa au sud de la localité. C'est à la fois une gare et une poste, et il l'aperçoit au moment où la voie se dédouble devant lui.

Les voies sont désertes. Son train n'est pas encore arrivé.

Nils a déjà fait trois fois l'aller-retour jusqu'à Borgholm, et il sait comment doit se comporter un voyageur. Il entre dans la gare, où tout est calme et silencieux, va au guichet et achète un aller simple pour la ville.

L'employée à lunettes, de l'autre côté de la grille, lève les yeux, l'air revêche, et replonge aussitôt vers son bureau pour lui préparer son billet. Sa plume métallique accroche le papier.

Nils attend, tendu, il se sent observé et regarde autour de lui. Une demi-douzaine de personnes patientent sur les bancs en bois de la salle d'attente, surtout des hommes aux costumes bien boutonnés. Ils sont seuls ou par groupes, plusieurs d'entre eux ont des valises de cuir noir. Nils est le seul à porter à la fois un sac à dos et une valise.

« Voilà. Dernier wagon, place numéro trois. »

Nils reçoit le billet, paie, puis sort sur le quai sac au dos et valise à la main. Quelques minutes plus tard, on entend un sifflet criard, et le train arrive bientôt au pas, avec ses trois wagons peints en rouge.

Une force formidable anime la locomotive noire qui ralentit dans un nuage de fumée et s'arrête devant la gare en faisant crisser ses freins.

Nils grimpe dans le dernier wagon. Le chef de gare crie quelque chose derrière lui, les portes de la gare s'ouvrent et les autres voyageurs sortent.

Juché sur la dernière marche, Nils se retourne vers eux et les fixe en silence, et ils choisissent de s'installer dans les autres wagons.

Le wagon est sombre et vide. Nils hisse sa valise sur le porte-bagages et s'assoit sur la banquette en cuir près de la fenêtre, avec vue sur la lande, son sac à dos à côté de lui. Le train massif s'ébranle lourdement et se met en route. Nils ferme les yeux et reprend son souffle.

Le train s'arrête à nouveau avec un sifflement sourd. Les wagons s'immobilisent.

Nils ouvre les yeux, attend. Il est toujours seul dans le wagon.

Une minute passe, puis deux. Est-ce que quelque chose ne va pas ?

Dehors, un cri, et il sent que le train se remet enfin à rouler. Il prend maintenant lentement de la vitesse, et Nils voit la gare s'éloigner et disparaître derrière lui. De l'air frais entre dans le wagon par les interstices de la fenêtre, on croirait la brise marine sur la plage de Stenvik.

Les épaules de Nils se relâchent doucement. Il pose la main sur son sac à dos, l'ouvre et se cale en arrière. La vitesse continue d'augmenter. Le train siffle.

Soudain la porte de son wagon s'ouvre.

Nils tourne la tête.

Un homme de grande taille avec une casquette d'uniforme et un manteau de policier aux boutons brillants fait son entrée. Il dévisage Nils.

« Nils Kant, de Stenvik », dit l'homme, l'air grave.

Ce n'est pas une question, mais Nils hoche la tête par réflexe.

Il est comme cloué à la banquette, et sent le train s'élancer sur la lande. Par la fenêtre, un paysage brun et vert, un ciel bleu. Mais qui filent à toute vitesse à présent, dans le fracas des rails et le sifflement du vent.

« Très bien. »

L'homme en uniforme s'assoit lourdement sur la banquette vis-à-vis de Nils, légèrement de biais, si près que leurs genoux se touchent presque. L'homme rajuste son manteau, soigneusement boutonné malgré la chaleur. Son front est luisant de sueur sous la visière de sa casquette. Nils le reconnaît vaguement. Henriksson. Il est garde champêtre à Marnäs.

« Nils, dit Henriksson, comme s'ils se connaissaient, tu te rends à Borgholm ? »

Nils hoche lentement la tête.

« Tu vas rendre visite à quelqu'un là-bas ? » demande Henriksson.

Nils fait non de la tête.

« Qu'est-ce que tu vas y faire, alors ? »

Nils ne répond pas.

Le garde champêtre tourne la tête et regarde par la fenêtre.

« De toute façon, nous allons voyager ensemble, dit-il, comme ça nous pourrons avoir une petite conversation pendant le trajet. »

Nils ne dit rien.

Le garde champêtre continue :

« Quand ils m'ont appelé pour me dire que tu étais là, je leur ai demandé de retarder un peu le départ, pour que je puisse arriver jusqu'à la gare et partir moi aussi. »

Il regarde de nouveau Nils.

« Tu comprends, j'aimerais bien parler avec toi de tes longues randonnées sur la lande… »

Le train commence à ralentir, et marque un arrêt entre Marnäs et Borgholm. Une petite maison en bois entourée de pommiers glisse devant la fenêtre de Nils. Il lui semble sentir une odeur de crêpes : sa mère lui a préparé des crêpes avec du sucre en poudre le soir précédent.

Nils regarde le garde champêtre.

« La lande… il n'y a rien à en dire.

— Ce n'est pas mon avis. »

Le garde champêtre sort un mouchoir de sa poche.

« Je pense que ça vaut la peine d'en parler, Nils, et je ne suis pas le seul. La vérité finit toujours par se manifester. »

Le policier soutient le regard de Nils en s'épongeant lentement le visage. Puis il se penche en avant.

« Plusieurs habitants de Stenvik sont venus nous voir ces derniers jours. Ils ont dit que si nous voulions savoir qui a tiré à la chevrotine sur la lande, il fallait te parler, Nils. »

Nils voit les deux soldats morts gisant sur la lande, avec leurs yeux figés.

« Non », dit-il en secouant la tête.

Ses oreilles sifflent. Le train freine.

« Tu as rencontré des étrangers sur la lande, Nils ? » demande le garde champêtre en remettant son mouchoir dans sa poche.

Le train s'arrête, une légère secousse parcourt les wagons. Il ne reste immobile qu'une demi-minute avant de repartir.

« Tu en as rencontré, non ? »

Le garde champêtre ne le quitte pas des yeux, et attend une réponse. Son regard fixe lui brûle le visage.

« Nous avons retrouvé les corps, Nils, dit le garde champêtre. C'est toi qui les as abattus ?

— Je n'ai rien fait, dit Nils à voix basse en tâtonnant des doigts vers l'ouverture du sac à dos.

— Qu'est-ce que tu as dit ? demande le garde champêtre. Qu'est-ce que tu caches, là ? »

Nils ne répond pas.

Le fracas des rails reprend de plus belle, le train siffle à toute vapeur, les doigts de Nils tremblent et cherchent jusqu'au fond du sac à dos, qui roule sur le côté, ouvert vers lui. De sa main droite, il fouille parmi ses vêtements et ses effets personnels.

Le garde champêtre se lève à moitié, peut-être comprend-il à son tour que quelque chose est sur le point de se passer.

Le train pousse un sifflement craintif.

« Nils, qu'est-ce que tu… »

Dans le sac, les doigts de Nils saisissent solidement le fusil à canon scié. Il appuie sur la détente et l'arme tressaille au milieu de ses vêtements.

Le premier coup arrache le fond du sac, et le nuage de plomb déchiquette la banquette à côté du garde champêtre. Des éclats de bois sautent jusqu'au plafond.

Le garde champêtre sursaute en entendant la détonation, mais il ne tente pas de se protéger.

Il n'a nulle part où aller.

Nils redresse vite le sac à dos en lambeaux et appuie encore, sans regarder où il tire. Le sac à dos est pulvérisé.

Le deuxième coup atteint le garde champêtre. Son corps est projeté avec une telle force contre la cloison que le bois craque, il tombe lourdement sur le côté, roule sur la banquette déchiquetée et atterrit lourdement sur le sol du wagon.

Dans le fracas des rails, le train traverse la lande.

Le garde champêtre est à terre aux pieds de Nils, les bras parcourus par de faibles secousses. Nils tient toujours l'arme, mais lâche ce qui reste du sac à dos et se lève en vacillant.

Saloperie.

« *Tu vas prendre le train pour Borgholm* », entend-il sa mère lui dire.

Son plan est fichu à présent.

Nils regarde autour de lui et voit le paysage glisser derrière la fenêtre.

Dehors, la lande est toujours là, sous le soleil.

Il retourne le sac à dos, d'où tombent des vêtements déchirés couverts de poudre : des chaussettes, un pantalon, un pull en laine. Mais il reste tout au fond un petit sachet de caramels au beurre, et le portefeuille ainsi que la flasque en cuivre pleine de cognac sont intacts. Il attrape la flasque, boit une gorgée de cognac tiède et la fourre dans sa poche arrière. Il se sent mieux.

L'argent, le pull, la flasque, le fusil et les caramels. Il ne peut rien prendre de plus avec lui. Il faudra qu'il laisse sa valise pleine de vêtements.

Nils enjambe le corps inerte du garde champêtre, ouvre la porte et se retrouve entre les wagons dans le vacarme du train.

Le train avance sur la lande. Le vent le frappe de plein fouet, il plisse les yeux. Par la fenêtre, il voit à l'intérieur du wagon de devant un homme au chapeau noir qui lui tourne le dos et se balance dans les cahots du train. Les vêtements dans le sac à dos ont étouffé la détonation – la locomotive continue sa route avec fracas, personne ne semble avoir entendu quoi que ce soit.

Nils ouvre la portière latérale, sent l'odeur des herbes de la lande et voit le ballast du talus se précipiter sous lui comme un fleuve gris clair. Il descend sur le dernier degré du marchepied, s'assure qu'il n'y a pas d'obstacle sur le talus devant lui et saute.

Il essaye de courir en l'air pour atterrir en bougeant les pieds, mais le choc le fait trébucher. Tout tourbillonne dans le fracas des roues. Il est jeté à terre, son front heurte durement le sol, il se raidit de peur de mourir écrasé sous le train. Mais la pente du talus le repousse.

Il lève la tête et voit le train s'éloigner, voit le wagon de queue qu'il vient de quitter de plus en plus petit sur les rails.

Le train disparaît dans le lointain. Tous les bruits disparaissent.

Il s'en est tiré.

Il se relève lentement et regarde autour de lui. Il est de retour sur la lande, son fusil toujours à la main.

Pas de maison en vue, personne. Seulement l'herbe immémoriale et le ciel bleu.

Nils est libre.

Sans se retourner une seule fois vers la voie de chemin de fer, il se met vite en route sur la lande, vers la côte ouest de l'île.

Nils est libre, et il va maintenant disparaître.

Il a déjà disparu.

14

« C'était une histoire pour l'heure trouble du crépuscule », dit Astrid à voix basse.

Quand elle acheva l'histoire de Nils Kant, la bouteille de vin était vide. La lumière du soleil avait doucement disparu à la fenêtre de la cuisine et ne formait plus qu'une étroite bande bleue à l'horizon.

« Et donc le policier du train… il est mort ? dit Julia.

— Il était mort quand le contrôleur l'a trouvé, dit Astrid. Touché en pleine poitrine.

— Le père de Lennart ? »

Astrid hocha la tête.

« Lennart devait avoir huit ou neuf ans quand c'est arrivé, il ne doit pas se souvenir de grand-chose, dit-elle, avant d'ajouter : Mais cela a dû fortement le marquer… Je sais qu'il refuse toujours de parler de la mort de son père. »

Julia regarda le fond de son verre.

« Je comprends pourquoi il ne parle pas volontiers de Nils Kant non plus », dit Julia qui, dans les vapeurs du vin qui lui faisaient tourner la tête, sentait naître une affinité avec le policier de Marnäs – il avait perdu un père, elle avait perdu un fils.

« Non, dit Astrid. Et il a tout particulièrement du mal à supporter les rumeurs qui prétendent que Nils Kant est toujours vivant. »

Julia leva les yeux vers elle.

« Qui raconte ça ? dit-elle.

— Tu ne l'as pas entendu dire ?

— Non. Mais j'ai vu la tombe de Kant à Marnäs, dit Julia. Il y a une pierre tombale avec des dates gravées et…

— Il n'y a plus grand monde pour se souvenir de Nils Kant désormais, mais ceux qui s'en souviennent, les anciens… Certains pensent que le cercueil qui est arrivé de l'étranger ne contenait que des pierres, dit Astrid.

— Est-ce que Gerlof pense cela ? demanda Julia.

— Il ne l'a jamais dit, que je sache, dit Astrid. C'est un vieux loup de mer, il n'a jamais cru les rumeurs. Et tout ce qu'on raconte au sujet de Nils Kant n'est que… ragots et rumeurs. Certains disent avoir vu Nils Kant dans le brouillard d'automne, au bord de la grand-route, qui regardait passer les voitures, barbu, les cheveux gris… D'autres l'ont vu errer sur la lande, comme il faisait dans sa jeunesse, ou encore dans la foule, à Borgholm. »

Astrid secoua la tête.

« Pour ma part, je n'ai jamais vu l'ombre de Nils Kant. Il est sûrement mort. »

Elle ramassa leurs verres et se leva. Julia resta assise. Si sa mère Ella avait toujours été en vie, se seraient-elles toutes les deux retrouvées ainsi autour d'une table à Stenvik ? Probablement pas, sa mère ne disait presque jamais son avis, ni ce qu'elle pensait.

Julia sentit alors quelque chose de doux et chaud contre la jambe de son pantalon et sursauta, mais c'était juste le fox-terrier Willy qui s'était faufilé sous la table. Elle tendit la main et gratta les poils rêches de son cou en regardant, pensive, les dernières lueurs rouges du crépuscule de l'autre côté du détroit, sur le continent.

« J'aimerais bien pouvoir rester ici », dit-elle.

Astrid se retourna, devant l'évier.

« Reste assise, ma chérie, dit-elle. Tu n'es pas forcée de partir, il n'est pas tard. Nous pouvons bavarder encore un moment. »

Julia secoua la tête.

« Je veux dire… j'aimerais bien pouvoir rester à Stenvik. »

Et elle en avait vraiment envie. Peut-être était-ce seulement l'effet du vin, mais à cet instant, le souvenir de tous les étés de son enfance au village résonnait en elle comme l'écho d'une belle mélodie, une chanson populaire d'Öland, comme si c'était à Stenvik qu'elle se sentait chez elle. Malgré la douleur liée à la disparition de Jens, malgré la mort d'Ernst.

« Et pourquoi tu ne resterais pas ? dit Astrid. Tu peux bien assister à l'enterrement d'Ernst, à Marnäs ? »

Julia secoua la tête à nouveau.

« Je dois rendre la voiture à ma sœur. »

L'excuse était assez pitoyable, elle était quand même propriétaire de la Ford, mais c'était la seule qui lui était venue à l'esprit.

« Je devrais rentrer demain soir, ou après-demain. »

Elle se leva de table avec une certaine difficulté. Le vin lui avait coupé les jambes.

« Merci beaucoup pour ce dîner, Astrid, dit-elle.

— C'était un plaisir, dit Astrid avec pour une fois un large sourire. Il faut qu'on essaie de se revoir avant que tu partes. Ou la prochaine fois que tu passes à Stenvik.

— Certainement », dit Julia.

Elle donna une petite tape à Willy et sortit dehors par la porte de la cuisine.

Il ne faisait pas nuit, ce n'était que le début de la soirée, elle n'eut pas besoin de marcher à tâtons dans l'obscurité.

« Viens me voir si tu as peur du noir, cria Astrid dans son dos. Rends-toi compte qu'il n'y a plus que nous à Stenvik, toi, moi et John Hagman. Il y a eu jusqu'à trois cents habitants. Il y avait une ligue de tempérance, un local de la mission évangélique et des rangées de moulins au bord de la mer. Maintenant, il ne reste que nous. »

Elle referma la porte de la cuisine avant que Julia ait le temps de répondre.

Son ivresse, bien tangible dans la cuisine d'Astrid, diminua à l'air frais – c'est du moins ce qu'il sembla à Julia. La soirée était claire et froide, de faibles lueurs scintillaient au loin de l'autre côté du détroit. Au nord et au sud, sur la côte d'Öland, brillaient plus de lumières encore, provenant de maisons trop éloignées pour être visibles à l'œil nu pendant la journée.

Julia avait toujours les clefs de la maison de Gerlof et, après quelques centaines de mètres au bord de la falaise, elle obliqua vers l'intérieur des terres. Sur la route du village, elle s'efforça de marcher aussi droit que possible et à grandes enjambées, jeta un coup d'œil dans le jardin de Vera Kant – et elle se demanda un court instant si la vieille Vera avait pu ou non revoir Nils, son fils chéri, avant de mourir.

Le jardin était silencieux, plein d'ombres. Julia reprit son chemin jusqu'à la maison de vacances, ouvrit la porte et alluma la lumière dans l'entrée.

Pas d'ombres, ici. Jens était présent dans la maison, mais seulement sous la forme d'un vague souvenir. Jens était mort.

Elle utilisa la salle de bains pour sa toilette, aller aux cabinets et se brosser les dents.

Quand elle fut prête, elle éteignit dans l'entrée et, dernière chose, récupéra son téléphone portable qu'elle avait laissé à recharger toute la journée. Debout dans l'entrée, devant la baie vitrée, elle composa le numéro de Gerlof à la maison de retraite. Il répondit après trois sonneries.

« Davidsson.

— Bonsoir, c'est moi. »

Elle avait toujours mauvaise conscience de parler à son père sans être tout à fait sobre, mais il n'y avait rien à y faire.

« Bonsoir, dit Gerlof. Où es-tu ?

— Dans la maison. J'ai dîné chez Astrid et je vais descendre au cabanon me coucher.

— Bien. Et de quoi avez-vous parlé, alors ? »

Julia réfléchit.

« Nous avons parlé de Stenvik... et de ce qui est arrivé à Nils Kant.

— Tu ne l'avais pas lu, dans le livre que je t'ai donné ? dit Gerlof.

— Je n'ai pas fini de le lire », répondit Julia.

Elle changea de sujet de conversation :

« Alors on ira à Borgholm, bientôt ?

— C'était mon idée, dit Gerlof, si on me laisse partir d'ici. Je crois qu'il faudra bientôt une permission écrite de Boel pour avoir le droit de quitter la maison de retraite. »

C'était l'humour typique de Gerlof.

« Si on te donne la permission, dit Julia, je passe te prendre à huit heures et demie. »

Elle se tut soudain et se pencha vers la fenêtre.

Elle vit quelque chose à l'extérieur, une lueur pâle...

« Allô ? dit Gerlof. Tu es toujours là ?

— Est-ce que quelqu'un habite la maison d'à côté ? demanda Julia sans quitter la fenêtre des yeux.

— Quelle maison d'à côté ?

— Celle de Vera Kant.

— Personne n'y a habité depuis plus de vingt ans, dit Gerlof. Pourquoi ? »

Julia essaya de percer l'obscurité en plissant les yeux. On ne voyait plus de lumière dans le jardin. Elle était pourtant certaine d'avoir vu une lueur dans une des pièces du rez-de-chaussée, à l'instant même.

« Et à qui appartient la maison ? demanda-t-elle.

— Bah... sûrement à des parents éloignés, dit Gerlof. Les enfants de cousins de Vera Kant, je crois. Aucun n'a en tout cas montré la moindre intention de la remettre en état. Tu as bien vu de quoi ça a l'air... et c'était déjà en mauvais état à la mort de Vera dans les années soixante-dix. »

Tout était toujours sombre de l'autre côté de la fenêtre.

« Bon, à demain, alors, dit Gerlof.

— On va trouver l'homme qui a enlevé Jens ?

— Je n'ai jamais dit ça, dit Gerlof. J'ai seulement promis de te montrer celui qui m'a envoyé l'enveloppe avec la sandale. Seulement ça.

— Ce n'est pas la même personne ?

— Je ne crois pas, dit Gerlof.

— Tu peux m'expliquer pourquoi ?

— Je le ferai une fois à Borgholm.

— D'accord, dit Julia, qui de toute façon n'avait pas la force de continuer la conversation. À demain, alors. »

Elle referma son téléphone portable.

Sur le chemin du retour, Julia ralentit le pas en passant devant le jardin de Vera Kant. Les vieux arbres touffus étaient plongés dans l'ombre, et elle ne quitta pas des yeux les fenêtres de la villa. Elles étaient toutes obscures. La maison croulante restait une grande ombre noire contre le ciel nocturne. La seule façon de savoir si quelqu'un se cachait à l'intérieur était… d'entrer chez Vera et de vérifier par soi-même.

Mais c'était idiot, Julia le savait, en tout cas d'y aller seule. La villa de Vera Kant était une maison fantôme, mais…

Et si Jens y était entré, ce jour-là ? Et s'il y était toujours ?

Entre, maman. Entre ici, viens me chercher…

Non. Il ne fallait pas penser des choses pareilles.

Julia continua son chemin, descendit jusqu'au cabanon de pêche, l'ouvrit, entra et verrouilla la porte derrière elle.

15

Ce mardi matin était gris et venteux, et Gerlof avait honte de ne pas pouvoir aller seul jusqu'à la voiture. Il fallut qu'on l'aide. Il fut obligé de s'appuyer sur Boel et Linda pour aller de la maison de retraite jusqu'à la Ford garée dans la cour, et encore, il marchait d'un pas vacillant.

Gerlof sentait les efforts des deux femmes pour traîner son corps lourd qui refusait d'avancer. Tout ce qu'il pouvait faire était de tenir sa canne d'une main et sa serviette dans l'autre, et de se laisser conduire.

C'était humiliant, mais il n'y avait rien à faire. Certains jours, il pouvait marcher sans trop de difficultés, d'autres, il était presque incapable de bouger. Ce jour d'automne était froid, et cela empirait les choses. C'était la veille de l'enterrement d'Ernst, Gerlof et Julia devaient partir en excursion.

Julia ouvrit de l'intérieur la portière passager, et il s'installa.

« Où allez-vous ? » demanda Boel, debout près de la voiture.

Elle voulait toujours l'avoir à l'œil.

« Vers le sud, dit Gerlof. À Borgholm.

— Vous serez de retour à l'heure du dîner ?

— Probablement, dit Gerlof, avant de fermer sa portière.

— Allons-y, dit-il à Julia en espérant qu'elle ne commente pas l'état misérable dans lequel il se trouvait ce matin-là.

— Elle a l'air de s'inquiéter pour toi, dit Julia en faisant demi-tour pour quitter la maison de retraite. Boel, je veux dire.

— Elle est responsable, elle ne doit pas vouloir qu'il m'arrive quoi que ce soit », dit Gerlof.

Il ajouta :

« Je ne sais pas si tu en as entendu parler, mais il y a un retraité qui a disparu au sud d'Öland… la police le cherche.

— Je l'ai entendu sur l'autoradio, dit Julia. Mais nous n'allons pas sortir sur la lande, aujourd'hui, n'est-ce pas ? »

Gerlof secoua la tête.

« Nous allons comme prévu à Borgholm, dit-il. Nous allons rendre visite à trois hommes. Pas en même temps. L'un après l'autre. Et l'un d'eux m'a envoyé la sandale de Jens. Tu veux bien lui parler, à lui ? »

Julia hocha la tête en silence.

« Et les autres ?

— L'un d'eux est un ami, dit Gerlof. Il s'appelle Gösta Engström.

— Et le troisième ?

— Il est un peu spécial. »

Julia freina à l'approche du stop qui donnait sur la grand-route.

« Il faut toujours que tu fasses des mystères, Gerlof, dit-elle. C'est pour faire l'intéressant ?

— Mais non, se hâta de dire Gerlof.

— À *mon* avis, si », dit Julia en tournant sur la grand-route en direction de Borgholm.

Elle a peut-être raison, se dit Gerlof. Il n'y avait jamais vraiment réfléchi.

« Je ne fais pas l'intéressant, dit-il. Je pense seulement qu'il vaut mieux raconter les histoires à son propre rythme. Autrefois on prenait son temps, maintenant il faut que tout aille si vite. »

Julia se tut. Roulant vers le sud, ils dépassèrent la sortie vers Stenvik. Quelques centaines de mètres plus loin, Gerlof aperçut à l'horizon l'ancienne gare. C'est là qu'était passé Nils Kant ce jour d'été, à la fin de la guerre, où il avait fini par abattre le garde champêtre Henriksson à bord du train.

Gerlof se rappelait l'émoi que cela avait provoqué. D'abord les deux soldats allemands abattus sur la lande, puis un policier assassiné et le meurtrier en fuite – une affaire sensationnelle qui occupa une place assez importante dans les journaux, malgré les derniers mois dramatiques de la Seconde Guerre mondiale.

Des reporters étaient venus de loin pour écrire sur la violence et les événements effroyables survenus sur Öland. Gerlof était à l'époque à Stockholm, pour reprendre sa carrière civile de marin, et avait pu lire le récit du drame dans les pages du quotidien national *Dagens Nyheter*. La police avait rassemblé des forces venues de tout le sud de la Suède pour passer l'île au peigne fin à la recherche de Kant, mais il avait sauté du train en marche et avait réussi à s'échapper.

Il n'y avait désormais plus de train sur Öland, on avait même arraché les rails et la gare de Marnäs avait été transformée en logement. Une maison de vacances, bien entendu.

Gerlof se cala au fond de son siège. Quelques minutes plus tard, une sonnerie insistante retentit soudain quelque part dans la voiture. Il regarda vite autour de lui, mais Julia garda son calme et, tout en conduisant, attrapa son téléphone dans son sac. Elle répondit, et parla quelques minutes par monosyllabes avant de vite refermer l'appareil.

« Je n'ai jamais pu comprendre comment fonctionnaient ces machins, dit Gerlof.

— Quoi donc ?

— Les téléphones sans fil. Les portables, comme on dit.

— Il faut juste appuyer sur un bouton et appeler », dit Julia.

Puis elle ajouta :

« C'était Lena. Je dois te dire bonjour de sa part.

— Ah, très bien. Qu'est-ce qu'elle voulait ?

— Je crois surtout qu'elle voudrait récupérer sa voiture, lâcha Julia. Celle-ci. Elle n'arrête pas d'appeler pour ça. »

Elle serra plus fort le volant.

« J'en suis propriétaire autant qu'elle, mais elle n'a pas l'air d'en tenir compte.

— Je vois », dit Gerlof.

Ses filles avaient entre elles des conflits qu'il ignorait. Leur mère aurait pu arranger les choses si elle avait toujours été de ce monde, mais lui, il ne savait absolument pas quoi faire.

Julia continua à conduire sans dire mot après la conversation téléphonique, et Gerlof ne trouva pas comment briser le silence.

Un quart d'heure plus tard, Julia s'engagea dans l'entrée nord de Borgholm.

« Et maintenant ? demanda-t-elle.

— Nous allons d'abord faire la pause-café du matin », dit Gerlof.

Il faisait bon être dans l'appartement chaleureux des Engström, dans une rangée d'immeubles bas à la périphérie sud de Borgholm. Depuis leur balcon, Gösta et Margit avaient une vue fantastique sur les ruines du château. De l'autre côté d'un champ désert tout en longueur s'élevait une pente escarpée où s'accrochaient de grands arbres feuillus, et sur le replat, au sommet, se dressait le château médiéval. Un de ces nombreux incendies mystérieux qui se produisent à Borgholm l'avait ravagé au début du XIXe siècle : le toit et les boiseries avaient aujourd'hui disparu. À la place des fenêtres béaient des ouvertures noires.

Là-haut, les fenêtres brûlées évoquaient toujours pour Gerlof les orbites creuses d'une tête de mort. Il savait que certains habitants de Borgholm n'avaient jamais aimé ce château, en tout cas jusqu'à ce que le fier bâtiment prêt à s'écrouler ne soit transformé en ruine attirant les touristes. Les habitants d'Öland avaient jadis été contraints de construire le château, mais ce n'était qu'un décret royal de plus qui ne devait rien leur apporter d'autre que du sang, de la sueur et des déceptions. Les continentaux avaient toujours cherché à sucer l'île jusqu'à la moelle.

Julia contemplait en silence la ruine depuis la fenêtre du balcon, et Gerlof se tourna vers elle.

« À l'âge de pierre, on jetait les vieux malades dans ce ravin, dit-il à voix basse en montrant du doigt la ruine. C'est ce qu'on raconte, en tout cas. C'était évidemment avant la construction du château. Et longtemps avant que les autorités ne construisent des maisons de retraite… »

Margit Engström s'approcha d'eux. Elle portait sur un plateau les tasses pour le café, vêtue d'un tablier où était écrit : LA MEILLEURE GRAND-MÈRE DU MONDE.

« L'été, ils organisent des concerts dans les ruines, dit-elle, et alors des fois, ça peut être un peu bruyant. Mais sinon, c'est très agréable d'habiter au pied d'un château. »

Elle porta le plateau jusqu'à une table basse devant la télévision, et servit du café à tout le monde, avant d'aller chercher la corbeille de viennoiseries et la boîte à gâteaux dans la cuisine.

Son mari Gösta, qui portait un costume gris avec une chemise blanche et des bretelles, avait toujours un petit sourire aux lèvres. Il avait déjà cet air jovial à l'époque où il était capitaine, se souvint Gerlof – du moins tant que l'équipage obéissait à ses ordres.

« C'est gentil de venir nous voir, dit Gösta en levant sa tasse pleine de café fumant. Nous montons bien sûr à Marnäs demain. Vous y serez aussi ? »

Il parlait de l'enterrement d'Ernst. Gerlof hocha la tête.

« Moi, en tout cas. Julia doit peut-être retourner à Göteborg.

— Qu'est-ce qui se passera avec sa maison ? dit Gösta. Ils en ont parlé ?

— Non, c'est encore trop tôt pour décider, dit Gerlof. Mais elle deviendra sûrement une maison de vacances pour sa famille du Småland. Ce n'est pas que le nord d'Öland ait encore besoin de nouvelles maisons de vacances… mais on verra bien.

— Oh oui ! il faut être motivé pour venir s'installer ici à demeure toute l'année, dit Gösta en buvant sa tasse.

— On aime bien être ici, en ville, avec tout à proximité, dit Margit, en posant sur la table son deuxième plateau bien garni. Mais nous sommes évidemment membres de l'association des Amis de Marnäs. »

Son mari lui adressa un sourire amoureux.

Ils ne restèrent pas longtemps chez les Engström, à peine une demi-heure.

« Bon, dit Gerlof, quand ils se furent installés dans la voiture au pied de la rangée d'immeubles, maintenant tu vas nous conduire jusqu'à Badhusgatan. Nous allons nous arrêter au garage Blomberg pour faire quelques courses, avant de descendre sur le port. »

Julia le regarda avant de démarrer.

« À quoi rimait cette visite ?

— Nous avons eu droit à du café et des gâteaux, dit Gerlof. Ce n'est pas suffisant ? Et puis c'est toujours agréable de voir Gösta. Lui aussi a commandé un cotre en mer Baltique, exactement comme moi. Nous ne sommes plus très nombreux… »

Julia tourna dans Badhusgatan et longea des trottoirs déserts. La circulation était presque nulle. Au bout de la rue s'élevait, tout blanc, l'Hôtel du Port.

« Tourne par-là », dit Gerlof en indiquant la gauche.

Julia clignota et entra sur un terre-plein goudronné où l'enseigne BLOMBERG AUTO pendait sur la façade d'un bâtiment bas, à la fois garage et hall de vente pour voitures d'occasion. Des Volvo un peu plus récentes avaient le privilège d'être exposées à l'intérieur derrière une vitrine, mais la plupart des véhicules étaient garés dehors, avec derrière leurs pare-brise des pancartes manuscrites qui indiquaient le prix et le kilométrage.

« Viens, dit Gerlof quand Julia eut garé la voiture.

— On va acheter une nouvelle voiture ? dit-elle.

— Non, non, dit Gerlof, on va juste jeter un rapide coup d'œil chez Robert Blomberg. »

Ses membres s'étaient réchauffés et le café chez les Engström l'avait revigoré. La douleur s'était estompée et il était capable de marcher sur l'asphalte, soutenu par sa seule canne, mais Julia le précéda pour ouvrir la porte du garage.

Une clochette sonna et l'odeur d'huile de moteur les enveloppa.

Gerlof s'y connaissait en bateaux à voile, mais très peu en voitures, et il était toujours inquiet en voyant des moteurs. Une voiture était garée sur le sol en ciment, une Ford noire avec une lampe à souder et d'autres outils tout autour, mais personne ne travaillait dessus. Le local était désert.

Gerlof se dirigea lentement vers le petit bureau à l'entrée du garage et y jeta un œil.

« Bonjour, dit-il au jeune mécanicien en bleu de travail sale qui était assis à l'intérieur, penché sur la page BD d'*Ölands-Posten*. Nous arrivons de Stenvik, et nous voudrions acheter un peu d'huile pour notre voiture.

— Ah ? Normalement, nous en vendons à côté, dans le magasin, dit-il, mais je vais vous en chercher. »

Le mécanicien se leva, il dépassait Gerlof de dix bons centimètres. Ce devait être le fils de Robert Blomberg.

« Nous pouvons vous suivre, et comme ça jeter un œil sur les voitures en vente », dit Gerlof.

Il fit un signe de tête à Julia et ils suivirent le jeune garagiste par une porte qui donnait dans le magasin.

Là, plus d'odeur d'huile, le sol était propre et peint en blanc. Des voitures bien astiquées s'alignaient sur plusieurs rangs dans le hall.

Le garagiste s'approcha d'un rayon plein de produits d'entretien et de petites pièces détachées.

« De l'huile ordinaire ? dit-il.

— Parfait », dit Gerlof.

Il aperçut un homme d'un certain âge sortir d'un petit bureau et s'arrêter dans l'encadrement de la porte qui donnait sur le magasin, à quelques mètres. Il était presque aussi grand et large que le jeune garagiste, mais son visage était ridé et ses joues couperosées.

Ils ne s'étaient jamais parlé auparavant, car Gerlof était toujours allé à Marnäs pour ses problèmes de voiture, mais il savait que c'était Robert Blomberg. Blomberg était arrivé du continent et avait ouvert son garage et son hall de vente au milieu des années soixante-dix. John Hagman avait eu plusieurs fois affaire avec le vieux garagiste, et il avait parlé de lui à Gerlof.

Le vieux Blomberg adressa à Gerlof un signe de tête, sans rien dire. Gerlof le lui rendit en silence. Il savait que Blomberg avait eu par le passé un problème avec l'alcool, et peut-être en avait-il toujours, mais c'était un sujet de conversation à éviter.

« Voilà », dit le jeune garagiste en leur présentant un bidon plastique d'huile de moteur.

Robert Blomberg fit lentement demi-tour et retourna dans le bureau. Gerlof trouva son pas un peu hésitant.

« Je n'avais pas besoin d'huile, dit Julia, quand ils se furent réinstallés dans l'auto.

— Ça sert toujours d'avoir de l'huile en réserve, dit Gerlof. Qu'est-ce que tu as pensé du garage ?

— Il ressemble à tous les garages, dit Julia en ressortant sur Badhusgatan. Ils n'avaient pas l'air d'avoir grand-chose à faire.

— Roule vers le port. »

Gerlof montra la direction.

« Et les propriétaires, les Blomberg ? Qu'est-ce que tu en as pensé ?

— Ils n'ont pas dit grand-chose. Qu'est-ce qu'ils ont de particulier ?

— Robert Blomberg a passé de nombreuses années en mer, à ce qu'on m'a dit, dit Gerlof. Marin sur les sept mers, jusqu'en Amérique du Sud.

— Ah bon », dit Julia.

Ils se turent quelques secondes. L'Hôtel du Port approchait, au bout de Badhusgatan. Gerlof regarda le port, près de l'hôtel, avec un léger pincement au cœur.

« Ce n'est pas une belle fin, dit-il.

— Quoi ? dit Julia.

— Beaucoup d'histoires n'ont pas une belle fin.

— Mais le principal c'est qu'elles finissent », dit Julia.

Elle le regarda.

« Tu penses à quelque chose en particulier ?

— Oui… à la marine d'Öland, dit Gerlof. Ça aurait pu mieux se passer pour elle. Tout s'est arrêté prématurément. »

Le port de Borgholm était certes plus grand que ceux de Marnäs ou Långvik, mais on en avait vite fait le tour. Quelques quais de béton, tous déserts. Aucun bateau de pêche. Une grosse ancre peinte en noir avait été placée sur l'asphalte au bord de l'eau, peut-être pour rappeler des temps meilleurs.

« Dans les années cinquante, il y avait ici des rangées de cotres de transport, dit Gerlof en regardant l'eau grise par sa portière. Un jour comme aujourd'hui, en automne, on se serait affairé au chargement, ou à l'entretien, il y aurait eu plein de monde partout. Ça aurait senti le goudron et le vernis. S'il avait fait beau, les marins auraient hissé leurs voiles pour les aérer au vent. Des voiles couleur ivoire alignées contre le ciel bleu, c'était un beau spectacle… »

Il se tut.

« Quand les bateaux ont-ils cessé de venir ici, alors ? demanda Julia.

— Voyons… c'était pendant les années soixante. Mais ils n'ont pas cessé de venir ici – ils ont plutôt arrêté de partir d'ici. À l'époque, la plupart des marins avaient besoin de s'équiper de bateaux plus modernes, pour pouvoir soutenir la concurrence des armateurs du continent, mais les banques ne leur ont pas accordé de prêts. Elles ne croyaient plus à la marine sur Öland. »

Il se tut, puis ajouta :

« Moi non plus, je n'ai pas eu de prêt, alors j'ai vendu ma dernière goélette "*Nore*"… puis je suis allé aux cours du soir d'administration, pour passer le temps pendant l'hiver.

— Je ne me souviens pas que tu aies passé le moindre hiver à la maison, dit Julia à voix basse. Je ne me souviens pas t'avoir jamais vu à la maison. »

Gerlof jeta un bref regard sur sa fille.

« Oh si ! je suis resté à la maison. Pendant plusieurs mois. Je pensais être engagé l'année suivante comme capitaine au long cours, mais on m'a proposé ce poste dans l'administration communale, et je suis resté. John Hagman, qui avait été mon second, s'est acheté son propre cotre quand j'ai raccroché, et l'a gardé une année encore. Ça a été un des derniers navires à Borgholm. Il l'avait baptisé "*Bon Vent*", c'était assez bien trouvé. »

Julia avait laissé la voiture doucement s'éloigner des quais vers les grandes villas en bois campées au nord du port derrière leurs coquettes clôtures en bois. La villa la plus proche était la plus grande, large et peinte en blanc, presque aussi haute que l'Hôtel du Port.

Gerlof leva la main.

« Tu peux t'arrêter ici », dit-il.

Julia se rangea au bord du trottoir en face des villas et Gerlof se pencha lentement pour ouvrir sa serviette.

« Les propriétaires de cotres étaient trop têtus sur Öland, dit-il en sortant une enveloppe brune et le mince livre qu'il avait pris dans son bureau. Nous aurions pu rassembler un capital commun pour acquérir de plus gros bateaux. Mais ce n'était pas pour nous. À son compte, on est plus fort, c'est bien ce que nous pensions. Nous n'avons pas osé faire le pari de la croissance. »

Il tendit le livre à sa fille. Sur la couverture, le titre : *Compagnie maritime Malm, 40e anniversaire*, et la photo aérienne d'un gros cargo sillonnant sous le soleil un océan infini.

« Il y a eu une exception, la Compagnie maritime Malm, dit Gerlof. Martin Malm est un marin qui a osé miser sur de plus gros navires. Il a mis sur pied une petite flotte de commerce qui a sillonné les mers dans le monde entier. Il a fait de l'argent et, avec ses bénéfices, il a acheté d'autres bateaux. Martin est devenu l'homme le plus riche d'Öland à la fin des années soixante.

— Ah oui ? dit Julia. Tant mieux pour lui.

— Mais personne ne sait d'où venait son capital, dit Gerlof. Il n'avait pas plus d'argent que n'importe quel autre marin, à ma connaissance. »

Il montra le livre.

« La compagnie a publié ce livre de souvenirs le printemps dernier, dit-il. Tourne-le, je vais te montrer quelque chose. »

Au dos du livre, un texte bref expliquait qu'il s'agissait du livre anniversaire du plus prospère armateur d'Öland. Sous le texte était imprimé un logo : les mots COMPAGNIE MARITIME MALM survolés par les silhouettes de trois mouettes.

« Regarde les mouettes, dit Gerlof.

— Bon, dit Julia. Trois mouettes dessinées, et après ?

— Compare avec cette enveloppe », dit Gerlof en lui tendant l'enveloppe brune.

Elle était affranchie avec des timbres suédois, un cachet flou et son adresse à la maison de retraite de Marnäs, écrite d'une main tremblante à l'encre bleue.

« Quelqu'un a arraché le coin, là. Mais il reste un bout d'aile de mouette… tu vois ? »

Julia regarda et hocha lentement la tête.

« Qu'est-ce que c'est que cette enveloppe ?

— C'est là-dedans qu'est arrivée la sandale, dit Gerlof. La sandale de gosse. »

Julia tourna rapidement la tête vers lui.

« Mais tu avais jeté l'enveloppe. C'est ce que tu as dit à Lennart…

— Pieux mensonge. J'ai trouvé que c'était bien suffisant qu'il s'occupe de la sandale. »

Il se dépêcha de poursuivre :

« Mais l'important, c'est que cette enveloppe vienne de la Compagnie Maritime Malm. Et c'est Martin Malm lui-même qui a envoyé la sandale. J'en suis certain. Et je crois que c'est aussi lui qui m'a téléphoné.

— Qui t'a téléphoné ? répéta Julia. Tu ne m'en avais pas parlé.

— Il a *peut-être* téléphoné. »

Gerlof regarda les grandes villas.

« Il n'y a pas grand-chose à en dire, il y a juste quelqu'un qui m'a téléphoné plusieurs soirs cet automne. J'avais reçu la sandale quand ça a commencé. Mais celui qui téléphonait n'a jamais dit un mot. »

Julia baissa la main qui tenait l'enveloppe et le regarda.

« C'est lui que nous allons rencontrer maintenant ?

— Je l'espère. »

Gerlof désigna la grande villa blanche en bois.

« Il habite ici. »

Il ouvrit la portière et sortit sur le trottoir. Julia resta quelques instants sans bouger derrière le volant, puis sortit à son tour de la voiture.

« Tu es sûr qu'il est chez lui ?

— Martin Malm est toujours chez lui », dit Gerlof.

Un vent froid qui arrivait du détroit les enveloppa, et Gerlof regarda la mer par-dessus son épaule. Une fois de plus, il se demanda comment Nils Kant avait bien pu traverser ce détroit, presque cinquante ans plus tôt.

Småland, mai 1945

Nils Kant est assis dans un petit bois sur le continent, et par-delà la mer il voit Öland, une étroite bande de calcaire à l'horizon. Son regard est triste, et le vent souffle solitaire à la cime des pins. L'île de l'autre côté du détroit est éclairée par le soleil levant : les arbres sont vert clair, les longues plages miroitent, argentées.

Son île. Et Nils y reviendra. Pas tout de suite, mais dès que possible – dès qu'il y sera en sécurité. Il sait qu'il a fait des choses qu'on ne lui pardonnera pas avant longtemps, et Öland est un endroit dangereux pour lui en ce moment. Et pourtant, rien de tout ça n'est vraiment sa faute, à la fin. Les choses sont arrivées, c'est tout, il n'a pas pu dévier leur cours.

Le gros garde champêtre l'avait déniché dans le train et avait essayé de l'attraper, mais il avait été plus rapide.

« Légitime défense, murmure-t-il à l'adresse de son île natale. Je lui ai tiré dessus, mais c'était de la légitime défense. »

Il se tait et se racle bien la gorge pour contenir ses larmes.

Vingt heures se sont écoulées depuis que Nils a sauté du train sur la lande. Il a réussi à s'échapper sans être retrouvé en gagnant vite le sud de l'île, sans quitter le cœur de la lande où il se sent comme chez lui, en prenant soin d'éviter les routes et les villages.

À quelques dizaines de kilomètres au sud de Borgholm, là où le détroit est le moins large, il a traversé la forêt pour rejoindre le rivage. Là, il a trouvé un tonneau de goudron tout sec et à moitié pourri, ouvert sur le dessus, dans lequel il a mis ses affaires. Puis il a attendu dans la forêt que la nuit tombe, s'est déshabillé et a jeté le tonneau dans l'eau froide. Il s'est cramponné au tonneau en le serrant dans ses bras contre sa poitrine, et a commencé à se propulser en battant des jambes vers la bande noire de terre de l'autre côté du détroit.

Il lui a certainement fallu quelques heures pour le traverser, mais aucun bateau n'était dans les parages quand il a passé le chenal, et personne ne semble l'avoir vu. Quand il est enfin arrivé sur la côte du Småland, nu, les jambes gelées, il a juste eu la force de récupérer ses affaires dans le tonneau et de se traîner sous les arbres, où il est immédiatement tombé dans un profond sommeil.

À présent, il est bien réveillé, mais c'est encore l'aube. Nils se lève, ses jambes sont encore endolories de la traversée à la nage, mais il faut se remettre en route. Il comprend qu'il n'est pas très loin de Kalmar, et il doit s'éloigner de la ville. Il y a sûrement là-bas plein d'agents de police en train de patrouiller dans les rues.

Ses vêtements sont secs, il enfile sa chemise, son pull, ses chaussettes et ses bottes, et fourre son portefeuille dans sa poche arrière. Il faut absolument qu'il fasse attention à l'argent de sa mère, car sans lui il est perdu et ne pourra pas rester caché.

Il n'a plus son fusil Husqvarna – il repose au fond du détroit. Arrivé à peu près à mi-chemin entre l'île et le continent, il l'a sorti du tonneau et l'a laissé tomber à l'eau avec un misérable plouf. Voilà, disparu.

Il n'y avait de toute façon plus de cartouches dans l'arme, mais son poids rassurant manquera à Nils.

Il pense à son sac à dos déchiqueté, et il lui manque, lui aussi. Tous ses bagages doivent désormais loger dans les poches de son pantalon et un petit mouchoir noué en baluchon, aussi ne peut-il pas emporter grand-chose.

Il se met en route vers le nord au lever du soleil. Il sait où il va, mais c'est loin et cela lui prend la plus grande partie de la journée. Il reste près de la côte, mais évite les villages. Il traverse rapidement les chemins forestiers, c'est parmi les arbres qu'il se sent en sécurité. À deux reprises, il tombe sur des chevreuils dans la forêt, ils sont tellement silencieux qu'ils réussissent à le surprendre. Les hommes, il les entend approcher à plusieurs centaines de mètres de distance et il peut les éviter.

Nils sait assez précisément où se trouve Ramneby, il y est allé plusieurs fois au cours de sa vie, la dernière l'été passé. Pas besoin d'entrer dans le village ni de le contourner, car la scierie que son oncle maternel August possède et dirige est située au sud de la localité.

Il entend de loin le sifflement des scies et en s'approchant, il sent bientôt le parfum du bois fraîchement coupé se mélanger à l'odeur de varech qui monte des eaux de la Baltique.

Nils sort prudemment de la forêt en se cachant derrière un grand hangar rempli de planches. Il est venu ici plusieurs fois, mais il n'est pas sûr de l'emplacement du bureau. Et pas question de se montrer au grand jour. À quelques centaines de mètres de la scierie, il y a la villa en bois de l'oncle August, mais Nils n'ose pas non plus y aller. Là-bas, il y a des enfants, des chauffeurs, des bonnes – des gens qui peuvent aller moucharder à la police s'ils le voient. Il est forcé d'attendre près de la grange à l'abri d'un épais bouquet de lilas dont les lourdes fleurs odorantes attirent des myriades d'insectes.

La montre de Nils s'est arrêtée pendant sa traversée du détroit, mais il est certain qu'une bonne demi-heure a passé quand il aperçoit les premières silhouettes humaines. Ce sont trois ouvriers de la scierie qui passent en riant sans jeter un œil dans sa direction.

Il continue d'attendre.

Quelques minutes plus tard quelqu'un arrive en traînant des pieds. C'est un gars de treize ou peut-être quatorze ans, mais presque aussi grand que Nils. Il a une épaisse casquette enfoncée sur le front et plonge ses mains dans les poches d'un pantalon taché d'huile.

« Eh, toi ! » appelle Nils de derrière son buisson.

C'est un appel à voix basse, et le gars ne réagit pas. Il continue son chemin.

« Eh, toi, avec la casquette ! »

Le gars s'arrête. Il regarde avec méfiance autour de lui, et Nils se relève prudemment derrière le buisson. Il lui fait signe.

« Par ici ! »

Le gars change de direction et fait quelques pas vers le buisson. Il regarde Nils en silence.

« Tu travailles à la scierie ? » demande Nils.

Le gars hoche fièrement la tête.

« C'est mon premier été. »

Il parle en dialecte smålandais, sa voix est en pleine mue.

« C'est bien », dit Nils.

Il s'efforce d'avoir l'air calme et gentil.

« J'ai besoin de ton aide. Je voudrais que tu ailles chercher August Kant. Il faut que je lui parle.

— Le directeur ?

— Le directeur Kant, oui », dit Nils.

Il soutient le regard du gars et tend la main pour lui montrer qu'il tient une pièce d'une couronne entre ses doigts.

« Dis que Nils est là. Va au bureau dire au directeur qu'il doit venir. »

Le garçon hoche la tête, sans réagir au nom de Nils, et se dépêche d'attraper la pièce. Puis il tourne les talons et s'en va sans faire d'histoires. Il fourre la pièce tout au fond de sa poche.

Nils respire et se réinstalle derrière le buisson. Voilà, c'est réglé maintenant. Son oncle va s'occuper de lui, le cacher jusqu'à ce que les choses se tassent. Il va sûrement devoir se cacher ici en Småland le reste de l'été, mais il faudra que ça aille.

Il doit encore attendre, beaucoup trop longtemps. Il entend enfin des pas qui s'approchent du hangar. Nils relève la tête en souriant et s'avance d'un pas – mais ce n'est pas son oncle August. C'est encore le gars à casquette.

Nils le regarde.

« Il n'était pas au bureau, le directeur Kant ? demande-t-il.

— Si, dit le gars en hochant la tête. Mais le directeur n'a pas voulu venir.

— Il n'a pas voulu ? dit Nils comme s'il n'avait pas compris.

— Il m'a dit de vous remettre ceci », dit le gars.

Il tient à la main une enveloppe blanche.

Nils la prend, tourne le dos au garçon et l'ouvre.

Pas de lettre dans l'enveloppe, juste trois billets de banque. Trois billets de cent couronnes pliés.

Nils referme l'enveloppe et se retourne.

« C'est tout ? » demande-t-il.

Le garçon hoche la tête.

« Le directeur n'a rien dit… il n'a laissé aucun message ? »

Le garçon secoue la tête.

« Juste l'enveloppe. »

Nils baisse les yeux et fixe les billets.

De l'argent, c'est tout ce qu'il a obtenu. De l'argent pour fuir, le message est très clair.

Son oncle ne veut pas le voir.

Il soupire et relève la tête, mais le garçon n'est plus là. Nils l'aperçoit juste qui disparaît au coin du hangar.

Nils est à nouveau seul. Il faudra qu'il se débrouille.

Il va donc fuir. Mais fuir où ?

S'éloigner de la côte avant tout. Puis on verra.

Nils regarde autour de lui. Les insectes bourdonnent, le lilas embaume. L'été est lumineux et verdoyant. Au nord-est, il aperçoit une mince bande d'eau bleue.

Il reviendra. Ils peuvent bien le chasser aujourd'hui, mais il reviendra. Öland est son île.

Nils regarde l'eau une dernière fois, puis fait demi-tour et retourne à couvert sous les sapins.

16

Une large allée couverte de grandes dalles calcaires conduisait à la villa blanche de Martin Malm. Julia regarda la bâtisse et pensa à la maison de Vera Kant à Stenvik. Elles avaient la même taille, sauf que celle-ci était peinte, bien entretenue et habitée. Mais qui allumait donc de la lumière dans la maison de Vera Kant tard le soir ? Julia ne pouvait cesser d'y penser – avait-elle réellement vu de la lumière à la fenêtre de la villa ?

Elle tenait le bras de Gerlof quand ils ouvrirent le lourd portail métallique et lentement s'avancèrent sur les pierres inégales. Peut-être était-ce lui qui la soutenait, autant que l'inverse, pensa Julia, très nerveuse.

Pour elle, c'était une rencontre avec le meurtrier de Jens. S'il était avéré que Martin Malm avait envoyé la sandale dans une enveloppe, alors il devait être le meurtrier – quelles que soient les réserves de Gerlof.

L'allée recouverte de dalles finissait au pied d'un escalier qui conduisait à une large porte d'acajou portant sur une plaque en fer le nom MALM. Au milieu de la porte, sous un fenestron de couleur, une petite sonnette en forme de clef.

Gerlof regarda Julia.

« Prête ? »

Julia hocha la tête et tendit la main vers la sonnette.

« Juste une chose, encore, dit Gerlof. Martin a eu une hémorragie cérébrale, il y a pas mal d'années de cela. Il a des jours avec et des jours sans, un peu comme moi. Si c'est un jour avec, nous pourrons lui parler. Sinon…

— D'accord », dit Julia le cœur battant.

Elle appuya sur le bouton, et une sonnerie étouffée mais prolongée retentit à l'intérieur de la villa.

Une ombre apparut une minute plus tard dans la partie vitrée de la porte, qui s'ouvrit.

Ils se retrouvèrent face à une jeune femme, entre vingt et vingt-cinq ans. Elle était petite, blonde et sur ses gardes.

« Bonjour, dit-elle.

— Bonjour, dit Gerlof. Martin est là ?

— Oui, dit la fille, mais je ne crois pas qu'il…

— Nous sommes de vieux amis, la coupa Gerlof. Je suis Gerlof Davidsson. De Stenvik. Et voici ma fille. Nous voulions saluer Martin.

— OK, dit la fille, je vais voir.

— Pouvons-nous entrer au chaud en attendant ? dit Gerlof.

— Si vous voulez. »

La fille recula de deux pas.

Julia aida Gerlof à passer le seuil et à s'avancer sur le sol pavé de marbre du hall d'entrée. La pièce était vaste, avec de sombres lambris aux murs, où pendaient dans des cadres les photos de bateaux modernes et anciens. Trois portes menaient aux autres pièces, et un large escalier montait à l'étage.

« Vous êtes de la famille ? » demanda Gerlof une fois la porte d'entrée refermée derrière eux.

La jeune fille secoua la tête.

« Je suis infirmière, de Kalmar », dit-elle avant de disparaître par la porte du milieu.

Julia et Gerlof restèrent là, debout, sans rien dire, comme si cette grande maison aux portes closes n'engageait pas à la conversation. Tout y était silencieux et solennel comme dans une église – mais en tendant l'oreille, il sembla à Julia entendre marcher à l'étage.

L'infirmière revint par la porte du milieu.

« Martin n'est pas très bien aujourd'hui, dit-elle à voix basse. Désolée. Il est fatigué.

— Ah oui ? dit Gerlof. C'est dommage. Nous ne nous sommes pas vus depuis plusieurs années.

— Il faudra revenir », dit l'infirmière.

Gerlof hocha la tête.

« Certainement. Mais nous appellerons avant. »

Il recula jusqu'à la porte d'entrée, et Julia le suivit à contrecœur.

Une fois dans le jardin, l'air sembla à Julia plus froid qu'auparavant. Elle marcha sans rien dire à côté de Gerlof, ouvrit le portail métallique et se retourna vers la villa.

Elle vit un visage blême qui la dévisageait depuis l'une des larges fenêtres de l'étage. C'était une vieille femme qui les observait d'un air grave à travers la vitre.

Julia ouvrit la bouche pour demander à Gerlof s'il la connaissait, mais il se dirigeait déjà vers la voiture. Il fallut qu'elle se dépêche d'aller lui ouvrir la portière.

Lorsqu'elle regarda à nouveau vers la villa, la femme à la fenêtre avait disparu.

Gerlof se cala dans son siège et regarda sa montre.

« Une heure et demie, dit-il. Nous devrions aller manger un morceau. Puis il faudra faire un détour par le *Systembolaget*. J'ai promis à mes voisins de la maison de retraite de faire quelques achats pour eux. Qu'est-ce que tu en dis ? »

Julia s'installa derrière le volant.

« L'alcool est un poison », dit-elle.

Ils mangèrent le plat de pâtes du jour dans un des rares restaurants de Borgholm ouverts en cette saison. La salle à manger était presque déserte, mais quand Julia essaya d'avoir avec Gerlof une discussion sur leur visite chez Martin Malm, il se contenta de secouer la tête sans lever le nez de son assiette. Il insista ensuite pour régler l'addition, puis ils allèrent au *Systembolaget*, où Gerlof acheta deux bouteilles d'eau-de-vie parfumée à l'absinthe, une bouteille de liqueur à l'œuf et six cannettes de bière allemande. Ce fut à Julia de porter le tout.

« Bon, maintenant nous rentrons à la maison », dit Gerlof, quand ils se furent réinstallés dans la voiture.

Il avait le ton insouciant de quelqu'un qui a passé une bonne journée en ville, ce qui énerva Julia. Elle passa vite la première et s'engagea sur la rue.

« Il ne s'est rien passé, dit-elle, une fois sur la route, arrêtée au feu rouge à la sortie est de Borgholm.

— Quoi ? dit Gerlof.

— Quoi, “quoi ?” dit Julia en prenant vers le nord la grand-route. Nous n'avons rien fait de la journée.

— Oh si ! D'abord, nous avons mangé de bons gâteaux chez Margit et Gösta, dit Gerlof. Puis nous avons pu voir de près le garage Blomberg. Et en plus nous…

— Et pourquoi voulais-tu y aller ? » demanda Julia.

Gerlof se tut.

« Pour diverses raisons », finit-il par dire.

Julia respira profondément.

« Il faut que tu commences à me raconter des choses, Papa », dit-elle, l'œil rivé sur la route.

Elle avait envie de s'arrêter, d'ouvrir la portière et de le jeter dehors sur la lande au nord de Köpingsvik. Elle en avait assez qu'il la fasse marcher.

Gerlof resta un moment encore silencieux.

« Ernst Adolfsson a eu une idée l'été dernier, finit-il par dire. Une théorie. Il pensait que mon petit-fils, notre Jens, donc, était sorti sur la lande en plein brouillard au lieu de descendre au bord de la mer. Et il pensait que Jens y avait rencontré un assassin.

— Qui ça ?

— Nils Kant, peut-être.

— Nils Kant ?

— Celui qui est mort, oui. Mort et enterré depuis dix ans à cette époque… Tu as bien vu la tombe. Mais le bruit a couru que…

— Je sais, dit Julia. Astrid m'en a parlé. Mais d'où venait cette rumeur ? »

Gerlof soupira.

« Il y avait un facteur à Stenvik… Erik Ahnlund. Il avait une histoire qu'il s'est mis à raconter une fois à la retraite, à Ernst, à moi et à tous ceux qui voulaient bien l'écouter au village, comme quoi Vera Kant recevait des cartes postales sans expéditeur.

— Ah ?

— Je ne sais pas quand elles ont commencé à arriver, dit Gerlof, mais d'après Ahnlund, des cartes provenant de différents endroits d'Amérique du Sud sont arrivées dans sa boîte aux lettres dans les années cinquante et soixante. Toujours sans mention de l'expéditeur.

— Elles venaient de Nils Kant ? dit Julia.

— Probablement. C'est le plus vraisemblable. »

Gerlof regarda la lande.

« Et puis, bien sûr, Nils Kant est revenu dans un cercueil et a été enterré à Marnäs.

— Je sais », dit Julia.

Gerlof la regarda.

« Mais les cartes postales ont continué à arriver après l'enterrement, dit-il. De l'étranger, sans expéditeur. »

Julia lui jeta un bref regard.

« C'est vrai ?

— Peut-être, dit Gerlof. Erik Ahnlund est le seul à avoir réellement vu les cartes adressées à Vera, mais il jure qu'il a continué à en arriver plusieurs années après la mort de Nils.

— Qu'est-ce que tu crois, alors ? »

Gerlof hésita.

« Je suis comme saint Thomas, finit-il par dire. Je veux une preuve de vie. Je n'en ai pas encore trouvé.

— Et pourquoi voulais-tu rencontrer ce Blomberg, alors ? » demanda Julia.

Gerlof hésita encore, comme s'il avait peur de passer pour un vieillard sénile qui divague.

« John Hagman pense que Robert Blomberg est peut-être Nils Kant », finit-il par dire.

Julia ne le quittait pas des yeux.

« Ah bon, dit-elle alors. Mais toi, tu n'y crois pas, hein ? »

Gerlof secoua lentement la tête.

« Ça semble tiré par les cheveux. Mais John n'a pas tout faux. Blomberg était marin, je te l'ai dit. Il a grandi en Småland, est parti en mer comme machiniste dès l'adolescence. Absent pendant des années… vingt, vingt-cinq ans, peut-être plus. Puis il est rentré au pays et s'est installé sur Öland. Il s'est marié ici, et a eu des enfants. Je crois que c'est son fils qui travaille au garage.

— Tout ça n'a pas l'air si louche que ça, dit Julia.

— Non, dit Gerlof, la seule chose bizarre est qu'il soit resté absent si longtemps. John a entendu une rumeur comme quoi il aurait été congédié de son bateau, aurait sombré dans l'alcoolisme et traîné ses guêtres dans un port d'Amérique du Sud avant qu'un capitaine suédois finisse par le prendre avec lui pour le ramener au pays.

— Mais Blomberg n'est quand même pas le seul à s'être installé sur Öland ? dit Julia.

— Oh non, dit Gerlof. Des continentaux se sont installés ici par centaines.

— Et John les soupçonne tous d'être Nils Kant ?

— Non. Et moi, je n'ai pas trouvé non plus que Blomberg lui ressemble particulièrement, dit Gerlof. Mais on voit ce qu'on veut voir, n'est-ce pas ? Ma mère, ta grand-mère Sara, donc, a vu un jour un lutin dans sa jeunesse… Tu t'en souviens ? Elle disait juste "un homme gris" quand elle parlait de lui.

— Oui, j'ai entendu cette histoire, dit Julia, pas besoin de… »

Mais impossible d'arrêter Gerlof sur sa lancée :

« Quoi qu'il en soit, elle l'a vu un jour de semaine à la fin du XIXe siècle, alors qu'elle était descendue rincer sa lessive dans le détroit de Kalmar, au niveau de Grönhögen. Tout à coup, elle a entendu des pas rapides dans son dos, et il a débouché de la forêt en courant… Un petit homme d'un mètre de haut vêtu de gris. Il n'a rien dit, il s'est juste précipité droit vers le détroit, en passant devant elle sans la regarder. Et quand il a atteint la rive, il ne s'est pas arrêté… Ma mère l'a appelé, mais il a continué à avancer dans l'eau jusqu'à ce que les vagues le submergent et qu'il coule. Il avait disparu. »

Julia hocha brièvement la tête. C'était une histoire bizarre – peut-être la plus étrange de celles qu'on racontait dans sa famille sur Öland.

« Un lutin qui se suicide, dit-elle. On voit ça tous les jours.

— Évidemment, cette histoire n'est pas vraie, continua Gerlof. Mais j'y crois. Je *crois* que ma mère a vu le lutin, ou en tout cas une quelconque force de la nature ou un phénomène inconnu qu'elle a pris pour un lutin. Et en même temps, je sais bien que les trolls et les lutins n'existent pas.

— En tout cas ils ne se montrent pas très souvent de nos jours, dit Julia.

— Non, dit lentement Gerlof, et ce doit être la même chose avec Nils Kant. Personne ne parle de lui, personne ne le voit. La police l'a classé comme décédé, il est enterré au cimetière de Marnäs sous une pierre tombale que tout un chacun peut aller voir. Et pourtant, certaines personnes au nord de l'île s'obstinent à croire qu'il vit toujours. En tout cas parmi ceux qui sont assez âgés pour se souvenir de lui.

— Et toi, que crois-tu ? demanda Julia.

— Je crois qu'il serait bon de tirer un peu au clair toutes ces bizarreries concernant Nils Kant, dit Gerlof.

— Je préférerais retrouver mon fils, dit Julia à voix basse. C'est pour ça que je suis venue.

— Je sais, dit Gerlof, mais leurs deux histoires peuvent se confondre.

— Nils Kant et Jens ? »

Gerlof hocha la tête.

« Je sais déjà qu'elles se confondent en partie. À travers Martin Malm.

— Comment ça ?

— Mais il avait la sandale de Jens, dit Gerlof. Et c'est un bateau de la Compagnie maritime Malm qui a transporté en Suède le cercueil de Nils Kant.

— Vraiment ? Comment le sais-tu ?

— Ce n'est pas un secret, dit Gerlof. Moi-même, j'étais sur le port quand le bateau est arrivé avec le cercueil. C'est une entreprise de pompes funèbres de Marnäs qui s'en est occupée. »

Julia réfléchit à tout cela, alors qu'ils approchaient de la sortie vers Marnäs. Elle ralentit et s'y engagea.

« Mais nous n'avons pas pu parler aujourd'hui avec l'expéditeur de la sandale, dit-elle alors.

— Non, mais tu as pu voir où il habite, dit Gerlof. Martin n'allait pas bien aujourd'hui, mais tôt ou tard nous pourrons lui parler. La semaine prochaine, peut-être.

— Je ne peux pas rester juste pour ça, se hâta de dire Julia. Il faut que je rentre à Göteborg.

— Si tu le dis. Quand pars-tu ?

— Je ne sais pas. Bientôt… Demain peut-être.

— Il y a l'enterrement à l'église de Marnäs demain, dit Gerlof. À onze heures du matin.

— Je ne sais pas si je viendrai, dit Julia, en entrant sur le terre-plein de la maison de retraite.

— Essaie de venir quand même », dit Gerlof en ouvrant la portière.

Julia sortit l'aider. Elle portait le sac de bouteilles et sa serviette.

« Merci, dit Gerlof en s'appuyant sur sa canne. Mes jambes vont beaucoup mieux à présent.

— Au revoir, alors, dit Julia après l'avoir accompagné jusqu'à l'ascenseur. Merci pour cette journée. »

Elle regagna sa voiture, mais attendit de voir Gerlof ouvrir l'ascenseur et y entrer sans tomber.

Puis elle démarra et reprit la route vers l'est. Elle voulait faire quelques courses à Marnäs avant de redescendre au cabanon de pêche.

Le soir avait commencé à tomber lentement, il était quatre heures vingt. Les gens normaux, ceux qui avaient un emploi, s'apprêtaient à rentrer chez eux.

Mais pas tous. En passant devant le petit commissariat de Marnäs, elle vit de la lumière.

Julia s'arrêta à la boutique d'alimentation et acheta du lait, du pain et de quoi tartiner. Il n'y avait plus beaucoup de billets de cent sur son compte, et encore une semaine s'écoulerait avant le prochain versement de la caisse d'assurance-maladie. La seule chose à faire était de ne pas y penser.

En sortant de la boutique, elle vit à nouveau les fenêtres éclairées du commissariat. Elle pensa à Lennart Henriksson et à ce qu'Astrid avait raconté à son sujet. Lennart lui aussi avait été frappé par une terrible tragédie.

Julia resta à regarder la fenêtre éclairée. Puis elle rangea ses achats dans le coffre de la Ford, qu'elle verrouilla. Elle traversa alors la rue pour aller frapper à la porte du commissariat.

17

« J'en ai voulu à ma mère, dit Julia. Elle est allée se coucher et s'est endormie en plein milieu de l'après-midi. »

Elle cligna des yeux pour chasser les larmes, et continua :

« J'en ai encore plus voulu à Papa… je veux dire Gerlof… d'être descendu au bord de la mer s'occuper de ses filets. S'il était resté à la maison, Jens ne serait jamais parti – Jens adorait son grand-père. »

Julia renifla et soupira.

« Je leur en ai voulu pendant des années, dit-elle, mais au fond, tout était ma faute. J'ai laissé Jens pour aller à Kalmar, rencontrer un homme. Alors que je savais que c'était peine perdue. Il ne s'est même pas montré. »

Elle se tut puis ajouta :

« C'était le père de Jens… Michael. Nous nous étions séparés et il vivait en Scanie, mais il avait été question qu'il prenne le train pour monter me voir… Je pensais, moi, que nous aurions pu essayer encore, mais pas lui. »

Elle renifla encore.

« Donc Michael ne m'a pas non plus été d'un grand secours à la disparition de Jens, il est resté à Malmö... mais c'est surtout ma faute. »

Lennart écoutait en silence de l'autre côté de la table – il était doué pour écouter, pensa Julia – et la laissait parler. Quand elle s'arrêta, il dit :

« Ce n'était la faute de personne, Julia. C'était seulement, comme on dit dans la police... un malheureux concours de circonstances.

— Oui, dit Julia. Si c'était un accident.

— Que voulez-vous dire ? dit Lennart.

— Je veux dire... si Jens n'a pas rencontré quelqu'un qui l'a enlevé.

— Bien sûr, mais qui ? dit Lennart. Qui ferait une chose pareille ?

— Je ne sais pas, dit Julia. Un fou ? En tant que policier, vous en savez plus que moi là-dessus. »

Lennart secoua lentement la tête.

« Il faut être dérangé... vraiment dérangé, dit-il. Et dans ce cas il s'agit de quelqu'un qui a déjà eu affaire à la police pour crimes violents. Il n'y avait personne de ce genre sur Öland à cette époque. Croyez-moi, nous avons cherché des suspects... Nous sommes allés frapper aux portes, nous avons passé nos archives au peigne fin.

— Je sais, dit Julia. Vous avez fait ce que vous pouviez.

— La police a conclu qu'il était descendu au bord de la mer, dit Lennart. Il n'y a que quelques centaines de mètres, et il était facile de se perdre dans le brouillard ce jour-là. Beaucoup de noyés ont disparu pour toujours dans le détroit de Kalmar, avant lui et après. »

Il se tut.

« Vous avez certainement du mal à parler de tout cela, et je ne vais pas…

— Non, ça ne fait rien », dit Julia à voix basse.

Elle réfléchit, et ajouta :

« Je ne pensais pas que de revenir ici cet automne me confronter à nouveau à tout ça me ferait du bien, mais c'est le cas. J'ai commencé à surmonter la perte de Jens… et j'ai compris qu'il ne reviendrait pas. »

Elle fit un effort pour paraître sûre d'elle :

« Je dois tourner la page. »

C'était mardi soir à Marnäs. Julia pensait juste passer voir Lennart au commissariat, mais elle s'était attardée. Et Lennart s'apprêtait visiblement à finir sa journée, éteindre l'ordinateur et rentrer chez lui, mais il était resté.

« Alors vous n'avez pas d'obligations ce soir ? avait demandé Julia.

— Si, mais plus tard, dit Lennart. Je suis membre de la commission d'urbanisme, et nous avons une réunion de travail, mais seulement à sept heures et demie. »

Julia aurait voulu lui demander quel parti il représentait – mais il y avait un risque que ce soit un de ceux qu'elle n'appréciait pas. Puis elle voulut lui demander s'il était marié, mais elle n'était pas non plus certaine d'apprécier la réponse.

« Nous pouvons toujours commander une pizza au "Mobby Dick", dit Lennart. Vous en voulez une ?

— Volontiers », dit Julia.

Il y avait une cuisine derrière le bureau. La pièce était impersonnelle, mais on s'y sentait pourtant un peu chez soi grâce aux rideaux, aux tapis de lisière rouges et il y avait même quelques tableaux aux murs. Une cafetière bien propre trônait sur un plan de travail bien propre lui aussi. Une table basse entourée de fauteuils occupait un angle, et quand les pizzas au jambon arrivèrent du restaurant du port, c'est là que Lennart et Julia s'assirent pour manger.

Tout en mangeant, ils se mirent à parler à voix basse – ce n'était plus un simple bavardage – et leur conversation se porta sur le deuil et l'absence.

Julia ne se rappela plus après coup qui des deux s'était le premier aventuré sur un terrain si personnel, mais elle supposa que c'était elle.

« Il faut que je tourne la page, dit Julia. Si Jens a disparu dans le détroit, il faut que je l'accepte. C'est déjà arrivé, vous avez raison. »

Elle ajouta après une pause :

« C'est juste qu'il avait assez peur de l'eau, il n'aimait pas jouer sur la plage. Alors parfois je me suis dit qu'il était parti dans l'autre direction, sur la lande. Je sais que cela peut sembler ridicule, mais… Gerlof pense la même chose.

— Nous avons aussi cherché sur la lande, dit Lennart à voix basse. Nous avons cherché partout ces jours-là.

— Je sais, et j'ai essayé de me rappeler… est-ce que nous nous sommes rencontrés à l'époque ? demanda Julia. Vous et moi, je veux dire ? »

Les policiers qui étaient venus l'interroger après la disparition de Jens n'étaient pour elle qu'une file de visages anonymes. Ils avaient posé des questions, elle avait répondu, mécaniquement. Peu importait alors qui ils étaient, pourvu qu'ils retrouvent Jens.

Longtemps après, elle s'était rendu compte que certaines de leurs questions partaient de l'hypothèse qu'elle aurait pu elle-même – pour une raison inconnue, la folie peut-être – tuer son propre fils et dissimuler le corps.

Lennart secoua la tête.

« Nous ne nous sommes pas rencontrés... pas parlé en tout cas, dit-il. D'autres policiers se chargeaient de garder le contact avec vous et votre famille, moi, comme je l'ai dit, j'étais un de ceux qui dirigeaient les recherches. J'ai rassemblé des volontaires à Stenvik pour chercher le long de la plage, et moi j'ai patrouillé en voiture autour de Stenvik et sur la lande. Mais nous ne l'avons pas trouvé... »

Il se tut et soupira.

« C'étaient des journées affreuses, poursuivit-il, surtout que moi-même j'avais... j'avais traversé une épreuve semblable, sur un plan strictement privé. Mon père... »

Il se tut à nouveau.

« Je suis un peu au courant, dit avec précaution Julia. Astrid Linder m'a raconté ce qui est arrivé à votre père... »

Lennart hocha la tête en baissant les yeux.

« Oui, ce n'est pas un secret, dit-il.

— À propos de Nils Kant, dit Julia, quel âge aviez-vous quand... quand c'est arrivé ?

— Huit ans. J'avais huit ans, dit Lennart en regardant par terre. J'avais commencé l'école à Marnäs. C'était un des derniers jours de classe, beau et ensoleillé. J'étais heureux... impatient d'être en vacances. Puis le bruit a commencé à courir parmi les élèves, il y avait eu des coups de feu dans le train de Borgholm, quelqu'un de Marnäs avait été tué… mais personne ne savait avec certitude. Ce n'est qu'une fois rentré à la maison que j'ai su. Ma mère était là, avec ses sœurs. Elles sont longtemps restées sans rien dire, mais ma mère a fini par me raconter ce qui s'était passé… »

Lennart se tut, le regard perdu dans ses souvenirs. Julia crut deviner dans ses yeux le petit garçon de huit ans choqué et triste qu'il avait été ce jour-là.

« Les policiers n'ont pas le droit de pleurer ? hasarda-t-elle.

— Si, dit Lennart à voix basse, mais nous préférons sans doute brider nos sentiments. »

Il poursuivit :

« Nils Kant… je ne savais même pas qui c'était. Il avait plus de dix ans de plus que moi, nous ne nous étions jamais rencontrés, alors que nous habitions à seulement quelques kilomètres de distance. Et voilà qu'il avait abattu mon père. »

Le silence se fit à nouveau.

« Et qu'avez-vous pensé de lui après ? demanda alors Julia. Je veux dire, je comprends que vous l'ayez haï… »

Elle pensa à son propre cas, au nombre de fois où elle s'était demandée comment elle réagirait face au meurtrier de Jens. Elle ne savait pas de quoi elle aurait été capable.

Lennart soupira et regarda par la fenêtre qui donnait sur l'arrière du commissariat.

« Oui, j'ai haï Nils Kant, dit-il. Profondément, de tout mon être. Mais j'avais aussi peur de lui… Surtout la nuit, quand je n'arrivais pas à m'endormir. J'étais mort de peur qu'il revienne sur Öland pour me tuer, moi, et Maman aussi. »

Il se tut à nouveau.

« Il a fallu longtemps pour que ces sentiments s'estompent.

— Certains disent qu'il vit encore, dit Julia à voix basse. Vous l'avez entendu dire ? »

Lennart la regarda.

« Qu'il vit, qui ça ?

— Nils Kant.

— Vivant ? dit Lennart. C'est absolument impossible.

— Non, je ne crois pas non plus que…

— Kant n'est pas en vie, dit Lennart en se coupant un morceau de pizza. Qui raconte ça ?

— Moi non plus je n'y crois pas, se dépêcha de dire Julia. Mais Gerlof en a parlé tout le temps depuis que je suis ici… J'ai l'impression qu'il cherche à me persuader que Nils Kant se cache derrière la disparition de Jens. Que Jens a rencontré Nils Kant ce jour-là. Même s'il était censé être déjà mort depuis dix ans à l'époque.

— Il est mort en 1963, dit Lennart. Son cercueil est arrivé au port de Borgholm cet automne-là. »

Il regarda par terre.

« Et il vaudrait mieux que ceci reste entre nous… mais la police de Borgholm l'a ouvert. Très discrètement, pour une raison ou une autre, peut-être par respect ou peur de Vera Kant, c'est qu'elle avait beaucoup d'argent et de terres… mais on l'a ouvert.

— Et il y avait un corps dedans ? » demanda Julia.

Lennart hocha la tête.

« Je l'ai vu, dit-il à voix basse, en ajoutant : Ce n'est pas non plus officiel, mais quand le cercueil a été débarqué…

— D'un bateau de la Compagnie maritime Malm », glissa Julia.

Lennart hocha la tête.

« Ça devait être ça. C'est Gerlof qui vous a donné tous ces détails ? »

Sans attendre de réponse, il poursuivit :

« Je venais d'être nommé à Marnäs, après deux ans à Växjö, et j'ai demandé à pouvoir venir à Borgholm assister à l'ouverture du cercueil. Je n'avais pour cela que des raisons personnelles, mais les collègues ont été compréhensifs. Le cercueil attendait les pompes funèbres dans un dock du port, dans une caisse clouée, avec des documents et les tampons d'un consulat suédois d'Amérique du Sud. »

Il se tut, puis continua :

« Un agent plus âgé a descellé le couvercle du cercueil. Dedans, il y avait le corps de Nils Kant, en partie desséché et couvert d'une moisissure noire et cotonneuse. Un médecin de l'hôpital de Borgholm a constaté qu'il s'était noyé dans de l'eau salée. Il y était resté un bon moment, parce que les poissons avaient commencé à… »

Le regard de Lennart s'était à nouveau perdu dans le lointain pendant son récit, mais il regarda soudain la table et sembla se souvenir qu'ils étaient en train de manger leurs pizzas.

« Pardon pour les détails, se hâta-t-il de dire.

— Il n'y a pas de mal, dit Julia. Mais comment avez-vous su que c'était bien Nils Kant ? Par les empreintes digitales ?

— On n'avait pas d'empreintes certaines de Nils Kant, dit Lennart. Pas de fiche dentaire non plus. Mais il a été identifié par une ancienne blessure à la main gauche. Il avait eu plusieurs doigts cassés lors d'une rixe à la carrière. J'ai moi-même recueilli le témoignage de plusieurs habitants de Stenvik. Et le corps dans le cercueil avait exactement la même blessure. C'était la preuve. »

Le silence se fit quelques secondes dans la cuisine du commissariat.

« Et qu'est-ce que cela vous a fait ? demanda alors Julia. Voir le corps de Nils Kant, je veux dire. »

Lennart eut l'air de réfléchir.

« Rien, rien du tout. C'était Nils Kant vivant que j'aurais voulu rencontrer. Un cadavre ne peut pas répondre à des questions. »

Julia hocha la tête, pensive. Il y avait un service qu'elle voulait demander à Lennart.

« Êtes-vous déjà entré dans la maison des Kant ? demanda-t-elle. La police y a-t-elle cherché Jens ? »

Lennart secoua la tête.

« Et pourquoi serions-nous allés l'y chercher ?

— Je ne sais pas… J'ai seulement essayé d'imaginer où Jens aurait pu aller. S'il n'est ni descendu sur la plage ni sorti sur la lande, il a peut-être pu entrer dans une maison du voisinage. Et la villa de Vera Kant n'est qu'à quelques centaines de mètres de chez nous…

— Pourquoi y serait-il entré ? dit Lennart. Et pourquoi y serait-il resté ?

— Je ne sais pas. S'il y était entré et qu'il était tombé, ou bien… » dit Julia, en pensant : Qui sait, Vera Kant était peut-être aussi folle que son fils.

Tu es peut-être entré là, Jens, et Vera a refermé la porte derrière toi.

Elle continua à haute voix :

« C'est peut-être tiré par les cheveux… mais vous ne voudriez pas aller y jeter un œil ? Avec moi ?

— Jeter un œil… vous voulez dire dans la villa Kant ? dit Lennart.

— Rien qu'un coup d'œil, avant que je rentre à Göteborg demain », continua Julia en soutenant son regard dubitatif.

Elle faillit lui parler de la lumière qu'elle avait vue dans la villa, mais préféra s'abstenir, au cas où elle l'aurait juste imaginée.

« Ce n'est pas une effraction d'entrer dans une maison abandonnée, n'est-ce pas ? demanda-t-elle. Et comme policier, vous devez pouvoir entrer là où vous voulez ? »

Lennart secoua la tête.

« Nous suivons des règles très strictes, dit-il. Il m'est bien arrivé parfois d'improviser, tout seul en milieu rural, mais...

— Mais personne ne nous verra, l'interrompit Julia. Stenvik est presque vide et les maisons voisines sont toutes des résidences secondaires. Il n'y a personne dans les environs. »

Lennart regarda sa montre.

« Il faut que j'aille à ma réunion », dit-il.

Au moins, il n'avait pas dit non à sa proposition, pensa Julia.

« Et après ?

— Vous voulez dire que vous voudriez faire ça ce soir ? »

Julia hocha la tête.

« On verra, dit Lennart. La réunion peut durer longtemps. Je peux vous appeler si elle se finit tôt. Vous avez un portable ?

— Oui, appelez-moi. »

Il y avait quelques crayons sur la table et Julia déchira un morceau du carton à pizza pour y écrire son numéro. Lennart le fourra dans la poche de sa chemise et se leva.

« Ne faites rien toute seule, dit-il en la regardant.

— Bien sûr que non, promit-elle.

— La maison de Vera Kant avait l'air d'être sur le point de s'écrouler la dernière fois que j'y suis passé.

— Je sais. Je n'y entrerai pas toute seule », dit Julia.

Mais si Jens y était, seul dans le noir – lui pardonnerait-il de n'être pas allée à sa recherche ?

Les rues de Marnäs étaient tout à fait désertes quand ils sortirent du commissariat. Les boutiques étaient plongées dans l'obscurité, et seul le kiosque sur la place était encore ouvert. L'air humide donnait l'impression qu'il gelait.

Lennart éteignit la lumière et referma derrière lui la porte du commissariat.

« Alors, vous allez rentrer à Stenvik, à présent ? »

Julia hocha la tête.

« À tout à l'heure, peut-être, n'est-ce pas ?

— Peut-être. »

Une autre idée traversa l'esprit de Julia.

« Lennart, dit-elle, avez-vous pu savoir quelque chose au sujet de la sandale ? Celle que Gerlof vous a confiée ? »

Il la regarda d'un air interloqué, puis se souvint.

« Malheureusement, non, dit-il. Pas encore. Je l'ai envoyée dans un sachet scellé à Linköping, au laboratoire de médecine légale, mais il n'y a pas encore de réponse. J'appellerai la semaine prochaine. Mais il ne faut pas nourrir de faux espoirs. Il s'est passé beaucoup de temps, et nous ne sommes même pas certains qu'il s'agisse de la bonne…

— Je sais… Ce n'est pas forcément sa chaussure », se dépêcha de dire Julia.

Lennart hocha la tête.

« Portez-vous bien, Julia. »

Il lui tendit la main, ce qui semblait une façon un peu impersonnelle de prendre congé, après tout ce qu'ils s'étaient confié l'un à l'autre. Mais Julia n'aimait pas tellement faire la bise aux gens et elle lui serra la main.

« Au revoir. Merci pour la pizza.

— De rien. J'appelle après ma réunion. »

Son regard s'attarda sur son visage quelques secondes encore, un regard auquel, après coup, on pouvait faire dire tout et son contraire. Puis il tourna les talons.

Julia traversa la rue pour regagner sa voiture. Elle sortit lentement du centre de Marnäs, passa devant la maison de retraite, où Gerlof était peut-être en train de boire le café du soir, puis devant l'église sombre et le cimetière.

Lennart Henriksson était-il marié ou célibataire ? Julia l'ignorait et n'avait pas osé poser la question.

En redescendant vers Stenvik, elle se demanda si elle ne lui avait pas trop dévoilé d'elle-même et de son sentiment de culpabilité. Mais cela lui avait fait du bien de pouvoir s'exprimer et mettre un peu en perspective cette étrange journée passée à Borgholm, où Gerlof avait donné libre cours à ses nouvelles théories : l'assassin de Jens serait malade, alité dans une luxueuse villa de Borgholm, et Nils Kant, le meurtrier du garde champêtre Henriksson, toujours vivant, vendrait des voitures dans la même ville – difficile de savoir si son père la faisait ou non marcher.

Non. Il ne plaisanterait pas avec ça. Mais en même temps, ses idées ne menaient nulle part.

Autant rentrer à la maison.

Elle décida de rentrer à Göteborg le lendemain. Elle assisterait d'abord à l'enterrement d'Ernst Adolfsson, puis ferait ses adieux à Gerlof et Astrid – et dans l'après-midi elle rentrerait chez elle et essaierait de vivre mieux qu'avant. Boire moins de vin, prendre moins de médicaments. Mettre un terme dès que possible à son congé maladie et recommencer à travailler comme infirmière. Ne plus s'accrocher au passé et ruminer des énigmes qu'on ne résoudrait jamais. Vivre une vie ordinaire et essayer de se tourner vers l'avenir. Et ainsi elle pourrait revenir rendre visite à Gerlof – et peut-être aussi à Lennart – au printemps.

Les premières maisons de Stenvik surgirent le long de la route, et elle ralentit. Elle arrêta la voiture devant la maison de Gerlof, descendit dans le noir ouvrir la grille, puis entra la voiture dans le jardin. Elle avait décidé de passer la dernière nuit dans sa chambre. Dormir une dernière fois tout près de ses bons et mauvais souvenirs.

En entrant, elle alluma quelques lampes. Puis elle descendit jusqu'au cabanon de pêche récupérer les affaires qu'elle y avait laissées – y compris les bouteilles de vin amenées de Göteborg et que, contre toute attente, elle n'avait pas ouvertes.

En passant sur la route du village, elle sentit la présence pesante de la villa de Vera Kant sur sa gauche, mais elle ne tourna pas la tête. Elle jeta juste un coup d'œil vers la lumière provenant des maisons d'Astrid Linder et de John Hagman, au sud, avant de descendre vers le cabanon.

Après avoir rassemblé toutes ses affaires, elle avisa la vieille lampe à pétrole pendue à la fenêtre – après quelques secondes d'hésitation, elle la décrocha et la prit pour la remonter à la maison. Au cas où.

Sur le chemin du retour, elle regarda quand même la villa de Vera derrière la haute haie d'aubépines : grande et noire. On ne voyait à présent aucune lueur aux fenêtres.

— *Nous n'avons jamais cherché à l'intérieur*, avait dit Lennart.

Et pourquoi la police l'aurait-elle fait ? Vera Kant n'était en rien soupçonnée d'avoir enlevé Jens.

Mais si Nils Kant y avait été secrètement caché, et si Vera l'avait protégé ? Et si Jens était sorti dans le brouillard sur la route du village en direction de la mer, s'était arrêté devant la grille de Vera Kant, l'avait ouverte et était entré…

Non, c'était tiré par les cheveux.

Julia continua son chemin jusqu'à la maison de vacances. Elle rentra au chaud et alluma dans toutes les pièces. Elle sortit une des bouteilles de sa valise, et puisque c'était sa dernière soirée sur Öland, elle l'ouvrit à la cuisine et se remplit un verre de vin rouge. Après l'avoir bu, debout devant l'évier, elle se versa vite un nouveau verre. Elle l'emmena au salon.

L'alcool se répandit dans son corps.

Mais pourtant, allez – rien qu'un coup d'œil. Si Lennart finissait tôt sa réunion à Marnäs et appelait… Alors elle lui demanderait encore de venir. Refuserait-il vraiment d'entrer jeter un coup d'œil dans la maison où le meurtrier de son père avait grandi ? Un rapide coup d'œil ?

C'était comme une fièvre que Gerlof lui aurait passée – Julia ne pouvait s'empêcher de penser à Nils Kant.

Göteborg, août 1945

Le premier été après six longues années de Guerre mondiale est lumineux, chaud et plein de confiance en l'avenir. Dans la grande ville de Göteborg, on planifie de tout nouveaux quartiers d'habitation et on rase les vieux taudis en bois. Nils Kant voit plusieurs pelleteuses à l'œuvre lorsqu'il traverse les rues de la ville.

PAIX DANS LE MONDE a lu Nils sur les manchettes de journaux jaunis affichés aux murs du centre-ville début août. Quelques jours plus tard, il achète le *Göteborgs-Posten* et lit sur la première page le titre BOMBE ATOMIQUE NOUVELLE SENSATION MONDIALE. Le Japon a capitulé sans conditions : la nouvelle bombe des Américains a mis fin à la guerre. Ça devait être une bombe vraiment énorme, pour un tel succès, c'est ce que Nils entend les gens dire dans le tramway, mais quand il voit dans le journal l'image de l'immense champignon qui s'élève dans le ciel, sans comprendre pourquoi, il se met à penser à la grosse mouche posée dans la main du soldat mort.

Pour Nils, la paix n'est pas encore revenue – c'est toujours un homme traqué.

C'est la fin de l'après-midi. Nils attend debout sous un arbre dans un petit parc à la périphérie de la ville, et voit un jeune gars en costume déboucher d'une rue voisine et s'approcher à grands pas.

Nils est lui-même vêtu d'un costume sombre qu'il a acheté d'occasion dans une boutique du quartier de Haga : ni neuf, ni usé de façon trop voyante. Il a un chapeau enfoncé sur la tête, il s'est laissé pousser la barbe, une épaisse barbe sombre qu'il taille chaque matin devant le miroir dans son petit meublé du quartier Majorna.

Autant qu'il sache, il n'existe de lui qu'une seule photo, qui a six ou sept ans : une photo de classe où il se tient au dernier rang, les yeux cachés par sa casquette. Elle est floue, et Nils n'est pas certain que la police ait mis la main dessus, mais il tient pourtant à être méconnaissable.

La rue en contrebas du parc est une des plus sinistres de Göteborg, plus couverte de boue et de poussière que de pavés, et les maisons de bois nu semblent appuyées les unes contre les autres pour ne pas s'effondrer. Avec son costume d'occasion, ses cheveux plaqués en arrière et sa barbe, Nils Kant se fond dans le paysage. Il a l'air d'un pauvre, mais pas d'un criminel. C'est en tout cas ce qu'il espère.

Sa fuite loin d'Öland a consisté à se fondre dans le paysage, si possible ne pas se faire voir et, surtout, ne pas se faire remarquer.

Nils a eu du mal à quitter la côte de la Baltique, d'où on apercevait son île parmi les sapins. Il a traîné dans les environs de la scierie de son oncle August, et ce n'est que le troisième matin, en voyant une voiture de police garée près du bureau, qu'il s'est mis en route vers l'ouest.

Droit à travers l'épaisse forêt de sapins.

Il était habitué aux longues marches à force de parcourir la lande, et savait bien s'orienter, en suivant le soleil et son intuition.

Pendant le mois de juillet, il a traversé le pays comme beaucoup d'autres jeunes gens pauvres en route vers les grandes villes et de nouvelles opportunités après la guerre, aussi n'a-t-il pas trop attiré l'attention. Peu de gens l'ont seulement vu. Il a évité les routes, marché à travers bois, mangé des baies, bu l'eau des ruisseaux et dormi sous un épais sapin ou dans une grange s'il pleuvait. Il a parfois trouvé des pommes sauvages, d'autres fois s'est faufilé jusqu'à une ferme pour y voler des œufs ou un bidon de lait.

Quant aux caramels de Vera, sa réserve s'est épuisée dès le troisième jour.

À Huskvarna, il s'est arrêté quelques heures pour voir la ville où son fusil avait été fabriqué, mais il n'a pas réussi à trouver l'usine d'armes et n'a pas osé demander son chemin. Huskvarna avait l'air presque aussi grande que Kalmar, et la ville voisine de Jönköping plus grande encore. Même si son costume sentait la forêt et la sueur, il y avait assez de monde dans les rues pour qu'il ose s'y aventurer sans risquer de se faire dévisager.

Il a même osé manger au restaurant et acheter de nouvelles chaussures de marche. Une paire de bonnes chaussures pour trente et une couronnes tout rond, à déduire du pécule en billets de banque donné par sa mère et complété ensuite par l'oncle August. La caisse du voyage était entamée. Il est pourtant entré dans un petit restaurant aux environs de la gare, où il a commandé un gros steak, une bière et un petit verre de cognac Grönstedt pour en tout deux couronnes et soixante-trois öres. C'était cher, mais Nils se disait qu'il l'avait mérité après cette longue marche.

Revigoré par cette visite au restaurant, il a laissé Jönköping derrière lui et a repris sa route vers l'ouest, à travers les forêts du Västergötland pendant encore quelques semaines. Finalement, il a atteint la côte.

Göteborg est la seconde ville du pays, Nils l'a appris à l'école. Göteborg est énorme : des quartiers et des quartiers d'immeubles le long de la rivière Göta, des centaines de véhicules dans les rues et des gens de toutes sortes. Au début, Nils a presque ressenti de la panique au milieu de cette foule, et il a passé les premiers jours à se perdre. Dans les rues le long du port, il a entendu des langues étrangères, des marins anglais, danois, norvégiens ou hollandais. Il a vu des navires en partance pour des ports lointains, et d'autres se ranger lentement à quai avec des cargaisons venues d'autres pays. Pour la première fois de sa vie, il a mangé une banane : elle était presque noire et un peu pourrie, mais bonne quand même. Une banane d'Amérique du Sud.

Tout dans le port est grand en comparaison des ports d'Öland, grand et différent. Des rangées de grues se dressent contre le ciel comme des monstres noirs sortis du fond des âges, des remorqueurs crachent de grosses bouffées de fumée grise entre les grands transatlantiques blancs engagés dans le chenal. Sur le port de Göteborg, les voiles et les mâts ont presque disparu : seuls des cargos à hélice s'alignent le long des quais.

Nils est descendu au bord de l'eau, a observé les longues coques et pensé aux bananes d'Amérique du Sud.

Il reste le moins possible dans son meublé miteux, il rentre tard et se lève tôt. Il ne regrette pas les nuits glaciales passées sur la mousse et les aiguilles de sapin mais, couché dans son lit, les murs qui l'entourent lui semblent une cellule, et il passe son temps à guetter le pas lourd des policiers dans l'escalier.

Une nuit, la porte s'est ouverte et la grande silhouette du garde champêtre Henriksson est entrée en grand uniforme. Ses vêtements étaient trempés de sang. Sa main dégoulinante de rouge s'est tendue vers le lit.

Tu m'as tué, Nils. Maintenant je t'ai retrouvé.

Nils a sauté de son lit, la mâchoire serrée. La chambre était vide.

Il a envoyé une seule carte postale à Vera pendant son séjour à Göteborg. Une carte en noir et blanc représentant un phare. Nils l'a envoyée à travers le pays jusqu'à Stenvik, sans indiquer d'expéditeur ni rien écrire au dos. Il est libre, quelque part sur la côte ouest, il n'ose rien dévoiler de plus à sa mère, mais il pense que c'est suffisant.

Le jeune gars est entré dans le parc à présent. Il a le même âge que Nils, et s'appelle Max.

La première fois qu'il l'a vu, c'était trois jours plus tôt dans un petit café du port, Max était assis dans un coin à quelques tables de Nils. On le remarquait facilement car il fumait des cigarettes qu'il sortait d'un étui en or et s'adressait à la cantonade avec un fort accent de Göteborg, apostrophant les serveuses, le patron souriant et d'autres clients. Tout le monde l'appelait Max. Parfois, quelqu'un entrait et allait directement s'asseoir à sa table, des hommes jeunes ou vieux qui parlaient à voix basse. Max baissait alors lui aussi la voix, et engageait une conversation faite de gestes et de phrases courtes.

Max vendait quelque chose, jusque-là c'était clair, mais comme il ne donnait jamais rien à ses visiteurs, Nils a deviné qu'il vendait des bons conseils et des renseignements. Aussi, au bout de quelques heures, Nils lui aussi est allé s'asseoir à la table du coin, sans donner son nom. De près, il a vu que Max était encore plus jeune que lui, les cheveux gras et le visage boutonneux. Mais il avait l'œil vif en écoutant Nils.

C'était étrange de parler ainsi à un inconnu, mais la chose s'est bien passée. À voix basse lui aussi, comme les autres personnes venues s'asseoir à cette table, il lui a demandé un certain conseil. Et un important service. Max a écouté, puis hoché la tête.

« Deux jours », a-t-il dit.

C'était le temps dont il avait besoin pour lui rendre le service.

« Tu auras vingt-cinq couronnes, dit Nils.

— Trente-cinq, ce serait mieux », a vite répondu le jeune gars.

Nils a réfléchi.

« Trente couronnes, alors. »

Max a hoché la tête et s'est penché vers lui.

« Nous n'allons pas nous revoir ici, a-t-il dit, en baissant encore la voix. Nous nous verrons dans un parc… un parc très pratique que j'ai l'habitude d'utiliser. »

Il a donné une adresse, puis s'est levé et a rapidement quitté le café.

Nils attend à présent dans le parc. Il y est depuis une demi-heure, il a fait le tour pour s'assurer qu'il n'y avait personne et repéré deux issues pour fuir en cas de problème. Il n'a pas donné son nom à sa nouvelle connaissance, mais il est certain que Max a compris qu'il était recherché par la police.

Le jeune gars se dirige droit sur lui, sans lorgner alentour ni faire de signaux à d'invisibles guetteurs.

Nils ne baisse pas pour autant la garde, mais il ne s'enfuit pas. Il regarde fixement Max qui se tient à présent à quelques mètres devant lui.

« *Celeste Horizon*, dit-il. C'est ton bateau. »

Nils hoche la tête.

« Il est anglais. »

Max s'assoit sur une pierre entre les arbres et sort une cigarette.

« Mais le capitaine est danois, il s'appelle Petri. Il n'était pas trop intéressé de savoir qui allait monter à bord, il voulait juste parler argent.

— On en aura l'occasion, dit Nils.

— Ils sont en train de charger du bois, départ dans trois jours, dit Max en soufflant une bouffée de fumée.

— Pour où ?

— Londres Est. Il y décharge sa cargaison de bois puis va à Durban charger du charbon à destination de Santos. Là, tu pourras débarquer.

— Je veux aller en Amérique, s'empresse de dire Nils. Aux USA. »

Max hausse les épaules.

« Santos est au Brésil, au sud de Rio, dit-il. De là-bas, prends un autre bateau. »

Santos, en Amérique du Sud ? C'était un bon point de départ pour d'autres voyages, avant de rentrer en Europe.

Il hoche la tête.

« Bien. »

Max se lève d'un bond. Il tend la main.

Nils y dépose cinq lourdes pièces de deux couronnes.

« Je veux d'abord rencontrer ce Petri, dit-il. Tu auras le reste après. Montre-moi où le trouver. »

Max a un petit sourire.

« Tu vas faire le journalier. »

Nils le regarde sans comprendre, Max poursuit :

« Les journaliers sont des types qui descendent sur le port tôt le matin et attendent d'être embauchés à la journée. Une partie trouve du travail, les autres rentrent bredouilles. Tu vas aller te mettre parmi eux demain matin… et on t'emmènera sur le *Celeste Horizon*. »

Nils hoche à nouveau la tête.

Le jeune gars se dépêche de fourrer les pièces dans sa poche.

« Je m'appelle Max Reimer, dit-il. Et toi ? »

Nils ne dit rien. N'a-t-il pas payé pour être dispensé des questions ? Le sang commence à battre plus fort dans les veines de son cou, c'est sa colère qui se réveille lentement.

Max lui sourit, il n'a pas l'air de se sentir menacé.

« Je pense que tu viens du Småland, dit-il en jetant son mégot. Ça s'entend à ta façon de parler. »

Nils continue à se taire. Il sait qu'il peut assommer Max – Max est plus petit que lui, ce serait facile. Le renverser, puis continuer en le bourrant de coups de pieds. Une grosse pierre pour l'achever, puis cacher le corps dans le parc.

Ce serait assez facile.

Mais après ? Après, Max reviendrait le hanter la nuit, exactement comme le garde champêtre.

« Ne pose pas tant de questions, se contente-t-il de dire à Max en commençant à traverser le parc vers le quartier du port. Tu pourrais perdre ton argent. »

18

Lennart ne rappela pas.

Julia l'attendit plusieurs heures dans la maison de vacances. Huit heures et demie, neuf heures, mais il n'appelait pas.

Julia avait bu toute la bouteille de vin rouge, ce n'était pas difficile. Et sa décision d'aller visiter la maison de Vera Kant était entre-temps devenue si inébranlable que Lennart pouvait arriver ou non, cela n'avait plus d'importance.

Elle pensa téléphoner à Gerlof pour le prévenir de ce qu'elle comptait faire, mais s'abstint. Faire ses bagages ou le ménage pour passer le temps, elle en avait assez. Elle était curieuse et ne tenait plus en place.

L'obscurité et le silence pesaient contre les murs de la maison. À dix heures moins le quart, Julia finit par se lever, un peu étourdie par le vin, mais plus résolue qu'ivre.

Elle enfila un pull supplémentaire sous son manteau et d'épaisses chaussettes. Il y avait dans la garde-robe de l'entrée un vieux bonnet en laine marron. Elle s'en coiffa et se regarda rapidement dans le miroir. Les rides d'inquiétude qui plissaient son front avaient-elles disparu depuis sa conversation avec Lennart ?

Peut-être, ou alors c'était l'effet du vin.

Elle prit son portable dans sa poche, la vieille lampe à pétrole dans sa main gauche et éteignit la lumière. Elle était prête.

Rien qu'un coup d'œil.

La nuit était froide et claire, avec juste un vague souffle de vent dans les arbres. Julia sortit sur la route du village, et l'obscurité se referma sur elle, mais elle voyait toujours des points de lumière qui scintillaient sur la terre ferme.

Elle s'arrêta au bout d'une dizaine de mètres pour épier les bruits dans l'ombre : le murmure des feuillages, des branches qui craquent. Mais on n'entendait rien – rien ne bougeait.

Stenvik était désert. Les graviers crissèrent faiblement sous ses pas quand elle se remit en route vers la villa de Vera Kant.

Là, elle s'arrêta de nouveau. La grille luisait, blanc pâle dans le noir, fermée comme toujours. Julia tendit la main et toucha la froide poignée métallique. La rouille l'avait rendue rugueuse et elle était complètement bloquée.

Elle poussa. La grille gémit faiblement, mais ne s'ouvrit pas. Peut-être les gonds s'étaient-ils bloqués en rouillant ?

Julia finit par poser la lampe à pétrole dans les graviers pour s'arc-bouter contre la grille dont elle saisit à deux mains la partie supérieure qu'elle souleva tout en poussant. La grille s'entrouvrit de quelques décimètres avant de se bloquer à nouveau. Mais elle pouvait à présent passer par l'ouverture.

L'ivresse atténuait la peur du noir, mais en partie seulement.

Le jardin était entouré de grands arbres et empli d'ombres noires. Julia resta immobile quelques minutes, le temps que ses yeux s'habituent à l'obscurité. Lentement, elle commença à découvrir des détails au sein de ces ténèbres inconnues : un sentier couvert de dalles calcaires qui serpentait comme une invitation silencieuse vers l'intérieur du jardin, la margelle ronde d'un puits couverte de feuilles et de taches noires de moisissure, et partout des herbes folles. De l'autre côté du puits, une longue remise à bois dont le toit semblait sur le point de s'effondrer, comme une tente mal tendue.

Julia s'avança prudemment d'un pas dans le jardin. Puis d'un autre. Elle tendit l'oreille et fit un troisième pas. Il lui semblait de plus en plus difficile d'avancer.

Soudain, son portable se mit à sonner : la sonnerie fit s'emballer son cœur. Elle attrapa vite le téléphone dans la poche de son manteau, comme s'il pouvait déranger quelqu'un ou quelque chose dans le noir, et décrocha.

« Allô ?

— Allô… Julia ? »

Elle entendit dans l'écouteur la voix calme de Lennart.

« Bonjour, dit-elle, en tâchant d'avoir l'air sobre. Où êtes-vous ?

— Coincé à cette réunion, dit-il. Et nous n'avons pas encore tout à fait fini… ça s'est éternisé. Je pensais rentrer chez moi après.

— D'accord », dit-elle, en avançant encore de quelques pas sur les dalles du sentier.

Elle apercevait à présent un angle de la maison de Vera Kant.

« Bien. Comme ça je sais à quoi…

— C'est qu'il y a l'enterrement demain, et il faut encore que je travaille quelques heures avant, continua Lennart. Je crois que je n'aurai pas la force de descendre jusqu'à Stenvik ce soir…

— Non, je comprends, se dépêcha de dire Julia. Ce sera pour une autre fois.

— Vous êtes dehors ? » demanda Lennart.

Il n'y avait pas trace de soupçon dans sa voix, mais Julia se raidit pourtant en lui mentant sur un ton désinvolte :

« Je suis au bord de la falaise. Je suis juste… sortie faire une petite promenade avant de me coucher.

— Je vois… À demain alors ? À l'église ?

— Oui… J'y serai, dit Julia.

— D'accord, dit Lennart. Bonne nuit, alors.

— Bonne nuit… Dormez bien. »

La voix de Lennart disparut avec un clic. Julia se retrouva absolument seule, mais elle se sentait mieux à présent. Elle s'était doutée qu'il ne pourrait pas venir.

À une demi-douzaine de pas le sentier se terminait. Là commençait un large escalier, de pierre lui aussi, qui conduisait à une porte en bois peinte en blanc et à une véranda vitrée décorée de boiseries aux motifs échancrés que le vent et la pluie s'étaient efforcés de fendre et de défigurer.

La villa se dressait devant Julia, pareille à un château de bois silencieux. Les fenêtres noires lui faisaient penser aux ruines calcinées du château de Borgholm.

Es-tu là, Jens ?

Même l'obscurité ne pouvait cacher la décrépitude de la maison. Des deux côtés de la porte d'entrée, les vitres des fenêtres étaient cassées et la peinture des croisées partait en lambeaux.

Derrière, la véranda était plongée dans l'obscurité complète.

Julia avança lentement jusqu'au bout des dalles du sentier. Elle tendit l'oreille. Mais de qui pensait-elle se cacher ? Pourquoi avait-elle presque chuchoté en parlant à Lennart au téléphone ?

Elle se rendait compte du ridicule qu'il y avait à essayer d'être silencieuse quand personne ne pouvait l'entendre – mais elle n'arrivait pourtant pas à se détendre. Elle gravit les marches de l'escalier les jambes raides et le dos contracté.

Elle essaya de raisonner comme Jens, de sentir comme Jens, si toutefois il était venu là le jour de sa disparition. S'il était entré dans le jardin de Vera Kant – avait-il osé monter l'escalier jusqu'à la porte d'entrée, et frapper ? Peut-être.

La poignée métallique de la porte de la véranda était tournée vers le bas, comme si quelqu'un était en train de l'ouvrir de l'intérieur. Fermée, supposa Julia, qui n'essaya même pas de tendre la main vers la porte – avant de s'apercevoir qu'elle était entrebâillée. Une partie du bois du chambranle avait été creusée ou arrachée, de sorte que le pêne de la serrure ne s'accrochait plus à rien. Il n'y avait plus qu'à pousser et entrer.

Quelqu'un était donc entré par effraction dans la villa de Vera Kant.

Peut-être des cambrioleurs ? Ils venaient dans les zones rurales l'hiver pour pouvoir travailler tranquilles dans les maisons vides. Une villa déserte ayant appartenu à une des femmes les plus riches du nord d'Öland les intéressait certainement.

Ou était-ce quelqu'un d'autre ?

Julia tendit la main et poussa la porte. Elle resta bloquée, et en regardant par terre elle comprit pourquoi. Une petite cale de bois avait été glissée dessous.

Quelqu'un avait dû la mettre là pour éviter que la porte fracturée ne batte au vent. Un cambrioleur prendrait-il de telles précautions ?

Non.

Julia dégagea du pied la cale et appuya derechef sur la poignée. Les gonds grincèrent, mais la porte s'ouvrit lentement.

Les ténèbres compactes qu'elle trouva derrière augmentèrent sa nervosité, mais elle ne pouvait plus revenir sur ses pas. *Curieuse, curieuse.*

Mais celui qui avait placé la cale en bois l'avait fait de l'extérieur, et ne pouvait donc pas être encore dans la maison. Sauf s'il y avait une autre entrée.

Julia franchit aussi prudemment que possible le seuil de la villa de Vera Kant.

Il faisait aussi froid dedans qu'à l'extérieur, l'obscurité et l'absence de vent étaient celles d'une grotte. Elle n'y voyait rien, mais se souvint alors qu'elle portait une lampe à pétrole.

Elle sortit une boîte d'allumettes de la poche de son manteau, en craqua une et approcha la lampe. La large mèche commença à brûler, une petite flamme vacillante qui se fit plus grande et plus claire quand Julia la couvrit du tube de verre. La lampe suffisait pour emplir la véranda vide d'une faible lumière grise, même si l'obscurité s'accrochait en ombres furtives dans les coins de la pièce.

Elle leva la lampe et traversa la véranda jusqu'à la porte, de l'autre côté. Elle était fermée, mais pas verrouillée, Julia l'ouvrit.

Le hall d'entrée de Vera. Il était long et étroit, avec du papier peint fleuri décoloré par le soleil, et aussi vide que la véranda. Julia n'aurait pas été étonnée de trouver encore là un portemanteau avec les habits noirs de Vera, ou une rangée d'étroites chaussures de dame, mais il n'y avait rien par terre. Les murs et le plafond étaient couverts de blanches draperies en toile d'araignée.

Dans l'entrée, il y avait quatre portes, toutes fermées.

Elle tendit la main vers la plus proche, sur le long côté du hall, et l'ouvrit.

La pièce derrière était petite, quelques mètres carrés seulement, entièrement vide à l'exception de plusieurs pots en verre au contenu moisi posés à même le sol. Un placard à balais.

Elle ferma la porte avec précautions, et ouvrit la suivante.

C'était la cuisine de Vera, très grande.

Julia vit un sol en linoléum brun qui, au milieu de la pièce, cédait la place à des dalles de pierre polie où trônait, contre le mur, un énorme fourneau en fonte noire. En face, deux fenêtres donnaient sur l'arrière de la villa, et Julia savait que la maison de Gerlof se trouvait au-delà des arbres à seulement quelques centaines de mètres. Elle se sentit moins seule et osa franchir le seuil. Sur la gauche, le long du mur, un escalier étroit et raide à la rampe branlante montait à l'étage supérieur. Il flottait dans l'air immobile et obscur une vague odeur de plantes pourries. La poussière et les mouches crevées s'amoncelaient sur le sol.

C'est là que Vera Kant avait dû passer des soirées entières, penchée sur des marmites en train de mijoter. C'est de là qu'un beau jour d'été après la fin de la guerre Nils était parti, son fusil au canon scié caché dans son sac à dos.

Je reviendrai, mère.

Lui en avait-il fait la promesse ?

Il y avait une porte entrouverte sous l'escalier et, en s'approchant de quelques pas, Julia vit derrière un trou à pic.

C'était l'escalier de la cave. La cave était un bon endroit pour commencer à chercher…

Un corps qu'on aurait caché. Mais elle n'avait pas pu faire ça. Ou bien ?

Rien qu'un coup d'œil.

Julia sentait le poids du téléphone portable dans sa poche. Il conservait dans sa mémoire le numéro de Lennart, et elle pouvait l'appeler quand elle voulait – maigre consolation.

Elle se pencha donc pour franchir la porte sous l'escalier, la lampe à pétrole brandie devant elle. L'escalier qui descendait sous terre était fait de planches mal dégrossies. Au bas des marches, un sol en terre battue luisait, noir et humide dans le halo de la lampe.

Mais quelque chose n'était pas normal.

Julia descendit quelques marches pour mieux voir. Elle courba l'échine pour ne pas heurter le plafond en pente, les yeux rivés vers le bas.

Le sol de la cave avait été creusé.

Le sol au bas des marches avait été laissé intact, mais quelqu'un avait fait des trous petits et grands partout le long des murs de pierre. Et il y avait une pelle appuyée à l'escalier de bois, comme si la personne qui avait creusé était juste sortie faire une petite pause.

Des traces de terre séchée laissées par des bottes montaient les marches jusqu'à elle.

La terre formait un petit tas le long des murs, et l'on apercevait un peu plus loin des seaux qui en étaient pleins. Quelqu'un était en train de fouiller méthodiquement le sol de la cave.

Que se passait-il ?

Julia fit marche arrière. Elle remonta les marches aussi silencieusement qu'elle put. De retour dans la cuisine, elle retint son souffle pour écouter.

Tout était toujours silencieux.

Elle aurait pu appeler Lennart à présent – mais elle ne voulait pas qu'on l'entende, qu'on la voie.

Elle porta prudemment la main dans sa poche et en sortit son téléphone portable. Elle commença à traverser la cuisine à petits pas tout en sortant le numéro de Lennart de la mémoire. Elle garda ensuite le pouce posé sur le bouton d'appel.

Si quelque chose arrivait, si…

Elle essaya de se convaincre que Jens l'accompagnait dans cette maison obscure, même s'il était mort, et qu'il voulait qu'elle le cherche. Elle y parvint en partie et continua à avancer.

Des moutons de poussière s'écartaient silencieusement devant ses pas et allaient se cacher le long des murs à mesure qu'elle marchait sur le linoléum, les dalles de pierre, et passait devant le fourneau en fonte.

Le cœur battant, elle posa alors le pied sur la première marche de l'escalier qui conduisait à l'étage.

Le bois craqua sous sa chaussure, mais faiblement. Julia appuya légèrement sur la rampe sa main droite qui tenait le téléphone portable, pour sentir la stabilité rassurante du mur, et continua de monter vers l'étage que n'atteignait pas la lumière de la lampe à pétrole. Quand une marche grinçait, elle posait le pied sur celle du dessus.

Au-dessus d'elle, l'obscurité était totale.

Au milieu de l'escalier, elle s'arrêta, souffla et tendit l'oreille. Puis elle continua.

La rampe s'arrêtait au niveau d'une ouverture sans porte, et Julia s'avança prudemment sur le parquet de l'étage.

Elle se trouva dans un couloir, aussi étroit que le hall d'entrée au rez-de-chaussée, des portes closes aux deux extrémités.

La peur et l'indécision la firent encore s'arrêter.

À gauche ou à droite ? Si elle restait trop longtemps immobile, elle finirait par ne plus pouvoir repartir, et elle choisit l'extrémité gauche du couloir. Elle avait aussi l'air moins sombre. Elle s'avança parmi des rouleaux de poussière et des cadavres de mouches toujours plus nombreux.

Aux murs, des rectangles plus clairs – traces de tableaux qu'on avait décrochés.

Elle était arrivée au bout du couloir. Elle poussa la porte en tenant la lampe à pétrole devant elle.

La pièce était petite, sans meubles, comme les autres. Mais pas tout à fait vide. Julia franchit le seuil et sursauta en voyant une forme sombre couchée le long du mur près de l'unique fenêtre de la pièce.

Non. Elle vit que ce n'était pas quelqu'un qui était couché là. C'était un sac de couchage, déplié, comme un cocon noir. Sur le mur voisin étaient rassemblées des coupures de journaux.

Julia fit encore un pas. Elle vit que les coupures étaient anciennes et jaunies, fixées au papier peint par des punaises.

DEUX SOLDATS ALLEMANDS RETROUVÉS MORTS – ABATTUS À LA CHEVROTINE, était écrit en lettres noires sur l'une d'elles. Sur une autre, on lisait :

L'ASSASSIN DU POLICIER RECHERCHÉ DANS TOUT LE PAYS.

Et sur une troisième, un peu moins jaunie :

UN PETIT GARÇON DISPARAÎT À STENVIK SANS LAISSER DE TRACES.

Sur un portrait en noir et blanc, à côté du titre, un petit garçon adressait à Julia un sourire insouciant, et le désespoir s'empara d'elle comme chaque fois qu'elle voyait son fils. Il y avait encore d'autres coupures, mais Julia ne resta pas dans la pièce à les lire. Elle détourna vite le regard et recula pour sortir.

Elle s'arrêta net. Dans la lumière de la lampe, elle vit que la porte à l'autre bout du couloir était à présent ouverte.

Elle était fermée auparavant et l'on voyait maintenant son seuil, ouvert sur les ténèbres. Cette pièce n'était pas seulement obscure, il y régnait un noir d'encre.

Et elle n'était pas vide. Julia sentit que quelqu'un l'attendait à l'intérieur. Une vieille femme. Elle était assise sur une chaise près de la fenêtre.

C'était sa chambre à coucher. Une chambre froide, pleine de solitude, d'attente et d'amertume.

La femme attendait de la compagnie, mais Julia resta comme pétrifiée dans le couloir.

Elle entendit un grincement dans le noir. La femme s'était levée. Elle marchait maintenant lentement vers la porte. Ses pas traînants se rapprochaient...

Julia devait partir. Il fallait qu'elle quitte l'étage.

La flamme de la lampe vacilla, elle s'élança.

Sortir sur le palier puis descendre.

Il lui sembla entendre des pas au-dessus, et elle sentit dans son dos la présence froide de la vieille femme.

Il m'a trompé !

Julia sentit sa haine, comme si on la poussait brutalement. Elle descendit à l'aveuglette dans le noir, rata une marche et perdit l'équilibre trois ou quatre mètres au-dessus du sol en pierre.

Elle tenta de se rattraper en agitant les bras, la lampe et le téléphone lui échappèrent.

Ils allèrent tous deux s'écraser sur le sol de la cuisine. Des flammes jaillirent de la lampe – et Julia comprit qu'elle n'allait pas non plus tarder à atterrir là-bas sur les dalles de pierre.

Elle serra les dents en prévision de la douleur.

19

Le jour où devait avoir lieu l'enterrement d'Ernst Adolfsson, Gerlof se réveilla à l'aube grise et froide avec l'impression d'avoir été jeté dans le vide de très haut. La douleur dans ses bras et ses genoux était paralysante.

C'était le stress, le syndrome de Sjögren se rappelait à son souvenir – c'était insupportable. Il lui faudrait un fauteuil roulant pour arriver jusqu'à l'église.

Le syndrome rhumatismal de Sjögren était un compagnon, pas un ami – même si Gerlof avait souvent tenté de l'accueillir et de le désarmer en se détendant sans s'aigrir quand il le sentait arriver. Il avait laissé à Sjögren l'entrée libre dans son corps, mais rien n'y faisait. Le syndrome était toujours aussi impitoyable, il se jetait sur lui, s'enfouissait dans ses membres, tiraillait ses nerfs, asséchait sa bouche et irritait ses yeux.

Gerlof laissait libre cours à la douleur, jusqu'à ce qu'elle se lasse. Il riait au visage de Sjögren.

« Me voici de retour dans une poussette, constata Gerlof après le petit déjeuner.

— Tu seras bientôt à nouveau sur pied, Gerlof. »

Marie, son auxiliaire de vie ce jour-là, glissa un petit coussin pour caler son dos et déplia les repose-pieds du fauteuil roulant sous ses chaussures vernies.

Avec l'aide de Marie, Gerlof avait péniblement enfilé son unique costume noir, luisant et bien coupé. Il l'avait acheté à l'occasion de l'enterrement de sa femme, puis l'avait mis pour une vingtaine d'enterrements d'amis ou de parents à l'église de Marnäs. Tôt ou tard il porterait ce costume à son propre enterrement.

Par-dessus son manteau gris, il s'était emmitouflé dans une épaisse écharpe en laine et avait rabattu une casquette de feutre sur ses oreilles. La température avait chuté aux alentours de zéro en cette triste journée de la mi-octobre.

« Vous êtes prêts, alors ? dit Boel en sortant du bureau. Vous partez pour combien de temps ? »

Toujours la même rengaine.

« Ça dépend si le pasteur Högström est inspiré ou non aujourd'hui, dit Gerlof.

— Si nécessaire, nous pourrons réchauffer ton déjeuner au micro-ondes, dit Boel.

— C'est gentil », dit Gerlof, qui n'était pas certain d'avoir très faim après l'enterrement d'Ernst.

Il se dit que Boel, avec sa manie de tout vouloir contrôler, devait être bien contente maintenant que Sjögren l'avait cloué dans un fauteuil et rendu facile à surveiller. Mais il serait bientôt sur pied, dès que le syndrome se calmerait. Il se remettrait à marcher et, alors, il trouverait l'assassin d'Ernst.

Marie enfila une paire de gants et saisit les poignées du fauteuil.

Ils se mirent alors en route. Ils entrèrent dans l'ascenseur, descendirent lentement, puis sortirent de la maison de retraite de Marnäs dans le froid lumineux et empruntèrent le plan incliné jusqu'à la cour. Le gravier gelé crissa sous les roues du fauteuil quand ils prirent sur la route déserte la direction de l'église.

Gerlof serrait les dents. Son impuissance au fond de ce fauteuil lui était pénible, mais il essaya de se détendre et de se laisser faire.

« On est en retard ? » demanda-t-il.

Enfiler le costume avait pris beaucoup trop de temps.

« Ça pourrait être pire, dit Marie. Juste un peu, mais c'est ma faute… Heureusement l'église n'est pas loin.

— Comme ça, au moins, on ne restera pas assis à attendre », plaisanta Gerlof.

Marie rit poliment.

Gerlof apprécia – toutes les auxiliaires de la maison de retraite de Marnäs n'avaient pas comme elle compris que c'était le devoir de la jeunesse de rire aux plaisanteries des vieux.

En route vers l'église, Gerlof courba la tête dans une tentative pour se protéger le visage contre le vent mordant qui soufflait du détroit de Kalmar. Par réflexe, il détermina que c'était un vent du sud-ouest, puissant et régulier, qui aurait permis à un cotre d'aller à la bouline presque plein nord le long des côtes suédoises jusqu'à Stockholm – mais un jour pareil, la mer ne lui manquait pas. Le vent cinglant aurait projeté des vagues par-dessus le bastingage, et avec ce froid les bancs de nage se seraient couverts de glace. Après plus de trente ans passés à terre, Gerlof se sentait toujours marin, et aucun marin suédois ne veut sortir en mer en hiver.

Les cloches se mirent à sonner au moment où ils passaient devant l'arrêt de bus, au bout de l'allée qui conduisait à l'église. C'était une sonnerie lente et sinistre qui portait loin dans ce paysage plat. En l'entendant, Marie hâta le pas.

Gerlof n'était pas pressé d'arriver à l'enterrement – il le considérait surtout comme un rituel pour que les autres fassent leur deuil. Pour sa part, il avait déjà dit adieu à Ernst la semaine précédente, à la carrière, en compagnie de John. Le chagrin que lui causait la disparition de son ami s'était mêlé à celui qu'il éprouvait pour sa femme Ella, et l'accompagnerait jusqu'à la fin de ses jours. En même temps, il avait la désagréable impression qu'Ernst ne reposait pas en paix : il attendait impatiemment que Gerlof assemble toutes les pièces du puzzle qu'il avait laissé derrière lui.

Il y avait au moins une douzaine de voitures garées sur le petit parking de l'église. Gerlof chercha en vain du regard la Ford rouge de Julia. Mais il vit la Volvo d'Astrid Linder et supposa qu'elle avait amené Julia de Stenvik. Si toutefois sa fille était venue à l'enterrement.

Le clocher de l'église s'élançait vers le ciel gris : l'église de Marnäs, blanchie à la chaux, datait du XVIIIe siècle. Pendant mille ans, les églises chrétiennes avaient toujours été bâties au même emplacement. Celle-ci était la troisième, construite quand l'église médiévale s'était avérée trop petite et en trop mauvais état.

Ils pénétrèrent dans l'enceinte du cimetière, remontèrent à vive allure l'allée large couverte de dalles, avant que Marie ne ralentisse pour passer sur les roues arrière du fauteuil, le porche grand ouvert.

Gerlof ôta sa casquette, aussitôt entré dans le vestibule. Il était vide et plongé dans l'obscurité mais, au-delà, la nef était pleine de gens vêtus de noir. Un léger brouhaha en montait : la cérémonie n'avait pas encore commencé.

De nombreuses têtes se tournèrent discrètement vers Gerlof, qu'on poussait sur son fauteuil le long de l'allée de gauche. Il se dit que les gens devaient le trouver bien faible et mal-en-point, et, bien sûr, ils avaient raison. Il *était* faible et mal-en-point, mais il avait toute sa tête – c'était l'essentiel.

Certains ne vont aux enterrements que pour voir qui sera dans le cercueil la prochaine fois. Profitez-en bien, pensa Gerlof, ça ne durera pas.

Bientôt, il se lèverait et marcherait.

Une main blanche et menue dépassa dans l'allée et lui fit signe depuis un des bancs de devant. C'était Astrid Linder, coiffée d'un chapeau noir à voilette. Elle avait gardé une place libre à côté d'elle au quatrième rang, et ne semblait pas remarquer que Gerlof était en fauteuil roulant.

Marie s'arrêta, et avec son aide, Gerlof s'extirpa du fauteuil et s'assit sur le banc à côté d'Astrid.

« Tu n'as rien manqué, chuchota Astrid dans son oreille. Ça a été d'un ennui *mortel.* »

Gerlof se contenta de hocher la tête, après avoir regardé à la dérobée la place de l'autre côté d'Astrid et constaté que Julia n'y était pas.

Marie se retira au fond de l'église avec le fauteuil, et en même temps le brouhaha cessa sous la haute voûte de l'église, au moment où l'organiste entonna le *Psaume du Vieux Berger*. Gerlof avait entendu jouer cette mélodie pleine de mélancolie lors d'innombrables enterrements. Il se détendit en écoutant la musique et regarda discrètement autour de lui.

C'était une assemblée âgée qui avait empli l'église. Sur une centaine de personnes, seules quelques-unes avaient moins de cinquante ans.

À côté d'Astrid était assis son frère Carl, dernier chef de gare de Marnäs, qui s'était reconverti en quincaillier quand la gare avait fermé au milieu des années soixante. Il était retraité à présent. C'était le collègue plus âgé de Carl, Axel Månsson, qui avait sifflé le départ du train où était monté Nils Kant ce jour d'été juste après la guerre, mais Carl y était lui aussi. Il était alors coursier à la gare, et avait raconté à Gerlof comment il avait vu la guichetière Margit téléphoner au commissariat de Marnäs pour prévenir en chuchotant que le jeune Kant, recherché par la police, venait d'acheter un billet pour Borgholm. Il avait aussi vu le garde champêtre Henriksson arriver en hâte de Marnäs quelques minutes plus tard et traverser en courant le quai, avec son gros ventre, pour arrêter à temps le meurtrier présumé.

Carl était sans doute le dernier habitant d'Öland encore vivant à avoir vu de près Nils Kant adulte, mais quand Gerlof lui avait une fois demandé à quoi il ressemblait, Carl n'avait pu que secouer la tête – il avait une mauvaise mémoire des visages.

Plus loin sur le banc étaient assis d'autres retraités de Marnäs : l'ancien directeur de la Maison commune, Bert Lindgren, ancien marin au long cours dans les années cinquante et soixante, près de lui le pêcheur d'anguilles Olof Håkansson, puis Karl Lundstedt, un colonel originaire de Kalmar qui à sa retraite s'était installé dans sa maison de vacances de Långvik.

Il n'était pas inhabituel de voir des retraités s'installer à Marnäs, mais Gerlof savait aussi que ce n'était pas d'eux que le nord d'Öland avait le plus besoin. Il fallait des travailleurs jeunes et plus d'emplois.

L'orgue s'arrêta. Le pasteur Åke Högström, en poste à Marnäs depuis une dizaine d'années, se plaça devant le cercueil de bois blanc couvert de roses. Il tenait une grosse bible reliée en cuir et regarda gravement l'assemblée à travers ses lunettes rondes.

« Nous voici aujourd'hui rassemblés pour dire adieu à notre ami le tailleur de pierre Ernst Adolfsson... »

Le pasteur marqua une pause, rajusta ses lunettes et commença son oraison funèbre par cette importante question :

« *Qui donc entre les hommes sait ce qui concerne l'homme, sinon l'esprit de l'homme qui est en lui ?* »

Première Épitre de Paul aux Corinthiens, nota Gerlof.

« Nous autres pauvres humains, nous savons si peu de chose de notre prochain, proclama le pasteur, et seul Dieu sait tout. Il voit toutes nos fautes et nos imperfections, et pourtant il veut nous sauver pour l'éternité... »

Vers les derniers rangs de l'église retentit une violente quinte de toux.

Gerlof ferma les yeux et écouta, l'âme en paix. Il ne piqua du nez qu'une ou deux fois. Quand on entonna ensuite le Psaume 113 sur la rose fraîchement éclose, il chanta lui aussi de son mieux. Vint ensuite la prière dirigée par le pasteur, d'autres lectures des Évangiles et des Psaumes ainsi que la belle chanson *Là où les roses ne fanent jamais*.

Gerlof avait beau avoir déjà fait ses adieux à Ernst dans sa maison près de la carrière, il sentait pourtant croître dans sa poitrine un nœud noir de chagrin en voyant six hommes graves se lever pendant la dernière pièce d'orgue pour emporter le cercueil. Parmi eux, son ami Gösta Engström de Borgholm et Bernard Kollberg qui avait, pendant plusieurs décennies, tenu l'épicerie du village de Solby, au sud de Stenvik, et avait souvent livré des provisions chez Ernst. Les autres porteurs appartenaient à la famille smålandaise d'Ernst.

Gerlof aurait lui aussi voulu se lever et poser le cercueil d'Ernst sur son épaule, mais il dut au lieu de cela attendre à sa place que tout le monde commence à s'en aller. Marie arriva alors avec le fauteuil roulant.

« Je crois que je peux marcher seul à présent », lui dit-il.

Il en était évidemment incapable.

Marie l'aida à se réinstaller dans le fauteuil et, quand ce fut fait, Astrid se pencha et lui toucha l'épaule.

« Je vais aider Gerlof », dit-elle d'un ton résolu en saisissant les poignées.

Marie regarda d'un air dubitatif Astrid, une tête de moins qu'elle, menue comme un moineau, mais Gerlof sourit pour l'encourager :

« On va se débrouiller, Marie », dit-il.

Marie hocha la tête et Astrid poussa le fauteuil dans l'allée, accompagnée de son frère Carl.

« John est là lui aussi », dit-elle.

Gerlof tourna la tête et vit John Hagman quitter l'église avec son fils Anders.

Gerlof referma son manteau quand ils se retrouvèrent dans le vent et le froid à la sortie de l'église, et il sentit alors une forme plate dans sa poche. Il se souvint qu'il avait apporté le portefeuille d'Ernst.

Il le sortit, sentit sous ses doigts le cuir élimé et demanda à Astrid :

« Tu as vu ma fille, aujourd'hui ?

— Non, pas aujourd'hui, dit Astrid. Mais elle devait bien rentrer à Göteborg ? Sa voiture n'était plus sur la falaise quand je suis passée.

— Ah bon », dit Gerlof.

Julia était donc rentrée le matin même. Elle aurait pu venir à l'enterrement, se dit-il, et aurait dû au moins l'appeler pour lui dire au revoir. Mais sa fille était comme ça. Il avait en tout cas réussi à la retenir sur Öland plus longtemps qu'elle n'avait prévu, et même s'ils n'avaient pas beaucoup avancé, Gerlof était convaincu que la visite lui avait fait du bien. Il l'appellerait bientôt à Göteborg.

« Ce n'est pas l'argent d'Ernst ? » demanda Astrid.

Gerlof hocha la tête.

« Je vais le donner à sa famille du Småland. »

Il leur remettrait aussi tout le contenu du portefeuille, à l'exception du billet d'entrée au musée de Ramneby, que Gerlof avait caché dans son bureau.

« Tu es quelqu'un d'honnête, Gerlof, dit Astrid.

— Chaque chose à sa place, dit Gerlof. Je n'aime pas laisser les choses en plan. »

Ils avançaient à présent doucement parmi les tombes familières. Beaucoup des plus belles pierres tombales avaient été taillées par Ernst avant qu'il ne prenne sa retraite – en particulier la large pierre d'Ella. Elle était propre et nette, avec assez de place pour le nom de Gerlof sous celui de sa femme.

La tombe fraîchement creusée pour Ernst se trouvait dans une rangée où étaient enterrés des habitants de Stenvik. L'assemblée avait formé un demi-cercle tout autour, et Astrid fit d'autorité une place à Gerlof parmi la foule en deuil. Il regarda le trou béant qui s'ouvrait sous les roues de son fauteuil. La tombe était noire et froide, et impossible d'en sortir une fois tombé dedans. Il n'était pas pressé d'y aller lui-même, malgré Sjögren qui se déchaînait dans ses membres transis.

Les porteurs marquèrent une pause près de la fosse, puis commencèrent à lentement descendre en terre le cercueil. Gerlof vit plusieurs visages connus : Bengt Nyberg, le rédacteur d'*Ölands-Posten*, se tenait de l'autre côté du trou, pour une fois sans son appareil photo, et Gerlof essaya de se souvenir depuis combien de temps il vivait à Marnäs et travaillait à ce poste. Quinze ou vingt ans. Il venait du continent, comme tant d'autres.

À côté de lui, l'agriculteur Örjan Granfors qui, dans les années quatre-vingt, s'était vu saisir ses vaches dans sa ferme au nord-est de Marnäs. Il avait aussi été condamné pour maltraitance, se souvint Gerlof.

Serrés l'un contre l'autre, à côté de Granfors, Linda et Gunnar Ljunger, les propriétaires de l'hôtel à Långvik. Ils conversaient à voix basse, probablement de constructions nouvelles dans le lotissement de maisons de vacances. À côté d'eux se tenait Lennart Henriksson, le policier. Il portait ce jour-là un costume noir, pas son uniforme.

Gerlof regarda de nouveau au fond de la tombe. Qu'est-ce qu'Ernst voulait qu'il fasse ? Comment continuer tout cela ?

Ernst était revenu à plusieurs reprises sur Nils Kant et le petit Jens lors de sa dernière visite, plus tôt cet automne, comme si ces deux mystères qui le travaillaient étaient réunis par quelque chose qu'il était le seul à connaître.

Avec le temps, Gerlof avait pris son parti de la disparition sans trace de Jens tout comme il avait pris son parti de la mort d'Ella.

Mais Ernst était venu à la maison de retraite pour bavarder avec Gerlof début septembre. Il lui avait apporté un mince livre à la couverture souple.

« Tu as vu ça, Gerlof ? » lui avait-il demandé.

Gerlof avait secoué la tête en se penchant pour regarder.

C'était le livre anniversaire de la Compagnie Maritime Malm. Gerlof avait lu dans le journal qu'il était paru quelques mois plus tôt, mais ne l'avait pas encore lu.

« Mais tu connais Martin Malm, avait dit Ernst. Voici une vieille photo de lui à la fin des années cinquante dans la scierie de la famille Kant, en Småland.

— Je ne connais pas bien Martin Malm, avait répondu Gerlof, en prenant le livre, étonné. Nous nous sommes surtout croisés sur des ports, quand nous étions marins.

— Et après, une fois revenus à terre ?

— Très rarement. Trois ou quatre fois, tout au plus. Quelques dîners d'anciens capitaines.

— Des dîners ?

— À Borgholm.

— Sais-tu d'où Martin Malm a sorti l'argent pour son premier cargo ? avait demandé Ernst.

— Oui… non, en fait je ne sais pas, avait dit Gerlof. De sa famille ?

— Pas de sa propre famille, dit Ernst. L'argent venait de la famille Kant.

— C'est dans le livre ?

— Non, mais je l'ai entendu raconter, avait dit Ernst. Et regarde cette image. August Kant tient Martin par l'épaule. Tu ferais ça ?

— Non », avait dit Gerlof.

C'était pourtant vrai : le sévère directeur August Kant avait amicalement placé sa main sur l'épaule du non moins austère Martin Malm. Étonnant.

Ernst n'avait pas voulu en dire plus, mais il savait certainement des choses qu'il n'avait pas racontées. Il avait vu ou entendu quelque chose qui lui avait donné de nouvelles idées. Il s'était rendu au musée de la scierie de Ramneby à la recherche de quelque chose, sans en rendre compte à Gerlof. Et quelques semaines après, il était convenu d'un rendez-vous à la carrière avec quelqu'un, probablement pour un arrangement qui devait se faire à l'insu de Gerlof.

« Veux-tu t'avancer pour un dernier adieu, Gerlof ? »

La question d'Astrid le sortit en sursaut de ses pensées. Il secoua brièvement la tête.

« C'est déjà fait », dit-il.

Les dernières roses furent jetées sur le couvercle du cercueil et l'enterrement s'acheva. Les participants commencèrent à se diriger vers la maison paroissiale pour un moment de recueillement.

« Il y aura du café », dit Astrid.

Elle fit reculer le fauteuil et commença à s'éloigner avec.

Malgré Sjögren qui lui mordait la nuque, Gerlof se tourna pour regarder de l'autre côté du cimetière, en direction d'une ancienne tombe, contre le mur ouest.

La tombe de Nils Kant.

Qui y reposait réellement ?

Puerto Limón, octobre 1955

La ville côtière est sombre et bruyante, elle pue la boue et la pisse de chien.

Nils Kant lui a tourné le dos. Il est assis à la table des habitués, sur la véranda du bar Casa Grande, sur le port, une bouteille de vin devant lui, et il regarde vers la mer, vers la mer des Caraïbes au large du Costa Rica. Même si l'odeur de vase et de varech pourri ne vaut guère mieux que la puanteur qui stagne dans les rues étroites de la ville, la mer représente au moins une porte de sortie.

Pendant la journée, il va souvent sur un quai contempler le miroitement de l'eau sous le soleil.

Le chemin du retour. La mer conduit en Suède. S'il avait assez d'argent, Nils n'aurait qu'à rentrer chez lui.

Et un coup pour ça.

Il lève sa chope de vin tiède et boit une grande gorgée pour oublier combien ce voyage de retour est difficile. Car à dire vrai, il n'a plus assez d'argent. Il est presque à sec. Il décharge des bananes et des bidons d'huile sur le port quelques jours par semaine, mais cela lui suffit tout juste pour manger et payer son loyer. Il faudrait qu'il travaille plus, mais il ne va pas très bien.

« *Estoy enfermo* », marmonne-t-il à la nuit.

Il a souvent des maux de ventre et la migraine, ses mains se sont mises à trembler.

Combien de fois a-t-il trinqué à la santé de la Suède, sur la véranda du bar Casa Grande ? Pour Öland ? Pour Stenvik ? Et pour sa mère Vera ?

Les toasts portés et les bouteilles vidées sont innombrables. Ce soir ressemble à tous les autres passés au bar, sauf que Nils fête aujourd'hui son trentième anniversaire. Mais en fait, il n'y a rien à fêter – il le sait, et il se sent encore plus mal.

« *Quiero regresar a casa* », chuchote-t-il dans l'obscurité.

Il a lentement appris à parler espagnol, et pas mal d'anglais aussi, mais c'est encore le suédois qui lui semble le plus vivant en son for intérieur.

Voilà à présent plus de dix ans qu'il est en fuite, depuis qu'il s'est caché à bord du cargo *Celeste Horizon*, sur le port de Göteborg, l'été après la guerre.

À bord du *Celeste Horizon*, on l'a mis dans une cabine étroite comme un cercueil, un cercueil d'acier.

Il a voyagé sur plusieurs vieux bateaux le long des côtes sud-américaines, mais le *Celeste* était vraiment le pire. Il n'y avait pas un seul endroit sec à bord : l'humidité de la mer pénétrait partout, et ce qui n'était pas humide ou moisi était cassé ou complètement rouillé. L'eau dégoulinait ou gouttait de partout. La lumière n'a jamais atteint son hublot un mois durant, car il était situé à bâbord et, à cause des fuites continuelles, le bateau penchait de ce côté.

Les machines cognaient jour et nuit. Nils gisait à moitié mort sur sa couchette et, souvent, le garde champêtre Henriksson se tenait silencieux près de lui, du sang noir lui coulant de la poitrine, et Nils fermait alors les yeux en souhaitant que le navire saute sur une mine. La mer en était pleine, même si la guerre était finie – ce cochon de capitaine Petri le lui a rappelé à plusieurs reprises. Il lui a aussi clairement fait comprendre que si le *Celeste Horizon* sautait, Nils serait le dernier à monter dans le canot de sauvetage. Pendant l'escale en Angleterre, il a été consigné jour et nuit dans sa cabine pendant deux semaines, et presque rendu fou par l'isolement, avant que le voyage ne reprenne finalement vers l'ouest, à travers l'Atlantique.

En mer, au large du Brésil, il a vu un albatros : un énorme oiseau qui frôlait la crête des vagues, libre et insouciant, ailes déployées dans l'air chaud autour du navire. Nils y a vu un heureux présage et a décidé de rester un temps au Brésil. Il n'était pas fâché de quitter le *Celeste Horizon* et ce fou de Petri.

Sur le port de Santos, il a pour la première fois vu des épaves humaines qui l'ont rempli d'horreur. Des créatures pitoyables qui s'approchaient sur le quai en titubant avant même que le *Celeste* ne soit amarré, le regard vide, en haillons.

« Des épaves, a dit avec mépris un marin suédois accoudé au bastingage à côté de Nils, avant de lui conseiller : S'ils te collent de trop près, jette-leur des morceaux de charbon. »

Les *épaves* étaient des oubliés, des alcooliques, des zombies qui n'avaient leur place ni à terre ni en mer. Des marins venus d'Europe qui avaient fait une tournée des bars de trop et qu'on avait laissés sur le carreau au départ de leur bateau.

Nils n'était pas une épave, il avait les moyens de dormir tous les soirs à l'hôtel, et il est resté quelques mois à Santos. Il buvait du vin dans des bars que les épaves n'avaient pas les moyens de fréquenter, il traînait sur les plages de calcaire blanc aux abords de la ville, apprenait un peu d'espagnol et de portuguais, mais sans parler avec quiconque plus que le strict nécessaire. Il avait bien maigri, mais, toujours grand et large, on n'essayait pas de le voler. Il se languissait de chez lui, d'Öland. Il envoyait chaque mois à sa mère une carte postale sans expéditeur pour lui montrer qu'il était vivant.

Il a continué à bord d'un navire espagnol jusqu'à Rio où il y avait encore plus de monde, des gens plus pauvres, d'autres plus riches, des cafards plus gras et des épaves plus nombreuses échouées sur le port et les plages. Et tout s'est répété : errances sans but, vin, nostalgie et pour finir un nouveau navire pour échapper à tout cela. Il a fait durer son argent en faisant le ménage et la plonge à bord.

Nils a visité toute une série de villes portuaires : Buenaventura, La Plata, Valparaiso, Chañaral, Panama, Saint Martin des Caraïbes qui était plein de Français et de Hollandais, La Havane à Cuba, grouillant d'Américains. Et pas une de ces villes ne valait mieux que celles qu'il avait laissées derrière lui.

Il envoyait une carte postale à sa mère dès qu'il arrivait dans un nouvel endroit. Sans expéditeur ni aucun message, mais elle devait comprendre que Nils était vivant et pensait à elle. Il faisait attention à lui, ne gaspillait pas son argent avec des femmes et ne se battait presque jamais.

Il voulait se rendre aux USA et a trouvé une place à bord d'un bateau français qui traversait le golfe vers le nord, à destination de l'humide Louisiane. La lumière des bars de la Nouvelle-Orléans était jaune et chaude – mais il n'a pas été admis aux USA sans passeport suédois, il n'y avait rien à faire. Il n'avait plus les moyens de corrompre personne, et a dû reprendre le bateau vers le sud.

Il ne supportait pas l'idée de revenir en Amérique du Sud, et, même là, il devenait de plus en plus difficile de passer les frontières. Il a alors débarqué au Costa-Rica, dans la ville portuaire de Limón. Pour y rester.

Il a vécu plus de six ans à Limón, entre mer et jungle. Dans la forêt vierge qui fume aux abords de la ville, il y a des bananiers et des azalées grands comme des pommiers, mais il n'y va jamais. La lande lui manque. La jungle tropicale sent comme un tas de compost moisi et l'étouffe. À chaque pluie, les rues de Limón tirées au cordeau se transforment en torrents de boue et les égouts débordent.

Les jours, les semaines et les mois s'en sont allés.

Après quelques années à Limón, il a pour la première fois écrit une vraie lettre à sa mère, où il lui racontait en partie ce qui lui était arrivé et lui donnait son adresse en ville.

Une réponse lui est parvenue, avec un peu d'argent, et il a encore écrit. Il lui a demandé de l'aide, d'entrer en contact avec l'oncle August. Nils veut rentrer à présent. Il a été absent d'Öland pendant plus d'une décennie, et ça doit être une peine suffisante.

Si quelqu'un peut faire rentrer Nils, c'est bien l'oncle August. Sa mère Vera en a la volonté, mais n'arriverait jamais à organiser seule son retour.

Il aura fallu du temps, mais aujourd'hui, Nils est attablé devant une enveloppe, posée à côté de sa chope de vin, avec dessus son adresse à Limón écrite à l'encre et un timbre suédois d'une valeur de quarante öres. La lettre est arrivée de Suède voilà trois semaines, accompagnée d'un chèque de deux cents couronnes, et il l'a lue et relue.

Elle est de son oncle August de Ramneby, en Småland. Sa sœur Vera lui a dit que Nils se trouvait en Amérique du Sud, et voulait rentrer.

Tu ne pourras jamais rentrer, Nils.

C'est ce qu'écrit l'oncle August. La lettre ne fait qu'une page, des recommandations sérieuses surtout, mais c'est cette courte phrase que Nils lit et relit sans cesse.

Tu ne pourras jamais rentrer, Nils.

Il essaie d'oublier ces mots, mais c'est impossible.

Il lit sans cesse cette phrase, et c'est comme si le garde champêtre Henriksson souriait dans son dos en lisant par-dessus son épaule.

Jamais, Nils.

Il se reverse du vin rouge. Des moustiques gros comme des pièces d'une couronne bourdonnent sur la plage, un cafard luisant traverse la table en bois.

Les rires bruyants dans le noir arrivent du bar, des motos pétaradent dans les rues boueuses de la ville. Il n'y a jamais de silence à Limón.

Nils boit en fermant les yeux. Tout tourne, il est malade.

« *Quiero regresar a casa* », marmonne-t-il dans le noir.

Jamais.

Nils n'a que trente ans – il est encore jeune.

Il ne va pas écouter l'oncle August. Il va plutôt continuer à écrire à sa mère. Lui demander, la supplier. Elle s'occupera de lui.

Maintenant tu peux rentrer, Nils.

Ce sont les mots qu'il attend de lire dans une lettre d'elle.

Et il faut qu'ils arrivent, vite.

20

Gerlof traversait le cimetière dans son fauteuil en réfléchissant. Ernst était mort sans parvenir à conclure un arrangement avec quelqu'un – mais un arrangement au sujet de quoi ?

Ernst n'avait jamais été particulièrement attiré par l'argent, autant que pouvait savoir Gerlof – il se contentait très bien de travailler à la carrière et de vendre de temps en temps une sculpture à un touriste, pour manger et payer son loyer. Cela lui suffisait. Mais alors pourquoi n'avait-il pas voulu exposer à son ami ses idées sur la disparition de Jens ?

Gerlof aurait pu longtemps ressasser ces questions, penser en rond. Il en revenait toujours à l'idée que si Nils Kant n'était pas mort, si d'une manière ou d'une autre il s'était arrangé pour se faire passer pour mort et avait réussi à rentrer en Suède sous un autre nom, comme le pensait John – alors les personnes cherchant à connaître la vérité à son sujet représentaient pour lui un danger.

« Tu es prêt, Gerlof ? » demanda dans son dos Astrid, quand ils arrivèrent à la maison paroissiale.

Il hocha la tête.

« Alors on y va », dit-elle en prenant son élan pour pousser le fauteuil jusqu'en haut de la rampe pour handicapés.

Il n'y avait pas tout à fait autant de monde qu'à l'enterrement, mais Astrid et Gerlof durent pourtant se frayer un passage. Quelques personnes se penchèrent pour demander à Gerlof comment il se portait, mais après trois conversations condescendantes de ce genre, il se fit violence et se leva. Il voulait montrer qu'il était capable de marcher malgré la douleur, qu'il n'était pas invalide.

Astrid retira le fauteuil et Gerlof, appuyé sur sa canne, continua à saluer les gens qu'il connaissait. Gösta Engström n'était Dieu soit loué pas intéressé par sa santé et, chance supplémentaire, Margit n'était pas avec lui quand Gerlof le rejoignit d'une démarche vacillante. Ils purent converser à voix basse des événements de l'automne, et Gerlof finit par lui dire ce qu'il pensait de la mort d'Ernst.

« Pas un accident ? » dit Gösta.

Gerlof secoua la tête.

« Tu veux dire… un meurtre ?

— Quelqu'un l'a poussé dans la carrière avant de renverser sur lui la sculpture, dit Gerlof. C'est ce que nous pensons, John et moi. »

Il avait peur que pour toute réponse l'autre ne lui rie au nez, mais Gösta le regarda d'un air sérieux.

« Qui pourrait faire une chose pareille ? » demanda-t-il.

Gerlof secoua de nouveau la tête.

« C'est bien la question. »

Margit arriva alors pour dire bonjour, Gerlof lui serra la main puis s'éloigna lentement d'un pas mal assuré.

Il tomba sur Bengt Nyberg, d'*Ölands-Posten*, comme d'habitude à la pêche aux informations.

« Il paraît qu'il y a actuellement une pénurie de personnel à la maison de retraite de Marnäs. C'est vrai ? Vous, les pensionnaires, avez-vous à vous plaindre du service ? »

Gerlof n'avait rien à dire. On aurait cru que chacun, parmi les personnes présentes, attendait quelque chose de lui. Avant d'atteindre la table où le café était servi, il rencontra encore Gunnar Ljunger de Långvik, avec sa femme. Gunnar alla droit au fait, comme d'habitude.

« Il m'en faut six autres à présent, Gerlof, dit le propriétaire de l'hôtel. Ta fille ne t'a pas dit ? Elle est passée chez nous à Långvik l'autre jour, et je lui ai demandé de te transmettre : six autres. »

Il parlait bien sûr de bateaux en bouteille.

« Il y aura assez de place sur les étagères ? demanda Gerlof.

— Nous allons nous agrandir, rétorqua Ljunger. Ils seront sur le bord de la fenêtre dans la nouvelle partie du restaurant. »

Il attrapa un carnet et un stylo publicitaire : POUR LES AFFAIRES ET POUR LE PLAISIR : LÅNGVIK, et inscrivit quelques chiffres sur un feuillet qu'il tendit à Gerlof.

« C'est le prix, dit-il. Pour chaque bateau. »

Gerlof regarda le papier. Il n'appréciait pas ce que la famille Ljunger était en train de faire là-haut à Långvik, c'était de la pure spéculation immobilière – mais cette somme à quatre chiffres représentait assez d'argent pour entretenir à la fois la maison et le cabanon de pêche à Stenvik pendant au moins un an.

« J'ai deux bateaux prêts, dit-il à voix basse. Pour les autres, ça prendra… peut-être jusqu'au printemps.

— Bien, ça fera l'affaire. »

Ljunger se redressa.

« Je te les achèterai au fur et à mesure. Viens manger à Långvik un de ces jours. »

Gunnar lui serra la main, sa femme Linda sourit à Gerlof, puis ils s'éloignèrent. Gerlof put enfin atteindre la table où l'on servait du café et du gâteau à la carotte.

Astrid et Carl y étaient déjà installés, et quand Gerlof s'y fut péniblement assis et se fut servi un café, un homme s'assit en face de lui, un peu de biais. C'était Lennart Henriksson.

« Et voilà, c'est fini », dit le policier à Gerlof.

Gerlof hocha la tête.

« Il reste évidemment le chagrin.

— Bien sûr. Et ta fille… Elle est ici ? demanda Lennart.

— Non. Elle est rentrée chez elle, à Göteborg.

— Elle est rentrée hier ? »

Gerlof secoua la tête.

« Ça devait être ce matin. »

Lennart le regarda.

« Elle n'est pas passée dire au revoir ?

— Non, mais ça ne m'étonne qu'à moitié venant d'elle. »

Il aurait pu ajouter que Julia et lui n'avaient pas réussi à se rapprocher vraiment pendant son séjour sur Öland, mais Lennart n'aurait qu'à le déduire de lui-même.

Le policier resta sans rien dire à regarder dans sa tasse de café. Il avait l'air soucieux et tapotait sur la table avec les doigts de la main droite.

Il leva les yeux vers Gerlof.

« Mais tu es *certain* qu'elle est partie ?

— Astrid m'a dit que sa voiture n'était plus là. »

À côté de lui, elle confirma d'un hochement de tête.

« Il n'y avait plus rien au bord de la falaise. Et les rideaux étaient tirés dans le cabanon de pêche, n'est-ce pas, Carl ? »

Son frère hocha la tête.

« Elle vous a dit au revoir, à vous ? » demanda Lennart.

Gerlof ne comprenait pas ce qui le préoccupait tant.

« Non, pas directement, dit Astrid. Mais on n'a pas toujours le temps…

— Je l'appelle, se dépêcha de dire Lennart. Tu es d'accord, Gerlof ?

— Bien sûr, dit Gerlof. Tu veux lui dire quelque chose en particulier ?

— Non, dit Lennart en sortant son téléphone. Je veux juste vérifier où elle se trouve. Elle avait parlé de… »

Il se tut, le téléphone à l'oreille.

« Je ne comprends rien aux portables, chuchota Astrid à Gerlof. Comment s'y prend-on pour appeler avec ?

— Aucune idée, dit Gerlof, avant de demander Lennart : Elle répond ? »

Lennart baissa son téléphone.

« L'abonné ne peut être joint… c'est seulement le répondeur. »

Il regarda Gerlof et ajouta :

« On peut bien sûr l'éteindre… si l'on ne veut pas être dérangé.

— Alors, c'est certainement ce que Julia aura fait, dit Gerlof. Elle doit être en train de traverser le Småland à l'heure qu'il est. »

Lennart hocha lentement la tête, sans pourtant sembler satisfait de cette réponse. Il continua à tapoter des doigts sur la table, et finit par se lever.

« Excusez-moi, dit-il. Je dois… aller contrôler quelque chose. »

Il posa sa tasse de café et se leva.

Gerlof le vit sortir rapidement, et se demanda si sa fille et Lennart Henriksson avaient ensemble des projets dont il ne savait rien – mais quelques secondes plus tard, on entendit à l'autre bout de la salle le bruit d'une cuillère frappée contre une tasse. Une chaise racla le sol et quelqu'un se leva.

Gerlof vit à son grand étonnement que c'était John Hagman. Lui et son fils Anders avaient tous deux l'air aussi mal à l'aise dans leurs costumes noirs.

John se racla la gorge en rougissant, passant nerveusement les doigts sur les bords de son costume noir. Il se lança alors dans son discours commémoratif :

« Euh…, dit-il. Je n'ai pas l'habitude de faire ça… pas du tout en fait… Mais je voulais juste dire quelques mots au sujet de mon ami, de l'ami de beaucoup d'entre nous, Ernst Adolfsson, et du village de Stenvik. Tout est chaque jour plus silencieux et plus sombre par ici désormais… »

Une bonne heure plus tard, Gerlof était de retour à la maison de retraite de Marnäs – déposé par Margit et

Gösta – et put souffler. Il prit un déjeuner tardif que Boel lui réchauffa. Sur une des tables du réfectoire vide était ouverte l'édition du jour d'*Ölands-Posten*, et le regard de Gerlof fut arrêté par un titre en première page : VIEILLARD DISPARU RETROUVÉ MORT.

Misère de misère. L'article parlait de ce vieillard qui avait quitté son domicile au sud d'Öland environ une semaine plus tôt, et qu'on venait de retrouver sur la lande, dans un buisson, mort de froid.

La police n'envisageait pas la piste criminelle, selon le journal. L'homme était âgé et sénile, il semblait s'être perdu à moins d'un kilomètre du village où il avait passé toute sa vie.

Gerlof ne le connaissait pas, mais il considéra pourtant cet article comme un mauvais signe.

Il passa le reste de l'après-midi dans sa chambre, laissant passer l'heure du café. Il ne ressortit que pour le dîner, des boulettes de pommes de terre à la mode d'Öland, trop salées et avec beaucoup trop peu de lard haché – rien à voir avec celles, délicieuses, qu'Ella préparait une fois par mois – mais Gerlof en mangea quand même deux.

« Tout s'est bien passé sans moi ce matin ? demanda Marie en lui servant les boulettes.

— Oui, oui, dit Gerlof.

— Alors comme ça Ernst Adolfsson est enterré à présent ? » dit Maja Nyman, à l'autre bout de la table.

C'est qu'elle était en effet elle aussi de Stenvik, même si elle n'y avait pas habité pendant quarante ans.

Il hocha la tête.

« Oui, Ernst repose désormais près de l'église. »

Il prit sa fourchette et commença à manger, remerciant comme d'habitude le ciel d'avoir toujours de bonnes dents. Et Sjögren avait fini par se calmer, Dieu merci.

« C'était un beau cercueil ? demanda Maja.

— Oh oui, en bois peint en blanc, vernis, très joli.

— J'en voudrais un en acajou, dit Maja. Si ce n'est pas trop cher… Sinon ce sera du bois bon marché et la crémation. »

Gerlof hocha poliment la tête, prit une bouchée et s'apprêtait à dire que la crémation était de loin la meilleure solution quand quelqu'un lui toucha l'épaule. C'était Boel.

« Téléphone, Gerlof », dit-elle à voix basse.

Il tourna la tête.

« En plein dîner ?

— Oui. Apparemment c'est important. C'est Lennart Henriksson… de la police. »

Gerlof sentit soudain un froid glacial au niveau du ventre, un froid qui réveilla Sjögren de sa somnolence du soir et le fit s'emparer à nouveau de ses membres. Le stress empirait toujours ses rhumatismes.

« Alors je prends l'appel », dit-il.

Julia. Il s'agissait certainement de Julia, et ce devait être une mauvaise nouvelle. Il se leva péniblement.

« Tu peux prendre le téléphone dans la cuisine », dit Boel.

Il s'y rendit, appuyé sur sa canne. La cuisine était vide. Le téléphone en plastique rouge était fixé au mur. Gerlof décrocha.

« Davidsson, dit-il.

— Gerlof… c'est Lennart. »

Il avait une voix très sérieuse.

« Il s'est passé quelque chose ? demanda Gerlof, même s'il était sûr de la réponse.

— Oui. C'est Julia… Elle n'est jamais partie pour Göteborg.

— Où est-elle ? »

Gerlof retint son souffle.

« À Borgholm, dit Lennart. À l'hôpital.

— C'est grave ?

— Assez. Mais cela aurait pu être bien pire. Elle s'est sérieusement cognée. Ils sont en train de lui poser des plâtres… Je vais descendre la chercher ce soir.

— Qu'est-ce qui s'est passé ? dit Gerlof. Qu'est-ce qu'elle a fait ? »

Lennart hésita, respira profondément et répondit :

« Elle s'est introduite dans la maison de Vera Kant hier soir et a chuté dans l'escalier depuis le premier étage. Elle était un peu… disons, désorientée quand je l'ai retrouvée. Elle a prétendu que la maison était habitée. Que Nils Kant y habite. »

21

Julia fut tirée de la chaleur du sommeil par un long grincement, et après quelques secondes, elle se rappela où elle était : la grande maison de Vera Kant à Stenvik.

Elle frissonna. La douleur de ses fractures l'avait engourdie, et après avoir veillé une longue partie de la nuit allongée à terre, elle avait fermé les yeux et rêvé du dernier été avec Jens : le soleil semblait avoir brillé sans interruption sur Öland. L'automne était encore loin.

Elle vit sous elle le sol poussiéreux et sale d'une véranda, et elle comprit qu'il faisait jour de nouveau.

Le grincement venait de la porte d'entrée qu'on ouvrait.

« Julia ? » appela une voix sonore au-dessus d'elle.

Deux mains soulevèrent sa tête et glissèrent une veste pliée ou un pull sous sa nuque.

« Tu m'entends ? Julia, réveille-toi ! »

Elle tourna son visage meurtri vers le plafond. Elle ne pouvait utiliser que son œil gauche – le droit était complètement enflé.

C'était la voix calme de Lennart – elle la reconnut avant même de voir que c'était vraiment lui. Il ne portait pas son uniforme, mais un costume noir et de jolies chaussures vernies. Elles étaient couvertes de boue séchée provenant du jardin de Vera Kant, mais il n'avait pas l'air d'y prêter attention.

« Je t'entends, dit-elle.

— Bon. »

Il n'avait pas l'air fâché, juste las.

« Bonjour, alors.

— Je suis entrée et je suis… tombée dans l'escalier », continua-t-elle d'une voix faible.

Elle souleva la tête du sol.

« C'était idiot.

— Gerlof a dit que tu étais rentrée chez toi, dit Lennart. Mais j'ai pensé que tu pouvais être ici. »

Julia était étendue sur la véranda, elle n'avait pas eu la force de ramper plus loin pendant la nuit, quand elle avait fini par se réveiller sur le sol de la cuisine, au milieu des débris de son téléphone portable et de la lampe. Le pétrole s'était répandu en flammes, mais le feu s'était éteint sur le sol en pierre.

Impossible de se relever, car on avait planté un clou brûlant dans son pied gauche. Elle avait alors rampé péniblement vers la porte d'entrée, pour quitter la cuisine, et dans le noir, sur la véranda, elle s'était à nouveau effondrée. Elle avait entendu le vent qui soufflait au-dehors, et n'avait plus la force de sortir dans la nuit. Elle s'était arrêtée près de la porte, terrorisée à l'idée d'entendre des pas s'approcher, venant de l'intérieur de la maison.

« C'est idiot, répéta Julia à voix basse. Idiot, idiot…

— N'y pense plus maintenant. J'aurais dû venir hier soir, mais cette réunion… »

Lennart se tut et elle sentit ses mains sous ses bras. Elles essayaient de la relever, avec précaution.

« Tu peux te tenir debout ? » demanda-t-il.

Elle espérait qu'il ne remarquerait pas qu'elle avait bu. Il lui restait un répugnant arrière-goût d'ivresse.

« Je ne sais pas... Je me suis cassé quelque chose... quelques os.

— Tu es sûre ? »

Julia hocha la tête d'un air las.

« Je suis infirmière. »

Elle l'était effectivement. Et le diagnostic avant d'entreprendre de ramper hors de la cuisine était : fracture du poignet, clavicule cassée et peut-être aussi fracture du pied droit.

Le pied n'était peut-être que démis, c'était difficile à dire. Julia avait eu des patients incapables de marcher pendant des semaines avec une simple entorse – alors que d'autres, le pied cassé, avaient continué à aller et venir comme d'habitude, pensant que ça passerait tout seul.

Quant à son visage, elle n'avait aucune idée de ce à quoi il pouvait ressembler. Horrible, probablement. Peut-être saignait-elle aussi du nez, car ses narines étaient bouchées.

« Essaie de te relever », Julia, dit Lennart.

Il lui sembla que sa voix restait calme, sans colère ni stress.

« Pardon, dit-elle d'une voix pâteuse.

— De quoi ? »

Lennart la souleva prudemment en la tenant sous les bras.

« Pardon d'y être allée sans toi.

— N'y pense plus », dit encore Lennart.

Mais Julia ne voulait pas se taire, elle voulait tout lui raconter, maintenant.

« Je cherchais Jens. J'ai vu de la lumière à la fenêtre un soir, et je crois qu'il… qu'il habite ici.

— Habite ? Qui ça ?

— Nils…, dit Julia. Nils Kant, le fils de Vera. Il a un sac de couchage à l'étage. Je l'ai vu. Et de vieilles coupures de journaux.

— Tu peux marcher ? demanda Lennart.

— Il a aussi creusé à la cave… Je ne sais pas pourquoi. Est-ce que le corps de Jens y est enterré ? Tu crois, Lennart ? Il l'a caché là-bas ?

— Allez, viens. »

Il entreprit péniblement de lui faire passer le seuil, de la faire sortir dans le vent froid et descendre l'escalier. Ce n'était pas facile, elle ne pouvait pas poser le pied droit, mais Lennart la soutenait.

Une fois dans l'allée couverte de dalles, Julia aperçut une voiture vert sombre garée devant la grille.

« Elle est à toi, Lennart ?

— Oui.

— Tu n'as pas de voiture de police ? Tu devrais en avoir une.

— C'est mon véhicule personnel… Je suis allé à un enterrement aujourd'hui.

— Ah oui… c'est vrai. »

L'enterrement d'Ernst, Julia s'en souvenait à présent. Elle l'avait raté.

La vieille grille était aussi coincée que la veille, et Lennart dut laisser Julia en équilibre sur une jambe pour la tirailler et ouvrir à coups de pieds un passage assez large.

Elle s'installa péniblement dans la voiture, comme si elle avait quatre-vingt-dix ans.

« Lennart, se hâta-t-elle de dire avant qu'il ait le temps de fermer la portière, est-ce que tu peux juste retourner voir dans la villa ? Il faut seulement que je sache… si j'ai bien vu ce que j'ai vu cette nuit. À l'étage et à la cave. »

Il la regarda quelques secondes, puis hocha la tête.

« Je suppose que tu attends ici », dit-il.

Elle hocha la tête.

« Tu as… un pistolet ?

— Un pistolet ?

— Oui… s'il y avait quelqu'un… à l'intérieur. Je ne crois pas, mais… »

Lennart eut un rire bref.

« Je n'ai pas de pistolet, juste une lampe de poche, dit-il. Il n'y a rien à craindre, Julia, je vais me débrouiller. Je reviens tout de suite. »

Il ferma la portière et alla chercher la lampe dans le coffre. Julia le vit entrer dans le jardin et disparaître derrière la remise à bois en ruine.

Elle reprit son souffle dans le silence de l'auto, se cala prudemment en arrière dans le siège et fixa d'un regard vide la falaise et la mer grise au bout de la route.

Lennart ne resta pas longtemps absent, entre cinq et dix minutes peut-être. Julia avait commencé à s'inquiéter à la seconde même où il était parti, et elle fut soulagée en le voyant réapparaître derrière la grille.

Il ouvrit la portière du conducteur, s'assit et la regarda en hochant la tête.

« Tu avais tout à fait raison, dit-il. Quelqu'un a séjourné ici. Et très récemment, même.

— Oui, dit Julia, je crois que… »

Lennart leva aussitôt la main.

« Ce n'est pas Nils Kant », l'interrompit-il.

Il posa alors sur le tableau de bord un objet de petite taille.

« J'ai trouvé ceci à la cave. Il y en avait plusieurs par terre. »

C'était une boîte de tabac à chiquer, un de ces modèles ronds, jetables.

« Quelqu'un qui chique, dit-elle.

— Oui, il chique… l'individu non identifié qui est venu ici, dit Lennart en tournant la clé de contact. À Borgholm, maintenant. »

À l'hôpital de Borgholm, on découpa les vêtements de Julia, son chandail et son pantalon, et on lui injecta un sédatif. Un jeune médecin arriva pour l'examiner et demanda l'origine des blessures.

« C'est une chute, cette nuit, dit Lennart, qui s'apprêtait à partir, sur le seuil de la pièce. À Stenvik.

— Sur la plage ? »

Lennart hésita seulement quelques secondes avant de hocher la tête.

« Sur la plage, oui. »

Lennart s'en alla alors, le médecin lui palpa le dos et le ventre, lui tira sur les membres et les infirmières lui firent une série de radios. Elles commencèrent alors à lui poser des bandes de plâtre froides et humides. Julia ne protesta pas, elle connaissait la procédure, elle avait juste hâte d'en finir.

Il fallait qu'elle s'occupe de choses plus importantes. Elle avait fait une découverte importante dans la villa de Vera Kant, elle en était certaine.

Nils Kant était vivant. Il était vivant et habitait dans la vieille maison de sa mère, exactement comme dans cet horrible film d'Hitchcock. Il se cachait dans la maison, Jens s'y était faufilé, et Kant avait été obligé de le tuer. S'ils ne s'étaient pas rencontrés dans le brouillard sur la lande. Peut-être que Nils Kant aimait aller s'y promener.

Julia ne voulait pas rester à l'hôpital. Elle demanda à emprunter un téléphone, maintenant que son portable était hors d'usage, et elle appela Astrid à Stenvik. Elle lui raconta tout ce qui s'était passé et lui posa une question.

Astrid était chez elle et c'était d'accord – Julia pouvait venir chez elle pour quelques jours. C'était toujours agréable d'avoir de la compagnie.

Lennart revint la chercher une heure plus tard.

« Il faut faire attention avec les rochers sur la plage, dit le jeune médecin en lui serrant la main après avoir inspecté les plâtres. Surtout quand il fait noir. »

« Tu avais à faire en ville ? demanda Julia comme ils faisaient route vers le nord.

— Je suis passé à l'hôtel de police, dit Lennart tout en conduisant. Leurs ordinateurs sont plus rapides que le mien, à Marnäs, alors j'en ai profité pour saisir quelques déclarations. »

Il la regarda.

« Entre autres une déclaration d'effraction à Stenvik.

— Aïe, dit Julia.

— Il ne s'agit pas de toi, se dépêcha de dire Lennart. J'ai déclaré que quelqu'un était entré par effraction et avait dormi dans la villa Kant. Toi, tu n'y es jamais entrée, souviens-toi. Tu y as vu de la lumière une nuit. Le lendemain, tu m'as téléphoné pour le signaler. C'est bien ça ? »

Julia le regarda à son tour.

« D'accord, dit-elle. J'ai trébuché et je suis tombée sur la plage. Dans le noir.

— Exactement », dit Lennart.

Il prit la sortie vers Stenvik.

« Mais je continue à croire que Nils Kant a séjourné là-bas, ajouta Julia à voix basse. Je ne pense pas qu'il soit mort.

— Tu peux croire ce que tu veux, lâcha Lennart. Kant est mort. »

Mais au même moment, Julia vit, ou crut voir, une ombre de doute dans ses yeux.

Puerto Limón, mars 1960

Le soleil a disparu, la nuit est tombée sur la côte est du Costa Rica. Dans l'ombre, sur la petite plage au pied de la véranda du bar Casa Grande, on entend une toux étouffée, puis quelqu'un siffler tout seul, une mélodie joyeuse et insouciante qui tombe presque en mesure avec le ressac rythmique de la houle du soir. De l'intérieur du bar arrivent des rires et des bruits de verre.

Des éclairs blancs illuminent sans bruit l'horizon. Un grondement sourd arrive peu après. C'est un orage nocturne sur la mer des Caraïbes, qui se rapproche lentement de la terre.

Nils Kant est assis à sa table habituelle, au bout de la véranda, seul comme toujours sous les lampions rouges. Il fixe un moment son verre à moitié plein, puis le vide cul sec.

Est-ce le sixième ou le septième de la soirée ?

Il ne s'en souvient pas, c'est sans importance. Il n'avait pas l'intention de boire ce soir plus de cinq verres de vin rouge tiède, mais c'est sans importance. Il va bientôt en commander encore un. Il n'y a aucune raison d'arrêter de boire, absolument aucune.

Il pose le verre vide et se gratte le bras gauche. Il est rouge et enflé. Ces dernières années, il a commencé à souffrir de cuisantes inflammations des bras et des jambes, à cause du soleil. Des lambeaux de peau se détachent les uns après les autres, des plaies s'ouvrent et ses draps sont tachés de sang chaque matin au réveil. Sur l'oreiller, il trouve toujours des cheveux, le sommet de son crâne a commencé à se dégarnir.

C'est le soleil, la chaleur, l'humidité. Nils tombe peu à peu en miettes. Rien à y faire.

Rien, sinon continuer à boire. C'est un vin bon marché depuis quelques années, car l'argent que lui envoie sa mère n'a cessé de diminuer depuis le milieu des années cinquante.

La seule explication que lui a donnée sa mère est que la carrière familiale a été vendue et fermée. Elle ne lui a pas dit combien d'argent il lui restait. Et l'oncle August n'a pas écrit du Småland depuis bien des années.

Nils ne s'est battu avec personne, n'a gravement blessé personne depuis qu'il a quitté Öland. Mais le garde champêtre vient toujours certaines nuits près de son lit le supplier, couvert de sang. Maigre consolation, cela se produit plus rarement désormais.

Nils saisit le verre et se penche en avant pour se relever et aller le remplir à nouveau – et soudain il se rend compte qu'il connaît la mélodie que quelqu'un siffle dans l'obscurité en contrebas.

Il reste assis et écoute attentivement.

Oui, il a déjà entendu cette mélodie, il y a bien des années. On la jouait souvent à la radio pendant la guerre, et elle faisait partie de la collection de disques de sa mère Vera.

Salut, mes joyeux compagnons...

Une chanson gaie et gaillarde. Il a oublié comment elle s'appelle, mais il se souvient des paroles.

Salut, si tu veux, un mot seulement,
Et nous rentrons à la maison...

Il ne l'a pas entendue depuis qu'il a quitté Stenvik – c'est une mélodie suédoise[1]. Nils se lève. Il jette un œil prudent par-dessus la rambarde en bois, trois ou quatre mètres en dessous.

Des ombres.

Mais n'y a-t-il pas quelqu'un assis là-bas sur le sable, adossé aux pilotis de la véranda ?

« Ohé ? » appelle-t-il à haute voix, en suédois.

La chanson s'arrête net.

« Ohé toi-même ! » répond une voix calme en contrebas, dans le noir.

Oui, Nils voit une silhouette assise là-bas, à mesure que ses yeux s'accoutument à l'obscurité. C'est un homme avec un chapeau. Il a cessé de siffler et reste immobile.

De petites gouttes de bruine se mettent à tomber alors que Nils gagne l'escalier à l'autre bout de la véranda. Il se tient à la rampe et descend de son pas mal assuré.

Il descend dans l'obscurité, jusqu'à sentir ses sandales de cuir s'enfoncer dans le sable encore chaud.

Nils a passé ses soirées sur la véranda pendant des années, mais il n'est encore jamais descendu de nuit sur la plage. Il peut y avoir des rats par ici, de gros rats affamés.

---

1. Il s'agit d'une chanson du célèbre poète et chansonnier Evert Taube (1890-1976), *La Parade de Fritiof Andersson* (*N.d.T.*).

Il s'approche prudemment des gros pilotis qui soutiennent la véranda.

La silhouette qui lui a répondu est toujours là-bas, tranquillement assise sur une de ces chaises longues qu'on peut louer pour quelques *colónes* dans une boutique à quelques centaines de mètres.

Nils le voit, c'est un homme, manches de chemise retroussées et une sorte de chapeau qui lui cache le visage. Il chantonne tout seul la même mélodie joyeuse que tout à l'heure.

Un mot seulement,

Et nous rentrons à la maison…

Nils avance encore de quelques pas et s'arrête. Il reste là, se balançant sur place à cause du vin mais aussi de sa nervosité.

« Bonsoir », dit l'homme.

Nils se racle la gorge.

« Vous venez… de Suède ? » demande-t-il.

Les mots suédois lui semblent étrangers dans sa propre bouche.

« Ça ne s'entend pas ? » dit l'homme toujours dans sa chaise longue, au moment où un éclair illumine l'horizon.

Dans la lueur de l'éclair, Nils aperçoit brièvement le visage blanc du Suédois. Quelques secondes plus tard, on entend un faible grondement au large.

« Je pensais qu'il valait mieux que tu descendes vers moi dans le noir plutôt que le contraire, dit le Suédois.

— Quoi ? dit Nils.

— Je suis allé te chercher chez toi, mais ta logeuse m'a dit que le plus souvent on te trouvait le soir en train de boire dans ce bar. Peut-être qu'il n'y a pas grand-chose d'autre à faire au Costa Rica ?

— Qu'est-ce que vous voulez ? demande Nils.

— Il est beaucoup plus important de parler de ce que tu veux *toi*, Nils. »

Nils ne dit rien. Un bref instant, il a l'impression d'avoir déjà vu cet homme, dans sa jeunesse.

Mais quand ? À Stenvik ?

Il ne se souvient pas.

Le Suédois s'appuie à l'accoudoir de la chaise longue et se lève. Il jette un coup d'œil vers la mer, puis regarde Nils dans les yeux.

« Tu veux rentrer, Nils ? demande-t-il. Rentrer en Suède ? Et sur Öland ? »

Nils hoche lentement la tête.

« Alors je peux arranger ça, dit le Suédois. Nous allons te donner une nouvelle vie, Nils. »

22

« Je ne te reproche rien, Gerlof, dit lentement Lennart, mais le fait est que tu as amené ta fille à croire que Nils Kant est toujours vivant. Qu'il habite la vieille maison de Vera. Et qu'il a enlevé son fils sur la lande. »

C'était la fin de l'après-midi à la maison de retraite de Marnäs, et Gerlof, assis à son bureau, baissait les yeux comme un écolier pris en faute.

« J'ai peut-être fait allusion à quelque chose de ce genre, finit-il par dire. Pas que Nils Kant se cacherait dans la maison de Vera, ça je ne l'ai jamais dit, mais qu'il est possible qu'il soit en vie… »

Lennart se contenta de soupirer. Il se tenait en uniforme devant Gerlof, au milieu de la pièce. Il était venu le prévenir que Julia se reposait à présent chez Astrid à Stenvik, après avoir été plâtrée et bandée la veille à l'hôpital de Borgholm.

« Comment va-t-elle ? demanda Gerlof à voix basse.

— Le pied droit démis, le poignet et la clavicule cassés, des saignements de nez, quantité de bleus et une commotion cérébrale, dit Lennart, qui soupira encore puis ajouta : Comme je l'ai dit, ça aurait pu être pire, elle aurait pu se casser le cou. Ça aurait aussi pu être moins grave. Elle aurait aussi pu laisser tomber et ne pas entrer chez Vera Kant.

— Elle va être poursuivie, maintenant ? dit Gerlof. Pour effraction ?

— Non, dit Lennart. Pas par moi. Et sûrement pas par les propriétaires de la villa non plus.

— Tu leur as parlé ? »

Lennart hocha la tête.

« J'ai réussi à trouver un neveu de Vera à Växjö, dit-il. Je l'ai appelé avant de venir ici. Un jeune cousin de Nils… il n'est pas venu lui-même à Stenvik depuis des années, et il est certain que c'est aussi le cas des autres membres de la famille. Ils sont plusieurs cousins du Småland à posséder la villa en indivision, mais ils n'arrivent apparemment pas à se mettre d'accord pour la rénover ou la vendre.

— Je me doutais que c'était quelque chose de ce genre-là », dit Gerlof.

Puis il secoua la tête et regarda le policier.

« Je n'ai jamais dit à Julia que *je* croyais Nils Kant vivant, Lennart. Je lui ai juste dit que *certains* le pensaient.

— Et qui ? dit Lennart.

— Eh bien… Ernst, dit Gerlof, qui ne voulait pas mêler John Hagman à une enquête de police. Ernst Adolfsson le pensait. Je sais qu'il pensait que Nils Kant était vivant et qu'il avait tué Jens sur la lande. Et puis Ernst a essayé de me… »

Lennart le regarda d'un air las.

« Un détective privé, le coupa-t-il. Il y a des gens qui pensent savoir mieux que la police comment résoudre un crime. »

Gerlof essaya de placer une plaisanterie pince-sans-rire, mais rien ne lui vint.

« Et puis il y a autre chose : quelqu'un s'est effectivement introduit chez Vera Kant », continua Lennart.

Gerlof regarda le policier avec étonnement.

« C'est vrai ? dit-il.

— La porte est fracturée. Et il y avait des traces à l'étage. Des coupures de journaux au mur, des restes de nourriture… et un sac de couchage. Et on a creusé dans la cave. »

Gerlof réfléchit.

« As-tu inspecté la maison ? dit-il.

— Très rapidement seulement, dit Lennart. Je me suis d'abord occupé de conduire ta fille à l'hôpital.

— Bien. Son père t'en remercie, dit Gerlof.

— Je l'ai laissée chez Astrid, et ce matin je suis entré dans la villa de Vera Kant encore une fois avant de venir ici, continua le policier. Julia a eu de la chance, sa lampe à pétrole est allée s'écraser sur le sol en pierre de la cuisine. Si elle était tombée contre le mur, toute la maison aurait pu partir en fumée. »

Gerlof hocha la tête.

« Mais… et la cave ? dit-il. On y a déterré quelque chose ? Ou enterré ?

— Difficile à voir. Déterré, je dirais. Ou seulement creusé.

— Les cambrioleurs ne cherchent pas des choses enterrées, d'habitude, dit Gerlof. Et ils ne passent pas non plus la nuit sur place. »

Lennart le regarda d'un air las.

« Et voilà, tu joues à nouveau au détective privé.

— Je pense juste à haute voix. Et je pense que…

— Quoi donc ? dit Lennart.

— Eh bien… je pense que quelqu'un, à Stenvik, est entré dans la villa.

— Gerlof…

— On peut faire pas mal de choses par ici, sur Öland, sans être dérangé, continua Gerlof. Tu le sais bien. Il n'y a presque personne pour voir…

— Ne te gêne pas, écris donc un courrier des lecteurs sur les carences de la police, lança Lennart.

— Mais il y a quelque chose que les gens remarquent toujours, continua Gerlof, ce sont les inconnus. Des inconnus avec des pelles, des voitures inconnues garées devant la villa de Vera Kant – ce genre de choses, les gens de Stenvik l'auraient vu. Et ce n'est pas le cas, que je sache. »

Lennart réfléchit.

« Qui habite toute l'année à Stenvik, en fin de compte ? demanda-t-il ensuite.

— Pas grand monde. »

Lennart se tut quelques secondes.

« Je pourrais avoir besoin de ton aide, Gerlof, dit-il, en se dépêchant d'ajouter : Pas pour mener l'enquête, mais pour vérifier certains faits. »

Il mit la main dans la poche de son uniforme.

« Il y avait plusieurs boîtes de tabac à chiquer sur le rebord du soupirail et sous l'escalier. Toutes vides. Elles n'ont pas l'air d'être de l'époque de Vera Kant. »

Il sortit alors son carnet et la boîte. Elle était dans un petit sac plastique.

« Je ne chique pas, dit Gerlof.

— Non, mais connais-tu quelqu'un qui chique ici, à Stenvik ? »

Gerlof hésita quelques secondes puis hocha la tête. Cela n'avait pas de sens de cacher ce que la police finirait de toute façon par trouver seule.

« Une seule personne », dit-il.

Il donna un nom à Lennart. Le policier l'inscrivit dans son carnet et hocha la tête.

« Merci de ton aide.

— J'aimerais bien t'accompagner, dit Gerlof. Si tu vas lui rendre visite. »

Lennart ouvrit la bouche, mais Gerlof se dépêcha d'ajouter :

« Je vais bien aujourd'hui, je suis capable de marcher seul. Il sera plus détendu et parlera plus volontiers si je suis là moi aussi. J'en suis presque sûr. »

Lennart soupira.

« Bon, allez, mets ton manteau, alors. On va faire un tour. »

« Il était bien, ton discours, John, dit Gerlof. À l'enterrement d'Ernst, je veux dire. »

John, assis à la table de sa petite cuisine à Stenvik, hocha la tête sans répondre. Il se pencha en arrière quelques secondes, puis en avant. Il était tendu, Gerlof le voyait bien, et il n'était pas difficile de voir pourquoi : la troisième personne à la table était Lennart Henriksson, toujours dans son uniforme de policier. Le soir tombait.

La boîte vide de tabac à chiquer était posée sur la table.

« Alors vous allez rouvrir l'enquête ? dit John.

— Il faut voir..., dit Lennart en haussant les épaules. En tout cas, nous aimerions bien parler à

Anders, si cette boîte est vraiment à lui. Parce qu'alors c'est sûrement lui qui a dormi dans la villa de Vera Kant, creusé à la cave et affiché plein de coupures de journaux concernant Nils Kant et Jens Davidsson. Et, dans ce cas, j'aimerais bien tirer au clair où il se trouvait le jour de la disparition du petit Jens.

— Ça, vous n'avez pas besoin de le demander à Anders, dit John. Je le sais.

— Très bien », dit Lennart.

Il sortit son carnet et un stylo.

« Vas-y, je t'écoute.

— Il était ici, lâcha John.

— À Stenvik ? »

John hocha la tête.

« Et tu y étais aussi ? Tu peux lui donner un alibi pour cette journée ? »

John haussa les épaules.

« C'était il y a des années, dit-il. Je ne me rappelle pas... mais le soir, nous sommes sortis et nous avons cherché sur la plage. Tous les deux. Je m'en souviens.

— Moi aussi », dit Gerlof.

Même si beaucoup de ses autres souvenirs de cette soirée-là étaient très vagues, il revoyait clairement John et son fils, qui devait à l'époque être âgé d'une vingtaine d'années, marchant côte à côte le long de la plage, vers le sud.

« Et l'après-midi ? dit Lennart. Où était Anders, ce jour-là ?

— M'en souviens pas, dit John. Il était peut-être sorti. Mais il n'est certainement pas monté rôder du côté de chez Gerlof. »

John regarda Gerlof.

« Anders n'a pas de mal en lui, Gerlof. »

Gerlof hocha la tête.

« Personne ne pense le contraire. »

Lennart continuait de noter.

« Nous devons en tout cas lui parler, dit-il alors. Ton fils est là ?

— Il est à Borgholm, dit John. Il y est descendu hier, après l'enterrement.

— Il vit là-bas ?

— Parfois… chez sa mère, dit John. D'autres fois ici, avec moi. Il fait comme il veut. Il n'a pas le permis de conduire, il voyage en bus.

— Quel âge a-t-il, à présent ?

— Il a quarante-deux ans.

— Quarante-deux… et il vit chez ses parents ? dit Lennart.

— Ce n'est pas un crime. »

John montra du pouce par-dessus son épaule.

« Et il a sa propre maison, là, derrière la mienne.

— Je crois, intervint Gerlof… qu'on peut dire qu'Anders est un peu spécial. Tu es d'accord, John ? Il est gentil, serviable, mais un peu différent.

— Je l'ai rencontré deux ou trois fois, dit Lennart. Je pense qu'on peut tout à fait compter sur lui. »

John, tout raide, regardait droit devant lui.

« Anders reste dans son coin, dit-il. Il pense beaucoup. Ne parle guère, ni avec moi ni avec personne d'autre. Mais il n'y a pas de mal en lui.

— Et son adresse ? » dit Lennart.

John indiqua l'adresse d'un appartement rue Köpmansgatan. Lennart la nota.

« Bien, dit-il. Nous n'allons pas te déranger plus longtemps, John. Nous pouvons rentrer à Marnäs. »

Cette dernière phrase s'adressait à Gerlof. Debout à côté de lui, un peu en retrait, il avait de plus en plus l'impression d'être le deuxième policier de la bande.

C'était très désagréable, car il avait vu la terreur s'installer dans le regard figé de John au cours de l'entretien. La terreur de voir que l'Autorité, planant tout là-haut en cercles comme un oiseau de proie, avait fini par les repérer, lui et son fils, dans cette zone déserte du nord d'Öland, et n'allait désormais plus les lâcher.

« Il n'y a pas de mal en lui, répéta John, alors que Lennart s'était déjà levé et se dirigeait vers la porte.

— Ne t'inquiète pas, John, dit Gerlof à voix basse, peu convaincant. On peut se parler ce soir, hein, au téléphone ? D'accord ? »

John hocha la tête, tendu, sans lâcher des yeux Lennart qui attendait dans l'embrasure de la porte.

« Allez ! viens, Gerlof », dit-il.

Cela ressemblait à un ordre. Gerlof ne se sentait plus comme un policier, plutôt comme un caniche – obéissant, il le suivit dehors. À dire vrai, il aurait bien voulu en profiter pour aller aussi voir sa fille chez Astrid, mais ce serait pour une autre fois.

Les muscles de Gerlof tremblaient plus qu'à l'ordinaire alors qu'il se dirigeait vers sa chambre. Ses membres aussi le faisaient souffrir plus qu'à l'ordinaire. Lennart venait de le déposer à la maison de retraite de Marnäs.

Il entendit à travers la porte le téléphone sonner, pensa qu'il n'arriverait pas à temps, mais la sonnerie se prolongea.

« Davidsson.

— C'est moi. »

C'était John.

« Comment ça va ? »

Gerlof s'assit lourdement sur le lit.

John ne dit rien.

« Tu as parlé à Anders ? demanda Gerlof.

— Oui. J'ai appelé Borgholm. Je lui ai parlé.

— Bien. Peut-être que tu ne devrais pas lui dire que la police…

— Trop tard, le coupa John. Je lui ai dit que la police était venue.

— Bon, dit Gerlof. Et qu'est-ce qu'il en a dit ?

— Rien. Il a juste écouté. »

Le silence se fit.

« John… nous savons bien tous les deux ce qu'Anders est allé faire chez Vera Kant. Ce qu'il cherchait en creusant dans la cave, dit Gerlof. Le trésor des soldats. Les gens ont toujours cru qu'ils avaient avec eux un butin quand ils ont débarqué sur Öland.

— Oui, dit John.

— Le trésor de guerre de Nils Kant, continua Gerlof, si toutefois il a jamais existé.

— Anders en parle depuis des années, dit John.

— Il ne le retrouvera pas, dit Gerlof. Je le sais. »

John se tut à nouveau.

« Il faut que nous allions à Ramneby, continua Gerlof. Voir la scierie et le musée du bois. Nous pouvons faire ça demain.

— Pas demain, dit John. Il faut que j'aille à Borgholm chercher Anders.

— La semaine prochaine, alors. Un jour où le musée est ouvert, dit Gerlof. Et après ça, nous pourrions peut-être nous arrêter à Borgholm pour voir comment va Martin Malm.

— Sûr, dit John.

— Nous allons bientôt retrouver Nils Kant, John », dit Gerlof.

Il allait bientôt être neuf heures, le même soir. Les couloirs de la maison de retraite de Marnäs étaient silencieux et déserts.

Gerlof était devant la porte fermée de Maja Nyman, appuyé sur sa canne. Au-dessus du judas était accroché un petit panneau écrit à la main : FRAPPEZ S'IL VOUS PLAÎT ! JEAN 10, 7.

En vérité je vous le dis : je suis la porte des brebis, se remémora Gerlof.

Il hésita un instant, puis leva la main droite et frappa.

Un moment s'écoula – puis Maja ouvrit. Ils s'étaient vus au dîner quelques heures plus tôt, et elle portait toujours la même robe jaune avec un chemisier blanc.

« Bonjour, dit Gerlof avec un doux sourire. Je voulais juste voir si tu étais chez toi.

— Gerlof. »

Maja sourit et hocha la tête, mais il lui sembla déceler un pli d'inquiétude parmi les nombreuses rides de son front, sous ses cheveux blancs. Sa visite était inattendue.

« Je peux entrer ? » demanda-t-il.

Elle hocha la tête d'un air un peu hésitant, et recula d'un pas.

« Je n'ai pas rangé, dit-elle.

— Ça n'a aucune espèce d'importance », dit Gerlof.

Appuyé sur sa canne, il entra lentement dans la chambre, qui avait l'air aussi bien rangée que les autres fois qu'il était venu. Un tapis persan rouge sombre occupait presque toute la surface du sol, et les murs étaient couverts de portraits et de tableaux.

Gerlof avait souvent été chez Maja. Ils avaient eu une liaison, commencée quelques mois après qu'il était arrivé à la maison de retraite de Marnäs et terminée quelques années plus tard, quand le syndrome de Sjögren l'avait trop fait souffrir. Leur liaison s'était transformée en une amitié paisible, qui durait encore. Ils venaient tous deux de Stenvik, tous deux restaient seuls après un long mariage. Ils avaient eu beaucoup de choses à se dire.

« Comment vas-tu, Maja ? demanda-t-il.

— Ça va. La santé va. »

Maja approcha une chaise du petit guéridon en acajou, près de la fenêtre, et Gerlof, reconnaissant, s'y assit. Maja s'assit elle aussi, et le silence se fit.

Il fallait que Gerlof dise quelque chose.

« Je me demandais, Maja, si tu pourrais me raconter quelque chose dont nous avons déjà parlé une fois… »

Il plongea la main dans sa poche, et sortit la petite enveloppe blanche que Julia lui avait donnée la semaine précédente.

« Ma fille a trouvé cette lettre au cimetière, sur la tombe de Nils Kant, dit Gerlof. Je sais que c'est toi qui l'as écrite et mise là-bas, ce n'est pas la question que je voulais te poser. Je me demandais juste…

— Je n'ai pas à en avoir honte, se hâta de dire Maja.

— Pas du tout, dit Gerlof. Ce n'est pas ce que je…

— Le plus beau bouquet n'est jamais pour Nils, dit Maja. Il est toujours pour mon mari… Je commence toujours par m'occuper de la tombe d'Helge, avant d'aller voir celle de Nils.

— C'est bien ainsi, dit Gerlof. Il faut s'occuper de toutes les tombes. »

Il continua :

« Ce n'était pas ce dont je voulais te parler, c'était autre chose... Je me souviens qu'une fois tu m'as raconté que tu avais rencontré Nils sur la lande, le jour même où... il s'était occupé des soldats allemands. »

Maja hocha gravement la tête.

« Je l'ai compris en le regardant, dit-elle. Il n'a rien dit, mais j'ai compris qu'il s'était passé quelque chose... il ne voulait pas dire quoi. J'ai essayé de lui parler, mais Nils s'est encore enfui sur la lande.

— Je comprends », dit Gerlof.

Il marqua une pause, avant de continuer, avec précaution :

« Et tu as mentionné le fait qu'il t'avait donné quelque chose ce jour-là... »

Maja le dévisagea. Elle hocha la tête.

« Je me demandais juste si tu pouvais me montrer ce qu'il t'a donné, continua Gerlof. Et si tu l'avais raconté à quelqu'un d'autre. C'est le cas ? »

Immobile sur sa chaise, Maja le regarda.

« Personne d'autre ne sait, lâcha-t-elle. Et ce n'est pas quelque chose qu'il m'a donné, je l'ai pris.

— Pardon ?

— Je n'ai rien reçu de Nils, dit Maja. Je l'ai pris. Et je l'ai si souvent regretté...

— Un paquet, dit Gerlof. Tu as dit que c'était un paquet.

— J'ai suivi Nils, dit Maja. J'étais jeune et curieuse. Beaucoup trop curieuse.... Alors je suis restée cachée dans les buissons de genévriers et j'ai vu Nils partir. Il est allé au cairn, à l'extérieur de Stenvik.

— Le tas de pierres ? dit Gerlof. Et qu'est-ce qu'il y a fait ? »

Maja se tut. Son regard se perdait à présent dans le lointain.

« Il a creusé le sol, finit-elle par dire.

— Il a enterré quelque chose ? dit Gerlof. C'était le paquet ? »

Maja le regarda, et dit :

« Nils est mort, Gerlof.

— Il paraît, dit Gerlof.

— Il est *mort*, dit Maja. Certains pensent que non, mais moi, je sais. Il se serait manifesté, sinon. »

Gerlof hocha la tête.

« Tu as déterré le paquet quand Nils est parti ? »

Maja secoua la tête.

« Non, j'ai couru à la maison, dit-elle. C'est plus tard... quand il est rentré. »

Gerlof mit quelques secondes à comprendre.

« Tu veux dire... quand il est rentré dans son cercueil ? »

Maja hocha la tête.

« Je suis sortie sur la lande et je l'ai déterré », dit-elle.

Elle se leva doucement, lissa du plat de la main les plis de sa robe et se dirigea vers le téléviseur, dans un coin de la pièce. Gerlof resta à sa place, mais tourna la tête pour la suivre du regard.

« C'était un jour d'automne dans les années soixante, quelques années après l'enterrement de Nils, dit Maja par-dessus son épaule. Helge était aux champs, les enfants à l'école, à Marnäs. Alors j'ai fermé la maison et je suis sortie sur la lande avec une pelle de jardin dans un sac plastique. »

Gerlof vit Maja extraire péniblement d'une étagère sous le téléviseur une boîte en bois peinte en bleu et décorée de fleurs rouges. Il l'avait déjà vue : c'était son vieux coffret de couture. Elle porta la boîte jusqu'au guéridon et la posa devant Gerlof.

« J'ai traversé la grand-route, continua-t-elle, et, après environ une demi-heure, je suis arrivée sur la lande au-dessus de Stenvik. J'ai retrouvé ce qu'il restait du cairn, et j'ai essayé de me souvenir précisément où j'avais vu Nils creuser… et j'ai fini par y arriver. »

Elle ouvrit le coffret. Gerlof vit des ciseaux, de la laine, des rangées de bobines de fil à coudre, et se souvint du temps où lui aussi raccommodait ses voiles. Maja enleva alors le double fond, le posa à côté et Gerlof vit un étui plat dans le tiroir secret.

Une boîte en fer-blanc, salie de vieilles taches de rouille.

Pourvu que ce soit de la rouille, pensa Gerlof.

« Voilà. »

Maja sortit l'étui et le posa devant lui. Quelque chose s'entrechoquait à l'intérieur.

« Je peux l'ouvrir ? demanda-t-il.

— Fais-en ce que tu veux, Gerlof. »

L'étui n'avait pas de serrure, il l'ouvrit avec précaution.

Ça luisait et brillait là-dedans.

Peut-être n'était-ce qu'une vingtaine de bouts de verre, du toc – mais il était difficile de ne pas y voir autre chose, beaucoup plus précieux. Et un crucifix à côté. Gerlof n'était pas un expert, mais ça avait bien l'air d'un crucifix en or pur.

Gerlof referma le couvercle, avant d'être tenté de faire rouler les pierres entre ses doigts.

« Tu as parlé de cette découverte à quelqu'un d'autre ? demanda-t-il à voix basse.

— J'en ai parlé à mon mari, avant sa mort, répondit Maja.

— Et tu penses qu'à son tour, il sera allé le raconter ?

— Il ne parlait pas aux gens de ce genre de choses, dit Maja. Et s'il l'avait fait, il me l'aurait certainement dit. Nous n'avions aucun secret l'un pour l'autre. »

Gerlof la crut. Helge n'avait jamais été très bavard. Mais, d'une façon ou d'une autre, la rumeur que les soldats tués par Nils avaient un trésor de guerre avait commencé à se répandre dans le nord d'Öland. Gerlof l'avait entendue – comme John et Anders Hagman.

« Tu as donc gardé ça caché tout ce temps ? » dit-il.

Maja hocha la tête.

« Je n'en ai jamais rien fait, ce n'était quand même pas à moi. »

Elle ajouta :

« Mais, une fois, j'ai essayé de le rendre à la mère de Nils, Vera.

— Ah oui ? Et quand ça ? »

Maja s'assit doucement près de lui, et Gerlof remarqua qu'elle avait avancé sa chaise de sorte que leurs genoux se touchaient entre les pieds chantournés du guéridon.

« C'était un peu plus tard, à la fin des années soixante. Helge avait entendu dire que Vera s'était mise à vendre toutes ses terres le long de la côte, qu'elle commençait à manquer d'argent. Alors, j'ai pensé qu'il fallait peut-être lui rendre les pierres…

— Tu es allée la voir ? » dit Gerlof.

Maja hocha la tête.

« J'ai pris le bus pour Stenvik, et je suis entrée dans le jardin de Vera… C'était en été, et j'ai trouvé la porte d'entrée entrebâillée en arrivant en haut de l'escalier, les jambes tremblantes. J'avais peur de Vera, comme la plupart des gens… »

Maja se tut, puis continua :

« On entendait dans la maison un tourne-disque, ou la radio, de la musique en sourdine. Et des voix. Elle avait de la visite. »

Gerlof retint son souffle.

« Elle a eu une employée de maison pendant des années, alors c'était peut-être…

— Non, c'était deux hommes, le coupa Maja. J'ai entendu deux voix d'hommes dans la cuisine. L'un marmonnait et l'autre parlait très fort, d'une voix décidée, presque comme le capitaine d'un bateau…

— Tu as vu l'un des deux ? dit Gerlof.

— Non, non, s'empressa de dire Maja. Et je ne suis pas non plus restée à écouter à la porte… j'ai frappé aussitôt arrivée en haut des marches. Les voix se sont tues, et Vera s'est précipitée sur la véranda en fermant derrière elle la porte de la cuisine. C'était un choc de revenir au village et de la revoir après tant d'années. Elle était devenue si maigre et recroquevillée… comme une corde desséchée. Mais elle était toujours aussi méfiante, elle m'a regardée comme si j'étais une voleuse ou quelque chose de ce genre. "Qu'est-ce que vous voulez ?" m'a-t-elle demandé. Pas de bonjour, pas de politesses. J'ai perdu ma contenance. J'avais l'étui dans la poche, mais je ne l'ai même pas sorti. J'ai commencé à bredouiller quelque chose sur Nils et la lande… sans doute une bêtise. *Sûrement* une bêtise, car Vera m'a crié de m'en aller. Puis elle est retournée dans la cuisine. Moi, je suis rentrée chez moi… et quelques années après elle est morte. »

Gerlof hocha la tête. Vera était morte dans le même escalier où Julia était tombée. Il demanda :

« Tu as entendu de quoi ils parlaient ? Les deux hommes ? »

Maja secoua la tête.

« Je n'ai entendu que quelques mots, avant de frapper, dit-elle. Une histoire d'absence. Celui qui parlait fort a parlé de quelqu'un qui souffrait de l'absence : "Et vous aimeriez tant vous revoir enfin, tous les deux" ou quelque chose comme ça. »

Gerlof réfléchit.

« C'était peut-être des parents de Vera, dit-il. Des parents du Småland ?

— Peut-être », dit Maja.

Le silence s'installa. Gerlof n'avait plus de questions. Il fallait qu'il réfléchisse à tout cela.

« Bon… »

Il étendit le bras pour doucement tapoter l'épaule de Maja, mais elle se pencha en avant pour que les doigts de Gerlof atteignent sa joue.

Ils restèrent là, comme mus par une force propre, et leur tremblement se transforma en caresse.

Maja ferma les yeux.

Gerlof s'ébroua et s'apprêta à se lever.

« Bon…, répéta-t-il. Je ne peux pas… je ne peux plus.

— Tu es sûr ? » demanda Maja en ouvrant les yeux.

Gerlof hocha tristement la tête.

« J'ai trop mal, dit-il.

— Peut-être que ça passera au printemps, dit Maja. Ça arrive, parfois.

— C'est vrai, dit Gerlof, en se levant aussi vite qu'il put. Merci pour cette conversation, Maja. Je n'en parlerai à personne. Tu le sais. »

Maja resta assise près du guéridon.

« C'est bien, Gerlof », dit-elle.

Gerlof s'aperçut qu'il tenait toujours l'étui dans sa main gauche, et le reposa sur le guéridon. Mais Maja le prit, en sortit le crucifix et lui rendit l'étui.

« Prends, dit-elle. Je ne veux plus avoir à m'en occuper. Ce sera mieux chez toi.

— Bon, d'accord. »

Il la salua maladroitement de plusieurs hochements de tête, et quitta sa chambre, l'étui dans la poche de son pantalon. Il était lourd et froid, et produisit un faible bruit métallique tandis qu'il traversait le couloir désert.

Gerlof ferma à clé derrière lui la porte de sa chambre. Il n'avait pas l'habitude de mettre le verrou, mais désormais c'était autre chose.

Le trésor de guerre, pensa-t-il. Les soldats cherchent toujours un trésor de guerre. Qui leur avait donné ces pierres précieuses, à qui les avaient-ils prises ? Quelqu'un d'autre qu'eux était-il mort à cause d'elles ?

Et où les cacher ? Gerlof regarda autour de lui. Il n'avait pas de coffret de couture à double fond.

Il finit par s'approcher de sa bibliothèque. Sur une des étagères, dans une bouteille, il y avait une maquette représentant le dernier voyage du brick *Bluebird av Hull*, comme il se l'imaginait en cette nuit de tempête au large du Bohuslän. Le *Bluebird* se précipitait vers les rochers de la côte.

Gerlof attrapa la bouteille et en ôta le bouchon. Puis il ouvrit l'étui et versa avec précaution les pierres dans la bouteille. Il la secoua pour les mettre en place. Voilà, si on n'y regardait pas de trop près, on aurait dit que les pierres figuraient les rochers sur lesquels le brick allait bientôt s'abîmer.

Ça ferait l'affaire pour le moment.

Gerlof remit la bouteille sur l'étagère, et cacha l'étui vide plus bas, derrière une rangée de livres.

Tout le reste de la soirée, avant d'aller se coucher, il regarda souvent en direction du flacon. La douzième ou quinzième fois, il comprit pourquoi Maja avait semblé si soulagée de lui confier le vieil étui en fer-blanc.

Cette nuit-là lui revint le seul cauchemar vraiment pénible de ses années en mer.

Il rêva qu'il était appuyé au bastingage d'un bateau qui voguait lentement sur la Baltique, quelque part entre la pointe nord d'Öland et l'île d'Oaxen. C'était un crépuscule sans vent, et Gerlof scrutait l'eau lisse comme un miroir sans voir aucune terre à l'horizon…

…puis il baissait les yeux et apercevait dans l'eau une vieille mine de la Seconde Guerre mondiale.

Elle flottait juste sous la surface : une grosse sphère d'acier noire, couverte d'algues et de coquillages, hérissée de pointes noires.

Impossible de l'éviter. Gerlof ne pouvait que regarder en silence la coque du bateau et la mine glisser inexorablement l'une vers l'autre, de plus en plus proches.

Il se réveilla en sursaut en poussant un cri, juste avant l'explosion.

23

Dimanche matin. Assise près de la fenêtre dans le séjour d'Astrid, ses béquilles appuyées au dossier de la chaise, Julia regarda sa grande sœur Lena et son mari Richard reprendre le contrôle de sa voiture garée près de la falaise.

Elle avait réussi à la garder deux semaines de plus que prévu, mais c'était fini. C'était peut-être aussi bien ainsi, et, de toute façon, elle ne pouvait pas conduire avec ses fractures.

Lena et Richard étaient arrivés samedi pour une courte visite sur Öland, ils étaient allés rendre visite à Gerlof, avaient pris le café à Marnäs avant de s'installer pour la nuit dans la maison de vacances. Au matin, ils étaient descendus chez Astrid Linder pour dire bonjour, et il s'était avéré qu'ils avaient également prévu de ramener Julia à Göteborg.

Ils n'avaient bien sûr pas jugé utile d'informer Julia de ce projet. Elle n'était même pas au courant de leur visite avant de voir la Volvo vert foncé s'avancer dans l'allée et se garer devant chez Astrid. Trop tard pour fuir.

« Bonjour tout le monde ! » lança gaiement Lena quand Astrid la fit entrer.

Elle donna à Julia une accolade qui comprima contre son cou sa clavicule cassée.

« Comment ça va ? »

Lena regarda les béquilles.

« Assez bien maintenant, dit Julia.

— Papa a appelé pour me raconter ce qui s'était passé, dit Lena. C'est vraiment pas de chance... mais ça aurait pu être pire... C'est ce qu'il faut que tu te dises, ça aurait pu être pire. »

Et voilà tout ce que sa sœur trouva à dire sur ses multiples fractures. Elle ajouta :

« Qu'est-ce que c'est gentil de la part d'Astrid de t'accueillir chez elle ! Hein, que c'est gentil ?

— Astrid est un ange », dit Julia.

Et c'était vrai. Astrid était un ange qui se plaisait dans Stenvik déserté, mais qui lui avait confié se sentir seule, parfois. C'est qu'elle était veuve, et sa fille unique, qui travaillait comme médecin en Arabie Saoudite, ne rentrait qu'à Noël et pour la Saint-Jean.

Richard, lui, n'avait rien à dire. Il se contentait d'adresser à Julia des hochements de tête impatients, sans enlever son manteau d'automne brun clair, et il commença à regarder sa Rolex au bout de quelques minutes. La seule chose qui comptait pour lui était de ramener la voiture à Torslanda, pensa Julia, pour que sa fille puisse en profiter.

Astrid apporta du café et des gâteaux, et Lena s'enthousiasma du calme et du silence qui régnaient à Stenvik en octobre, maintenant que tous les touristes étaient partis. Richard resta assis bien droit dans son siège près de sa femme, sans rien dire. Julia était de l'autre côté de la table, elle regardait par la fenêtre en pensant à la villa de Vera Kant, au-delà des arbres.

« Bon, ce n'est pas tout ça, mais il va falloir penser à y aller, dit Lena une fois le café bu. Nous avons une longue route. »

Elle se dépêcha d'aider à débarrasser la table. Richard sortit aider Astrid à reclouer une gouttière qui menaçait de se détacher à l'arrière de la maison.

Julia ne pouvait rien faire d'autre que rester assise et les regarder faire. Elle n'avait pas de jambes, pas de travail, pas d'enfants. Mais la vie continuerait, d'une façon ou d'une autre.

« C'était gentil de venir », dit-elle.

Lena hocha la tête.

« Nous nous sommes tout de suite décidés à venir pour te ramener chez toi, dit-elle. C'est que tu ne peux pas conduire pour le moment.

— Merci, dit Julia, mais ce n'est pas la peine. Je vais rester. »

Lena ne l'écoutait pas.

« Je peux te conduire avec la Ford, comme ça Richard rentrera directement avec la Volvo, continua-t-elle en rinçant la cafetière. Nous avons l'habitude de nous arrêter à Rydaholm pour le déjeuner, il y a une auberge agréable.

— Je ne peux pas rentrer à la maison sans Jens, dit-elle. Il faut que je le retrouve, maintenant. »

Lena se retourna et la regarda.

« Qu'est-ce que tu racontes ? Il n'y a pas de… »

Julia secoua la tête et l'interrompit :

« Je sais que Jens est mort, Lena, dit-elle en soutenant le regard de sa sœur. Il est mort. Je l'ai compris à présent, mais il ne s'agit pas de cela. Je veux juste que nous le retrouvions, où qu'il soit.

— Bon, bon, ça va. Papa aime t'avoir ici, dit Lena. Alors tout va bien. »

Oui, ça vaut mieux que boire du vin en prenant des cachets devant la télé à Göteborg, pensa Julia. Pendant une seconde, le poids de toutes ces années perdues lui oppressa la poitrine – ces années où le deuil de son fils disparu avait compté beaucoup plus que les souvenirs lumineux qui auraient pu la consoler : un gouffre noir de chagrin où elle s'était abîmée, ce qui la dispensait de prendre sa vie en main.

Mais à présent, elle connaissait la paix. Un peu de paix.

À la fin, avec l'âge, la seule chose qui compte encore est d'être dans un endroit paisible où l'on se sent chez soi, en compagnie des gens qu'on aime. Comme Stenvik, auprès de l'ange Astrid. Et Gerlof. Et Lennart. Julia les aimait tous.

Lena aussi voulait son bien. Julia savait que même sa grande sœur, d'une certaine façon, voulait son bien.

« Oui, c'est bien, dit-elle. On se reverra à Göteborg. »

Une demi-heure plus tard, Richard s'installa au volant de la grosse Volvo vert foncé garée devant la maison d'Astrid, et Lena monta dans la petite Ford.

Lena se pencha, et salua de la main Julia par la fenêtre. Et ils s'en allèrent, d'abord Richard, puis sa grande sœur.

Julia souffla.

Quelques minutes plus tard, le téléphone se mit à sonner dans le hall, mais elle n'avait pas la force d'aller répondre.

« Je prends », dit Astrid.

Julia l'entendit décrocher, écouter, puis elle l'appela :

« C'est la police, Julia, pour toi… C'est Lennart. »

Sur le sol plat, à l'intérieur de la maison, Julia pouvait se déplacer plus vite et plus facilement avec une seule béquille, ce qu'elle fit sur-le-champ.

Elle prit le combiné.

« C'est Julia.

— Comment ça va ? demanda Lennart.

— Mieux, dit Julia. Le temps guérit toutes les fractures, et Astrid me dorlote.

— Bien, dit-il. J'ai quelques nouvelles… mais tu es peut-être déjà au courant.

— Vous avez retrouvé Nils Kant ? » dit Julia.

Lennart sembla soupirer en silence à l'autre bout du fil.

« Ce n'est pas un fantôme qui a creusé dans la cave, répondit-il. Gerlof ne t'a rien dit ?

— Nous n'avons pas beaucoup eu le temps de nous parler, dit Julia.

— Ton père nous a aidés à retrouver la trace du propriétaire des boîtes de tabac à chiquer, dit Lennart. Tu sais, les boîtes qui viennent de la cave de Vera.

— Alors, qui c'est ?

— Anders Hagman.

— Anders Hagman ? dit Julia. Tu veux dire Anders… celui du camping, le fils de John ?

— Exactement.

— Tu es sûr ?

— Il ne nous l'a pas dit lui-même, car nous n'avons pas réussi à lui parler, dit Lennart. Anders se cache. Mais tout semble l'indiquer.

— Alors, ce n'est pas Nils Kant qui a dormi dans la villa.

— Non, dit Lennart. Il y a toujours une explication simple, Julia. Anders n'habite qu'à quelques centaines de mètres. C'était facile pour lui de pénétrer en cachette chez Vera Kant, la nuit venue.

— Mais pourquoi creusait-il ?

— Il y a plusieurs hypothèses. J'ai mon idée, et j'en ai discuté avec mes collègues à Borgholm, dit Lennart, qui ajouta : Tu connais Anders ? Vous vous voyiez quand tu vivais à Stenvik ?

— Non. Il est plus jeune que moi… quatre ou cinq ans de moins, je crois », dit Julia, qui n'avait presque aucun souvenir de jeunesse d'Anders Hagman.

Elle se souvenait juste vaguement d'un garçon costaud, taciturne et timide. Il était replié sur lui-même, travaillait au camping de son père et n'avait jamais participé aux bals l'été, à la fête de la bière, ni à rien d'autre à Stenvik – autant qu'elle puisse se souvenir.

« Il a été condamné pour violences, dit Lennart. Tu le savais ?

— Violences ?

— Une rixe d'ivrognes au camping il y a douze ans. Anders s'est senti menacé et a frappé un jeune de Stockholm. C'est moi qui suis allé l'arrêter ce soir-là. Il a écopé d'une peine avec sursis et d'une amende. »

Le silence se fit quelques minutes.

« Est-il soupçonné de quelque chose, à présent ? dit Julia. Vous êtes à sa poursuite ?

— Non, on ne peut pas parler de poursuite, dit Lennart. Nous voulons juste le retrouver, lui parler… tirer au clair ce qu'il faisait chez Vera Kant. Il s'est en tout cas rendu coupable d'effraction. »

Moi aussi, pensa Julia.

« Vous n'allez pas l'interroger au sujet de Jens ? demanda-t-elle. Lui demander où il se trouvait quand Jens a disparu ?

— Peut-être bien, dit Lennart. Nous devrions ?

— Je ne sais pas », dit Julia.

Elle n'arrivait pas à se souvenir si Anders Hagman avait seulement rencontré son fils. Mais il devait bien… Ils étaient allés se baigner près du ponton, l'été, en vue du camping. Jens avait passé ses journées à courir sur la plage en bob et maillot de bain. Anders l'observait-il du haut de la falaise ?

« Anders se trouve vraisemblablement à Borgholm. Nous allons nous mettre à sa recherche, dit Lennart. Si nous apprenons quelque chose d'intéressant, nous te le ferons savoir. »

Gerlof avait aussi téléphoné à Julia après son accident, mais elle avait abrégé la conversation. Elle avait honte. Plus elle pensait à son effraction dans la villa de Vera Kant et à son idée que Jens s'y était caché, plus elle avait honte.

Le lundi après-midi, Gerlof vint finalement à Stenvik, conduit par John Hagman, et sonna à la porte. Julia se débattit avec ses béquilles pour arriver jusqu'à l'entrée, car elle était seule à la maison, Astrid était montée faire des courses à Marnäs.

John faisait le chauffeur, et resta dans la voiture. Julia vit le propriétaire du camping absorbé dans ses pensées derrière le volant.

« Je voulais juste passer en coup de vent voir comment tu allais, dit Gerlof, appuyé sur sa canne et essoufflé d'avoir parcouru tout seul la vingtaine de mètres qui séparait la voiture de la maison.

— Ça va plutôt bien, dit Julia, soutenue par ses béquilles. Vous partez en excursion, John et toi ?

— Nous allons au Småland, lâcha Gerlof.

— Quand rentrez-vous ? »

Gerlof eut un rire bref.

« Boel m'a posé exactement la même question, à la maison de retraite. Elle préférerait que je reste du matin au soir dans ma chambre. »

Il poursuivit :

« Mais nous serons de retour ce soir, ou en fin d'après-midi... Nous irons peut-être aussi rendre visite à Martin Malm, s'il a aujourd'hui les idées plus claires que la dernière fois.

— Est-ce que tout ça a quelque chose à voir avec Nils Kant ? dit Julia.

— Peut-être bien, dit Gerlof. On verra. »

Julia hocha la tête – s'il ne voulait pas en dire plus, ce n'était pas la peine d'insister.

« On m'a dit pour Anders Hagman, dit-elle. Et que c'est toi qui l'as signalé à la police.

— J'ai mentionné son nom... John n'est pas très content, c'est sûr, dit Gerlof. Mais son nom serait de toute façon sorti, tôt ou tard.

— Ils veulent lui parler, dit Julia. Je ne suis pas sûre... mais on dirait que la police de Borgholm est en train de rouvrir l'enquête. Sur Jens, je veux dire.

— Oui… mais je pense qu'ils suivent une fausse piste avec Anders. C'est aussi l'avis de John, évidemment.

— Vous allez les remettre sur les bons rails, alors ?

— Tu sais, la police n'écoute pas des retraités comme nous, ils trouvent nos idées trop farfelues, dit Gerlof. Nous ne sommes pas fiables.

— Mais vous n'abandonnez jamais. Ça force l'admiration.

— Bah, dit Gerlof en ouvrant la porte. On fait ce qu'on peut.

— Continuez votre enquête, dans ce cas, dit Julia. Ça ne peut pas vous faire de mal. »

Sans qu'elle le veuille, cette dernière remarque était ironique – Julia ne devait revoir Gerlof qu'à l'article de la mort.

« À plus tard, alors », dit Gerlof.

Ciudad de Panamá, avril 1963

Panama City, sur le Canal de Panama.

Grands immeubles voisins des bidonvilles. Voitures, bus, motos et jeeps. Métisses, police militaire, banquiers, mendiants, mouches bourdonnantes et grappes de soldats américains en sueur le long des avenues. Odeur de gaz d'échappement, de fruits pourris et de poisson grillé.

Nils Kant erre chaque jour par les rues étroites, la plante des pieds en feu dans ses chaussures.

Il est à la recherche de marins suédois.

Il n'y en a pas au Costa Rica – Nils n'en a en tout cas jamais rencontré. Pour être sûr de trouver des Suédois, il a dû venir jusqu'ici, à Ciudad de Panamá.

Le voyage en bus vers le sud prend six heures. En presque deux ans, Nils a fait cinq fois le voyage vers la zone du canal.

Les navires font la queue dans le long canal qui unit les océans pour éviter le long détour par le cap Horn. Les marins descendent à terre se dégourdir les jambes dans le grand port. Certains restent : les épaves.

Il cherche la bonne personne parmi les marins laissés pour compte : ceux qui se rassemblent sur le port quand arrivent des navires nordiques, devant l'église scandinave quand on y distribue du pain – et qu'on trouve le reste du temps à portée des bars et des magasins. Ils boivent tout et n'importe quoi, du rhum colombien bon marché à l'alcool pur obtenu par la distillation du cirage.

Au cours de sa cinquième visite, le deuxième soir, il marche le long des trottoirs en ciment défoncés et aperçoit une silhouette qui semble une ombre, accroupie avec une bouteille sous un porche obscur, à un demi-pâté de maisons de l'église scandinave. Des mouvements lents, les genoux fléchis. Morve qui coule, quintes de toux et odeur de vomi.

Nils s'arrête devant lui.

« Comment ça va ? » demande-t-il.

Il parle en suédois. Pas la peine de perdre son temps avec ceux qui ne comprennent pas d'emblée.

« Hein ? fait l'épave.

— J'ai dit : comment ça va ?

— Tu viens de Suède ? »

Le regard du Suédois est triste et las plutôt qu'éteint, sa barbe n'est pas soignée, mais les rides autour de sa bouche et ses yeux ne sont pas trop profondes. Cet homme ne boit pas depuis très longtemps, même s'il a l'air d'avoir bien trente-cinq ans – à peu près l'âge de Nils.

Nils hoche la tête.

« Je viens d'Öland.

— Öland ? »

L'épave hausse la voix et tousse.

« Öland, putain… Moi du Småland… Ouais, putain de merde. Né à Nybro.

— Le monde est petit, dit Nils.

— Ouais, mais là… J'ai raté le passage de l'écluse.

— Ah oui ? C'est embêtant…

— L'an dernier. J'ai raté… le bateau, il devait passer l'écluse deux jours après. Descendre d'un étage. Me suis retrouvé coïncé en taule… une bagarre dans un bar, faut dire que je tétais la bière directement au fût. »

L'homme lève les yeux avec une lueur nouvelle dans le regard.

« Tu as de l'argent ?

— Peut-être bien.

— Achète un truc, alors, achète du whisky… je sais où y en a. »

L'homme veut se lever, mais il a les jambes trop raides.

« Je peux peut-être aller acheter une bouteille, dit Nils. Une bouteille de whisky, on pourra la partager. Mais il faut que tu attendes ici. Tu attends ? »

L'homme hoche la tête et retombe accroupi.

« Achète un truc, se contente-t-il de marmonner.

— D'accord », dit Nils.

Il se redresse sans le regarder dans les yeux et ajoute :

« Nous deviendrons peut-être amis. »

Cinq semaines plus tard, dans Jamaicatown, le quartier anglais de Puerto Limón.

HÔTEL TICAN, indique la pancarte, mais c'est à peine un hôtel, la réception consiste en une planche fendue posée sur des tréteaux, avec un registre taché de moisissures. Un escalier donnant directement sur la rue mène à quelques petites chambres au deuxième étage. Nils entend parler fort, en anglais, dans une maison de l'autre côté de la rue.

Il monte l'escalier en silence, croise un gros cafard luisant qui descend le long du mur. Il arrive sur l'étroite véranda du deuxième étage et frappe à la deuxième des quatre portes.

« Yes sir ! » crie une voix à l'intérieur.

Nils ouvre la porte.

C'est la troisième fois qu'il revoit le Suédois qui dit être venu l'aider.

Le Suédois s'assied sur l'unique lit de la chambre d'hôtel étouffante, dans un enchevêtrement de draps en boule et d'oreillers couverts de taches brunes, torse nu, luisant de sueur. Il tient un verre à la main. Un petit ventilateur ronronne sur le bureau, à côté du lit.

Avec le temps, Nils s'est mis à imaginer cet homme comme venant d'Öland. Il ne lui a jamais dit d'où il était, mais Nils l'a bien écouté, et il lui a semblé entendre une pointe du dialecte d'Öland dans sa façon de parler. Il a compris que l'homme connaît bien l'île. L'a-t-il déjà rencontré ?

« Entre, entre. »

Le Suédois sourit, s'adosse au mur et montre sur le bureau une bouteille de rhum des Caraïbes.

« Quelque chose à boire, Nils ?

— Non. »

Nils referme la porte derrière lui. Il a cessé de boire. Pas complètement, mais presque.

« Limón est une ville extraordinaire, Nils », dit l'homme assis sur le lit.

Nils ne discerne aucun sarcasme dans sa voix.

« Je me baladais aujourd'hui, et j'ai découvert un vrai bordel, complètement par hasard, dissimulé dans quelques pièces derrière un bar. Des femmes extraordinaires. Mais je n'ai pas succombé à la tentation, pour dire la chose avec élégance... J'ai pris un verre et je suis parti. »

Nils hoche brièvement la tête et s'appuie contre la porte close.

« J'ai trouvé quelqu'un, dit-il. Un bon candidat. »

Parler suédois à voix haute après dix-huit ans à l'étranger continue à le mettre mal à l'aise. Il cherche ses mots.

« Il vient aussi du Småland.

— Ah, très bien, dit le Suédois. Et où ? À Panama City ? »

Nils hoche la tête.

« Je l'ai ramené… Les contrôles sont devenus plus sévères à la frontière, j'ai dû payer des pots-de-vin pour passer, mais ça va. Il est en ce moment à San José, dans un hôtel bon marché.

— Bon, bon. Comment il s'appelle ? »

Nils secoue la tête.

« Pas de noms. Vous n'avez pas dit le vôtre.

— Il n'y a qu'à regarder à la réception, dit l'homme. Je me suis inscrit dans le registre. C'est obligatoire.

— J'ai lu, dit Nils.

— Et donc ?

— Il y avait écrit “Fritiof Andersson” », dit Nils.

L'homme hoche la tête, l'air réjoui.

« Tu n'as qu'à m'appeler Fritiof, ça suffit. »

Nils secoue la tête.

« Vous me faites marcher. Je connais la chanson[1]. Je veux savoir votre vrai nom.

1. Fritiof Andersson est le nom d'un marin, aventurier, séducteur, etc., que le chansonnier Evert Taube a souvent mis en scène dans ses chansons, au point d'en faire une sorte d'*alter ego*. Plusieurs de ses aventures se déroulent dans des ports d'Amérique du Sud *(N.d.T.)*.

— Mon nom n'est pas important, dit l'homme en le dévisageant. Fritiof fera l'affaire. Non ?

— Peut-être. »

Nils hoche lentement la tête.

« Pour le moment.

— Bien. »

Fritiof s'éponge le torse et le front avec un drap.

« Maintenant, il faut que nous parlions de deux ou trois choses. Je vais…

— C'est vraiment Mère qui vous envoie ? demande Nils.

— Mais je te l'ai déjà dit. »

L'homme sur le lit n'a pas l'air d'aimer qu'on l'interrompe.

« Elle aurait dû écrire, dit Nils.

— Ce sera pour plus tard, dit Fritiof. Tu as reçu l'argent, non ? Il vient de ta mère. »

Il boit une gorgée.

« Nous avons pour le moment d'autres questions à régler… Je rentre d'ici deux jours. Nous ne nous verrons plus pendant un bon moment. Mais je reviendrai une dernière fois quand tout sera prêt, et ce sera la bonne. Combien de temps ça prendra, à ton avis ?

— Voyons… quelques semaines, peut-être. Il faut qu'il obtienne son passeport et qu'il vienne ici, dit Nils.

— Très bien, dit Fritiof. Garde-le à l'œil et fais tout comme il faut. Alors seulement tu pourras rentrer chez toi. »

Nils hoche la tête.

« Très bien », dit Fritiof, en s'épongeant encore le visage.

Quelqu'un rit dans la rue, une moto passe en pétaradant. Nils n'a qu'une envie, ouvrir la porte et fuir cette chambre puante.

« Et, au fait, qu'est-ce que ça fait ? demande l'homme en se penchant en avant.

— Quoi, qu'est-ce que ça fait ? dit Nils.

— Je suis un peu curieux. »

L'homme qui se fait appeler Fritiof Andersson a un petit sourire au milieu des draps sales.

« Je me demande juste, Nils, par pure curiosité… Qu'est-ce que ça fait de tuer quelqu'un ? »

24

Gerlof et John traversèrent le pont d'Öland, et après Kalmar longèrent vers le nord la côte du Småland. Aucun d'eux ne parla beaucoup pendant le trajet.

Gerlof pensait surtout combien il était devenu difficile désormais de quitter la maison de retraite de Marnäs – la responsable, Boel, l'avait soumis à un interrogatoire poussé : où il allait, pour combien de temps. Elle avait fini par suggérer qu'il était peut-être trop en forme pour rester à la maison de retraite.

« Il y a beaucoup de personnes âgées avec de gros problèmes de mobilité, au nord d'Öland, qui voudraient bien obtenir une place ici, Gerlof, avait dit Boel. Nous devons veiller aux priorités. En permanence.

— Ne te gêne pas, alors ! » avait lancé Gerlof avant de s'en aller, appuyé sur sa canne.

N'avait-il pas droit à ce qu'on prenne soin de lui ? Lui qui pouvait à peine marcher dix mètres sans aide ? Boel aurait plutôt dû se réjouir qu'il sorte de temps en temps prendre l'air, en compagnie de vieux amis comme John.

« Alors comme ça Anders est parti », finit par dire Gerlof.

Ils n'étaient plus qu'à quelques kilomètres de Ramneby.

« Oui », dit John.

Il respectait toujours les limitations de vitesse quand il conduisait, et une file de voitures s'était formée derrière lui.

« Je suppose que tu as prévenu Anders que la police le recherchait ? » dit Gerlof.

John resta sans rien dire derrière son volant, mais il finit par hocher la tête.

« Je ne sais pas si c'était une très bonne idée, dit Gerlof. Ça énerve toujours la police qu'on ne veuille pas parler avec elle.

— Il veut seulement qu'on le laisse tranquille, dit John.

— Je ne suis pas certain que c'était une bonne idée, répéta Gerlof.

— Tu as parlé à Robert Blomberg, la dernière fois que tu es allé à Borgholm ? reprit John après un silence. Le vendeur de voitures, je veux dire.

— Je l'ai vu, dit Gerlof. Il était dans sa boutique. Nous ne nous sommes pas parlé… je ne savais pas vraiment quoi lui dire.

— Est-ce que ça pourrait être Kant ? dit John.

— Si tu me poses la question comme ça… J'y ai réfléchi, et je crois que non, dit Gerlof. Ça me semble invraisemblable que quelqu'un comme Nils Kant revienne d'Amérique du Sud sous un faux nom, puis réussisse à se fondre dans le paysage à Borgholm pour commencer une nouvelle vie.

— Oui, dit John. Peut-être bien. »

Quelques minutes plus tard, ils passèrent devant le panneau jaune indiquant : RAMNEBY. Il était onze heures moins le quart. Un poids lourd, la remorque pleine de troncs d'arbres fraîchement coupés, les dépassa en trombe.

Gerlof n'était encore jamais venu à Ramneby, ni en voiture ni à bord de son cotre. Le village lui-même n'était pas plus grand que Marnäs, ils ne mirent pas longtemps à le traverser et s'engagèrent sur la route qui conduisait à la scierie.

Une grille métallique en fermait l'accès, devant un parking où John gara sa voiture.

Gerlof prit avec lui sa serviette, ils s'approchèrent de la large grille et sonnèrent. Au bout d'un moment, un petit haut-parleur se mit à grésiller près du bouton de la sonnette.

« Allô ? dit Gerlof, qui ne savait pas s'il devait parler devant le haut-parleur, la sonnette, ou au ciel. Allô... Nous voulions aller au musée. Vous pouvez ouvrir ? »

Silence dans le haut-parleur.

« Ils t'ont entendu ? chuchota John.

— Je ne sais pas. »

Gerlof entendit un croassement dans son dos, tourna la tête et vit deux corneilles perchées dans un bouleau chauve près du parking. Elles continuèrent à croasser, et il lui sembla que ça ne ressemblait pas aux corneilles d'Öland. Les oiseaux avaient-ils eux aussi des dialectes ?

Ils virent alors quelqu'un s'approcher de l'autre côté de la grille, un homme d'un certain âge, avec une casquette et une vareuse noire, qui se déplaçait presque aussi lentement que Gerlof. L'homme appuya sur un bouton et la grille s'ouvrit.

« Heimersson », dit l'homme en tendant la main.

Gerlof la serra.

« Davidsson, dit-il.

— Hagman, dit John.

— Nous voulions visiter le musée du bois, répéta Gerlof. J'ai téléphoné hier…

— Ah oui ! dit Heimersson, en tournant les talons pour leur montrer le chemin. Vous avez bien fait d'appeler. Normalement, le musée n'est ouvert qu'en été. Mais si on téléphone à l'avance, on peut toujours s'arranger. »

Ils se trouvaient maintenant dans l'usine. Gerlof s'était attendu à sentir l'odeur du bois fraîchement scié lui emplir les narines, et à voir des groupes d'hommes à casquette transporter des planches entre des tas de sciure – comme d'habitude, il restait fixé dans le passé. Il ne vit que des allées et des terre-pleins goudronnés entre de grands bâtiments gris en acier et aluminium. Ils portaient de grands panneaux blancs, RAMNEBY BOIS.

« J'ai travaillé ici quarante ans, dit Heimersson à Gerlof par-dessus son épaule. J'ai commencé à quinze ans, et puis je suis resté. C'est la vie… et maintenant je m'occupe du musée.

— Nous venons du village d'où les propriétaires sont originaires. Au nord d'Öland.

— Les propriétaires ? dit Heimersson.

— La famille Kant.

— Ce n'est plus eux, dit Heimersson. Ils ont vendu à la fin des années soixante-dix, quand le directeur Kant est mort. C'est une société forestière du Canada qui possède Ramneby, maintenant.

— L'ancien propriétaire… August Kant ? Vous l'avez rencontré ?

— Rencontré, ça oui, dit Heimersson en riant comme si la question était drôle. Je le rencontrais tous les jours. Il arrivait toujours au volant de sa vieille MG... D'ailleurs, nous sommes arrivés. Voici l'ancien bureau, il a fini par être trop petit. »

MUSÉE DU BOIS, indiquait un petit panneau devant la porte. Heimersson ouvrit, entra et alluma la lumière.

« Voilà... Vous êtes les bienvenus. Ce sera trente couronnes chacun. »

Il s'était installé derrière un comptoir où trônait une énorme caisse enregistreuse.

Gerlof paya pour eux deux, et reçut deux tickets semblables à celui qu'il avait trouvé dans le portefeuille d'Ernst Adolfsson, puis ils entrèrent dans le musée.

Il n'était pas grand, juste deux pièces reliées par un couloir. Quelques vieilles scies et des appareils de mesure étaient exposés au milieu, des photographies accrochées aux murs. Des quantités de photos en noir et blanc, sous verre, encadrées et munies chacune d'un cartel explicatif. Gerlof s'approcha et regarda attentivement une photo de groupe des employés de la scierie, des bûcherons leurs scies à la main, et des images de cotres à l'ancre, le pont chargé de piles de bois.

« Il y a des photos plus récentes dans l'autre pièce, dit Heimersson derrière son épaule.

— Ah oui ? » dit Gerlof.

Il aurait préféré circuler seul dans le musée, et nota que John s'ingéniait à éviter le guide.

« Il y a aussi nos premiers ordinateurs, dit Heimersson. C'est ça le progrès... Toutes les scies sont contrôlées par ordinateur de nos jours. Moi, je n'y comprends rien, mais le fait est que ça marche.

— Eh oui ! »

Gerlof continuait à examiner les photos en noir et blanc.

« Ramneby exporte du bois de qualité jusqu'au Japon, dit Heimersson. Je parie que vous, sur Öland, vous n'avez jamais fait des affaires là-bas ?

— Non, dit Gerlof, qui se hâta d'ajouter : Mais on a utilisé notre calcaire pour le sol de la cathédrale Saint-Paul, à Londres. »

Heimersson se tut, et Gerlof changea de sujet de conversation.

« En fait, un de nos amis est venu ici le mois dernier, au musée. Ernst Adolfsson.

— Quelqu'un d'Öland ? »

Gerlof hocha la tête.

« Un vieux tailleur de pierre. Il a dû venir à la mi-septembre.

— Oh oui, je me rappelle très bien, dit Heimersson. J'ai ouvert le musée spécialement pour lui, exactement comme aujourd'hui. C'était une visite sympathique. Il a raconté qu'il vivait sur Öland, mais était originaire d'ici, du village.

— De Ramneby ? dit Gerlof.

— Oui, il a grandi ici, avant de s'installer sur Öland. »

C'était une nouveauté pour Gerlof, qui n'avait jamais entendu Ernst parler de son village natal.

Il fit encore quelques pas et la vit alors : l'image de Martin Malm et August Kant côte à côte sur l'embarcadère de la scierie, posant, raides, devant une rangée d'ouvriers plus jeunes.

Réunion d'affaires amicale sur le quai, 1959, disait le cartel écrit à la machine, alors que seuls quelques personnes du groupe souriaient amicalement. Les autres, y compris Martin et Kant, fixaient gravement l'objectif.

Mille neuf cent cinquante-neuf. Oui, c'était plusieurs années avant que Martin n'achète son premier gros bateau, nota Gerlof.

Sur ce tirage de la photo, qui était plus grand que dans le livre, on voyait clairement la main sur l'épaule gauche de Martin, et c'était un signe d'amitié. Il ne serait jamais venu à Gerlof l'idée de poser le bras sur l'épaule de Martin Malm : ce n'était pas quelqu'un qui invitait à quelque forme de familiarité que ce soit. Mais pour August Kant, cela n'avait donc posé aucun problème.

« Lui, c'est un de nos amis, dit Gerlof, en montrant le visage de Martin Malm. Un navigateur d'Öland.

— Ah bon », dit Heimersson.

Il n'avait pas l'air particulièrement intéressé.

« Il y avait toujours plein de cotres ici autrefois… pour transporter du bois vers Öland. C'est que vous n'avez pas beaucoup de forêts, par là-bas.

— Nous avions des forêts, mais les continentaux les ont rasées », dit Gerlof.

Il désigna encore l'image.

« Et lui, c'est bien August Kant, n'est-ce pas ?

— C'est bien le directeur, oui.

— Il avait un neveu assez célèbre, dit Gerlof. Nils Kant.

— Ah oui ! celui-là, dit Heimersson. L'assassin du policier, il a fait parler de lui. Et dans les journaux aussi. Mais il est mort, non ? Il a fui à l'étranger et il est mort ?

— C'est ça, dit Gerlof. Mais est-ce qu'il est passé ici avant ?

— Je crois que le directeur aimait beaucoup Nils, dit Heimersson. Il ne parlait jamais de son neveu. Alors personne n'en parlait non plus, pas en sa présence.

— Peut-être qu'il ne voulait pas dévoiler qu'il savait où Nils se trouvait ? dit Gerlof.

— Oui, dit Heimersson, c'était peut-être pour ça. Mais Nils est bien venu ici pendant sa fuite, après le meurtre du policier.

— Vraiment ? Et il a rencontré son oncle ?

— Je ne sais pas. Mais il s'est attardé dans les parages… les gens l'ont vu dans la forêt, dit Heimersson en montrant les images. Gunnar, là, était coursier comme moi à l'époque, et il se vantait de l'avoir rencontré, d'avoir reçu de l'argent. Mais il se vantait souvent… Je me souviens qu'à la fin, quelqu'un a prévenu la police que Nils Kant était dans le coin. Ils sont venus surveiller la scierie pendant plusieurs jours, au cas où il se montrerait. Tout le monde était un peu nerveux… mais chacun a continué à faire son boulot, bien sûr. Et l'assassin est resté caché. »

Gerlof pouvait presque imaginer le jeune Nils contourner en cachette le bâtiment du bureau, de l'autre côté du terre-plein, s'accroupir et risquer un coup d'œil par la fenêtre à la recherche de son oncle.

« Notre ami Ernst n'a pas par hasard parlé de cette photo, là, sur l'embarcadère ? demanda-t-il.

— Si, dit-il. Il s'est arrêté devant. Il voulait savoir les noms.

— Les noms ? dit Gerlof. Des ouvriers de la scierie ?

— C'est ça. Et je lui ai donné ceux dont je me souvenais. C'est le genre de choses qu'on oublie avec le temps. Moi, par exemple, je ne peux plus…

— Je pourrais moi aussi avoir ces noms ? » l'interrompit Gerlof.

Il avait sorti son carnet de sa serviette, et un stylo-bille.

« Pas de problème, dit Heimersson. Voyons voir, en partant de la gauche… »

Il y avait trois hommes dans la rangée dont Heimersson ne se rappelait pas le nom, certainement des marins, mais Gerlof nota pour les autres : Per Bengtsson, Knut Lindqvist, Anders Åkegren, Claes Frisell, Gunnar Johansson, Jan Ekendahl, Mikael Larsson. Il relut ensuite cette liste, sans reconnaître un seul nom. Il ne comprenait toujours pas ce qu'Ernst avait bien pu chercher.

Heimersson continua la visite, d'humeur égale. Il les précéda dans le couloir qui conduisait à la deuxième salle du musée.

« Là-bas, ce sont nos premiers ordinateurs… grands comme une maison. C'était comme ça à l'époque. »

Gerlof hocha la tête d'un air absent, et laissa Heimersson lui faire visiter la salle, où était présentée l'évolution technologique de la scierie et du secteur forestier. Il était surtout question de statistiques et de grosses machines.

« Vraiment très intéressant, dit Gerlof au bout de dix minutes. Un grand merci.

— De rien, dit Heimersson. Ça fait toujours plaisir de rencontrer des gens qui s'intéressent au bois. »

Il les raccompagna jusque sur le terre-plein goudronné, et leur désigna un des grands bâtiments métalliques.

« Nous venons juste de recevoir un nouveau système à rayons X pour examiner la qualité du bois. Vous voudriez peut-être voir ça aussi ? »

Gerlof vit le rapide signe de tête de John, qui avait eu sa dose.

« Merci, dit-il, mais c'est certainement trop technique pour nous. Nous aimerions plutôt descendre jeter un coup d'œil au port. Seuls.

— Le port ? dit Heimersson. Je ne l'appellerais pas comme ça. Il n'est pas assez profond pour les gros bateaux. Tout le bois est transporté en camion.

— Nous aimerions quand même aller voir, dit Gerlof.

— Allez-y, dit Heimersson. Je vais fermer le musée, alors. »

Non, on ne pouvait pas parler d'un port, Gerlof le vit après qu'ils eurent descendu la centaine de mètres jusqu'au rivage. Il y avait à peine un quai, l'asphalte y était fissuré, et, sur son bord, les blocs rectangulaires de granit s'étaient descellés, laissant voir des fentes béantes.

À côté du quai, un ponton de bois s'avançait de quelques dizaines de mètres dans l'eau. Lui aussi aurait eu besoin d'être réparé, pensa Gerlof. N'y avait-il pas assez de bois à l'usine pour ça ?

Une vieille barque se balançait seule près du ponton, attendant en silence que son propriétaire vienne la mettre à l'abri avant l'arrivée des tempêtes d'hiver.

Un vent froid et âpre soufflait des terres, et Öland formait une bande noire à l'horizon. Malgré la beauté de la côte smålandaise, avec ses échancrures et ses îles, Gerlof avait déjà hâte de rentrer sur son île.

« Ça doit être là que les cotres de Martin Malm avaient l'habitude d'accoster, dit-il.

— Oui, dit John. La photo a été prise ici. »

Il n'y avait plus grand-chose d'autre à voir, et Gerlof sentait le froid traverser son gros manteau d'hiver. Il n'avait pas envie de s'avancer sur le ponton avec ce vent, et quand John tourna les talons, il l'imita.

En revenant sur ses pas, Gerlof s'arrêta pour regarder le terre-plein qui s'ouvrait entre les bâtiments de la scierie. Il était toujours complètement désert.

À cet instant précis, il fut traversé par une certitude soudaine. Elle n'avait rien de logique, elle sortit de son inconscient comme un sombre poisson surgit et bat de la queue juste sous la surface de l'eau, et, avant qu'il ait eu le temps de réfléchir, il ouvrit la bouche :

« Ça a commencé ici.

— Quoi donc ? dit John.

— Tout a commencé ici. Nils Kant, Jens et... Mon petit-fils est mort à cause de quelque chose qui a commencé ici.

— Ici, à Ramneby ?

— Oui, ici. Ici, à la scierie.

— Comment le sais-tu ?

— Je le sens », dit Gerlof en se rendant lui-même compte combien cela avait l'air ridicule.

Il se sentit pourtant obligé de poursuivre :

« Il y a eu une sorte de rencontre, je pense qu'il s'agissait de cela. Quand Nils est venu ici... Il a dû rencontrer son oncle August et se mettre d'accord avec lui. Il a dû se passer quelque chose de ce genre. »

Mais le sentiment de certitude avait déjà disparu.

« Bon. On rentre, alors ? » dit John.

Gerlof hocha lentement la tête et se remit à marcher.

Gerlof était resté seul dans la voiture de John. Elle était garée le long des maisons en pierre dans la rue Larmgatan, déserte, au centre de Kalmar. John avait voulu s'arrêter en ville pour une courte visite à sa sœur Ingrid avant de rentrer sur Öland.

Gerlof réfléchissait. La visite au musée du bois avait-elle seulement servi à quelque chose ? Il n'en était pas certain.

De l'autre côté de la rue s'ouvrit la porte de la maison que louait Ingrid, et John en sortit. Il marcha droit vers la voiture et ouvrit la porte du conducteur.

« Elle allait bien ? » dit Gerlof.

John s'installa au volant sans répondre. Puis il démarra et s'engagea sur la rue.

Ils quittèrent Kalmar et parcoururent l'autoroute rectiligne vers Öland sans échanger un mot, et c'est seulement quand ils furent sur le pont que Gerlof estima que cela avait assez duré.

« Quelque chose ne va pas ? demanda-t-il. Il s'est passé quelque chose chez Ingrid ? »

John hocha brièvement la tête.

« La police a arrêté Anders, dit-il. Ils sont venus le chercher à l'heure du déjeuner.

— Où ça ? dit Gerlof. Chez Ingrid ? »

John hocha la tête.

« Anders était chez sa tante. C'est là qu'il se cachait. Et maintenant ils l'ont arrêté.

— Arrêté, tu en es sûr ? dit Gerlof. La police n'arrête quelqu'un que si elle pense que…

— Ingrid a dit qu'ils sont entrés sans frapper, le coupa John. Ils sont entrés et ont dit à Anders de les suivre à Borgholm. Ils ont refusé de répondre aux questions qu'elle a posées.

— Tu savais qu'il était allé à Kalmar ? » demanda Gerlof.

John ne dit rien, il se contenta de hocher la tête une nouvelle fois.

« Comme je disais ce matin, dit lentement Gerlof, ce n'est jamais bon de partir quand la police veut vous parler. Ça ne fait qu'attiser leurs soupçons.

— Anders ne leur fait pas confiance, dit John. Il avait essayé de calmer cette bagarre au camping. Mais c'est lui qui s'est fait pincer, pas les types de Stockholm.

— Je sais, dit Gerlof. Et c'était injuste. »

Il réfléchit un moment, puis dit, avec toutes les précautions possibles :

« Mais s'il s'avère que… que la police pense qu'Anders pourrait avoir quelque chose à voir avec la disparition de mon petit-fils Jens et voulait l'interroger à ce sujet… est-ce que quelque chose pourrait faire penser qu'ils aient raison ? Tu connais Anders mieux que personne, n'est-ce pas… Est-ce que ce soupçon t'a jamais traversé l'esprit ? »

John secoua la tête.

« Anders est honnête.

— Tu n'as même pas besoin d'y réfléchir à deux fois ?

— La seule bêtise que je l'aie jamais vu faire, dit John, c'est un jour qu'il s'était caché dans les genévriers près du ponton. Il reluquait en douce des filles qui se changeaient près de l'école de natation. Il devait avoir douze ou treize ans. Je lui ai dit de ne jamais recommencer. Et je ne l'ai jamais revu le faire. »

Gerlof hocha la tête.

« Ce n'était pas si grave que ça, dit-il.

— Il est honnête, répéta John. Mais ils l'ont pourtant arrêté. »

La voiture avait à présent traversé le pont, ils étaient de retour sur l'île.

Gerlof réfléchissait tout en regardant la lande battue par le vent à l'est de la route. Il hocha à nouveau la tête.

« Allons à Borgholm, dit-il. Je vais parler à Martin Malm une dernière fois. Il va falloir qu'il me raconte ce qui s'est vraiment passé. »

25

« Non, ce n'est pas moi qui vais parler avec Anders Hagman, dit Lennart à Julia dans la voiture de police en route pour Borgholm. Un inspecteur de la police criminelle formé pour ça vient de Kalmar.

« Ce sera un long interrogatoire ? » demanda Julia en regardant Lennart qui conduisait.

Il avait mis une nouvelle veste d'uniforme, une veste d'hiver fourrée avec l'insigne de la police sur l'épaule. Comme pour sortir en ville.

« Je ne crois pas qu'on puisse parler d'interrogatoire, s'empressa de dire Lennart. C'est seulement une conversation, un entretien. Il n'est pas arrêté, ni mis en examen, ni quoi que ce soit. Il n'y a aucune raison pour ça. Mais si Anders reconnaît être entré par effraction dans la villa de Vera Kant et avoir collectionné ces vieilles coupures de journaux, ils parleront sûrement de ton fils un bon moment. Et alors, nous verrons ce qu'Anders a à nous dire à ce sujet.

— J'ai essayé de me rappeler si… si d'une façon ou d'une autre il a manifesté de l'intérêt pour Jens, dit Julia. Mais je ne me souviens de rien de ce genre.

— Tant mieux. Il ne faut pas se mettre à soupçonner les gens à tort et à travers. »

Lennart l'avait appelée alors qu'elle prenait le café avec Astrid. Il l'avait informée de l'arrestation d'Anders Hagman à Kalmar et de son transfert à Borgholm. Il était passé une demi-heure après la prendre avec sa voiture de police. Julia lui était reconnaissante de l'associer dès le début à cette enquête, si on pouvait employer ce terme, mais en même temps, ce qui l'attendait la rendait nerveuse.

« Je n'aurai pas à être dans la même pièce que lui, hein ? dit-elle. Je ne crois pas que…

— Non, non, dit Lennart. Il n'y aura qu'Anders et Niklas Bergman, de la police criminelle.

— Vous avez des miroirs sans tain… ou quelque chose comme ça ? demanda Julia.

— Non, rien de ce genre, dit-il. On en voit surtout dans les séries américaines, pour les confrontations de témoins, ce genre de choses palpitantes. Nous avons parfois recours à un enregistrement vidéo, mais c'est rare. À Stockholm, ils organisent parfois des confrontations, mais pas ici.

— Tu crois que c'était lui ? » demanda Julia quand ils s'arrêtèrent au premier feu rouge de Borgholm.

Lennart secoua la tête.

« Je ne sais pas. Nous devons d'abord lui parler. »

L'hôtel de police de Borgholm était situé sur une rue transversale, à l'entrée de la ville. Lennart se gara sur le parking et ouvrit la boîte à gants. Julia le regarda fouiller parmi les papiers, les cartes de visite et les paquets de chewing-gum.

« Ne pas oublier ça, dit-il. Ce n'est pas qu'on en ait besoin, mais on n'a pas le droit de le laisser. »

Et il attrapa son pistolet, rangé dans un étui noir portant la marque GLOCK gravée dans le cuir. Lennart se l'attacha au côté et attendit que Julia se soit extraite de la voiture et calée sur ses béquilles pour la précéder vers l'hôtel de police.

On fit attendre Julia dans la salle de repos du commissariat de Borgholm. Elle ressemblait à n'importe quelle salle de repos, mais il y avait un téléviseur dans un coin, et elle se retrouva assise devant la même émission américaine de télé-achat qu'elle avait l'habitude de passer ses journées à regarder dans son appartement de Göteborg.

Cela lui semblait complètement absurde à présent. Comment avait-elle pu trouver intéressant de regarder ça ?

Juste avant deux heures, Lennart revint.

« C'est fini, dit-il. Pour cette fois. Tu veux aller manger un morceau ? »

Julia hocha la tête en essayant de dissimuler sa curiosité. Lennart lui raconterait sans doute le moment venu. Elle prit ses béquilles et sortit avec lui du commissariat.

« Anders est toujours là ? » demanda-t-elle quand ils se retrouvèrent dans le froid au milieu de la rue principale.

Lennart secoua la tête.

« On l'a laissé rentrer dans son appartement, à Borgholm. »

Il marchait lentement sur le trottoir, pour aller à la même allure que Julia. Elle essayait de sautiller aussi vite que possible sur ses béquilles, mais avec le vent glacé, ses doigts s'engourdissaient autour des poignées.

Lennart ajouta :

« Ou alors c'est peut-être l'appartement de sa mère, je ne sais pas bien. Mais il a promis de ne pas disparaître dans la nature, au cas où nous aurions besoin de parler encore avec lui… Chinois, ça ira ? J'en ai un peu assez des pizzas.

— Pourvu que ce ne soit pas trop loin », dit Julia, qui laissa Lennart la guider jusqu'à un restaurant près de l'église de Borgholm.

Il ne restait plus que quelques clients dans le restaurant. Lennart et Julia enlevèrent leurs manteaux et s'assirent à une table près de la fenêtre. Julia regarda le grand bâtiment blanc de l'église, au-dehors, et se rappela le chaud été de sa confirmation, ici même, elle était amoureuse d'un garçon du groupe des confirmants… comment s'appelait-il déjà ? C'était si important à l'époque, mais à présent elle ne s'en souvenait plus.

« Mais qu'est-ce qu'Anders faisait dans la villa, alors ? demanda Julia à voix basse quand ils eurent commandé cinq petites portions. Est-ce qu'il l'a dit ?

— Oui… Il a dit qu'il creusait pour trouver des diamants, dit Lennart.

— Des diamants ? »

Lennart hocha la tête en regardant par la fenêtre.

« C'est une vieille rumeur… j'en avais entendu parler moi aussi. Les Allemands que Nils Kant a tués auraient rapporté un trésor de guerre des Pays baltes. Des pierres précieuses, à ce qu'on raconte. Anders s'est mis dans la tête que Nils les aurait cachées dans la cave avant de s'enfuir. C'est pour ça qu'il a creusé, et encore creusé... sans jamais les trouver, dit Lennart, avant d'ajouter : C'est en tout cas ce qu'il raconte. Il est un peu spécial.

— Et les coupures de journaux ? demanda Julia.

— Elles étaient cachées dans un placard, il les a trouvées et les a mises au mur. Anders pense que c'est Vera Kant qui les a gardées. »

Lennart la regarda.

« Et tu sais ce qu'il dit encore ? Qu'il a senti la présence de Vera Kant là-bas. Qu'elle revient dans la villa. Des fantômes, quoi.

— Ah bon ? » se contenta de dire Julia.

Elle ne voulait pas raconter qu'elle avait eu la même impression. Elle ne voulait pas penser une seconde à sa nuit dans la villa de Vera Kant.

Julia avait encore une question, mais elle ne savait pas si elle voulait la poser. Juste avant qu'on les serve, Lennart lui apporta de toute façon la réponse :

« Anders dit qu'il n'a pas rencontré ton fils ce jour d'automne. On lui a posé une question directe, et il a dit qu'il ne savait rien. Il n'est pas sorti ce jour-là, trop de brouillard et de mauvais temps, et il n'a su ce qui était arrivé que lorsque nous sommes venus demander de l'aide pour les recherches. »

Il ajouta :

« Niklas Bergman, qui lui a parlé, a eu l'impression qu'Anders disait la vérité. Il était aussi ouvert sur ce sujet que pour son effraction chez Vera Kant. »

Julia se contenta de hocher la tête.

« Je pense donc que cette piste ne nous mènera pas beaucoup plus loin, continua Lennart. Pas en l'absence de nouveaux éléments. »

Julia hocha à nouveau la tête. Elle regarda ses mains, et dit :

« J'ai essayé de tourner la page... de ne pas m'enterrer dans le passé. Je n'y suis pas bien arrivée jusqu'ici, mais cet automne, je me suis sentie mieux. Un peu mieux. J'ai pu faire mon deuil. C'était impossible auparavant. »

Elle releva les yeux vers Lennart.

« Alors je pense que j'ai bien fait de revenir sur Öland... revoir Papa. Et toi, aussi.

— Je suis très content d'entendre ça, dit Lennart. Je suis moi aussi resté bloqué dans le passé, très longtemps. »

Il se tut, puis continua :

« Et il m'est arrivé d'aller très mal, parfois, jusqu'à ce que je comprenne que se venger ne rend pas plus heureux. Il faut tourner la page. C'est difficile de regarder vers l'avenir, mais je crois qu'il le faut.

— Oui, dit Julia à voix basse. Il faut laisser les morts en paix. »

Puerto Limón, juillet 1963

Nils quitte Playa Bonita, la plage de sable aux environs de Limón, quand tout le vin est bu et la fête bientôt finie. Il a vidé deux bouteilles de vin rouge chilien à lui tout seul au cours de la soirée, et pourtant il ne se sent pas assez saoul pour ce qui l'attend.

Il n'est pas venu grand monde aujourd'hui, et presque tous sont repartis depuis longtemps.

Il ne reste que deux hommes. Ils sont assis tels des ombres sur le sable autour d'un petit feu. Une des ombres est l'homme que Nils connaît sous le nom de Fritiof Andersson, l'autre, leur victime. Nils pense à lui en l'appelant parfois « le Smålandais », mais le plus souvent « *Borrachon* ». L'Alcoolo.

Le Costa Rica est beaucoup mieux que le Panama, pense le *Borrachon*, il ne comprend pas pourquoi il n'y est pas allé plus tôt. Et Limón est une ville fantastique. Au fond, il voudrait ne jamais rentrer au pays.

Nils lui a dit qu'il pouvait rester autant qu'il voulait.

C'est Nils qui a aidé le *Borrachon* à venir au Costa Rica. Il a veillé à ce qu'il émerge un tant soit peu des brumes de l'alcool, à ce qu'il obtienne un passeport provisoire auprès de l'ambassade à Panama City, pour remplacer celui qu'il avait oublié sur le dernier bateau, puis à ce qu'il prenne le train pour San José. Nils lui a trouvé une chambre dans un hôtel bon marché près de la gare centrale, lui a donné de l'argent pour payer son vin et un peu à manger, puis est allé attendre Fritiof Andersson.

Le *Borrachon* s'est montré reconnaissant, tellement que c'en était lassant. Il avait trouvé un nouvel ami, quelqu'un qui le comprenait. Quelqu'un pour qui il donnerait sa vie.

Nils a hoché la tête en souriant un peu au *Borrachon*, mais au fond de lui il n'avait qu'une hâte, que Fritiof revienne aussi vite que possible pour l'aider. *Voici Fritiof Andersson...* Nils ne veut pas devenir l'ami de ce Suédois servile qui lui ressemble, tout ce qu'il veut, c'est rentrer sur Öland. Fritiof a promis d'arranger ça, et tout ce qu'il veut en échange...

Salut, si tu veux, un mot seulement,
Et nous rentrons à la maison...

... tout ce que Fritiof veut, ce sont les diamants cachés.

C'est ce que Nils soupçonne. Lors de ses visites, Fritiof en a plusieurs fois parlé. Il est au courant de ce qui est arrivé à Nils sur la lande, juste après la guerre.

« Ils t'ont dit d'où ils venaient, ces Allemands ? a demandé Fritiof. C'est vrai qu'ils ramenaient un trésor de guerre des Pays baltes ? Et s'ils avaient ce butin... Où est-il passé ? Qu'est-ce que tu en as fait, Nils ? »

Tellement de questions, mais Nils soupçonne cet homme qui se fait appeler Fritiof de connaître déjà la plupart des réponses.

Nils a répondu, laconique, mais il n'a pas dit où il avait caché les pierres précieuses. Ce trésor lui appartient, quelle qu'en soit la valeur. Il a vécu sans le sou pendant tant d'années que maintenant il l'a bien mérité.

Assez vite, le *Borrachon* s'est impatienté dans sa petite chambre de San José, mais Nils devait le tenir à l'œil jusqu'à l'arrivée de Fritiof. Au bout de trois jours, ils avaient épuisé tous les sujets de conversation, et après une semaine Nils et le *Borrachon* ne partageaient plus que la beuverie. Ils restaient sans se parler dans la chambre d'hôtel, entourés de bouteilles vides, alors qu'au-dehors le soleil brillait dans la rue.

L'avion de Fritiof a fini par atterrir à l'aéroport, et il a débarqué à l'hôtel avec un grand sourire sous ses lunettes de soleil. Le *Borrachon* s'est réveillé de sa cuite sans vraiment comprendre qui était ce nouveau Suédois, ni ce qu'il voulait, mais Fritiof a commandé d'autres bouteilles de vin et la fête a continué. Fritiof a chanté et ri, mais sans jamais perdre le contrôle : il a étudié le *Borrachon* sans le quitter des yeux.

Le lendemain de l'arrivée de Fritiof, Nils a pris le premier le train pour Limón. Il est rentré à son domicile, a payé son dernier loyer à sa logeuse, Madame Mendoza, et s'est fait couper les cheveux courts comme ceux du *Borrachon*. Puis il est allé au bar, près du port, saluer de loin tous ces pauvres types qui ne quitteraient jamais Limón. Il a bu du vin et a fait en sorte de se montrer plusieurs soirs de suite dans les rues boueuses de la ville, complètement ivre en apparence.

« *Echa* », lançait-il à la cantonade, en remerciant tout le monde.

Et il a expliqué à Madame Mendoza et à plusieurs patrons de bar qu'il allait bientôt partir se promener un peu le long de la côte vers le nord, du côté de Playa Bonita – mais qu'il serait de retour dans quelques jours, quand un ami suédois viendrait lui rendre visite.

« *Echa*, disait-il juste. *Hasta pronto.* »

À l'aube de son dernier jour à Limón, il s'est levé, a laissé un peu d'argent dans les tiroirs de la cuisine, et la plupart de ses affaires, n'emportant que quelques vêtements, de la nourriture, son portefeuille et les lettres de Vera. Puis il a enfin quitté Limón. Il a traversé la place du marché, où les vieux marchands de poisson, déjà installés, ont assisté au début de son voyage de retour. Il a dépassé la gare et continué vers le nord, est sorti de la ville, vers son rendez-vous avec Fritiof Andersson, sans regarder en arrière.

Il ne fuit pas – il rentre chez lui.

Pour la première fois depuis presque vingt ans, Nils retourne vers Öland.

26

Ce n'est pas une jeune infirmière qui ouvrit la lourde porte de la villa de Martin Malm cette fois-ci. C'était une femme d'un certain âge, longs cheveux gris, portant un corsage et un pantalon clair. Gerlof la reconnut : la femme de Martin, Ann-Britt Malm.

« Bonjour », dit-il.

La femme resta figée à la porte. Son visage blême gardait une expression sérieuse.

« Gerlof Davidsson », dit-il.

Il passa sa canne dans sa main gauche et lui tendit la droite.

« De Stenvik.

— Ah, oui, dit-elle. Gerlof, oui. Vous êtes déjà venu la semaine dernière, en compagnie d'une femme.

— C'était ma fille, dit Gerlof.

— Je vous ai vus partir depuis le premier étage, mais quand j'ai demandé à Ylva, elle a été incapable de se rappeler vos noms, dit Ann-Britt Malm.

— C'est cela, dit Gerlof, j'aurais bien voulu parler du bon vieux temps avec Martin, mais ce n'était pas le bon moment. C'est peut-être mieux aujourd'hui ? »

Gerlof sentait dans son dos le vent glacé du détroit, et s'efforçait de ne pas trembler de froid. Il aurait vraiment voulu entrer se mettre au chaud.

« Martin ne va pas très bien aujourd'hui », dit Ann-Britt Malm.

Gerlof hocha la tête d'un air compréhensif.

« Mais un peu mieux, peut-être ? dit-il, en se sentant comme un vendeur ambulant. Je ne resterai pas longtemps. »

Elle finit par lui céder le passage.

« Nous pouvons aller voir comment il va, dit-elle. Entrez. »

Avant de la suivre, Gerlof se tourna pour regarder vers la rue.

John était resté dans sa voiture. Gerlof lui fit un signe de tête. « Trente minutes », lui avait-il dit. « Si tu vois qu'on me laisse entrer, tu peux revenir dans trente minutes. »

John fit un signe de la main à travers le pare-brise, et démarra. Il s'en alla.

Gerlof entra au chaud, et ses membres cessèrent peu à peu de trembler. Il posa sa serviette sur le sol de pierre du grand hall d'entrée et enleva son manteau.

« C'est presque un temps d'hiver », aujourd'hui, dit-il à Ann-Britt Malm.

Elle se contenta de hocher la tête. Elle n'était visiblement pas d'humeur à bavarder.

La porte du fond était entrebâillée, elle s'avança et l'ouvrit complètement. Gerlof la suivit en silence.

Il y avait de l'autre côté une pièce plus vaste, un salon. L'air était étouffant, sentait le renfermé et le tabac froid. Plusieurs fenêtres donnaient sur le jardin à l'arrière de la villa, mais les rideaux sombres étaient tirés. Au plafond, un lustre de cristal enveloppé dans un drap blanc. Des poêles en faïence occupaient deux des angles du salon, et dans un troisième, un téléviseur allumé diffusait des dessins animés à bas volume.

Les Pierrafeu, nota Gerlof.

Devant la télévision était installé un fauteuil roulant où un vieil homme se tassait, une couverture sur les genoux. De sombres lentilles hépatiques bourgeonnaient sur son crâne chauve, une ancienne cicatrice barrait de blanc son front. Son menton n'arrêtait pas de bouger.

C'était Martin Malm, l'homme qui avait envoyé la sandale de Jens.

« Tu as de la visite, Martin », dit Ann-Britt Malm.

Le vieil armateur sursauta et tourna la tête. Son regard se fixa sur Gerlof.

« Bonjour, Martin, dit Gerlof. Comment vas-tu ? »

Le menton tremblant de Martin s'affaissa de quelques centimètres, comme un vague hochement de tête.

« Tu vas bien ? » dit Gerlof.

Il fit non de la tête.

« Non ? Moi non plus, dit Gerlof. À nos âges, on a ce qu'on mérite. »

Ils se turent. Sur l'écran du téléviseur, Fred Pierrafeu sauta dans sa voiture et disparut dans un nuage de poussière.

« Voulez-vous du café, Gerlof ? demanda Ann-Britt.

— Non, merci. »

Gerlof espérait secrètement qu'elle n'avait pas l'intention de rester au salon.

C'était le cas. Ann-Britt Malm tourna les talons et, la main sur la poignée de la porte, elle regarda une dernière fois Gerlof, d'un air entendu.

« Je reviens dans un moment », dit-elle.

Elle sortit alors en refermant la porte derrière elle.

Un profond silence s'installa dans le salon.

Gerlof demeura quelques instants immobile, puis se dirigea vers une chaise appuyée contre le mur. Elle était à plusieurs mètres de Martin, mais Gerlof savait qu'il n'aurait pas la force de l'avancer vers lui, aussi s'assit-il là où elle se trouvait.

« Voilà, dit-il. Causons un peu maintenant. »

Malm le regardait toujours.

Gerlof remarqua dans le salon l'absence de souvenirs de marine, à la différence du hall d'entrée et de sa propre chambre à la maison de retraite de Marnäs. Ici, pas d'images de bateau, ni de cartes marines encadrées, ni de vieilles boussoles.

« La mer ne te manque pas ? Martin, demanda-t-il. Moi, oui. Même un jour de vent comme aujourd'hui, où l'on ne devrait pas sortir. Mais j'ai toujours ceci... »

Il leva sa serviette.

« C'est là-dedans que je conservais tous mes papiers quand j'étais en mer, et elle tient encore le coup. Et je voulais te montrer quelque chose... »

Il ouvrit sa serviette, en sortit le livre de souvenirs sur la Compagnie Maritime Malm, et continua :

« Tu reconnais ça, bien sûr. Je l'ai souvent regardé, et j'y ai appris beaucoup de choses sur tes bateaux et tes aventures maritimes, Martin. Mais il y a une photo qui est un peu plus intéressante que les autres. »

Il ouvrit le livre à la page de la photo prise à Ramneby.

« Celle-ci, pousuivit-il. Elle est de la fin des années cinquante, non ? Avant que tu n'achètes ton premier cargo transatlantique. »

Il leva les yeux vers Martin Malm, et vit qu'il était parvenu à retenir l'attention du vieil armateur. Malm fixait l'image, et Gerlof vit sa main droite sursauter, comme s'il voulait la lever et montrer quelque chose dessus.

« Tu t'es reconnu ? demanda-t-il. Sûrement. Et le cotre, aussi ? C'était l'*Amelia*, non ? Il était d'habitude amarré près de mon *Vågryttaren* à quai, ici à Borgholm. »

Martin Malm fixait l'image sans rien dire. Sa respiration était lourde, comme s'il n'y avait pas assez d'air.

« Tu te souviens où elle a été prise, cette photo ? Moi, je transportais surtout de l'huile de moteur vers Oskarshamn, quand je naviguais sur les côtes du Småland, mais ça, c'est un peu plus au sud. Je me trompe ? »

Martin ne répondit rien, mais ses yeux ne quittaient toujours pas la vieille photo que lui montrait Gerlof. Les hommes alignés sur le ponton le fixaient à leur tour, et Gerlof remarqua que le menton de Martin avait recommencé à trembler de façon incontrôlée.

« La scierie de Ramneby, non ? Il n'y a pas de légende, mais c'est Ernst Adolfsson qui a reconnu l'endroit. À l'époque où cette photo a été prise, on pouvait encore vivre en n'exploitant qu'un seul cotre. Enfin, tout juste… »

Gerlof désigna à nouveau la photo.

« Et voici le propriétaire de la scierie en personne, August Kant. Le frère de Vera Kant, de Stenvik. Tu l'as bien connu, n'est-ce pas ? C'est que vous avez tous les deux fait pas mal d'affaires ensemble. »

Martin essaya de se lever de son fauteuil roulant pour s'approcher de Gerlof. Ça en avait l'air, en tout cas : ses épaules tressaillirent, il respira avec de courts gémissements, ses jambes se tendirent contre les marchepieds du fauteuil. Sans quitter des yeux la photo, il ouvrit la bouche.

« *Frr-choff*, dit-il d'une voix pâteuse.

— Pardon ? dit Gerlof. Qu'est-ce que tu dis, Martin ?

— *Frr-choff* », répéta Martin.

Gerlof le regarda, interloqué, et baissa le livre avec la photo prise à la scierie. Qu'avait dit Martin ? Ça ressemblait à *approche*. Peut-être voulait-il lui demander pardon.

Ou alors il avait dit un nom – *Fridolf* ?

Ou *Fritiof* ?

Puerto Limón, juillet 1963

Nils attend plus d'une demi-heure sous les palmiers, tendu, le dos tourné à la plage. Les moustiques forment un nuage autour de lui. Il les chasse du revers de la main en pensant à Öland, à ses marches sur la lande, libre et insouciant. Son oreille reste aux aguets, mais aucun bruit ne remonte de la plage.

Il finit par entendre des pas qui s'approchent dans le sable, derrière lui.

« Ça a pris du temps, mais maintenant il dort, dit Fritiof.

— Bien. »

Nils redescend sur la plage à la suite de Fritiof. Le *Borrachon* s'est affaissé comme un sac de charbon près du feu rougeoyant, la tête qui pend et la main posée sur la dernière bouteille de vin.

« Allez, maintenant il faut que tu t'y mettes, dit Fritiof.

— Moi ?

— Oui, toi, dit Fritiof en le dévisageant. J'ai déjà eu assez de mal à garder cet alcoolo éveillé pendant tout le voyage. C'est à toi maintenant. »

Nils regarde le *Borrachon*, sans bouger.

« Il ne vaut rien, Nils, dit Fritiof. Il n'est précieux que pour nous. »

Nils ne bouge toujours pas.

« Tu crois que tu vas aller en enfer pour ça ? » demande Fritiof.

Nils secoue la tête.

« Tu n'iras pas en enfer, dit Fritiof. Tu va pouvoir rentrer chez toi.

— C'est ici.

— Quoi ?

— L'enfer, c'est ici, dit Nils.

— Bien dit. »

Fritiof hoche la tête.

« Alors il est temps pour toi d'en sortir. »

Nils hoche la tête d'un air las, se penche et attrape le *Borrachon* par le haut du corps. L'homme marmonne dans son sommeil, mais ne résiste pas. Nils le traîne sur le sable, loin du feu, vers la mer noire.

« Attention aux requins », dit Fritiof dans son dos.

L'eau est tiède, les vagues larges mais sans force. Nils s'avance à reculons droit dans la mer des Caraïbes, en traînant avec lui le corps du *Borrachon*.

Soudain, il se met à bouger. Le *Borrachon* se met à tousser quand l'écume éclabousse son visage, et il commence à opposer de la résistance. Nils serre les dents, recule encore de quelques mètres, jusqu'à ce que l'eau lui arrive au-dessus des cuisses, puis plonge la tête du *Borrachon* sous la surface. Il ferme les yeux et commence à compter. Un, deux, trois…

L'homme se débat en agitant frénétiquement les bras pour sortir sa tête de l'eau. Mais Nils tient bon, il pense à Öland et continue à compter.

… quarante-huit, quarante-neuf, cinquante…

Il lui semble que le corps met une heure pour arrêter de bouger. Nils le maintient pourtant sous l'eau jusqu'à la crampe. Que toute vie disparaisse, qu'il n'en reste rien. S'il attend assez longtemps, peut-être que le *Borrachon* ne refera pas surface dans ses rêves, comme le garde champêtre.

« C'est fini ? crie Fritiof depuis la plage.

— Oui.

— Bien, Nils. »

Fritiof entre dans l'eau, se penche vers le *Borrachon*, lui lève un bras et le laisse retomber.

« Bien joué. »

Nils ne dit rien. Il reste là, dans le ressac, pendant que Fritiof ramène le corps sur le rivage, et, soudain, il pense à son petit frère. Axel.

C'était un accident, Axel, je ne l'ai pas fait exprès…

Tuer fait revenir les morts, plus que jamais.

Fritiof patauge jusqu'à la plage et s'essuie le front avec sa manche. Il souffle.

« Bon, voilà qui est fait, dit-il en se tournant vers Nils. Raconte, maintenant.

— Raconter quoi ? »

Nils sort lentement de l'eau et se campe devant lui.

« Le trésor de guerre que tu as caché. Où est-il, Nils ? »

Le buste du Smålandais les sépare. Nils sent que Fritiof a désormais pris le dessus, mais il refuse de céder.

« Dans ce cas-là, comment tu t'appelles, Fritiof Andersson ? Pour de vrai ? »

L'homme qui lui fait face ne répond pas.

« Si tu me ramènes à la maison, finit par dire Nils, alors j'irai chercher le butin.

— Ça prendra du temps, dit Fritiof en chassant un moustique. Je vais m'occuper de tout, mais ça prendra du temps. Une chose à la fois. Il faut d'abord que le corps retourne sur Öland… il faut qu'on l'enterre et qu'on l'oublie autant que faire se peut. Alors seulement tu pourras rentrer. Tu comprends ? »

Nils hoche la tête.

Fritiof touche du pied le corps étendu entre eux.

« On va l'éloigner de quelques mètres, lui taillader un peu le visage et l'ancrer au fond… puis laisser faire les poissons carnassiers. Après ça, personne ne pourra plus vous distinguer. »

Il fait un signe de tête en direction de la sacoche du *Borrachon*, près du feu.

« N'oublie pas de prendre son passeport. Tu n'arriveras peut-être pas à entrer au Mexique sinon.

— Et après, dit Nils, toi, tu vas revenir ici ?

— Oui. Toi, tu restes à Mexico City, et moi je retourne ici dans une semaine environ. Je ramène le corps sur le rivage, j'efface les traces, puis je rentre à Limón où je commence à demander aux gens s'ils ont vu mon ami suédois Nils. Le mieux serait que quelqu'un d'autre retrouve le corps, sinon je m'en chargerai. »

Nils commence à se déshabiller.

« On échange nos vêtements, alors. »

Fritiof le regarde.

« Quelque chose d'autre ? dit-il. Quelque chose que tu as oublié ? »

Nils ôte sa chemise dans le noir.

« Quoi ? »

Fritiof montre sans rien dire la main gauche de Nils, ses deux doigts tordus. Puis il se penche, attrape le bras gauche du Borrachon, l'étend pour que la main repose sur le sable, puis piétine l'annulaire et le majeur à grands coups de talon. Toujours plus fort, jusqu'à ce qu'on entende un craquement sourd dans le noir.

« Voilà, dit Fritiof, en sortant de sa poche un mouchoir pour attacher les doigts cassés selon un angle tordu par rapport à la paume de la main, bientôt vous serez des copies conformes. »

Nils se contente de regarder. Cet homme, Fritiof, prévoit tout avec un temps d'avance sur lui. Quelle fin aura-t-il prévue à toute cette histoire ?

Nils met de côté son inquiétude.

« Enlève-lui son pantalon, dit-il. Je vais le faire sécher près du feu. Il prendra le mien à la place, avec mon portefeuille. »

Maintenant, tout ce qui compte pour lui, c'est de rentrer. Si seulement il pouvait revenir à Stenvik, tout finirait bien.

Qu'il soit en ce moment même en enfer n'aurait alors plus aucune importance.

27

« Nous sommes quand même de vieux amis, tous les deux, dit Gerlof à Martin Malm. Nous avons du temps pour réfléchir. Et nous avons beaucoup réfléchi ces derniers temps… »

Il croisa le regard de Martin. Ils étaient toujours assis face à face dans la pénombre du salon, où la télévision montrait maintenant des images de Fred Pierrafeu en train d'extraire des pierres de la montagne.

Gerlof tenait toujours le livre de souvenirs avec la photo prise à Ramneby.

« Ton entreprise de transport n'était pas si importante à l'époque où cette photo a été prise, dit-il. Je le sais bien, la mienne était aussi petite. Tu avais quelques cotres à voile qui transportaient la pierre, le bois et des marchandises diverses sur la petite mer Baltique, comme nous autres. Mais il ne t'a pas fallu plus de trois ou quatre ans pour acheter ton premier bateau à coque métallique et commencer à relier l'Europe puis traverser l'Atlantique. Nous autres, nous nous sommes cramponnés à nos cotres à voile quelque temps encore, jusqu'à ce que les réglementations sur l'équipage minimum et le chargement maximum deviennent trop dures. Les banques ne nous ont pas fait de prêts pour acheter de plus gros bateaux, tu es le seul à avoir investi au bon moment dans de plus gros tonnages. »

Il regardait toujours Malm.

« Mais où as-tu trouvé l'argent pour ça, Martin ? Tu avais aussi peu d'argent personnel que n'importe lequel d'entre nous à l'époque, et les banques n'ont pas dû être plus généreuses avec toi. »

Martin serra les dents, sans rien dire encore.

« Est-ce qu'il venait d'August Kant, Martin ? dit Gerlof. Du propriétaire de la scierie de Ramneby ? »

Martin fixa Gerlof et sa tête tressaillit.

« Non ? Mais moi, je crois que si. »

Gerlof plongea la main dans sa serviette, avança sa canne et se leva. Il contourna lentement le téléviseur et s'approcha de Martin.

« Je crois que tu as été payé pour ramener chez lui un meurtrier en fuite en Amérique du Sud, Martin. L'assassin du policier, Nils Kant… le neveu d'August. »

Martin bougeait à présent la tête d'avant en arrière. Il ouvrit à nouveau la bouche.

« *Ee-a*, dit-il. *Ee-a A-nt*.

— Vera Kant », traduisit Gerlof.

Il commençait à mieux comprendre ce que disait Martin.

« La mère de Nils. Elle voulait certainement aussi ramener son fils à la maison. Mais c'est bien son frère qui a payé ? Il t'a d'abord payé pour ramener sur Öland un corps dans un cercueil, qu'on a enterré à Marnäs pour que tout le monde pense que Nils Kant était mort. Puis tu as conduit Nils Kant lui-même sur Öland quelques années après, plus discrètement. »

Il se campa devant Martin, qui fut obligé de lever la tête pour le voir.

« Nils est rentré, probablement au cours des années soixante, et s'est caché quelque part sur Öland. Il n'a pas eu besoin de trop bien se cacher, car bien sûr personne ne le reconnaissait, vingt-cinq ans après. Il pouvait certainement rendre de temps en temps visite à sa mère, et se promener sur la lande. »

Gerlof baissa les yeux sur l'homme assis dans son fauteuil roulant.

« Je crois que c'est là que rôdait Nils un jour de septembre, quand il a rencontré un petit garçon qui s'était perdu dans le brouillard. Mon petit-fils Jens. »

Gerlof regarda à terre.

« Et alors, quelque chose est allé de travers, continua-t-il à voix basse. Il s'est passé quelque chose, et Nils a eu peur. Je ne pense pas que Nils ait été aussi mauvais et fou que le prétendent certains. Il était seulement craintif, impulsif, et parfois violent. Et c'est pour cela que Jens est mort. »

Gerlof soupira.

« Et ensuite… tu le sais mieux que moi. Je crois que Nils est venu te demander de l'aide. Ensemble, vous avez enterré le corps quelque part sur la lande. Mais tu as gardé quelque chose. »

Il lui tendit l'objet qu'il avait sorti de sa serviette. C'était l'enveloppe brune où l'on avait arraché le sigle de la Compagnie Maritime Malm, celle que Gerlof avait reçue par la poste.

« Tu as gardé une des sandales de Jens. Tu me l'as envoyée il y a deux mois, dans cette enveloppe. »

Gerlof marqua une pause, et demanda :

« Pourquoi avoir fait ça ? Tu voulais te confesser ? »

Martin regarda l'enveloppe, et sa mâchoire se remit à bouger.

« *Ungen gné houu* », bava-t-il.

Gerlof hocha la tête, sans comprendre. Il s'assit lentement pour reprendre son souffle, et lança à Martin un dernier regard appuyé.

« As-tu tué Nils Kant, Martin ? »

La dernière question de Gerlof ne reçut évidemment pas de réponse, aussi répondit-il lui-même :

« Je pense que oui... Je pense que Nils était devenu trop dangereux pour toi. Et je pense que c'est lui qui t'a fait cette cicatrice au front. Mais je n'en ai bien sûr pas la preuve. »

Il se pencha et rangea soigneusement l'enveloppe et le livre dans sa vieille serviette. Ce numéro avait été éprouvant.

Sur une étagère contre le mur, des photos de famille étaient exposées dans des cadres, et Gerlof vit des jeunes gens souriants sur plusieurs d'entre elles.

« Nos enfants, Martin..., dit-il. Il faut s'attendre à ce qu'ils nous oublient. Nous voudrions qu'ils se rappellent tout ce qu'on a fait de bien, mais ce n'est pas toujours ce qui se passe. »

Gerlof était fatigué, et il ne faisait plus trop attention à ce qu'il disait. Martin avait lui aussi l'air épuisé, là-bas, sur son fauteuil roulant. Il ne bougeait plus et n'essayait plus de parler.

L'air semblait s'être épuisé dans le salon, et on aurait dit qu'il faisait plus sombre. Gerlof se leva lentement.

« Bon, eh bien, Martin, merci pour tout ça, dit-il. Porte-toi aussi bien que tu peux... je reviendrai peut-être. »

Il trouva lui-même cette dernière phrase menaçante, et c'était dans une certaine mesure le but recherché.

La porte donnant dans le hall s'ouvrit avant qu'il n'ait le temps d'y parvenir. Le visage blême d'Ann-Britt Malm apparut dans l'embrasure.

Gerlof lui adressa un sourire las.

« Eh voilà, nous avons discuté un petit moment », dit-il.

À dire vrai, c'était surtout Gerlof qui avait parlé, et il n'avait pas obtenu une seule réponse claire.

Il passa devant la femme de Martin Malm, qui referma la porte derrière eux.

« Merci beaucoup, alors, dit Gerlof avec un signe de tête.

— C'est moi qui ai envoyé ça », dit Ann-Britt Malm.

Gerlof s'arrêta. Elle montrait du doigt sa serviette, d'où dépassait le coin supérieur de l'enveloppe brune.

« Martin a un cancer du foie, dit Ann-Britt. Il n'en a plus pour longtemps. »

Gerlof resta immobile, sans savoir quoi dire. Il baissa les yeux vers sa serviette.

« Comment saviez-vous... »

Il se racla la gorge.

« ... où l'envoyer ?

— Martin m'a donné l'enveloppe l'été dernier, dit Ann-Britt Malm. La sandale y était déjà, et il avait écrit votre adresse. Il n'y avait plus qu'à la poster.

— C'est aussi vous qui avez appelé ? demanda-t-il. Quelqu'un m'a téléphoné, une fois la sandale arrivée... quelqu'un qui a raccroché.

— Oui. Je voulais demander... pour la sandale, dit Ann-Britt Malm. Pourquoi Martin l'avait, ce qu'elle pouvait signifier. Mais j'avais peur de la réponse… que Martin ait pu faire du mal à votre enfant.

— Pas mon enfant, dit Gerlof avec lassitude. Mon petit-fils. Mais je ne sais pas ce que signifie cette sandale.

— Je ne sais pas non plus, et c'est… »

Elle se tut.

« Martin n'a rien voulu dire quand il l'a ressortie, mais je… je suis arrivée à l'idée qu'il avait récupéré cette sandale comme une sorte de garantie. Est-ce que c'est possible ?

— Une garantie ?

— Contre quelqu'un d'autre, dit Ann-Britt. Je ne sais pas. »

Gerlof la regarda.

« Est-ce qu'il est arrivé que Martin parle de Kant ? De la famille Kant ? »

Ann-Britt hésita, puis hocha la tête sans regarder Gerlof.

« Oui, mais uniquement pour parler de leurs affaires… c'est que Vera Kant avait investi dans les bateaux de Martin.

— Vera, de Stenvik ? dit Gerlof. Ce n'était pas plutôt August ? »

Ann-Britt secoua la tête.

« Vera Kant, de Stenvik, a investi de l'argent dans le premier bateau à moteur de Martin, dit-elle. Et il avait besoin de cet argent, ça, je le sais. »

Gerlof se contenta de hocher la tête. Il ne lui restait plus qu'une question, puis il voulait quitter cette grande maison sinistre.

« Quand Martin vous a remis l'enveloppe, dit-il, avait-il reçu de la visite, juste avant ?

— Nous n'avons pas souvent de visites, dit Ann-Britt.

— Je crois que quelqu'un de Stenvik est venu ici, dit Gerlof. Un vieux tailleur de pierre… Ernst Adolfsson.

— Ernst, oui, dit Ann-Britt. Nous lui avons acheté plusieurs objets en pierre. Il est mort, à présent. Il est venu dire bonjour… mais je crois que c'était un peu plus tôt pendant l'été. »

Ernst est encore une fois arrivé le premier, pensa Gerlof.

« Merci », dit-il seulement, en reprenant son manteau d'hiver.

Il lui parut beaucoup plus lourd, à présent, comme une armure.

« Va-t-on bientôt transporter Martin à l'hôpital ? demanda-t-il.

— Non, il n'y aura pas d'hôpital, dit Ann-Britt. Les médecins continuent à venir ici. »

Une fois sorti, sur les marches du perron, le vent le frappa à nouveau de plein fouet, lui faisant cette fois plier l'échine. C'était la fatigue. Une pluie fine avait aussi commencé à tomber. Quand il arriva sur la rue déserte, il plissa les yeux pour affronter seul le froid, mais il aperçut alors la voiture de John garée à une dizaine de mètres de là.

John se contenta de hocher la tête quand il ouvrit la portière passager et s'assit.

« Et voilà, dit Gerlof.

— Bien », dit John.

Ce n'est qu'alors que Gerlof s'aperçut que quelqu'un était assis sur le siège arrière : une silhouette aux larges épaules, qui avait réussi à s'enfoncer dans la banquette pour disparaître derrière John. C'était son fils Anders.

« Je suis passé à l'appartement, dit John. Anders est rentré à la maison. Ils l'ont relâché, finalement.

— Tant mieux. Salut, Anders. »

Le fils de John se contenta de hocher la tête.

« C'est que la police t'a cru, alors ? dit Gerlof.

— Ouais, dit Anders.

— Il ne faut plus entrer dans la villa de Vera Kant, hein ?

— Nan. »

Anders secoua la tête.

« Il y a des fantômes là-bas.

— J'en ai entendu parler, dit Gerlof. Mais tu n'en as pas eu peur ?

— Nan, dit Anders. Elle reste dans sa chambre.

— Tu veux dire Vera ? »

Anders hocha la tête.

« Elle est amère.

— Amère ?

— Elle se sent trompée.

— Ah bon ? Je vois », dit Gerlof.

Il pensa à ce que Maja Nyman lui avait raconté au sujet de ces deux voix d'hommes qu'elle avait entendues dans la cuisine de Vera. L'une d'elles était-elle celle de Martin ?

La pluie tombait toujours, et John actionna les essuie-glaces en démarrant.

« Je pensais rester un peu avec Anders à Borgholm, dit-il. Nous allons prendre le café chez sa mère. Tu seras sûrement le bienvenu.

— Non, je crois qu'il faut que je rentre, s'empressa de dire Gerlof. Sinon Boel va devenir hystérique.

— Sûr, dit John.

— Je peux prendre le bus pour Marnäs. Il n'y en a pas un à trois heures et demie ?

— On peut aller voir à la gare routière », dit John.

Gerlof resta silencieux et pensif tandis qu'ils traversaient Borgholm. Comme d'habitude, il avait l'impression que des choses lui avaient échappé chez Martin Malm, qu'il n'avait pas posé les bonnes questions, et qu'il avait mal compris les rares réponses obtenues. Il aurait dû prendre des notes.

« Martin ne peut plus parler, dit-il en soupirant.

— Ah non ? » dit John.

Quand la voiture tourna à droite sur la place, Gerlof tourna la tête et aperçut soudain Julia à travers une fenêtre, de l'autre côté de la rue.

Elle était assise dans un restaurant près de l'église en compagnie de Lennart Henriksson, le policier. Gerlof n'était pas étonné de les voir ensemble.

Julia regardait Lennart et semblait calme, estima Gerlof tandis que la voiture s'éloignait. Peut-être pas gaie, mais apaisée. Et Lennart lui aussi avait l'air plus en forme que depuis bien des années. Tant mieux.

« Donc tu peux prendre le bus » ? dit John.

Gerlof hocha la tête.

« Je vais bien à présent. »

C'était en partie vrai. Au moins, il pouvait marcher. Il ajouta :

« Et il faut soutenir les transports en commun. Sinon ils vont aussi supprimer les lignes de bus. »

John tourna vers le nord, en direction de l'ancienne gare de Borgholm. Elle avait jadis été le terminus du train d'où Nils Kant avait sauté en marche après le meurtre du policier – mais ne s'y arrêtaient plus que des taxis et des bus.

La voiture entra sur le parking. John descendit et fit le tour pour ouvrir la portière passager.

« Merci », dit Gerlof, qui se leva d'un pied mal assuré. Il salua Anders d'un signe de tête.

La journée avait été longue et éprouvante, mais il s'efforça de marcher dignement et sans faux pas jusqu'aux bus derrière la gare, sa serviette dans une main, sa canne dans l'autre. La bruine s'était un peu épaissie. Le bus à destination de Byxelkrok via Marnäs était déjà sur le parking. Au volant, le chauffeur lisait un journal.

Gerlof s'arrêta à la porte du bus.

« Nous en avons fini, en tout cas, dit-il. Nous avons fait tout ce que nous pouvions. Il faudra que Martin vive avec ce qu'il a fait. Le temps qu'il lui reste à vivre.

— Oui. Il faudra bien, dit John.

— Au fait…, dit Gerlof. Fridolf… tu aurais entendu parler d'une connaissance de Martin Malm qui s'appelle comme ça ? »

John secoua la tête.

« Fridolf ? dit-il.

— Oui. Ou peut-être Fritiof, dit Gerlof. Fridolf ou Fritiof.

— Pas que je sache, dit John. C'est important ?

— Non. Je ne crois pas. »

Gerlof resta silencieux quelques instants devant John, tandis que deux adolescents en blouson noir, les cheveux ras, passaient en trombe devant eux et sautaient dans le bus en une enjambée, sans prêter attention aux deux vieillards. Gerlof se dit qu'il était sans importance qu'il vienne ou non de démasquer un assassin. Cela ne changeait rien. La vie continuait son cours normal autour de lui, Öland restait une zone d'habitat dispersé.

Il se sentit déprimé. C'était peut-être la crise des quatre-vingts ans.

« Merci pour aujourd'hui, alors, dit-il à John. Je t'appelle quand je suis arrivé.

— D'accord. »

John hocha la tête et tint sa canne pendant que Gerlof gravissait péniblement les hautes marches du bus. Il reprit sa canne, paya son billet au chauffeur avec la réduction troisième âge et s'assit à droite, près d'une fenêtre. Par la vitre, il vit John regagner sa vieille voiture et s'installer au volant.

Gerlof se cala dans son siège, ferma les yeux, et entendit le ronronnement du bus qui démarrait. Lentement, comme un ancien cotre, il s'éloigna de l'arrêt.

Fridolf, ou Fritiof, pensa-t-il. Et une réunion à Ramneby, où Ernst a grandi.

Fridolf ? Fritiof ?

Gerlof ne connaissait personne sur Öland qui porte ce nom.

28

« Non, je ne suis pas marié, dit Lennart. Et je ne l'ai jamais été.

— Pas d'enfants ? » dit Julia.

Lennart secoua la tête.

« Non plus. »

Il baissa les yeux vers son verre d'eau à moitié vide.

« J'ai eu en tout et pour tout une seule relation sérieuse dans ma vie, mais d'un autre côté, elle a duré presque dix ans. Ça s'est fini il y a cinq ans de cela... elle vit à Kalmar et nous sommes restés amis. »

Il adressa à Julia un petit sourire.

« Depuis, je consacre surtout mon énergie à ma maison et mon jardin.

— Le nord d'Öland n'est peut-être pas l'endroit idéal, dit Julia. Je veux dire, si on veut rencontrer quelqu'un.

— Tu veux dire que le choix est limité ? dit Lennart, son petit sourire toujours aux lèvres. Oui, c'est vrai. C'est sans doute beaucoup mieux à Göteborg ?

— Je ne sais pas..., dit Julia. J'ai presque arrêté de chercher. »

Elle finit son verre d'eau et poursuivit :

« Je n'ai eu moi aussi qu'une seule relation sérieuse. Et c'était il y a encore plus longtemps que toi… C'était avec le père de Jens, Michael. Il ne tenait pas en place, et ça s'est fini… oui, après. Tu sais… »

Lennart hocha la tête.

« Il faut être drôlement décidé pour commencer une relation », dit-il.

Julia hocha la tête.

« Mais alors, quels sont tes projets, maintenant ? demanda Lennart. Tu vas rester sur Öland ?

— Je ne sais pas… peut-être, dit Julia. Il n'y a pas grand-chose qui me retienne à Göteborg. Et Gerlof n'est pas particulièrement en forme. Il n'a probablement pas envie d'avoir quelqu'un qui le surveille, mais je crois qu'il pourrait en avoir besoin.

— Le nord d'Öland a besoin d'infirmières, je le sais, dit Lennart en la regardant. Et j'aimerais bien que tu… »

Il fut interrompu par une sonnerie continue. Julia sursauta presque. Lennart regarda le bipeur qu'il portait à la ceinture.

« Ils m'appellent encore, marmonna-t-il.

— C'est important ?

— Non, ça a l'air d'être une simple réunion de coordination, du côté de la gare. »

Il se leva.

« Je vais payer.

— Nous pouvons partager l'addition, dit Julia.

— Non, non. »

Lennart la repoussa d'un geste.

« C'est moi qui t'ai attirée ici.

— Merci », dit Julia.

Comme d'habitude, elle n'avait pas le sou.

« On peut dire qu'on se retrouve… »

Lennart regarda sa montre.

« … à quatre heures moins le quart à la gare ? Je devrais en avoir fini à ce moment-là. Alors nous pourrons quitter la grande ville et rentrer chez nous.

— D'accord.

— Tu as peut-être envie de venir chez moi voir comment je suis installé ? Ce n'est pas bien grand, mais la maison est juste en bord de mer, au nord de Marnäs. Le soleil sort de l'eau chaque matin, brillant comme un sou neuf, si on veut faire dans la poésie.

— Volontiers », dit Julia.

Ils se séparèrent devant le restaurant. Lennart hâta le pas vers la gare, et Julia se mit doucement en route en sautillant sur ses béquilles pour aller regarder les boutiques sur Kungsgatan. Il n'y avait pas l'air d'y avoir de soldes sur les vêtements cette semaine, mais elle pouvait toujours aller faire un peu de lèche-vitrines.

Elle passa devant un tabac, et lut machinalement les titres sur les manchettes des journaux – ACCIDENT GRAVE SUR L'E22 – AUCUNE DES VICTIMES IDENTIFIÉES – CAROLA À NOUVEAU HEUREUSE – TOUS LES PROGRAMMES TV DU WEEK-END – AVEZ-VOUS GAGNÉ AU LOTO ? – sans se sentir concernée.

Elle allait bien désormais, malgré ses fractures. Elle était même heureuse. Heureuse qu'elle et Gerlof soient devenus plus proches que jamais, heureuse qu'elle et sa sœur se soient séparées en assez bons termes le week-end passé et, aussi, heureuse que Lennart Henriksson ait l'air d'apprécier sa compagnie.

Julia était même heureuse que la police ait relâché Anders Hagman. Cela aurait été horrible si quelqu'un de Stenvik avait eu quelque chose à voir avec la disparition de son fils. Alors, il valait peut-être mieux que Jens soit descendu sur la plage sans que personne ne le voie dans le brouillard, ce jour-là. Il avait surmonté sa peur de l'eau, s'était mis à gambader sur les rochers, et avait glissé.

À présent, Julia le croyait.

Jönköping, avril 1970

« Ce n'est pas grand, mais il y a une vue partielle sur le lac Vättern, dit le propriétaire avec un geste en direction de la fenêtre. Et le mobilier de la cuisine comme le lit sont compris dans le loyer. »

Le propriétaire, essoufflé, respire lourdement dans la petite pièce. L'ascenseur est en panne, et il a le front brillant de sueur d'avoir monté à pied les quatre étages. C'est un homme en costume, il a un très gros ventre sous sa chemise.

« Très bien, dit le futur locataire.

— Il y a aussi des possibilités de parking intéressantes.

— Merci, mais je n'ai pas de voiture. »

Il ne lui faut pas plus de cinq minutes pour inspecter l'appartement, même moins. Une pièce avec cuisine, en haut de la rue Grönagatan dans le sud de Jönköping.

« Je le prends. Pour six mois. Peut-être plus longtemps.

— Un travail itinérant ? Sans voiture ?

— Je prends le train et le bus, dit le locataire. Je suis souvent en déplacement… et j'attends que la direction me rappelle à la maison mère. »

Nils en est toujours à essayer son nouveau nom et sa nouvelle vie. Il s'y installe peu à peu et sent l'ancienne s'estomper derrière lui. Mais tout ne disparaît pas. C'est comme conserver une autre vie sous une cloche à fromages. Sa nouvelle vie est plus libre, avec un numéro de sécurité sociale et un passeport qui permet de passer les frontières – mais elle ne lui a pourtant jamais semblé tout à fait vraie. Ni au Costa Rica, ni les années au Mexique, ni celle passée aux environs d'Amsterdam, ni ces six derniers mois dans un appartement presque vide dans le quartier de Bergsjö, en périphérie de Göteborg, où il se réveillait parfois couvert de sueur froide, pensant être revenu dans la chaleur étouffante du Costa Rica.

« Puis-je vous demander votre âge ? dit le propriétaire.

— Quarante-deux ans.

— Le plus bel âge.

— Oui, il paraît. »

Quand Nils demande quand il va enfin pouvoir rentrer sur Öland, il n'a reçu jusqu'ici que des réponses évasives de Fritiof.

« Celui qui s'impatiente commet une erreur, lui a dit Fritiof trois semaines plus tôt sur une ligne de téléphone pleine de friture. Du calme, Nils. Le cercueil est enterré à Marnäs, une bonne épaisseur d'herbe commence à recouvrir la tombe, et ta vieille mère va de temps en temps y mettre des fleurs. Elle t'attend.

— Est-ce qu'elle va bien ? veut-il savoir.

— Oui. »

Fritiof marque une pause avant de continuer :

« Mais elle a reçu des cartes postales. Des cartes étranges. D'abord quelques-unes du Costa Rica, puis du Mexique et de Hollande. Tu es au courant ? »

Nils est au courant. Il a envoyé des lettres et des cartes postales à sa mère pendant toutes ces années, mais il a toujours été prudent.

« Je n'ai pas indiqué d'expéditeur, dit-il.

— Très bien. Ça lui a sûrement fait plaisir, dit Fritiof... mais maintenant, le bruit court que Nils Kant est vivant. Pas dans la police qui ne tient pas compte de ces ragots de village, mais dans tout Stenvik. Voilà pourquoi tu ne dois pas t'impatienter. Tu comprends ça ?

— Oui. Mais que va-t-il se passer quand je rentrerai sur Öland ?

— Bah, ce qui va se passer..., dit Fritiof, comme si la réponse n'avait pas d'intérêt. Ce qui va se passer, c'est que tu vas rentrer chez toi, chez ta mère. Mais nous allons commencer par partir à la chasse au trésor, n'est-ce pas ?

— C'est ce qu'on a dit. Si je rentre, je te montre le trésor.

— Bien. Il faut juste attendre le bon moment, dit Fritiof.

— D'accord. Et ce sera quand ? »

Mais Fritiof avait déjà raccroché.

Cet homme, qui porte sûrement un autre nom, s'est contenté de raccrocher. Nils a l'impression d'être déjà une affaire réglée pour Fritiof Andersson, un homme mort. Mort et enterré au cimetière de Marnäs.

« Le loyer est payable d'avance, dit le propriétaire.

— D'accord, dit Nils, je peux payer tout de suite.

— Et il y a un préavis d'un mois.
— Très bien. Je n'ai pas besoin de plus longtemps. »
Nils n'est pas mort, il est sur le chemin du retour.
Et l'homme qui se fait appeler Fritiof ne doit pas commettre l'erreur de croire autre chose.

29

Assis dans le bus pour Marnäs, Gerlof réfléchissait. Il avait un peu piqué du nez entre Borgholm et Köpingsvik mais, une fois sur la lande, il s'était réveillé. À présent il réfléchissait.

Sa confrontation avec Martin Malm avait fait remonter à la surface plus de choses que prévu, une quantité d'hypothèses sans fondement, qu'il ne serait probablement jamais possible de vérifier. Il n'avait pas recueilli d'aveux, mais au moins, tout avait été dit.

Il pourrait à présent essayer de tourner la page. Faire entrer d'autres maquettes de bateaux dans des bouteilles. Recevoir la visite de John et prendre le café. Lire les annonces de décès dans le journal et voir l'hiver approcher autour de la maison de retraite de Marnäs.

Mais il était difficile d'oublier. Tant de choses méritaient réflexion.

Il ressortit le livre sur la Compagnie Maritime Malm, le livre anniversaire qui commençait à être bien corné à force d'être sans cesse repris et rangé. Gerlof l'ouvrit à la page de la photo sur le quai, à Ramneby, et il regarda encore une fois Martin Malm et August Kant, côte à côte devant les mines renfrognées des ouvriers de la scierie.

Il pensa à ce qu'Ann-Britt Malm lui avait dit – que c'était Vera Kant, et non August qui avait prêté à Malm l'argent pour son premier gros bateau. En d'autres termes, Vera avait payé Martin Malm pour qu'il ramène Nils.

Mais si August Kant n'avait plus voulu entendre parler de son neveu, s'il avait préféré le voir rester pour toujours en Amérique du Sud – que signifiait alors cette image qui le montrait en train de faire des affaires en bonne intelligence avec Martin Malm ? La main d'August posée sur l'épaule de Martin…

Car c'était *bien* la main d'August ? Gerlof regarda de plus près. Le pouce avait l'air du mauvais côté des doigts.

Il fixa l'image, jusqu'à en avoir mal aux yeux et que les contours de la photo en noir et blanc commencent à bouger et se brouiller. Il sortit alors ses lunettes de lecture de sa serviette et continua à regarder. Quand il vit que cela n'arrangeait rien, il les ôta pour s'en servir comme loupe en les approchant de l'image. De cette façon, les visages blancs des ouvriers de la scierie s'approchaient de lui, mais, en même temps, se dissolvaient en points noirs et blancs.

Gerlof déplaça la lentille et regarda de plus près la main sur l'épaule de Malm. Elle était posée dans un geste de camaraderie près de la nuque de l'armateur, mais Gerlof voyait à présent clairement que ce qui aurait dû être la main droite d'August était en fait une main gauche. Et juste derrière la main…

Gerlof observa les visages.

Soudain, il vit pour la première fois ce qu'Ernst lui aussi devait avoir vu.

« *Morbleu !* » jura-t-il.

En appeler ainsi à la mort de Dieu était un juron désuet – que sa mère lui avait interdit d'employer plus de soixante-dix ans plus tôt. Il n'avait pas juré de cette façon une seule fois depuis.

Pour être tout à fait certain, il sortit aussi son carnet, le feuilleta jusqu'aux noms qu'il avait notés au musée du bois, et lut l'un d'entre eux.

« Morbleu… », répéta Gerlof.

Pendant quelques secondes, il fut complètement déboussolé par sa découverte – puis il se souvint qu'il se trouvait à bord d'un bus qui roulait vers le nord, en direction de Marnäs. Mais ils n'y étaient pas encore, ils étaient toujours au nord de Stenvik et, comme il regardait par la fenêtre, le bus passa devant le premier panneau qui indiquait CAMPING 2 KM.

Stenvik, le bus allait arriver à Stenvik. Il fallait qu'il parle de sa découverte à John.

Gerlof tendit vite la main vers un des boutons rouges et appuya pour demander l'arrêt.

Quand le bus commença à ralentir à l'approche de l'arrêt situé cent mètres au nord de la sortie vers Stenvik, il rangea le livre et ses lunettes dans sa serviette, et se leva sur ses jambes tremblantes.

La porte centrale du bus s'ouvrit en sifflant et Gerlof descendit dans le froid et le vent. Sjögren grogna dans ses bras et ses jambes, mais la douleur n'était pas encore trop criante.

La porte se referma derrière lui et le bus repartit. Il était seul à l'arrêt et il pleuviotait toujours. Autrefois, il y avait un petit auvent en bois pour s'asseoir à l'abri s'il pleuvait, en attendant de rentrer chez soi ou qu'un bus arrive – mais on l'avait bien entendu enlevé. On se dépêchait de supprimer tout ce qui était pratique et gratuit.

Quand le bruit sourd du moteur eut complètement disparu, Gerlof balaya du regard le paysage désert, referma son manteau jusqu'au dernier bouton, puis regarda au loin le panneau jaune qui indiquait Stenvik, en contrebas. C'est par là qu'il fallait aller.

Il regarda plusieurs fois des deux côtés pour ne pas se faire écraser en traversant, mais il n'y avait pas une voiture en vue. La grand-route était complètement déserte. Il marcha d'un pas rapide jusqu'à la sortie vers Stenvik. Une fois engagé dessus, il se retrouva avec le vent de face, et dut ralentir sa marche.

Il avait sûrement parcouru deux cents mètres le long de la route qui descendait vers le village quand il se souvint soudain que John Hagman n'était pas à Stenvik.

John était à Borgholm, bien sûr.

Gerlof s'arrêta au bord de la route et ferma les yeux contre le vent.

Comment avait-il pu l'oublier ? Il avait quitté John à la gare routière moins d'une demi-heure plus tôt, mais sa découverte sur la photo de Ramneby l'avait tellement bouleversé qu'il l'avait complètement oublié.

Mais il trouverait bien quelqu'un à Stenvik ? Julia n'avait peut-être pas eu le temps de rentrer, mais Astrid au moins devait être là. Elle était presque toujours chez elle. Il n'y avait en tout cas rien d'autre à faire que continuer à marcher – Marnäs était encore plus loin.

Son pas semblait plus lourd à présent, et le froid commençait à percer son manteau. Le vent s'acharnait contre lui, et il courbait la tête.

Un pas après l'autre sur l'asphalte craquelé. Il les compta : un, deux, trois – et, au vingt-cinquième pas, il releva la tête, mais les arbres à l'horizon qui marquaient la fin de la lande et la limite du village ne semblaient pas plus près.

Pour la première fois, Gerlof commença à se sentir un peu inquiet, comme le nageur plein d'audace qui s'est lancé dans la traversée d'un lac glacial et se retrouve soudain épuisé à mi-parcours. Revenir sur la route intérieure était impossible, mais continuer d'avancer était presque aussi difficile.

Il fit soudain un faux pas, son pied gauche trébucha sur le bord de l'asphalte et il faillit tomber dans le fossé. Grâce à sa canne, il parvint de justesse à garder son équilibre, et c'est alors qu'il entendit à nouveau un bruit de moteur.

C'était une voiture, qui remontait de Stenvik.

Elle était grande, brillante, vert sombre, vit Gerlof alors qu'elle s'approchait : une Jaguar, dont les essuie-glaces battaient la mesure.

Elle ne le dépassa pas, mais s'arrêta, et la vitre légèrement teintée de la portière s'abaissa automatiquement, découvrant un visage à la barbe grise derrière le volant.

« Oh hé ! » cria gaiement une voix.

Gerlof reconnut Gunnar Ljunger, de Långvik.

Le propriétaire de l'hôtel, qui rabâchait ses commandes de nouvelles maquettes de bateau chaque fois qu'ils se rencontraient, était bien la dernière personne que Gerlof voulait voir en ce moment précis, mais il se sentit pourtant forcé de lever la main pour le saluer d'un air las.

« Bonjour, Gunnar, dit-il d'une voix faible dans le vent, en avançant d'un pas sur la route.

— Salut, Gerlof, cria Ljunger depuis la voiture. Et où vas-tu comme ça ? »

C'était une question assez idiote, qui aurait mérité une réponse aussi idiote, mais Gerlof se contenta de désigner le village d'un hochement de tête en disant :

« Je descends à Stenvik.

— Tu vas rendre visite à quelqu'un ?

— Oui, peut-être bien. » Gerlof vacilla dans le vent. « Peut-être Astrid.

— Astrid Linder ? dit Ljunger. Elle n'avait pas l'air d'être chez elle quand je suis passé devant... Pas de lumière aux fenêtres.

— Ah bon ? »

Si Astrid non plus n'était pas à Stenvik – alors Gerlof allait mourir de froid avec ce vent qui arrivait de la mer. La police retrouverait son corps raide et glacé le lendemain, derrière un buisson de genévrier.

Il réfléchit et regarda Ljunger.

« Tu ne passerais pas par Marnäs par hasard, Gunnar ? demanda-t-il. Par la maison de retraite ?

— Bien sûr... j'allais justement acheter des bricoles à la quincaillerie. Je te ramène.

— Tu veux bien ?

— Mais oui, penses-tu. »

Ljunger se pencha pour ouvrir la portière passager. « Monte.

— C'est gentil. »

Gerlof s'installa péniblement dans la chaleur de la voiture avec sa canne et sa serviette.

L'habitacle était silencieux et très chaud, les bouches du chauffage soufflaient à plein régime. Ljunger portait son blouson jaune ouvert et, bien qu'il soit encore gelé, Gerlof déboutonna aussi son manteau.

« Bon, alors en route, dit Ljunger. Direction Marnäs. »

Il appuya pied au plancher sur l'accélérateur, et la grosse voiture démarra avec une telle puissance que Gerlof fut plaqué au fond de son siège.

« Tu as une contrainte horaire, Gerlof ? » demanda Ljunger.

Gerlof secoua la tête.

« Non, mais j'aimerais bien…

— Bon, alors nous avons le temps d'aller voir quelque chose. »

Ils avaient déjà atteint la grand-route, toujours aussi déserte. Ljunger s'y engagea. Mais vers le sud, et non le nord.

« Je crois que je ne peux pas…, commença Gerlof, mais Ljunger le coupa :

— Et comment vont tes maquettes, alors ?

— Bien, répondit Gerlof, alors qu'il n'y avait pas travaillé une seule minute la semaine écoulée – il n'y avait même pas pensé. Tu n'auras qu'à passer me voir à la maison de retraite de Marnäs avant Noël, je te les montrerai… »

Ljunger hocha la tête. Il roula seulement quelques centaines de mètres sur la grand-route, avant de la quitter. Il s'engagea sur un petit chemin empierré, sans panneau, qui partait entre un champ labouré et un vieux muret. Il se dirigeait vers l'est, vers la mer.

« Je me disais… Est-ce que c'est trop tard pour leur faire la coque toute rouge ? dit Ljunger. Si c'était possible, ce serait joli.

— Oui, oui. Ça ira. »

Gerlof hocha la tête et prit sa respiration.

« Gunnar, où allons-nous, à la fin ?

— Pas loin, dit Ljunger, nous sommes bientôt arrivés. »

Puis, sans rien dire de plus, il laissa la voiture avancer lentement sur le chemin étroit. Gerlof ne pouvait rien faire d'autre que se laisser conduire, en fixant le va-et-vient monotone des essuie-glaces de l'autre côté du pare-brise.

Il baissa les yeux vers l'espace qui séparait les sièges. Le téléphone portable de Gunnar y était posé, noir avec des rayures argentées, beaucoup plus petit que tous ceux que Gerlof avait déjà pu voir – il était moitié moins grand que celui de Julia.

« Où allons-nous, Gunnar ? » demanda-t-il à voix basse.

Gunnar ne répondit rien – comme s'il n'écoutait plus Gerlof. Il se contentait de surveiller devant lui le chemin trempé de pluie, et de suivre les traces de roues en évitant d'un léger mouvement de la main sur le volant les bosses et les nids de poule. Il avait un petit sourire.

Le front de Gerlof était luisant de sueur.

Il fallait qu'il dise quelque chose, quelque chose de léger, de quotidien. Une question polie sur l'état des affaires dans le secteur hôtelier, peut-être. Mais il était fatigué, et n'avait pas la tête au bavardage.

À la fin, Gerlof ne trouva qu'une seule question à poser :

« Tu as déjà voyagé en Amérique du Sud, Gunnar ? »

Ljunger secoua la tête, sans cesser de sourire.

« Non, malheureusement, répondit-il, avant d'ajouter : Je ne suis pas allé plus loin que le Costa Rica. »

Öland, septembre 1972

Depuis le siège passager d'une Volvo bleue, tout en haut du nouveau pont, Nils Kant se penche contre la vitre pour regarder le détroit de Kalmar. C'est l'après-midi, la surface de l'eau est couverte de brume : un épais brouillard s'est formé dans le détroit et se dirige vers l'île.

« Il y aura du brouillard ce soir, dit-il.

— C'est ce que nous espérions, dit Fritiof, assis à côté de lui.

— Nous ? dit Nils. Vous êtes plusieurs ? »

Fritiof hoche la tête.

« Tu les rencontreras bientôt. »

Nils essaie de se détendre et de regarder par-dessus la rambarde du pont. Il peut presque se revoir, jeune, traversant à la nage le détroit pour sauver sa vie, alors qu'il avait à peine vingt ans.

Comment avait-il réussi à parcourir une aussi longue distance dans l'eau glacée ? Aujourd'hui, à quarante-six ans, il ne pourrait même pas nager cent mètres.

Le pont d'Öland est énorme, ce sont des tonnes d'acier et de béton qui ont été dressées dans l'eau pour former un ouvrage d'art aussi large qu'une autoroute et long de plusieurs kilomètres. Nils n'aurait jamais pu imaginer que son île serait un jour reliée ainsi au continent.

« De quand date le pont ? demande-t-il.

— Il est tout nouveau », dit Fritiof tout en conduisant.

Il n'a pas dit grand-chose depuis qu'il est allé chercher Nils à Jönköping la veille au soir. Il lui a donné des vêtements sombres pour le voyage, et un bonnet de laine noire à s'enfoncer sur le front, presque sans dire un mot.

Le Fritiof Andersson enjoué et charmeur qui était venu le chercher au Costa Rica voilà plus de dix ans avait disparu. Il a disparu en fait dès la noyade du Smålandais au nord de Limón. Depuis cette soirée, il a surtout traité Nils comme un colis, l'a déplacé de pays en pays, lui a loué de petits appartements bon marché ou des chambres meublées dans des quartiers tristes en se contentant de lui donner des nouvelles par téléphone une ou deux fois par an.

Le soir qui a précédé le retour sur Öland, Fritiof est revenu à la charge au sujet du trésor. Où était-il ? Où Nils l'avait-il caché, dans la villa ?

Nils a secoué la tête. Et il a fini par lui raconter :

« Il est enterré sur la lande, juste à l'est de Stenvik. Près de l'ancien cairn. Nous pourrons aller le chercher ensemble. »

Fritiof a hoché la tête.

« D'accord, c'est ce qu'on va faire. »

Nils a longtemps attendu ce dernier voyage. Ça y est.

« Je vais rester à la maison, maintenant », dit-il à Fritiof.

Il ferme les yeux au moment de descendre du pont et de toucher terre au nord de Färjestaden. De retour sur Öland, enfin.

« Je vais rester à la maison, répète-t-il. Je vais rester chez ma mère et veiller à ce que personne ne me voie. »

Il marque une pause et demande :

« C'est sûr qu'elle va toujours bien... Vera ?

— Mais oui. »

Fritiof hoche brièvement la tête et appuie sur l'accélérateur en s'engageant sur la vaste lande, en direction de Borgholm.

Beaucoup de choses ont changé sur Öland depuis l'époque de sa jeunesse, il le comprend. Il y a davantage de buissons et d'arbres sur l'île, et l'étroit chemin empierré qui conduit à Borgholm est désormais une large route goudronnée, aussi droite et tirée au cordeau que le pont. Le chemin de fer qui traversait l'île du nord au sud a dû être démantelé, car Nils ne voit plus de rails sur la lande. Les rangées de moulins qui se dressaient le long des plages pour attraper les vents du détroit ont disparu, il n'en reste que quelques-uns.

On dirait qu'il y a moins de monde sur l'île – mais il y a malgré cela beaucoup de maisons au bord de l'eau. Nils les désigne de la tête.

« Qui habite là ? demande-t-il.

— Les estivants, lâche Fritiof. Ils gagnent de l'argent à Stockholm et achètent des maisons sur Öland. Ils traversent le pont en voiture et viennent bronzer l'été, puis se dépêchent de rentrer chez eux gagner encore plus d'argent. Ils ne veulent pas rester ici pendant l'hiver... il fait trop froid, c'est trop sinistre. »

On dirait qu'il les comprend, en partie.

Nils ne dit rien. Fritiof a l'air d'avoir tout à fait raison au sujet des estivants, car presque toutes les voitures qu'il voit roulent dans la direction opposée, quittent l'île. L'été est passé, c'est l'automne.

La ruine du château en tout cas est toujours là, inchangée, avec les trous vides de ses fenêtres, dominant Borgholm sur son promontoire rocheux.

Une fois le château dépassé, ils sont presque arrivés en ville, en contrebas, et le brouillard commence à lentement se répandre. Fritiof ralentit et entre sur un petit parking près de l'entrée de Borgholm, en vue du château en ruine. Il arrête la voiture sans donner d'explication.

« Et voilà, dit-il seulement. J'avais bien dit que nous aurions de la compagnie. »

Il ouvre sa portière et fait un signe de la main.

Nils regarde autour de lui. Voilà quelqu'un qui arrive le long de la route : un homme qui a l'air d'avoir une cinquantaine d'années. Il porte un pull de laine gris, un pantalon en gabardine et des chaussures en cuir brillant qui ont l'air coûteuses. Il hoche la tête en direction de Fritiof.

« Vous êtes en retard. »

L'homme porte un chapeau rabattu sur son front. Il n'a pas de bagage, juste une cigarette à moitié fumée à la main. Il tire une dernière bouffée, jette la cigarette sur le côté et regarde alentour d'un air tendu avant de s'avancer vers la voiture.

« Nils, je crois que tu vas t'asseoir sur le siège arrière, maintenant, dit Fritiof à voix basse. Ce sera plus sûr quand nous arriverons à Stenvik. »

Il sort lui-même de la voiture. Il y a une cabine téléphonique au bout du parking, et Nils voit Fritiof y aller d'un pas rapide. Il met une pièce, compose un numéro et parle par phrases très brèves.

Nils sort à son tour de la voiture, l'homme aux vêtements coûteux écrase sa cigarette du pied droit et le regarde sans le saluer. Il va s'asseoir à l'avant de la voiture.

Nils ne s'assoit pas tout de suite sur le siège arrière. Il marche une dizaine de mètres le long de la route, heureux d'être de retour et de pouvoir à nouveau se déplacer librement sur l'île.

Son île.

Soudain, deux voitures passent. Nils voit derrière les vitres des visages blêmes qui le regardent fixement. Il les suit des yeux, jusqu'à ce qu'ils disparaissent dans le brouillard.

« Allez, viens ! » crie dans son dos Fritiof sur un ton irrité.

Il est revenu à la voiture.

Nils retourne lentement sur ses pas, ouvre la portière arrière et entend l'homme assis à l'avant demander à voix basse :

« Tout s'est bien passé, Gunnar ? »

Puis il se retourne rapidement vers Nils, l'air nerveux et fautif, comme s'il en avait trop dit.

L'homme qui jusqu'ici s'était toujours appelé Fritiof se retourne lui aussi avec un petit sourire.

« Ça n'a pas d'importance, nous pouvons aussi bien faire les vraies présentations à présent, dit-il. Je m'appelle Gunnar, et voici Martin. Et nous avons ici Nils Kant sur le siège arrière. Mais nous nous faisons tous confiance, n'est-ce pas ?

— Bien sûr. »

Avec un petit hochement de tête, Nils claque la portière.

Fritiof s'appelle donc Gunnar. Et Nils sait qu'il l'a déjà rencontré quelque part, mais ne se souvient toujours pas où.

« Bon, en route pour Stenvik », dit Gunnar.

La voiture se remet en route, dépasse Borgholm et continue vers le nord. Le paysage est de plus en plus familier pour Nils, mais le brouillard qui monte du détroit s'épaissit et brouille l'horizon.

L'air est de plus en plus gris. Gunnar savait qu'il y aurait du brouillard, il l'avait prévu, et c'est pour cette raison que Nils a pu rentrer chez lui précisément ce jour-là. Qu'a-t-il encore prévu ?

Au nord de Köpingsvik, Gunnar allume ses phares antibrouillard et accélère. Nils voit des panneaux jaunes glisser le long de la route. Les noms bien connus des villages d'Öland. Mais il est surtout ému par le paysage : les champs, l'herbe folle, les murets rectilignes qui commencent au bord de la route et vont se perdre au loin dans le brouillard.

Et la lande, sa lande. La lande s'étend de toute part – avec ses couleurs insistantes, du brun mêlé de gris, et son ciel infini, elle est aussi immense et belle que dans son souvenir.

Nils est rentré chez lui.

Personne ne parle dans la voiture et, après un quart d'heure de silence, Nils aperçoit le panneau qu'il attendait. STENVIK. En dessous, une grosse flèche indique CAMPING.

La route qui descend vers le village a été goudronnée, et Stenvik a un camping. Depuis quand ?

« Nous prenons l'entrée nord, dit Gunnar. Il y a moins de circulation là-bas, et ça nous évite de traverser le village. »

Quelques minutes plus tard, il s'engage sur l'entrée nord, au niveau du râtelier vide de la laiterie, à l'abandon au bord de la route. La dernière fois que Nils l'a vu, il était plein de bidons de lait déposés par les paysans des environs. Il est à présent taché de mousse blanche, et semble sur le point de s'effondrer.

Tout Öland a changé en vingt-cinq ans, mais le chemin qui descend sur Stenvik par le nord est à peu près comme dans son souvenir : étroit, sinueux, encore recouvert de gravier. Il est entièrement désert, bordé des deux côtés par un fossé rempli d'herbe, avec la lande au-delà.

Gunnar laisse la Volvo avancer au pas, et, après quelques centaines de mètres, il s'arrête tout à fait. Il se retourne vers Nils, et à côté de lui Martin lui aussi tourne la tête. Ils le regardent tous les deux.

Gunnar ne quitte pas Nils des yeux, le regard de Martin est plus fuyant.

« Et voilà, dit gravement Gunnar, nous t'avons ramené à Stenvik. Et maintenant, tu vas aller nous déterrer ton trésor de guerre près du cairn. N'est-ce pas ?

— Je veux d'abord voir Mère, dit Nils en soutenant le regard de Gunnar.

— Vera ne sort pas de chez elle, Nils, dit-il. Elle peut encore attendre un petit moment. C'est mieux ainsi, autant qu'il fasse tout à fait nuit quand nous entrerons dans le village. Non ?

— On va partager les pierres, lâche Nils.

— Bien sûr. Mais il faut d'abord les déterrer. »

Nils le fixe encore quelques secondes, puis tourne les yeux vers l'extérieur, par la vitre de la portière. Le brouillard est compact à présent, et la nuit va bientôt tomber.

Il hoche la tête. Il donnera à Gunnar et Martin la moitié des pierres précieuses, comme ça ils seront quittes.

« Il faut quelque chose pour creuser, dit-il à voix basse.

— Bien sûr. Nous avons des pelles et une barre à mine dans le coffre, dit Gunnar. Nous avons pensé à tout, ne t'inquiète pas. »

Mais Nils ne se détend pas. Il est à présent seul, à la merci de deux inconnus, exactement comme le Smålandais sur la plage nocturne au bord de la mer des Caraïbes. À la différence qu'il faisait, lui, confiance à ses nouveaux amis – pas Nils.

Gunnar ne se gare pas au bord du chemin, il freine au niveau d'une étroite ouverture dans le muret et braque. La voiture quitte le chemin.

Ils roulent au pas et s'enfoncent dans l'univers plat et herbeux de la lande.

Nils tourne la tête, mais ne voit que du brouillard. Le chemin qui conduit à son village natal a complètement disparu.

30

Gerlof restait silencieux, droit sur le siège passager à côté de Gunnar Ljunger, en route vers les terres désertes au sud de Marnäs. Sa prudente tentative pour lancer la conversation avait échoué, car Ljunger ne répondait pas. Tout ce que Gerlof pouvait faire était de se laisser conduire en essayant de déboutonner son manteau et de s'en débarrasser tant bien que mal, car il faisait dans la voiture une température franchement tropicale. Peut-être pouvait-il d'une façon ou d'une autre régler le chauffage lui-même depuis le siège passager, mais il ne savait pas comment s'y prendre. Tout avait l'air électronique, et Gunnar ne faisait rien pour l'aider.

Ils étaient près de la côte est de l'île à présent. La voiture enjamba doucement un talus haut d'un demi-mètre et large de plusieurs, qui barrait le paysage plat. Gerlof reconnut où il était. C'était l'ancienne voie de chemin de fer, qui traversait la lande avant qu'on la démantèle.

Il regarda sa montre. Il était presque cinq heures.

« Je crois qu'il faut maintenant que je rentre, Gunnar, dit-il à voix basse. Ils vont bientôt se demander où je suis passé, à la maison de retraite. »

Ljunger hocha la tête.

« Peut-être bien, dit-il, mais ils ne risquent pas de venir te chercher par ici, hein ? »

La menace était à présent si évidente que Gerlof se détourna de lui et se cramponna à la poignée de la porte.

La Jaguar roulait au pas, et il aurait pu sauter en marche, peut-être même sans se briser les os, et réussir à revenir jusqu'à la grand-route avant que la nuit tombe – mais impossible d'ouvrir la portière. Ljunger l'avait verrouillée avec une sorte de télécommande.

« Gunnar, je veux descendre, dit-il en essayant de prendre le ton résolu du capitaine qu'il avait été jadis.

— Bientôt », dit Ljunger en continuant à rouler.

Ils passèrent sur une vieille grille à bestiaux rouillée entre deux murets et, derrière, apparut enfin la Baltique. La mer semblait grise et froide.

« Pourquoi fais-tu ça, Gunnar ? demanda Gerlof.

— En fait, c'est assez improvisé, dit Ljunger. J'ai suivi le bus depuis Borgholm, et je t'ai vu descendre à l'entrée sud de Stenvik. Il n'y avait plus qu'à continuer jusqu'à l'entrée nord, traverser le village et te cueillir. »

Ljunger ralentit encore et se tourna vers lui.

« Qu'est-ce que tu es allé faire chez Martin Malm aujourd'hui, Gerlof ? »

Gerlof se sentit démasqué. Il tarda à répondre.

« Chez Martin ? dit-il. Qu'est-ce que tu veux dire ?

— Toi, et John Hagman, dit Ljunger. Tu es entré et John t'attendait dehors.

— C'est vrai. Nous avons bavardé un moment, Martin et moi… c'est que nous sommes deux vieux marins, dit Gerlof, et il ajouta : Comment es-tu au courant ?

— Ann-Britt m'a appelé sur mon portable pendant que tu parlais du bon vieux temps avec Martin, dit Ljunger. Elle s'inquiétait de tous ces vieux loups de mer qui viennent rendre visite à Martin… d'abord Ernst Adolfsson, et maintenant toi. Deux fois ces dernières semaines, en fait. Une sacrée affluence dans la villa de Martin !

— Donc, vous êtes de vieux amis toi et Ann-Britt », dit Gerlof d'une voix lasse.

Ljunger hocha la tête.

« C'est plutôt Martin et moi qui sommes de vieux complices en affaires, mais il n'y a plus grand-chose à tirer de lui maintenant, dit-il. Ann-Britt s'occupe de ses affaires, et elle a l'habitude de me demander quelques bons conseils. »

Gerlof se cala au fond de son siège. Autant jouer cartes sur tables.

« Des complices, hein ? dit-il. Depuis un bout de temps, non ? Ça remonte aux années cinquante. »

Il plongea la main dans sa serviette et en sortit le livre de souvenirs sur la Compagnie Maritime Malm.

« J'ai montré cette image à Martin, dit-il, et je l'ai moi-même souvent regardée… mais j'ai mis longtemps avant de voir ce qu'elle représentait vraiment.

— Ah oui ? » dit Ljunger en faisant le tour d'un bosquet d'ormes bas.

Ils n'étaient plus qu'à une centaine de mètres de la mer.

« Mais tu comprends, à présent ? »

Gerlof hocha la tête.

« Voici deux hommes assez puissants sur un quai à Ramneby : le patron August Kant et le capitaine de cotre Martin Malm, devant un groupe de jeunes ouvriers de la scierie. Et la main d'August semble posée sur l'épaule de son camarade Martin. »

Il marqua une pause avant de poursuivre :

« Mais ce n'est pas la main d'August Kant. Elle appartient à l'homme qui se tient *derrière* Martin Malm, sur le quai. Je m'en suis seulement aperçu tout à l'heure, à bord du bus.

— Une photo vaut mieux que de longs discours, dit Ljunger en arrêtant la voiture. C'est bien ce qu'on dit ? »

La côte est de l'île s'étendait à présent devant eux, au-delà d'un pré à l'herbe jaunie. La pluie tombait sur la terre et la mer, une pluie froide qui tendait à devenir de la neige.

« Et l'homme qui se tient derrière Martin Malm est un ouvrier de la scierie, Gunnar Johansson. Qui par la suite a changé son nom, dit Gerlof. C'est bien ça ?

— Pas tout à fait. À l'époque, j'étais contremaître, à la scierie, dit Ljunger. Mais il est exact que j'ai transformé mon nom en Ljunger. C'est quand je suis venu sur Öland. »

Il coupa le moteur et il se fit un profond silence. On n'entendait plus que la pluie et le vent.

« Cette image n'aurait jamais dû paraître dans ce livre, dit Ljunger. C'est Ann-Britt qui l'y a mise, je n'en ai rien su avant que le livre soit imprimé. Mais Ernst et toi êtes les seuls à m'avoir reconnu. Ernst se souvenait apparemment de moi du temps de l'école…

— Il a grandi à Ramneby, je le sais maintenant, dit Gerlof. Pour moi, ça n'a pas été aussi facile de te reconnaître. Mais je me demande une chose… »

Il savait que la fin était proche, maintenant. Ljunger allait le tuer comme il avait assassiné Ernst. Il continua à parler pour repousser l'inévitable.

« … je me demande, comme tu étais contremaître à la scierie, tu avais sûrement dû entendre parler du terrible neveu d'August Kant. Est-ce à ce moment-là que tu as eu l'idée de…

— Je l'ai même bel et bien rencontré, le coupa Ljunger.

— Qui ça ? dit Gerlof. Nils Kant ?

— Nils, oui. »

Ljunger hocha la tête.

« J'avais débuté comme coursier à la scierie après la guerre, et puis Nils est arrivé, en fuite d'Öland, la police aux trousses. Il se cachait dans les buissons quand il m'a vu. Il m'a demandé de prévenir le directeur Kant. Et c'est ce que j'ai fait, mais le directeur ne voulait rien savoir de lui. August Kant m'a donné cinq billets de cent pour Nils, pour qu'il disparaisse. Je m'en suis mis deux dans la poche et j'ai donné les trois autres à Nils. »

Ljunger sourit en évoquant ce souvenir.

« J'ai vécu le reste de l'été comme un roi avec ces billets.

— Tu as vite compris comment te faire de l'argent sur le dos de Nils Kant, alors, dit Gerlof en regardant la pluie tomber derrière la vitre.

— Oui, dit Ljunger, mais *combien* d'argent ? Je n'en avais pas la moindre idée. Je pensais me faire quelques milliers de couronnes peut-être, en plus d'un voyage gratuit de l'autre côté de l'Atlantique pour aller chercher Nils une fois que les choses se seraient tassées. C'est ce que j'ai proposé à August, une fois que j'ai été contremaître à la scierie, mais il m'a répondu un non clair et net. Il n'avait pas du tout envie de voir le mouton noir de la famille revenir en Suède. »

Il leva la main pour appuyer sur un bouton à côté du volant. Un déclic se fit entendre dans la portière de Gerlof.

« Voilà, c'est ouvert, dit-il. Sors. »

Gerlof ne bougea pas.

« Mais tu n'as pas abandonné, dit-il à Ljunger. Après le refus d'August, tu as pris contact avec la mère de Nils, Vera Kant, à Stenvik, pour lui faire la même proposition. Et elle a dit oui. C'est bien ça ? »

Gunnar Ljunger soupira, comme en présence d'un enfant têtu. Il regarda à travers le pare-brise le paysage côtier.

« Vera m'a fait découvrir cette île magnifique, dit-il. Je suis venu ici pour la première fois l'été cinquante-huit. J'ai pris le ferry jusqu'à Stora Rör, puis le train vers le nord. On s'apprêtait à démanteler le chemin de fer à l'époque, et le trafic maritime sur Öland faisait aussi son dernier tour de piste. Beaucoup pensaient que c'en était fini d'Öland… mais j'ai entendu des gens dans le train parler d'un pont qu'on allait peut-être construire. Un long pont, qui permettrait aux habitants d'Öland d'aller et venir quand bon leur semblerait. Et aux continentaux de venir ici.

— Les riches continentaux, dit Gerlof.

— Exact. »

Ljunger reprit son souffle et poursuivit :

« Puis je suis arrivé au nord d'Öland, et j'ai découvert le grand soleil et toutes ces plages pour la baignade. Beaucoup d'eau et de soleil, mais presque aucun touriste. J'avais donc commencé à réfléchir, avant même de frapper à la porte de Vera Kant à Stenvik. »

Il soupira.

« Vera se morfondait, toute seule et malheureuse dans sa grande villa, et son fils lui manquait. J'ai commencé à discuter avec elle.

— Toute seule et malheureuse, dit Gerlof. Mais très riche.

— Pas aussi riche qu'on pouvait le croire, dit Ljunger. La carrière s'apprêtait à fermer et son frère avait fait main basse sur la scierie familiale en Småland.

— Elle avait des terres, dit Gerlof, très las. Des terres sur la côte… des terrains donnant sur la plage. »

Il se demanda comment il allait mourir. Ljunger était-il armé ? Ou se servirait-il plutôt d'une pierre parmi les millions qu'on trouvait sur l'île pour fracasser tout simplement le crâne de Gerlof, à peu près comme il avait fait avec Ernst ?

« Vera avait beaucoup de terres, oui, dit Ljunger. Je crois que personne à Stenvik n'avait vraiment compris combien elle en possédait, au nord et au sud du village. Tout cela ne valait rien tant qu'elle n'en faisait rien, mais la bonne personne pouvait prendre le relais et vendre aux continentaux… »

Il commença à reboutonner son blouson, et ajouta :

« Dans les années cinquante, il y avait seulement quelques rares maisons de vacances par ici, mais je savais qu'il y aurait de la demande pour en construire beaucoup d'autres – ainsi que des hôtels et des restaurants. Et une fois le pont construit, les prix se mettraient à grimper.

— C'est donc Vera qui t'a donné Långvik, dit Gerlof.

— Personne ne m'a rien donné. »

Ljunger secoua la tête.

« Je lui ai acheté toutes ses terres, en toute légalité. Bien sûr, c'était à un prix très bas et j'avais emprunté tout l'argent à Vera, mais tout s'est passé dans les formes, en toute légalité.

— Et Martin Malm a pu emprunter pour acheter de plus gros bateaux.

— C'est ça. Nous nous étions rencontrés à Ramneby, Martin transportait le bois, dit Ljunger en hochant la tête. J'avais besoin d'un collaborateur fiable… quelqu'un qui ramène de l'étranger le cercueil de Nils Kant, et plus tard Nils lui-même. Il fallait évidemment que son retour traîne en longueur, puisque Vera cesserait alors de me brader ses terres. Je l'avais bien compris. »

Ljunger adressa à Gerlof un sourire satisfait.

« Allez, viens. »

Ljunger ouvrit sa portière.

Gerlof regarda par la vitre. Il vit un pré désert au bord de la plage, où l'herbe était plaquée par le vent.

« Qu'est-ce qu'il y a par ici ? dit-il.

— Pas grand-chose, dit Ljunger en sortant de la voiture. Tu vas bien voir. »

31

« Dehors, Gerlof ! »

Gunnar Ljunger avait refermé sa portière, fait le tour de la voiture et ouvert la portière passager. Il attendait impatiemment que Gerlof descende.

« Il faut que j'enfile... », commença Gerlof.

Mais Ljunger tendit sa main gantée.

« Tu n'as pas besoin de manteau, Gerlof, dit Ljunger. Tu as bien chaud maintenant, non ? »

Ljunger avait au moins vingt-cinq ans de moins que Gerlof, il était grand et large, très fort. Il attrapa fermement Gerlof sous le bras et le tira sans ménagement hors de la voiture.

Ljunger, lui, portait son blouson jaune avec sur le dos le texte LÅNGVIK CONFERENCE CENTER en lettres noires.

« Viens. »

Il claqua la portière, sortit son trousseau de clefs et appuya sur un petit bouton. Les portières de la voiture se verrouillèrent avec un faible clic.

Pour Gerlof, ce genre de choses s'apparentait à de la magie. Il avait pris sa canne avec lui, mais sa serviette était restée sur le sol de la voiture. Il fit quelques pas mal assurés, s'avança sur le pré vers la mer, et commença à comprendre ce que Ljunger avait l'intention de faire.

La première minute, son corps fut soulagé de sortir de la chaleur d'étuve qui régnait dans la voiture. Le vent le rafraîchissait, et il n'avait pas l'impression de devoir se couvrir.

Mais Gerlof ne s'en sortirait pas sans son manteau, il le savait. Le froid était paralysant, à peine quelques degrés au-dessus de zéro. Le vent soufflait de la Baltique par grosses rafales, et les fines gouttes de pluie fouettaient son visage comme des clous minuscules.

« Regarde par ici, Gerlof. »

Ljunger, qui s'était un peu avancé sur le chemin couvert de gravier qui longeait le pré, montrait du doigt un muret devant un bosquet. Près du muret poussait tout seul un arbre rabougri.

« Tu vois ce que c'est ? » demanda-t-il.

Gerlof s'avança de quelques pas en traînant les pieds.

« Un pommier, dit-il à voix basse.

— Exact, un vieux pommier. »

Ljunger lui prit le bras et le conduisit doucement, mais d'une main ferme, plus près de la plage. Il fit à nouveau un geste, cette fois en direction d'un buisson tout tordu.

« Et là-bas, dit-il, on le voit à peine, mais c'est un buisson de groseilles à maquereaux, oublié dans son coin. »

Il regarda Gerlof.

« Et qu'est-ce que ça veut dire ?

— Un jardin abandonné, dit Gerlof.

— Exact, et l'on peut trouver les fondations en pierre d'une maison, sous l'herbe. »

Ljunger regarda autour de lui.

« J'ai trouvé cette plage il y a quelques années. La plupart du temps, il n'y a pas un chat, même l'été. On peut venir ici réfléchir et, parfois… »

Ljunger regarda à nouveau le pommier :

« … parfois, je m'assieds juste là, et je pense à cet arbre et aux gens qui vivaient ici. Pourquoi ne sont-ils pas restés dans un endroit aussi beau ?

— La pauvreté », dit Gerlof, qui commençait à grelotter.

Il s'efforçait de rester droit dans le vent, de ne pas trembler ni vaciller. Mais il ne portait qu'une fine chemise et un maillot de corps presque aussi fin, et il commençait à sentir le froid automnal traverser le tissu.

« Oui, dit Ljunger, ils étaient certainement pauvres. Ils ont peut-être traversé l'Atlantique à bord d'un bateau, comme Nils Kant et des milliers d'habitants d'Öland. Mais le problème, c'est… »

Il marqua à nouveau une pause.

« Le problème, c'est qu'ils n'ont jamais su voir les possibilités de cette île. Et ça, vous autres, sur Öland, vous n'avez jamais su. »

Gerlof se contenta de hocher la tête, Ljunger pouvait déblatérer tant qu'il voulait.

« Je veux retourner dans la voiture, dit-il.

— Elle est fermée, dit Ljunger.

— Je vais mourir de froid.

— Tu n'as qu'à rentrer à Marnäs, alors. »

Ljunger fit un geste en direction du muret, derrière le pommier.

« Là-bas, il y a une brèche dans le mur. De l'autre côté commence un chemin qui longe la plage vers le nord, passe devant une ancienne piste de danse… il n'y a en fait que quelques kilomètres jusqu'au village, à vol d'oiseau. »

Gerlof vacilla dans le vent. Il s'en fichait à présent, il avait quelque chose d'important à dire.

« Il n'y a que moi qui sais, Gunnar. »

Ljunger le regarda sans répondre.

« Comme je te l'ai dit tout à l'heure… J'ai découvert de quoi il retournait dans le bus, quand j'ai vu que c'était toi derrière Martin Malm. »

Ljunger haussa les épaules.

« Ernst Adolfsson est venu lui aussi m'agiter cette photo sous le nez, dit-il, mais il a aussi agité beaucoup d'autres choses, des vieux registres notariés, ce genre de trucs. Il en faut plus pour me faire peur.

— Il avait un train d'avance sur moi, dit Gerlof d'un ton las. Je croyais qu'Ernst me disait tout, mais ce n'était pas le cas. Que voulait-il de toi ?

— La carrière. Il voulait m'acheter la carrière pour une somme symbolique, pour ne pas raconter à tout le monde mes affaires foncières avec Vera Kant.

— Ce n'était pourtant pas beaucoup demander ? dit Gerlof.

— Ne dis pas ça, s'empressa de dire Gunnar. Ce terrain ne vaut rien aujourd'hui, mais cela peut changer à l'avenir. Un casino sur Öland, creusé à flanc de colline, peut-être, qui sait ? J'ai donc refusé sa proposition. »

Ljunger regarda Gerlof.

« Mais vous autres, vieux loups de mer, vous vous fourrez le doigt dans l'œil si vous pensez que ces histoires datant de plusieurs décennies intéressent encore qui que ce soit.

— *Toi*, en tout cas, elles t'intéressent, Gunnar, dit Gerlof. Sinon nous ne serions pas ici.

— Je ne peux pas me permettre de laisser une flopée de retraités colporter des ragots, dit Gunnar d'un air las. Tu peux comprendre ça ? Ce ne sont pas seulement les affaires en cours… Nous avons d'importants projets pour Långvik actuellement en attente à la commission d'urbanisme. Il s'agit de gros investissements. Soixante terrains à bâtir vont être vendus à l'est du village dans les six prochains mois, tu peux imaginer ce que ça vaut ? »

Gerlof comprenait.

« Mais, comme je disais, je suis le seul à savoir, il n'y a personne d'autre. Ni John, ni ma fille. »

Ljunger lui sourit, l'air amusé.

« C'est très noble de ta part de t'attribuer tout le mérite, Gerlof. Et je te crois.

— C'est toi qui as tué Vera Kant, Gunnar ?

— Bien sûr que non. Elle est tombée et s'est cassé le cou dans l'escalier, d'après ce que j'ai entendu. Je n'ai jamais tué personne.

— Tu as tué Ernst Adolfsson.

— Non, dit Ljunger. Nous discutions, c'est devenu une petite dispute.

— Il a jeté une de ses sculptures dans la carrière pendant la dispute, n'est-ce pas ? dit Gerlof.

— Oui, c'est exact. Et après, je l'ai bousculé et il est tombé en entraînant dans sa chute une des grandes sculptures. C'était un accident, exactement comme la police l'a supposé.

— Tu as tué Nils Kant, dit Gerlof.

— Non.

— Alors c'était Martin, dit Gerlof. Et Jens ? Qui de vous a tué Jens ? »

Ljunger avait cessé de sourire. Il regarda sa montre et fit quelques pas vers la voiture.

« Jens vous a-t-il rencontrés sur la lande ? continua Gerlof en haussant la voix. Pourquoi n'avez-vous pas laissé vivre mon petit-fils ? Il avait six ans… il n'était pas une menace pour vous.

— Laissons là cette triste histoire, Gerlof. De toute façon il faut que j'y aille. »

Et c'était certainement vrai – Gunnar Ljunger avait un emploi du temps chargé. Tuer Gerlof n'était qu'un point dans son agenda ce jour-là.

Gerlof ferma les yeux pour se protéger de la pluie et du froid. Il n'aurait pas la force de rester debout encore bien longtemps. Mais il n'avait pas l'intention de tomber à genoux devant Gunnar Ljunger, il avait sa dignité.

« Je sais où sont les pierres précieuses », dit-il.

Gerlof fit un pas vers la voiture, appuyé sur sa canne. S'il s'approchait assez, il pourrait peut-être donner un coup de canne et faire une belle bosse dans la tôle vernie.

« Les pierres précieuses ? »

Ljunger le regarda. Il avait la main sur la poignée de la portière.

Gerlof hocha la tête.

« Le trésor de guerre des soldats. On me l'a confié, je l'ai caché. Aide-moi à monter dans la voiture, et nous allons le chercher. »

Ljunger se contenta de secouer la tête en retrouvant son petit sourire.

« Merci pour la proposition, dit-il. J'ai souvent posé des questions à Nils au sujet de ce butin, mais c'était surtout Martin qui voulait les pierres. Il n'est même pas sûr qu'elles aient de la valeur. Pour moi, les terres de Vera suffisaient largement… Il ne faut pas être trop gourmand. »

Il se dépêcha alors d'ouvrir la portière, entra et s'installa au volant.

Il démarra. Le moteur ne gronda même pas, il se mit juste en route en ronronnant, parfaitement réglé.

Ljunger passa la marche arrière, et l'auto recula lentement sur les graviers du chemin, hors de portée, juste au moment où Gerlof était parvenu à faire le dernier pas et à brandir sa canne.

Trop tard. *Morbleu !*

Gerlof resta impuissant dans le pré. Il baissa lentement sa canne et vit la voiture disparaître, et avec elle son manteau.

Ljunger, confortablement installé au volant, ne regarda même pas Gerlof, il avait tourné la tête pour pouvoir reculer jusqu'au chemin. Arrivé au sommet du talus où jadis passait la voie de chemin de fer, il fit demi-tour et continua en marche avant.

Plus loin encore, presque arrivée à la grand-route, la Jaguar fit un bref arrêt. En plissant les yeux, Gerlof vit Ljunger ouvrir la portière et jeter d'abord sa serviette, puis son manteau. Puis il claqua la portière et repartit. Le bruit du moteur mourut au loin.

Gerlof resta là, dos à la pluie. Le vent mordant sifflait à ses oreilles.

Il commençait à être vraiment trempé et gelé, et n'arriverait plus à regagner la grand-route, à présent, ni Marnäs. Ljunger le savait lui aussi.

Il leva un pied, fit effectuer un demi-cercle à son corps instable, se retourna avec de petits pas mal assurés. Le paysage côtier était toujours aussi gris et désert.

L'ancien terrain que Ljunger lui avait montré était peut-être à cinquante mètres. Peut-être aurait-il la force d'aller se mettre à l'abri du vent derrière le muret.

« Mais vas-y, alors », marmonna-t-il pour lui-même.

Gerlof se mit en mouvement. Un pas après l'autre, avec le solide soutien de sa canne chaque fois que ses jambes se dérobaient. Il tenait sa main libre levée contre sa poitrine, fragile protection contre le vent.

Sous ses pieds, l'ancien revêtement du chemin en graviers de calcaire concassé était dur et stable. La voiture de Gunnar Ljunger n'y avait laissé aucune trace, et s'il y avait des traces de pneus plus loin dans les fondrières boueuses du chemin, la pluie les aurait bientôt effacées. Comme si Ljunger n'y était jamais venu, comme si Gerlof était arrivé là tout seul.

« La police ne soupçonne aucun crime. » C'est ce qu'on lirait sans doute à la fin de l'article dans *Ölands-Posten*, quand on le retrouverait ici, mort de froid.

Le ciel au-dessus de sa tête avait commencé à s'assombrir.

Un pas après l'autre. Gerlof leva sa main tremblante pour essuyer les gouttes de pluie sur son front.

À mesure qu'il s'approchait de la plage, il entendait de plus en plus distinctement les vagues déferler en rythme sur une petite bande de sable en contrebas du pré. Plus loin, une mouette solitaire flottait dans le vent. Ce n'était pas l'unique trace de vie, car à plusieurs miles marins, au large, Gerlof vit la silhouette grise et floue d'un gros cargo en route vers le nord. Mais il pouvait agiter les bras et crier autant qu'il voulait – personne ne le verrait ni ne l'entendrait.

Il n'était jamais venu sur ce petit pré au bord de la plage, autant qu'il se souvienne. Gerlof aurait voulu revoir la côte abrupte de Stenvik, aride et belle. Il trouvait la côte est d'Öland trop plate, trop couverte de végétation.

Le chemin de gravier s'arrêta brusquement, un étroit sentier le prolongeait dans l'herbe. Personne n'y était passé depuis longtemps, car l'herbe était haute et entravait la marche, au moins pour Gerlof qui peinait à lever les pieds. De temps à autre arrivait du large une rafale de vent plus puissante qui le faisait vaciller et presque tomber. Mais il continua à avancer, un pas après l'autre, et finit par arriver près du pommier. Ces quelques mètres lui avaient coûté presque toutes ses forces.

C'était un pauvre pommier, maigre et tordu par les violents vents marins. Ses branches complètement dégarnies n'offraient aucune protection, mais Gerlof pouvait au moins appuyer son dos contre son tronc rugueux et reprendre un peu son souffle.

Il sentit quelque chose dans la poche droite de son pantalon. C'était un objet dur, il le sortit.

Le téléphone portable noir de Gunnar Ljunger.

Gerlof se rappela. Il avait ramassé le petit téléphone entre les deux sièges quand Ljunger était sorti pour faire le tour de la voiture. Juste avant que Ljunger ne le tire de force dehors, il avait réussi à le glisser en douce dans sa poche.

Mais le vol du portable ne lui était d'aucun secours, car Gerlof n'avait pas la moindre idée de la façon d'utiliser ce petit appareil. Il essaya d'appuyer sur quelques touches – le numéro de John Hagman – mais rien ne se passa. Le portable était mort.

Il le remit lentement dans sa poche.

Fallait-il qu'il soit reconnaissant à Gunnar Ljunger de lui avoir permis de garder ses chaussures ? Sans, il n'aurait pas pu faire un mètre.

Non, il n'était pas reconnaissant. Il haïssait Ljunger.

La terre, l'argent – il ne s'agissait que de ça. Martin Malm avait eu l'argent pour ses nouveaux bateaux. Et Gunnar Ljunger avait reçu d'immenses terrains à exploiter autour de Långvik.

Vera Kant s'était fait berner pendant toutes ces années, tout comme Nils.

Et Gerlof, lui aussi.

Il savait maintenant presque tout ce qui s'était passé : longtemps, cela avait été le but de sa vie, mais à présent cela ne suffisait plus. Il voulait en faire part aux autres, à John, à Julia et surtout à la police.

Il avait toujours souhaité se retrouver face à tous les acteurs du drame, expliquer comment les choses s'étaient passées, puis désigner les coupables, dire qui avait tué Nils Kant et le petit Jens. Vive émotion et murmures dans l'assistance. L'assassin se serait effondré en avouant toute la vérité, laissant tous les autres bouche bée. Applaudissements.

« Tu veux juste faire ton intéressant », lui avait dit Julia.

Et il reconnaissait qu'elle avait raison. Il ne s'agissait que de cela, se sentir important. Et non pas vieux, oublié et à moitié mort.

Mais il était presque mort à présent. La vie était faite de lumière et de chaleur, et voilà que le soleil s'était couché et que la chaleur s'épuisait. Les pieds de

Gerlof étaient comme des blocs de glace dans ses chaussures, ses doigts s'étaient engourdis. Le froid était paralysant, mais procurait un étrange sentiment de détente – presque agréable.

Il ferma les yeux quelques secondes. Il vit en son for intérieur Gunnar Ljunger s'éloigner au volant de sa grosse voiture. Il avait jeté son manteau et sa serviette pour brouiller les pistes, supposa Gerlof. Pour ceux qui finiraient par les trouver, les choses seraient évidentes : un vieillard sénile était descendu du bus, était parti dans la mauvaise direction, s'était perdu, et, dans sa confusion, s'était débarrassé de son manteau en chemin. Et il avait fini par mourir de froid sur la plage à la tombée de la nuit.

Ce n'était pas assez pour Ljunger de tuer Gerlof : il fallait aussi qu'il le fasse passer pour un idiot.

Il respirait l'air froid, le souffle court, haletant. Quand le corps abandonnait-il la partie et cessait-il de fonctionner ? N'était-ce pas quand la température du sang descendait au-dessous de trente degrés ?

Il fallait faire quelque chose, peut-être descendre sur la plage et essayer de tracer un message dans le sable avant de mourir : GUNNAR LJUNGER = ASSASSIN, en gros caractères que la pluie ne pourrait pas effacer. Mais il n'en avait pas la force.

C'était comme passer par-dessus bord en pleine mer : il se retrouvait dans le froid, mouillé, seul. Gerlof n'avait jamais vraiment appris à nager, et tomber à la mer avait toujours été une de ses grandes terreurs. Pour lui, cela aurait signifié la fin.

Il pensa à Ella. Il s'était toujours dit qu'il sentirait d'une façon ou d'une autre sa présence à l'approche de la mort, mais il ne sentait rien du tout.

Puis il pensa à Julia. Avait-elle quitté Borgholm, à présent ? Peut-être passait-elle en ce moment même sur la grand-route dans la voiture de police de Lennart. Il espérait que Ljunger la laisserait tranquille.

Je ne reste jamais debout quand je peux m'asseoir et je ne m'asseois jamais quand je peux me coucher. C'était une citation que Gerlof avait lue quelque part, mais impossible à présent de se rappeler où.

Ses jambes fléchirent. Elles n'avaient plus la force de le porter, et il se laissa lentement glisser à terre, en s'écorchant le dos contre l'écorce de l'arbre.

Il s'accroupit sous les branches nues du pommier, et il savait qu'il n'aurait plus la force de se relever. Pas sans aide.

Ce serait une grave erreur de s'asseoir et de fermer les yeux sous le pommier, Gerlof le savait. Une fois assis, il voudrait tôt ou tard se coucher à même le sol, puis fermer les yeux et se laisser aller dans les ténèbres.

S'endormir serait une erreur plus grave encore.

Mais Gerlof finit par céder, et s'affaissa lentement dans l'herbe.

Il allait juste s'asseoir et fermer les yeux, un petit moment.

Öland, septembre 1972

Gunnar a une barre de fer et deux pelles dans le coffre de sa Volvo. Il attrape les outils, donne une des pelles à Martin puis regarde Nils.

« Bon, nous y voilà, dit-il. Où allons-nous ? »

Debout dans le froid, Nils regarde autour de lui dans le brouillard qui couvre la lande. Il reconnaît l'odeur familière de l'herbe, des aromates et de la terre maigre, voit les buissons de genévriers, les blocs de pierre et les sentiers à peine marqués, exactement comme dans sa jeunesse – mais il ne se reconnaît pas. Tous ses repères ont disparu dans le brouillard.

« Il faut aller au cairn, dit-il à voix basse.

— Je sais, tu l'as dit hier soir, dit Gunnar d'un ton irrité. Mais c'est où, exactement ?

— Là… tout près. »

Nils regarde encore autour de lui et commence à s'éloigner de la voiture.

Martin, qui n'a presque pas dit un mot pendant tout le trajet, se dépêche de le rattraper. À peine descendu de la voiture, il a allumé une nouvelle cigarette et il tire dessus lèvres serrées tandis qu'ils se mettent en route. Gunnar le rejoint et marche à côté de lui.

Nils ralentit l'allure, comme s'il avait tout son temps. Il veut que les deux hommes le précèdent, pour les avoir à l'œil.

Nils ne se rappelle pas avoir jamais vu un brouillard aussi épais, et, d'ailleurs, de ses randonnées d'adolescent, il garde le souvenir d'une lande toujours ensoleillée. On se croirait à présent dans une poche d'air au fond de la mer. À dix mètres, le paysage s'efface déjà, toutes les couleurs sont gris pâle, tous les bruits étouffés. Il ne porte qu'un mince pull, une veste de cuir sombre et un jean, il commence à avoir froid.

« Tu viens, Nils ? »

Gunnar s'est arrêté, et se retourne. Ce n'est qu'une grande silhouette grise devant Nils, floue, comme dessinée au charbon. Son regard est fuyant et impénétrable.

« Nous ne voulons pas te perdre », dit-il. Mais, avant que Nils n'ait eu tout à fait le temps de le rattraper, il se retourne et se remet à marcher à grandes enjambées dans l'herbe couchée.

La nuit tombe doucement sur la lande. Il sera tard quand Nils arrivera chez sa mère. Sait-elle seulement qu'il revient ce jour-là ?

Nils enjambe dans l'herbe une pierre plate aux côtés irréguliers, qui forme presque un triangle – et soudain, il la reconnaît. Maintenant, il sait où il est.

« C'est plus à gauche », dit-il.

Gunnar corrige sa trajectoire sans dire un mot.

Nils croit avoir entendu un bruit sourd dans le brouillard, il s'arrête et tend l'oreille. Une voiture sur la route du village ? Il écoute en silence, mais on n'entend plus rien.

Ils sont tout près, maintenant, mais quand Gunnar et Martin finissent par s'arrêter devant une touffe d'herbe de taille moyenne, Nils ne veut pas croire qu'ils sont arrivés. Nulle part il ne voit l'empilement de pierres du cairn.

« C'est ici, lâche Gunnar.

— Non, dit Nils.

— Si. »

Gunnar dégage l'herbe à coups de pied, jusqu'à ce qu'apparaisse le coin d'une pierre.

Alors seulement Nils comprend qu'il n'y a plus de cairn. Il est oublié. Depuis des décennies, aucun promeneur n'y a déposé de pierre pour honorer les morts, et l'herbe jaune de la lande a recouvert le monticule.

Il pense à la dernière fois qu'il est venu ici, quand il a caché le trésor. Il était si jeune alors, jeune et presque fier d'avoir abattu les soldats sur la lande.

Après ça, tout s'était mal passé. Tout avait mal tourné.

Il tend le doigt.

« Là… par là, dit-il. Creusez là. »

Il regarde Martin, qui a une pelle à la main et de l'autre fouille ses poches à la recherche d'une autre cigarette à se caler au coin des lèvres. Pourquoi est-il si nerveux ?

« Creusez, maintenant, dit Nils. Si vous voulez le trésor. »

Il fait un pas de côté et passe de l'autre côté du cairn. Dans son dos, il entend une pelle s'enfoncer dans le sol. La fouille commence.

Nils guette dans le brouillard, mais il n'entend rien. Tout est silencieux.

Derrière lui, Martin a commencé à creuser une profonde tranchée dans la terre. Il est déjà tombé sur plusieurs pierres, que Gunnar a dû dégager à coup de barre à mine, son visage est rouge. Il respire lourdement et regarde Nils, l'air fâché.

« Il n'y a rien là-dessous. Que des pierres.

— Mais si, dit Nils en regardant au fond du large trou. C'est là que je l'ai caché. »

Mais le trou est vide, il le voit bien – Martin a raison.

« Donnez-moi ça, dit-il, irrité, en tendant la main vers l'autre pelle. »

Il commence alors à creuser à son tour, à coups de pelle rapides et violents.

Après quelques minutes, il voit les pierres calcaires plates qu'il a prises sur le cairn, il y a si longtemps – les pierres dont il avait fait un abri pour l'étui en ferblanc.

Elles sont toujours là, noircies par la terre, mais le trésor a disparu.

Nils lève les yeux vers Martin.

« C'est vous qui avez pris le trésor, dit-il en s'avançant d'un pas. Où est-il ? »

32

« Voilà, nous sommes arrivés, dit Lennart en éteignant le moteur de sa voiture de police. Qu'est-ce que tu dis de ma cachette ?

— Très joli », dit Julia.

Il avait tourné dans un petit chemin privé bordé d'ormes et de pins à environ cinq kilomètres au nord de Marnäs, roulé parmi les arbres avant de s'arrêter dans une clairière. De là, on voyait la mer bleu-gris et, devant, la maison de Lennart, en briques rouge sombre, avec son petit jardin.

Elle n'était pas grande, comme il l'avait dit, mais sa situation était exceptionnelle. Au-delà de la maison, il n'y avait que l'horizon, à perte de vue. La pelouse bien soignée du terrain descendait en pente et se transformait insensiblement en large plage de sable.

Les troncs nus des résineux encadraient le jardin comme les murs d'une église. Ils donnaient de l'ombre et étouffaient tous les bruits.

Un silence solennel se fit quand Lennart éteignit le moteur de sa voiture, on n'entendait qu'un faible murmure au sommet des pins.

« Les pins ont évidemment été plantés, dit Lennart, mais bien longtemps avant moi. »

Ils descendirent de la voiture, et Julia inspira les yeux fermés l'odeur de la forêt.

« Depuis combien de temps vis-tu ici ?

— Longtemps… presque vingt ans. Mais je m'y plais encore. »

Il regarda alentour, comme s'il cherchait quelque chose, et demanda :

« Es-tu allergique aux chats ? J'ai une chatte persane, Missy, mais elle a dû sortir se promener.

— Il n'y a aucun problème, je supporte très bien les chats », dit Julia, avant de le suivre sur ses béquilles vers la maison.

Elle avait l'air si stable avec ses murs de brique, comme si aucune tempête d'hiver soufflant de la Baltique ne pourrait jamais l'emporter. Lennart ouvrit sur le petit côté l'entrée par la cuisine et lui tint la porte.

« Tu n'as pas encore trop faim, hein ? demanda-t-il.

— Non, je peux attendre », dit Julia en entrant dans le vestibule.

Lennart n'était pas maniaque, juste ordonné. Toute sa maison était beaucoup mieux rangée que le petit appartement de Julia à Göteborg, avec ses exemplaires d'*Ölands-Posten* coquettement disposés dans un porte-journaux en bois fixé au mur. Seuls quelques exemplaires de la revue *Police suédoise*, rangés au même endroit, trahissaient sa profession. Il y avait sinon quelques cannes à pêche dans le vestibule, deux ou trois plantes en pot à chaque fenêtre et une étagère copieusement garnie de livres de recettes au-dessus de la cuisinière.

Julia ne vit nulle part ni cannettes de bière ni bouteilles d'alcool. Cela aussi lui plut.

Lennart fit un tour pour allumer les lampes aux fenêtres de la grande pièce, à côté de la cuisine.

« Ça te dirait de descendre sur la plage, lui lança-t-il de loin, avant la nuit ? En emmenant un parapluie ?

— D'accord, mais si je peux prendre aussi mes béquilles. »

Lennart éclata de rire.

« On va faire attention. Si on descend jusqu'à cette pointe de terre, là-bas, on peut voir Böda, par temps clair. »

Il ajouta :

« Tu sais, cette baie avec sa longue plage de sable. »

Julia sourit.

« Oui, je connais Böda, dit-elle.

— Bien sûr. »

Il passa la tête dans la cuisine.

« J'oubliais que tu étais d'ici. On y va ? »

Elle hocha la tête et jeta un coup d'œil rapide sur l'heure. Cinq heures et quart.

« Je peux emprunter le téléphone, d'abord ? demanda-t-elle.

— Mais je t'en prie.

— Je vais juste passer un rapide coup de fil à Astrid pour lui dire où je suis, dit Julia.

— C'est sur le plan de travail, dans la cuisine. »

Astrid répondait toujours au téléphone en disant son numéro, et Julia l'avait appris par cœur. Elle le composa rapidement et entendit les sonneries. À la cinquième, Astrid répondit, avec en fond les aboiements déchaînés de Willy.

« Julia, dit-elle quand elle parvint à entendre qui c'était. J'étais sortie passer le râteau derrière la maison. Où es-tu ?

— Je suis à Marnäs, ou plutôt au nord de Marnäs, Chez Lennart Henriksson. Nous avons…

— Gerlof est avec toi ?

— Non, dit Julia. Il doit être à la maison de retraite.

— Il n'y est pas, affirma Astrid. La responsable, Boel, m'a appelée il y a un petit moment pour me demander où il était passé. Il est parti ce matin avec John Hagman, et n'est pas rentré. Mais je ne suis pas inquiète, si toi tu ne l'es pas.

— Il doit être avec John, alors, dit Julia.

— Non, dit Astrid, toujours aussi affirmative. C'est John qui a appelé Boel. Il a laissé Gerlof au bus, et il devait l'appeler une fois arrivé. »

Julia réfléchit. Il fallait laisser Gerlof faire ce qu'il voulait, et il n'était sûrement pas en danger, mais…

« Bon, je vais appeler la maison de retraite, dit-elle, alors qu'à dire vrai elle ne désirait à présent qu'une seule chose : descendre sur la plage avec Lennart.

— Oui, fais-le », dit Astrid, avant de prendre congé.

Julia raccrocha.

« Tout va bien ? » dit Lennart dans son dos.

Il était près de la porte du hall, et avait déjà remis sa veste.

« On descend ? Comme ça, après, on peut prendre le café. »

Julia hocha la tête, mais elle avait une ride soucieuse au front. Elle suivit Lennart dans le hall et prit son manteau.

Le ciel s'était assombri, il faisait presque nuit, et bien plus froid à présent. Le bruit du vent au sommet des pins tout autour de la maison semblait plus sinistre.

Aucune des victimes n'a été identifiée, pensa Julia.

C'était une des manchettes de journaux qu'elle avait vues à Borgholm, il s'agissait d'un accident de voiture, elle s'en souvenait. Et voilà que ce titre commençait à lui trotter dans la tête : *Aucune victime identifiée, aucun mort identifié...*

Elle se retourna.

« Lennart, dit-elle. Je sais que je suis rabat-joie à m'inquiéter comme ça inutilement... mais est-ce qu'on ne pourrait pas aller sur la plage plus tard dans la soirée et descendre maintenant à la maison de retraite de Marnäs ? Il faut que je vérifie si Gerlof est rentré. »

Öland, septembre 1972

« Un trésor ? Je n'ai jamais pris aucun putain de trésor ! dit l'homme qui se fait appeler Martin.

— Vous avez caché la boîte en fer-blanc, dit Nils en avançant d'un pas. Quand j'avais le dos tourné.

— Quelle boîte ? dit Martin en ressortant son paquet de cigarettes.

— On se calme, tout le monde, dit Gunnar, derrière Nils. Nous sommes dans le même camp. »

Il s'est approché trop près, juste dans son dos.

Nils ne veut pas qu'il reste là. Il jette un rapide coup d'œil derrière lui, puis regarde à nouveau Martin.

« Vous mentez ! dit-il, en avançant encore d'un pas.

— *Moi ?* Je t'ai ramené chez toi ! dit Martin, en colère. Gunnar et moi, nous avons tout arrangé pour te faire rentrer, à bord d'un de mes bateaux. Tu aurais pu rester là-bas, je ne m'en serais pas porté plus mal.

— Mais je ne te connais même pas ! dit Nils en pensant : *Mon trésor. Mon Stenvik.*

— Ah ouais ? »

Martin allume une cigarette.

« Qui tu connais, j'en ai rien à foutre.

— Lâche cette pelle, Nils », dit Gunnar.

Il est toujours derrière Nils, beaucoup trop près.

Martin aussi est trop près. Soudain, il lève sa pelle.

Nils devine que Martin vise la mâchoire, mais trop tard. Nils a lui aussi une pelle entre les mains, il a déjà eu le temps de la lever. Il la balance à la volée aussi fort qu'il avait frappé Lass-Jan à coup de rame, il y a trente ans. Une rage ancienne le submerge, balayant toute sa patience. Il a attendu, et encore attendu.

« C'est à moi ! » crie-t-il, et l'image de l'homme en face de lui se trouble.

Celui-ci bouge, mais n'arrive pas à parer le coup. La lame de la pelle heurte Martin à l'épaule gauche, continue et le touche sous l'oreille.

Martin trébuche de côté, perd l'équilibre, Nils alors vise et frappe encore, au moins aussi fort, en plein front.

« Non ! »

Martin hurle, tourne sur lui-même, tombe et s'étale sur le cairn.

Nils lève la pelle encore une fois, il vise à présent le visage sans défense.

« Arrête ! » hurle Gunnar.

Aux pieds de Nils, Martin lève les bras. Le sang coule sur son visage. Il attend le coup de grâce.

Mais Nils ne peut pas frapper.

« Arrête, Nils ! »

Une main a attrapé le manche de la pelle. C'est Gunnar qui tient la pelle, et il tire si fort que Nils lâche prise.

« Ça suffit, maintenant ! dit Gunnar en haussant le ton. Cette bagarre ne rime à rien. Comment ça va, Martin ?

— Bordel de merde, chuchote Martin d'une voix pâteuse, les bras toujours levés pour se protéger la tête. Fais-le, Gunnar ! N'attends pas… fais-le !

— C'est trop tôt, dit Gunnar.

— Je m'en vais, maintenant », dit Nils.

Il recule d'un pas, face à Gunnar.

« On se fout du plan… on le fait, et c'est tout, dit Martin. Il est débile, ce con… »

Il essaye lentement de se relever, avec du sang qui lui coule du nez et une entaille sanglante au front.

« Quelqu'un a pris le trésor… vous ou quelqu'un d'autre, dit Nils en dévisageant Gunnar, sans cligner des yeux. Alors notre accord n'est plus valable. »

Il prend sa respiration.

« Maintenant, je rentre chez moi, à Stenvik.

— O.K.… »

Gunnar soupire avec lassitude, sans regarder Nils dans les yeux.

« Plus d'accord, alors. Autant tout remballer.

— Je veux m'en aller d'ici, dit Nils.

— Non.

— Oh si. Je m'en vais, maintenant.

— Tu ne partiras pas, dit Gunnar en s'approchant d'un pas. Il n'en a jamais été question. Tu ne comprends pas ça ? Tu vas rester là.

— Non, je vais m'en aller, dit Nils. Ça ne s'arrête pas ici.

— Si. C'est comme ça… n'oublie pas que tu es mort. »

Gunnar lève lentement la lourde barre à mine et regarde autour de lui dans le brouillard, comme pour s'assurer que personne ne voit ce qui se passe.

« Tu ne peux pas rentrer chez toi, Nils, dit-il. Tu es mort. Tu es enterré à Marnäs. »

33

Gerlof était mourant, et les morts lui apparurent. Il les entendait, aussi. Les os d'un guerrier tombé dans une bataille oubliée de l'âge de bronze s'entrechoquaient sur la plage – il ferma les yeux pour ne pas voir le fantôme danser là-bas, mais il entendait très clairement le bruit des os.

Quand il ouvrit les yeux, il vit son ami Ernst Adolfsson, le haut du corps en sang, qui marchait en cercle dans le pré à la recherche de pierres.

Et quand Gerlof regarda la mer, il vit la mort elle-même passer dans le crépuscule, en plein vent, à bord d'un vieux bateau aux voiles noires.

Le pire fut quand sa femme Ella apparut en chemise de nuit près du pommier et le regarda d'un air grave en lui demandant d'arrêter de se battre. Et Gerlof ferma les yeux, prêt à abandonner et à la suivre sur le bateau noir : il voulait s'endormir, échapper à la pluie et au froid, cesser de s'inquiéter, et faire comme s'il était tout simplement dans son lit à la maison de retraite de Marnäs. Il ne savait pas pourquoi il restait encore éveillé. L'agonie s'éternisait, cela le tracassait.

Le bruit d'os entrechoqués continuait sur la plage, Gerlof tourna lentement la tête et ouvrit les yeux.

L'horizon, la ligne entre le ciel et la mer, tout avait disparu dans le noir.

Mais ce bruit venait-il vraiment de vieux os entrechoqués, ou d'autre chose ? Y avait-il un être humain vivant dans les parages ?

Quelque part dans son corps engourdi se manifesta un petit reste d'envie de vivre, et Gerlof parvint à se relever lentement, appuyé contre le vieux pommier. C'était comme hisser la grand-voile par grand vent – difficile, mais pas impossible. Il compta : un, deux, trois, et il se mit à genoux.

Ô hisse, ô hisse, pensa-t-il, et il posa son pied droit sur le sol.

Puis il dut se reposer quelques minutes. Il resta ainsi sans bouger, à part son genou qui tremblait, avant de donner un dernier coup de rein pour se remettre debout, comme s'il soulevait des haltères.

Ô hisse, ô hisse.

Il avait réussi. Il s'était relevé, une main accrochée à l'arbre, l'autre à sa canne.

La grand-voile était hissée, le cotre allait pouvoir se diriger vers la mer. Il pourrait aller au moteur si besoin. Gerlof avait toujours pris soin de ses machines. Ses cotres étaient équipés de moteurs à tête chaude. Il fallait les graisser toutes les heures quand ils fonctionnaient, mais il n'avait jamais négligé de le faire.

« Ô hisse ! » se dit-il à lui-même.

Il lâcha l'arbre et fit un petit pas vers la mer. Il se sentait assez bien : ses membres étaient anesthésiés, ils ne lui faisaient plus mal.

Longeant le muret – l'herbe y était plus courte qu'ailleurs dans le pré –, il s'approcha lentement de la plage. Le vent soufflait de la mer – il traversait la chemise mouillée de Gerlof et semblait pénétrer le haut de son corps. Mais le bruit augmentait et l'attirait vers l'avant. Il croyait deviner de quoi il s'agissait.

Il avait raison, c'était un sac plastique vide.

Ou plutôt un grand sac-poubelle noir, à moitié enterré dans le sable. Probablement jeté dans la Baltique du haut d'un bateau. Il y avait d'autres déchets plus bas sur la plage : un vieux paquet de lait, une bouteille en verre, une boîte de conserve rouillée. C'était triste de voir les gens continuer à jeter leurs ordures en mer – mais si Gerlof voulait survivre, il aurait besoin de ce sac plastique. S'il le dégageait du sable, faisait un trou au fond et l'enfilait, le sac le protégerait contre la pluie et garderait sa chaleur corporelle pendant la nuit.

Bien.

C'était bien pensé pour une tête aussi congelée.

Le problème était de descendre sur la plage, car le pré se terminait par un rebord taillé net par les vagues. Il était raide comme une marche d'escalier, plusieurs dizaines de centimètres au-dessus du sable.

Vingt ans plus tôt, dix peut-être, Gerlof serait tout simplement descendu sur la plage sans se poser de questions – mais à présent il ne faisait plus confiance à son sens de l'équilibre.

Il prit son élan, respira profondément l'air glacé et s'élança dans le vent, le pied droit levé et la canne en avant.

Raté. La canne toucha la plage la première et s'enfonça dans le sable humide.

Gerlof tomba en avant, lâcha trop tard la canne, qu'il entendit se rompre avec un bruit sec.

Il tomba, tomba vers la plage en essayant de se réceptionner sur sa main droite. À l'atterrissage, la surface du sable sembla dure comme la pierre, et Gerlof se vida de tout son air quand le haut de son corps heurta le sol.

Il était étalé à quelques mètres du sac plastique.

Il ne pouvait plus bouger – il s'était cassé quelque chose. Essayer d'atteindre le sac était un bon plan, mais cette fois-ci, il n'aurait plus la force de se relever.

Il ferma à nouveau les paupières. Même lorsque le ronronnement d'un moteur de voiture atteignit ses oreilles, il ne rouvrit pas les yeux.

Ce bruit ne le concernait pas.

34

La radio était restée silencieuse à côté du volant jusqu'à ce que Lennart appelle le centre d'alarme de Kalmar – après quoi elle se mit à crachoter des messages incompréhensibles pour Julia.

Mais Lennart écoutait avec concentration.

« La patrouille et les chiens vont mettre du temps, dit-il en regardant dans le noir à travers le pare-brise, mais l'hélicoptère arrive bientôt.

— Quand ? demanda Julia à côté de lui.

— Ils décollent de Kalmar dans quelques minutes », et Lennart ajouta : « Ils ont une caméra infra rouge.

— Une carte infra rouge ?

— Une caméra, répéta Lennart. Elle enregistre la température corporelle. C'est pratique la nuit.

— Formidable », dit Julia, mais cela ne suffisait pas à la rassurer.

Elle regardait sans cesse autour d'elle par les fenêtres, mais il faisait si sombre dehors. Il était six heures et demie, et il faisait déjà presque nuit noire. Elle savait à peine où ils se trouvaient sur la grand-route.

Plus tôt, à la maison de retraite, Boel avait commencé par se fâcher de ne pas avoir de nouvelles de Gerlof.

« Est-ce qu'il va falloir l'enfermer ? avait-elle dit en soupirant. C'est ce qu'il cherche ? »

Puis elle était devenue presque aussi inquiète que Julia, et avait formé une patrouille de recherche avec le personnel de l'équipe du soir, qui était parti à pied de la maison de retraite pour voir si Gerlof n'était pas quelque part en rade à un arrêt de bus.

Lennart était resté plus calme, mais avait compris la gravité de la situation. Par radio, il avait averti l'officier de police de garde à Borgholm.

Après quelques brefs coups de fil, il avait réussi à localiser le chauffeur du bus, qui avait fait demi-tour à Byxelkrok et était rentré à Borgholm. Il se souvenait à peine de Gerlof, mais savait qu'il avait marqué au moins deux arrêts sur la grand-route avant Marnäs puis trois autres entre Marnäs et Byxelkrok.

Il était six heures passées quand Julia et Lennart étaient revenus à la voiture pour commencer les recherches. Deux autres véhicules avec le personnel de la maison de retraite se mirent en route en même temps. Boel resta au bureau pour surveiller le téléphone.

Il pleuvait toujours. Julia et Lennart partirent vers le sud – même s'il n'était pas certain que Gerlof soit descendu de ce côté-ci, il avait aussi très bien pu s'endormir et demander à descendre à l'arrêt d'après. Mais il fallait bien commencer à chercher quelque part.

Lennart roulait lentement, pas plus vite qu'une mobylette, en faisant un détour à chaque arrêt de bus et chaque parking, pour ne rien rater en chemin.

« Mais on n'y voit rien… », marmonna Julia.

Ce n'était pas qu'il y ait beaucoup à voir : personne n'était dehors sur la route par un soir pareil, avec ce froid et cette pluie. Elle ne voyait qu'un sombre fossé, des buissons et, derrière, des troncs d'arbres gris pâle.

La radio se remit à crachoter. Lennart écouta.

« L'hélicoptère a décollé, dit-il. Ils mettent le cap sur Marnäs à présent. »

Julia hocha la tête. Elle comprenait que c'était là leur seul espoir.

« Est-ce que ça ressemble à Gerlof ? dit Lennart au bout d'un moment.

— Comment ça ?

— Je veux dire… est-ce qu'il s'est déjà montré imprévisible, comme on dit ?

— Non. »

Julia se dépêcha de secouer la tête, puis réfléchit et ajouta :

« Mais ça ne m'étonne pas non plus complètement… qu'il soit descendu du bus et parti dans la nature, ou je ne sais pas quoi. Je crois qu'il pense trop.

— Nous allons le retrouver », dit Lennart à voix basse.

Julia hocha la tête.

« Il portait bien son manteau en partant ce matin. Avec ça on s'en sort, non ?

— Oui, avec le manteau, il peut passer la nuit, dit Lennart. Surtout s'il trouve un abri contre le vent. »

Sur la lande, il n'y a pas d'abri contre le vent, pensa Julia.

35

« Gerlof ! Où est-il, Gerlof ? »

Gerlof ouvrit lentement les yeux, tiré d'un rêve douillet où il était reparti à bord de son voilier. Il cligna des yeux dans la pluie fine.

« Pardon ? » dit-il, d'une voix rauque – ou le pensa-t-il seulement ?

Il était toujours sur la plage, couché sur le dos avec une douleur qui l'élançait dans la jambe droite.

Au-dessus de lui, au bord du pré, comme une ombre contre le ciel nocturne, se tenait le propriétaire d'hôtel Gunnar Ljunger, dans son horrible blouson publicitaire jaune.

Était-il réellement là ? Oui, ce n'était pas un rêve. Mais Ljunger ne souriait plus, vit Gerlof. Il avait entre les yeux un pli de colère.

« Où est mon téléphone ? » dit-il.

Gerlof déglutit, sa bouche était sèche, il pouvait à peine parler.

« L'ai caché, chuchota-t-il.

— Tu as appelé quelqu'un ? » demanda Ljunger.

Gerlof secoua la tête. Il n'avait évidemment pas pu. Un tas de boutons, et impossible de savoir sur lequel appuyer.

« Où il est ? Tu te l'es fourré dans le cul ?

— Descends le chercher, Gunnar », souffla faiblement Gerlof.

Mais Ljunger ne bougea pas. Et Gerlof savait pourquoi : si Ljunger descendait sur la plage, il laisserait de profondes traces. Même la pluie ne les effacerait pas.

Le téléphone portable était dans la poche du pantalon de Gerlof, pas particulièrement caché, mais maintenant, Ljunger devait trouver une ruse pour le récupérer.

« Tu es coriace, Gerlof, dit-il en se redressant. Mais tu es tombé et tu t'es fait mal, à ce que je vois. »

Gerlof semblait ne plus avoir de voix, car aucun mot ne sortit quand il ouvrit la bouche. Ses lèvres étaient sèches et figées par le froid.

« *Seuls les morts connaissent la paix*, dit Ljunger d'une voix calme. *La mort est rude, mais généreuse, alors chante, ohé*… C'est de Dan Andersson[1], si tu ne savais pas. J'aime ses chansons, et les ballades de marins d'Evert Taube, aussi. Figure-toi que c'est Vera Kant qui me les a fait écouter. Elle avait plein de disques.

— Elle avait de la terre et de l'argent, chuchota Gerlof couché dans le sable.

— Quoi ?

— Les terres et l'argent de Vera… il ne s'agit de rien d'autre. »

1. Daniel « Dan » Andersson (1888-1920), écrivain, poète et chansonnier.

Ljunger secoua la tête.

« Non, il s'agit de plein d'autres choses, dit-il. De terre, d'argent, de vengeance et de grands rêves… et d'amour pour Öland, aussi. J'aime cette île. »

Gerlof le vit mettre la main dans la poche de son blouson et en sortir une paire de gants en cuir.

« Je crois que le moment est venu de t'endormir, Gerlof, dit-il. Et alors je trouverai le portable. Tu n'aurais pas dû le prendre. »

Gerlof était fatigué du bavardage de Ljunger. Des mots, rien que des mots. Le propriétaire de l'hôtel restait là au bord du pré à bavarder, bavarder encore, il ne voulait pas le laisser tranquille. Pendant ce temps, un faible bourdonnement avait commencé à se faire entendre dans le noir.

« Il est temps de tirer sa révérence, dit Ljunger. Je crois que nous allons… »

Il se tut brusquement et tourna la tête.

Le bourdonnement ne faisait que croître sur la plage, comme le mugissement d'une chute d'eau, comme si le vent marin allait grossir en tempête.

Le bruit s'amplifia rapidement et se transforma en une bourrasque fracassante qui s'engouffra dans les minces vêtements de Gerlof.

Il vit alors là-haut la silhouette de Ljunger tourner les yeux vers le ciel avec un étonnement muet.

Gerlof leva la tête. Une ombre glissa au-dessus de lui.

Un corps gigantesque aux yeux clignotants flottait en vrombissant au-dessus de la plage. Le haut du corps sombre, le bas clair, avec le texte éclairé POLICE sur son ventre plat.

C'était un hélicoptère.

Ljunger n'était plus là à le surveiller. Il avait disparu, s'était enfui – comme un troll pris sur le fait et démasqué, il fuyait à grandes enjambées sur les graviers du chemin.

Gerlof écarquilla les yeux. De grandes pales tournaient, tournaient en pétaradant. Oui, c'était un hélicoptère, il bascula vers l'avant, glissa au-dessus du pré et descendit doucement.

L'hélicoptère de la police se posa délicatement et Gerlof ferma les yeux.

Il ne ressentait ni joie, ni soulagement, rien. Son cerveau attendait toujours que le vaisseau de la mort vienne l'emporter au large. Mais il n'arriva pas.

Le vrombissement du rotor s'estompa, deux portes de l'hélicoptère s'ouvrirent. Deux hommes casqués sortirent, dos courbé. Ils portaient des uniformes gris aux allures de combinaison : ils étaient pilotes, ou policiers volants, et se précipitèrent dans l'herbe en direction de Gerlof.

L'un d'eux avait sous le bras une couverture de survie, l'autre portait une mallette blanche. Gerlof commençait à comprendre ce qu'ils faisaient là, et il souffla.

L'hélicoptère était là pour lui. Il s'en sortirait, à présent.

36

« Il est là ! »

Julia avait crié fort, et Lennart freina si brusquement que la voiture dérapa. Mais ils ne roulaient pas vite et s'arrêtèrent presque tout de suite, un peu en travers de la grand-route. Ils étaient juste au sud de la sortie qui descendait vers Stenvik.

« Où ? » dit Lennart.

Julia fit un geste à travers le pare-brise.

« Je le vois, dit-elle. Là-bas… dans ce champ. Il est à terre ! »

Lennart se pencha en avant. Puis il redémarra en braquant.

« Je fais demi-tour. »

La voiture effectua un virage serré sur la route luisante de pluie.

« Il y a un chemin, là… j'y vais. »

Une fois sur le petit chemin couvert de gravier, Julia vit qu'elle s'était trompée. Ce n'était pas un corps, c'était…

Lennart stoppa la voiture et Julia se dépêcha d'ouvrir la porte. Mais elle était ralentie par les béquilles, et Lennart arriva le premier.

Il se pencha et attrapa l'objet dans le petit fossé qui courait le long du chemin.

« C'est juste un manteau, dit-il en le montrant. Un manteau jeté. »

Julia s'approcha et regarda. Elle retenait son souffle.

« C'est celui de Papa, dit-elle.

— Tu en es sûre ? dit Lennart. On dirait…

— Regarde dans la poche intérieure. »

Lennart ouvrit le manteau et fouilla dans la poche. Il en sortit un portefeuille, qu'il ouvrit.

« J'aurais dû prendre une lampe de poche…, marmonna-t-il en essayant de maintenir le portefeuille dans la lumière des phares de l'auto.

— C'est celui de Gerlof, dit Julia. Je le reconnais. »

Lennart sortit un vieux permis de conduire et hocha la tête.

« Oui. C'est le sien. »

Puis il regarda autour de lui.

« Gerlof ! appela-t-il. Gerlof ! »

Mais la pluie et le moteur allumé étouffèrent vite son cri.

« Il faut prendre la voiture et aller voir, dit-il. Je ne reconnais pas ce chemin… Je crois qu'il descend vers la plage. »

Il tourna les talons, revint à la voiture de police et lança un court appel dans le micro de la radio.

Julia le suivit et se réinstalla dans le siège passager.

« Maintenant l'hélicoptère sait où nous sommes », dit Lennart.

Il passa la première et commença à avancer au pas, scrutant à travers le pare-brise, les yeux plissés.

« J'éteins les phares, dit-il, on y verra mieux. »

Le chemin fut plongé dans l'obscurité complète, mais quand les yeux de Julia commencèrent à s'habituer, elle vit la lande qui s'étendait des deux côtés de la voiture. Chaque nouvelle ombre qui apparaissait ressemblait à un vieil homme debout parmi les herbes, mais les ombres n'étaient que des buissons de genévriers.

Soudain, Lennart montra quelque chose en l'air, un peu de côté.

« Le voilà, dit-il. On avait bien besoin de lui. »

Julia écarquilla les yeux vers les vives lumières rouges et blanches qui se déplaçaient en clignotant dans le ciel. Elle vit que c'était l'hélicoptère au moment où la radio se remit à crachoter.

Lennart écouta.

« Je crois qu'ils ont trouvé quelque chose, dit-il. Là-bas, au bord de l'eau. »

Il accéléra, prit un virage serré – et la seconde d'après, la voiture fut soudain éclairée par une lumière blanche éblouissante. C'était une autre voiture.

« Bordel ! » cria Lennart, à côté de Julia.

Il écrasa le frein, mais il était trop tard. La voiture qui venait vers eux dans le virage roulait à vive allure.

« Accroche-toi ! »

Julia serra les dents, bras tendus, crispée, anticipant la collision.

Le choc la projeta en avant, mais la ceinture de sécurité l'arrêta au vol, en même temps qu'elle vit le capot de la voiture se plier comme du papier froissé.

La ceinture résista, mais ses côtes encaissèrent un choc douloureux.

Silence. Quelques secondes d'immobilité suspendue suivirent la collision.

Julia entendit Lennart souffler derrière le volant, et jurer à voix basse.

Il ralluma alors ses lumières. Un seul des phares fonctionnait encore, et il éclaira la voiture brillante qui les avait emboutis.

Lennart étendit le bras vers la boîte à gants. Elle s'était ouverte sous le choc. Il attrapa son pistolet.

« Ça va, Julia ? » demanda-t-il.

Elle cligna des yeux et hocha la tête.

« Bien… oui. Je crois.

— Reste. Je reviens tout de suite. »

Lennart ouvrit sa portière, laissant le froid entrer. Après avoir hésité, Julia ouvrit aussi la sienne.

Presque au même moment, un homme grand et large d'épaules bondit hors de l'autre voiture.

« Qui va là ? entendit-elle crier Lennart.

— D'où tu sors, bordel ? entendit-elle une autre voix crier, encore plus fort. Mets tes phares, merde ! Pourquoi tu roules sans lumières ?

— Du calme, dit Lennart. Je suis policier.

— Henriksson ? » dit l'autre voix.

Julia sortit ses jambes et chercha à tâtons ses béquilles. Elle parvint à se mettre debout malgré le sol en pente.

« Tu arrives de la plage ? » demanda Lennart.

À la lueur des phares, elle reconnut soudain l'autre conducteur. Il était de Långvik, c'était le propriétaire de l'hôtel.

Puis elle se souvint aussi de son nom : Gunnar Ljunger.

« Qui c'est, là, avec toi ? » cria-t-il.

Visiblement, Lennart l'avait lui aussi reconnu, à présent.

« Calme-toi, Gunnar, dit-il. D'où viens-tu ?

— De… de la plage, là-bas. »

Ljunger baissa d'un ton.

« Je suis allé faire un tour en voiture.

— As-tu vu Gerlof Davidsson ? » demanda Lennart.

Ljunger resta quelques secondes sans rien dire.

« Non, lâcha-t-il enfin.

— Nous sommes à sa recherche », dit Lennart.

Il fit un geste :

« L'hélicoptère, là-bas, le cherche aussi.

— Ah bon ? »

Étrange indifférence, pensa Julia. Elle avança d'un pas et demanda à Lennart, par-dessus le capot de la voiture :

« C'est loin, jusqu'à la plage ?

— Non, je ne crois pas, dit-il. Quelques centaines de mètres. »

Cela suffisait à Julia.

« Il faut que j'y aille », dit-elle.

Elle empoigna solidement ses béquilles et se mit à sautiller, dépassa la voiture de Gunnar Ljunger et continua vers la plage.

« Gunnar, il va falloir reculer, entendit-elle Lennart dire dans son dos. Il faut que je descende jusqu'à la plage.

— Henriksson, enfin, tu ne peux pas…

— Recule, maintenant, dit Lennart en haussant le ton. Puis tu resteras dans ta voiture, il faut que nous tirions au clair… »

Sa voix fut bientôt emportée par le vent derrière Julia. Au-delà des deux voitures, elle aperçut à nouveau la lumière de l'hélicoptère : il s'était posé à quelques centaines de mètres.

Elle se hâta, trébucha à plusieurs reprises dans des flaques de boue, mais réussit à garder son équilibre et à continuer.

En approchant, elle vit sur la plage deux hommes en combinaison grise penchés sur quelque chose. Un corps. Ils le relevèrent du sable et l'enveloppèrent.

« Papa ! »

Les deux hommes jetèrent un rapide coup d'œil dans sa direction avant de continuer leur travail.

Le corps, sur la plage, gisait immobile sous la couverture. Julia voulait le voir bouger, lever la tête, mais ce ne fut qu'une fois arrivée à quelques mètres de la plage qu'elle perçut un signe de vie.

Gerlof toussa. Un bruit sec et rauque.

« Papa ! » cria à nouveau Julia.

Il tourna lentement la tête vers elle.

« Julia… »

Il toussa encore.

« Attention, dit un des hommes. On y va ! »

Ils soulevèrent Gerlof dans sa couverture et l'emportèrent rapidement.

« Je peux venir avec vous ? dit Julia dans leur dos, en ajoutant : je suis sa fille. Et je suis infirmière, aussi.

— Pas possible, dit l'homme le plus proche d'elle, sans la regarder. Nous n'avons pas la place.

— Où l'emmenez-vous, alors ?

— Aux urgences, à Kalmar. »

Elle les suivit quand même jusqu'à l'hélicoptère, malgré les béquilles qui n'arrêtaient pas de s'accrocher dans l'herbe. Elle s'efforça de rester à la hauteur du corps enveloppé dans sa couverture.

« Je te rejoins à l'hôpital, Papa. »

Juste avant qu'ils ne le hissent dans l'hélicoptère, Gerlof releva la tête, et elle vit son visage. Il était blanc comme la craie. Mais ses yeux étaient ouverts, et se fixèrent soudain sur elle. Il dit quelque chose, à voix basse, incompréhensible.

« Quoi ? »

Elle se pencha pour l'entendre.

« C'est Ljunger qui l'a fait », chuchota-t-il.

Julia chuchota à son tour :

« Fait quoi, papa ?

— Pris… notre Jens. »

Puis il disparut, chargé comme un colis inerte sur le siège arrière de l'hélicoptère. La porte se referma sur lui.

« Il faut vous mettre à l'abri, maintenant », dit un des pilotes, avant de claquer sa propre porte.

Julia recula maladroitement sur ses béquilles.

Quand les pales se remirent en mouvement, elle était à cinquante mètres, et les regarda tourner de plus en plus vite. Merveille de la technique. Un bruit fracassant dans le noir – et l'hélicoptère décolla en emportant son vieux père dans le ciel sombre, monta, monta puis mit le cap à vive allure vers le sud-ouest.

Lentement réapparurent les bruits plus faibles du ressac et du vent. Julia entendit un cri au loin et tourna la tête.

C'était Lennart. Les deux voitures étaient toujours dans le virage, et malgré ses bras qui à présent lui faisaient mal, Julia empoigna à nouveau ses béquilles et retourna par le chemin jusqu'au lieu de l'accident.

« C'était Gerlof, là-bas ? » dit Lennart quand elle arriva.

Julia hocha la tête.

« Ils l'emmènent à Kalmar.

— Bien. »

Gunnar Ljunger était toujours dans sa voiture, portière ouverte, mais il n'avait pas pu reculer pour laisser passer la voiture de police.

Une fois son moteur éteint, après la collision, il n'avait pas réussi à le remettre en marche. On n'entendait qu'un faible cliquetis lorsqu'il tournait la clé de contact.

Ljunger frappa avec colère le volant revêtu de cuir.

« Ferme ta voiture et laisse-la ici, dit Lennart. Viens avec nous jusqu'à Marnäs. »

Ljunger soupira, mais il n'avait pas le choix. Il prit une serviette dans sa Jaguar puis s'assit sur le siège passager de la voiture de police, à côté de Lennart. Julia dut s'asseoir à l'arrière.

Pendant le retour vers Marnäs, elle se pencha pour observer Ljunger de biais.

Qu'avait-il fait sur la plage ? Qu'avait-il dit à Gerlof ?

Ljunger, droit dans son siège, semblait l'ignorer, mais l'atmosphère était tendue dans la voiture de police.

« Tu vas le dire, maintenant ? dit Lennart au bout de quelques minutes.

— Dire quoi ?

— Ce que tu faisais sur le chemin côtier ?

— Je prenais l'air, lâcha Ljunger.

— Et pourquoi rouler si vite ?

— J'ai une Jaguar.

— Savais-tu que Gerlof était sur la plage ?

— Non. »

Julia soupira.

« Il n'arrête pas de mentir », dit-elle à Lennart.

Lennart ne commenta pas cette affirmation.

« C'est certainement ta chaleur corporelle qu'a repérée l'hélicoptère, Gunnar, dit Lennart. Gerlof devait s'être trop refroidi. Nous avons de la chance que tu sois passé par là. »

Ljunger ne fit pas non plus de commentaires. Il regardait dehors par la vitre, les yeux mi-clos, soit indifférent, soit très fatigué.

Après un trajet de quelques minutes, la voiture entra dans le centre de Marnäs.

Il y avait une place juste devant le commissariat, Lennart s'y gara. Il ouvrit, et ils entrèrent tous les trois.

Lennart alluma la lumière et son ordinateur. Ljunger se campa au milieu de la pièce, comme un militaire devant ses troupes.

« Je vais faire une courte déposition, rien de plus, dit-il en regardant Lennart. Je n'ai pas l'intention de rester ici plus longtemps que nécessaire ce soir. Je veux rentrer chez moi.

— Comme nous tous, Gunnar », dit Lennart.

Il s'installa à son bureau devant l'ordinateur.

« Tu veux du café ?

— Non. »

Ljunger regarda Julia et demanda :

« Elle va rester ici ? »

Lennart sembla se raidir en entendant ce « *elle* » pour désigner Julia – mais elle se contenta de secouer la tête. Elle avait d'autres sujets de préoccupation.

« Elle va aller rejoindre son père à l'hôpital, dit-elle, et voir s'il survit. »

Julia dévisagea Ljunger.

« Je vais lui demander ce qui s'est passé sur cette plage.

— C'est ça ! »

Ljunger ne la regarda même pas, mais un étrange sourire se dessinait au coin de ses lèvres, comme si tout cela ne faisait que l'amuser.

« Assieds-toi, Gunnar », dit Lennart en lui indiquant une chaise à côté de son bureau.

Il fit ensuite quelques pas vers Julia, qui se tenait près de la porte, et baissa la voix :

« Ça ira ? »

Elle hocha la tête en ramassant ses béquilles.

« Je vais voir s'il y a un bus du soir, dit-elle. Sinon, je prendrai un taxi.

— O.K., dit Lennart. Tu m'appelles, après ? Je rentre dès que j'en ai fini ici. »

Julia sourit en hochant la tête, comme si tout allait pour le mieux.

« À bientôt. »

Elle aurait voulu serrer Lennart dans ses bras, mais préféra s'abstenir en présence de Gunnar Ljunger.

Elle descendit les marches, se retrouva dans la rue froide et déserte, et regarda l'arrêt de bus de l'autre côté de la place. Un bus était à l'arrêt – mais allait-il vers le sud ?

Un taxi pour Kalmar coûterait plusieurs centaines de couronnes, et il faudrait qu'elle se rabatte sur cette solution le cas échéant. Même si elle devait mettre son compte à sec, et même si c'était pour passer la nuit à attendre aux urgences, elle se rendrait à l'hôpital. Elle voulait être là au réveil de Gerlof. Lennart comprendrait qu'elle veuille être auprès de son père dans ces circonstances, et lui-même avait beaucoup à faire ce soir.

Elle entreprit de traverser la rue sur ses béquilles, et se dirigea vers la place.

Elle pensa soudain au sourire – à l'étrange petit sourire de Gunnar Ljunger.

Il avait bousillé sa voiture, avait été plus ou moins désigné comme le meurtrier de Gerlof mais, devant le bureau de Lennart, au commissariat, il arborait pourtant ce petit sourire aux coins des lèvres, comme s'il envisageait une porte de sortie.

Comme s'il pensait…

Julia s'arrêta net sur le trottoir de l'autre côté de la rue. Elle était à mi-chemin de l'arrêt de bus mais, sans réfléchir, elle fit demi-tour. Elle se mit à sauter sur ses béquilles vers le commissariat.

Ce n'était qu'à une centaine de mètres, pourtant Julia n'arriva pas à temps.

Alors qu'elle était encore sur le trottoir, elle entendit le coup de feu. Un claquement sec sans écho, à l'intérieur du commissariat.

Par la fenêtre, on entendit un bruit sourd.

Puis une autre détonation quelques secondes plus tard.

Julia fit encore trois pas en sautant sur ses béquilles, mais elle n'avançait pas assez vite et elle les jeta à terre. Elle se mit à courir.

Elle monta l'escalier qui menait à la porte du commissariat en deux grandes enjambées, provoquant des vagues de douleur qui irradiaient depuis son pied.

Elle sentit l'odeur de poudre en ouvrant la porte, et alors seulement elle s'arrêta.

Rien ne bougeait. On n'entendait pas un bruit dans le commissariat.

Julia risqua un regard à l'intérieur, et vit d'abord les jambes de Lennart qui dépassaient à côté du bureau. Son cœur cessa presque de battre – puis elle vit qu'il bougeait.

Il était à genoux au pied du bureau, une main à terre et l'autre comprimant son front en sang.

L'étui de son arme était ouvert, il roula lentement sur lui-même et leva vers Julia un regard embrumé et confus.

« Où est-il ? demanda-t-il. Ljunger ? »

Julia vit ce que s'était passé.

Ce n'était pas Lennart qui avait été abattu – c'était Gunnar Ljunger.

Julia l'avait aperçu, à présent, et elle comprit que le propriétaire de l'hôtel avait trouvé une porte de sortie.

Ljunger ne souriait plus. Son corps gisait de l'autre côté du bureau, et ses chaussures de cuir verni étaient secouées de faibles soubresauts. Une flaque de sang avait lentement commencé à se former sous sa tête, et des gouttes dispersées avaient giclé en taches roses sur son blouson jaune. Le sang brillait à la lumière de la lampe du plafond.

Ljunger regardait fixement dans le vide, la bouche à demi ouverte. Ses yeux avaient une expression d'étonnement, comme s'il n'avait pas vraiment compris que tout était fini.

Dans sa main droite, il tenait toujours l'arme de service de Lennart.

37

« Comment ça va, Lennart ? » demanda Gerlof depuis son lit d'hôpital.

Lennart haussa les épaules d'un air las.

« Pas terrible. J'aurais dû être davantage sur mes gardes, dit-il avec un profond soupir. J'aurais dû comprendre ce qu'il comptait faire.

— Arrête de penser à ça, Lennart, dit Julia de l'autre côté du lit.

— Il m'a eu. Il s'était assis, je pensais qu'il s'était un peu détendu… mais c'est là qu'il s'est précipité pour me plaquer sur le bureau et m'arracher mon pistolet. Je ne m'y attendais pas. »

Il soupira en touchant le pansement qu'il avait au front.

« Je suis trop vieux, je réagis trop lentement. J'aurais dû…

— Arrête de penser à ça, répéta Julia. C'est Ljunger qui t'a fait du mal, *à toi*, et pas le contraire. »

Lennart hocha la tête sans conviction.

Le premier coup tiré par Gunnar Ljunger n'avait touché que le mur, mais Lennart s'était cogné la tête contre le bureau au cours de la lutte. Il avait fallu lui faire plusieurs points de suture au dispensaire de Marnäs, et il avait une profonde entaille sous son pansement.

Lennart et Julia étaient à présent assis de part et d'autre du lit de Gerlof dans une salle de l'hôpital de Borgholm. C'était la fin de l'après-midi, et on voyait par la fenêtre un soleil d'hiver orangé se coucher sur la ville.

Gerlof espérait que la visite ne serait pas trop longue, car il n'avait envie que d'une chose, être seul et dormir. Il n'avait toujours pas la moindre force pour se bouger et se lever.

Il avait en tout cas les idées claires, à présent, mais ne se rappelait pas grand-chose des derniers jours écoulés. Il n'aurait probablement pas survécu sans son transport rapide par hélicoptère aux urgences de Kalmar. En deux jours, il était passé d'un état critique à un état seulement sérieux. Qui s'était amélioré, stabilisé, et, le quatrième jour, on l'avait transféré en ambulance à l'hôpital de Borgholm.

On y était plus au calme qu'à Kalmar, et Gerlof s'était vu attribuer une chambre individuelle au deuxième étage, avec vue sur le bois du château et les villas de Borgholm. Lennart et Julia étaient venus lui rendre visite, cinq jours après la tentative de Ljunger de se débarrasser de lui sur la plage.

« C'est la troisième fois en deux jours que je viens ici, Papa, dit Julia. Mais c'est la première fois que tu es réveillé. »

Gerlof se contenta de hocher la tête, l'air las.

Son bras gauche portait des attelles et un bandage, suite à sa chute sur la plage. Il avait un pied dans le plâtre. Outre la perfusion nutritive, un autre tuyau était relié à un cathéter et Gerlof était enfoui sous des doubles couvertures – mais il se sentait un peu plus en forme que la veille. Sa fièvre avait baissé, lentement mais sûrement.

Gerlof essaya de se relever pour mieux voir Julia et Lennart, et sa fille se leva aussitôt pour l'aider à se caler le dos avec un oreiller supplémentaire.

« Merci. »

Sa voix était très faible, mais il pouvait parler.

« Comment ça va aujourd'hui, papa ? » demanda-t-elle.

Gerlof leva péniblement son pouce droit vers le plafond de sa chambre. Il toussa et respira avec peine.

« Ils ont d'abord cru que j'avais une pneumonie », chuchota-t-il lentement.

Il reprit son souffle, et continua :

« Mais ce matin… ils ont dit que j'avais seulement une bronchite. »

Il toussa à nouveau.

« Et ils sont à peu près certains que je… pourrai garder mes deux pieds. »

Il marqua une pause, et poursuivit :

« Et ce n'est pas de refus.

— Tu es coriace, Gerlof », dit Lennart.

Gerlof hocha la tête.

« Gunnar Ljunger… il a dit la même chose. »

Le bipeur de Lennart sonna soudain à sa ceinture.

« Encore… »

Le policier soupira d'un air las. Il regarda l'écran.

« On dirait que mon chef veut encore me parler, il n'en aura donc jamais fini avec ses questions…, dit-il. Il faut que j'aille téléphoner. Je reviens tout de suite. »

Lennart sourit à Julia, qui lui rendit son sourire, puis hocha la tête vers le lit.

« Ne t'en va pas, Gerlof. »

Gerlof lui répondit d'un lent hochement de tête, et Lennart ferma la porte.

Le silence se fit dans la chambre d'hôpital, mais ce n'était pas un silence crispé. Au fond, on pouvait se passer de paroles. Julia posa sa main sur la couverture de Gerlof et se pencha vers lui.

« Je dois te transmettre le bonjour de la famille et des amis, dit-elle. Lena a téléphoné de Göteborg hier soir, elle va venir bientôt. Et Astrid te salue aussi, bien sûr. John et Gösta sont passés te rendre visite hier, mais ils ont dit que tu dormais. Tu vois, tous ceux que tu connais pensent à toi.

— Merci. »

Gerlof toussa encore.

« Et toi... comment ça va ? chuchota-t-il.

— Tout va bien, se dépêcha de dire Julia. J'ai passé pas mal de temps avec Lennart ces derniers jours, dans sa jolie maison au milieu des pins. Bon, il a passé le plus clair de son temps à rédiger une quantité de rapports, ou à descendre à Borgholm... alors je n'ai pas pu faire grand-chose pour l'aider. Je suis surtout restée dans la pièce à côté, à m'inquiéter pour toi.

« Je... je me débrouille, chuchota Gerlof.

— Oui, je le sais, maintenant, dit Julia. Et moi aussi, je me débrouille. »

Son père toussa, puis poursuivit :

« Tu es forte, alors ?

— Bien sûr. »

Julia sourit, comme si elle ne comprenait pas tout à fait ce qu'il voulait dire.

« Je suis beaucoup plus forte, en tout cas. »

Gerlof continua à chuchoter :

« J'ai réfléchi…, dit-il. Je n'en suis pas sûr… mais je crois que maintenant je sais comment les choses se sont passées. »

Julia le regarda.

« Tout ? dit-elle.

— Absolument tout, chuchota Gerlof. Tu veux savoir… ce qui est arrivé à Jens ? »

Julia le regarda, l'air grave. Elle retint son souffle.

« Tu le sais, à présent, papa ? demanda-t-elle. Ljunger t'a raconté comment les choses se sont passées exactement ?

— Il a dit… pas mal de choses, dit Gerlof. Pas tout, je crois. Donc j'ai dû me contenter… d'en deviner une partie. Mais ce n'est pas… une fin heureuse, Julia. La fin est ce qu'elle est. Tu veux savoir ? »

Julia serra les lèvres et hocha la tête.

« Raconte.

— Tu te rappelles ce que je t'avais dit, quand tu es arrivée sur Öland… qu'on pousserait le meurtrier à se montrer pour venir voir la sandale de Jens ? » demanda Gerlof.

Julia hocha la tête.

« Mais il ne s'est pas montré. »

Gerlof détourna les yeux vers le soleil couchant, de l'autre côté de la fenêtre. Il aurait préféré être tout petit et écouter les histoires horribles que l'on raconte à l'heure trouble du crépuscule, plutôt qu'être vieux et devoir les raconter lui-même.

« Je crois qu'il s'est quand même montré, dit-il. Le meurtrier est venu à nous… même si nous ne l'avons pas vu, ni toi ni moi. »

Öland, septembre 1972

Gunnar fait face à Nils et lève lentement la lourde barre de fer. Il regarde autour de lui dans le brouillard, comme s'il voulait être certain que personne ne voit ce qui se passe sur la lande. Ou ce qui va se passer.

« Tu ne peux pas rentrer chez toi, Nils, dit-il, tu es mort. Tu es enterré à Marnäs. »

Nils secoue la tête.

« Lâche cette barre. »

La lande tout entière semble soudain plongée dans un silence de mort, comme si tout l'air avait reflué sous le ciel.

« Lâche d'abord ta pelle, Nils. »

Nils secoue à nouveau la tête. Il jette un rapide coup d'œil vers l'autre chercheur de trésor, Martin, qui respire difficilement à quelques mètres, à terre, la main sur le front. Il ne représente pas de menace pour le moment.

Mais Gunnar, lui, est dangereux. Il est campé, jambes écartées, aux aguets, et semble soudain avoir entendu quelque chose.

« D'accord, dit-il alors. Je lâche ma barre de fer. »

Et il le fait. Elle atterrit avec un choc sourd près du cairn.

« Bien. »

Nils lâche à son tour sa pelle, mais il ne baisse pas la garde.

« Et maintenant, je veux descendre à… »

Soudain, il entend lui aussi un bruit. Qui augmente. Un faible bourdonnement, au loin sur la route du village, se transforme en un grondement sourd.

Un moteur de voiture.

« Je crois que nous avons de la visite », dit Gunnar.

Il n'a pas l'air surpris.

Quelques secondes s'écoulent encore. Puis une ombre large prend forme derrière eux dans le brouillard. Une ombre qui s'avance dans l'herbe sur quatre roues. C'est une autre Volvo, une Volvo marron neuve qui roule lentement dans le brouillard. Elle tourne, s'arrête à côté de la voiture de Gunnar, et son moteur s'arrête.

La portière du conducteur s'ouvre.

Nils ne reconnaît ni la voiture ni l'homme qui en descend. Mais il voit qu'il est beaucoup plus jeune que lui, et qu'il porte un uniforme de police noir, bien repassé. Il porte un pistolet à la ceinture. Il referme la portière de la voiture, rajuste sa veste d'uniforme et s'avance en silence vers eux.

L'homme qui vient d'arriver s'arrête quelques mètres devant Nils. Son regard ne le quitte pas, et il ouvre la bouche.

« Nous ne nous sommes jamais rencontrés, dit le policier. Mais j'ai souvent pensé à toi. »

Nils le regarde, bouche bée.

« Tu as assassiné mon père », dit le policier.

Pendant quelques secondes, Nils ne comprend plus rien.

« Nils, voici Lennart, dit Gunnar, à quelques mètres de là. Lennart Henriksson. Son père était garde champêtre. Tu te souviens bien, quand tu étais jeune, il y a des années… Vous vous êtes rencontrés dans le train pour Borgholm. »

Le fils du garde champêtre.

Alors, enfin, Nils comprend. Il comprend ce qui est en train de se passer, et finit par réagir. Nils voit Henriksson tâtonner en direction de l'étui de son pistolet. Il recule dans le brouillard et se met à courir.

« Reste là ! »

Nils ne s'arrête évidemment pas, il fuit. Le piège qu'on lui a tendu est en train de se refermer, mais il se précipite pour en sortir.

Il n'est plus jeune et se déplace difficilement dans l'herbe, mais c'est sa lande, sa terre. Il fuit tête baissée à travers les nappes de brouillard, vise le taillis le plus proche en s'attendant à entendre tirer derrière lui – mais il baisse la tête et arrive à se mettre à couvert à temps derrière les genévriers.

Nils entend plusieurs cris derrière lui dans le brouillard, mais ils s'éloignent.

Il n'attend pas. Droit devant à grandes enjambées.

C'est bien le chemin qui descend au village ?

Nils le pense. Il rentre chez lui à présent, enfin, chez lui, auprès de sa mère, et personne ne pourra l'en empêcher.

Nils voit soudain une silhouette prendre forme dans le brouillard, il s'arrête et reprend haleine.

Il est prêt à repartir en courant, mais ce n'est pas un de ses poursuivants. C'est un petit garçon, pas plus de cinq ou six ans peut-être. Il sort du brouillard gris et s'arrête à une dizaine de pas.

Le garçon est petit, gracile, il porte des culottes courtes et un mince maillot rouge, et aux pieds une paire de petites sandales. Il regarde Nils en silence, avec curiosité, et hésite, comme s'il n'avait pas peur en fait, mais savait qu'il aurait dû.

Mais Nils n'est pas dangereux, pas pour un enfant. Il n'a jamais fait que se défendre, et il avait vraiment essayé de sauver son frère de la noyade, ce jour d'été, même si c'était trop tard – et il n'a jamais fait de mal à un enfant de toute sa vie. Jamais.

« Bonjour », dit Nils, en soufflant.

Il essaie de calmer sa respiration pour ne pas lui faire peur.

Le garçon ne répond pas.

Nils regarde autour de lui d'une rapide torsion de la tête, mais personne n'a l'air de le suivre. Le brouillard le protège. Il ne peut pas rester là trop longtemps, mais il peut bien souffler un peu.

Il regarde alors à nouveau le petit garçon, sans sourire, et demande à voix basse :

« Tu es seul ? »

L'enfant hoche la tête en silence.

« Tu t'es perdu ?

— Je crois bien, dit tout bas le garçon.

— N'aie pas peur… Je connais la lande comme ma poche. »

L'homme s'approche d'un pas.

« Comment tu t'appelles ?

— Jens, dit le petit garçon.

— Jens comment ?

— Jens Davidsson.

— C'est bien. Moi, je m'appelle… »

Il hésite – lequel de ses noms utiliser ?

« Je m'appelle Nils, finit-il par dire.

— Nils comment ? » demande Jens.

C'est un peu comme un jeu.

Nils a un rire bref.

« Je m'appelle Nils Kant », dit-il en avançant encore d'un pas.

Le petit garçon reste là, dans un univers uniquement fait d'herbe, de pierres grises et de quelques genévriers. L'herbe, les pierres et les buissons, c'est tout ce qu'on peut voir dans le brouillard. Nils essaie de lui sourire pour montrer que tout va bien.

Le brouillard les enveloppe, on n'entend aucun bruit. Pas même le chant d'un oiseau.

« N'aie pas peur », dit Nils.

Il s'apprête à ramener le petit garçon au village, et trouver sa maison, avant de rentrer lui-même chez sa mère.

Ils sont à présent tout près l'un de l'autre, Nils et Jens.

Alors retentit un grondement de moteur derrière eux dans le brouillard, Nils essaie de faire demi-tour et de s'enfuir en courant, mais il n'a pas le temps de faire un seul pas.

Le grondement grossit et semble venir de partout à la fois.

C'est la voiture, la Volvo marron, elle se faufile entre les pierres et les buissons de genévriers en dérapant dans l'herbe, avant de se redresser et de foncer droit sur lui, droit sur Nils. Elle ne ralentit pas.

À droite, ou à gauche ?

La voiture grandit, elle est si large. Nils n'a que quelques secondes pour choisir, une seconde – puis c'est trop tard. Il ne peut plus que regarder, le garçon sous son bras. Aucun refuge.

Tout disparaît un moment.

Tout se tait. Froides ténèbres.

Le bruit revient, comme un écho glacial. Le brouillard, le froid et un moteur de voiture qui tourne à vide.

« Tu l'as eu ? demande une voix.

— Je… je le vois. »

Nils est sur le dos, étendu dans l'herbe. Sa jambe droite forme sous lui un angle bizarre, mais il ne ressent aucune douleur.

La voiture est à quelques mètres de lui, moteur en route. La portière du conducteur est ouverte. Le policier descend doucement, son pistolet à la main.

La portière passager s'ouvre aussi de l'autre côté. Gunnar sort, mais il reste près de la voiture et regarde au loin sur la lande.

Le policier s'approche et s'arrête près de Nils.

Il ne dit rien à présent, il le regarde fixement.

Nils se souvient soudain du petit garçon dans le brouillard, Jens – où est-il passé ?

Il a disparu.

Nils espère que Jens Davidsson a disparu, qu'il s'est échappé dans le brouillard et a couru vers Stenvik avec ses petites sandales. Une fuite réussie. Nils veut le suivre, rentrer chez lui, mais il ne peut plus bouger. Sa jambe doit être cassée.

« Fini », dit-il seulement.

Fini, Mère. Ça se termine ici, sur la lande.

Nils est très fatigué. Il pourrait descendre en rampant jusqu'à Stenvik, mais il n'a pas la force.

Les morts se rassemblent autour de lui, des ombres grises qui se bousculent.

Son père et son petit frère Axel. Les deux soldats allemands. Le garde champêtre dans le train et le marin suédois de Nybro.

Tous morts.

Devant lui, le jeune policier hoche la tête.

« Oui, c'est fini maintenant. »

Il reste à deux pas seulement de Nils.

Le policier enlève la sécurité de son pistolet, le canon baissé, puis le lève, vise la tête de Nils et appuie sur la détente.

38

Gerlof avait raconté l'histoire de la mort de Nils Kant en chuchotant, avec de longues pauses.

Julia avait dû se pencher pour entendre. Mais elle avait tout écouté, jusqu'au bout.

Elle était à présent immobile et silencieuse sur sa chaise, au bord du lit. Elle regarda Gerlof.

« Tout ça… a vraiment eu lieu ? dit-elle après un long moment de silence dans la chambre d'hôpital. Ce que tu viens de raconter ? Ça a eu lieu… tu en es sûr ? »

Gerlof hocha lentement la tête.

« Quasiment, chuchota-t-il.

— Pourquoi ? dit Julia. Comment peux-tu être si sûr ?

— Bon… Ljunger m'a dit des choses… en attendant que je meure de froid, dit Gerlof. Il a dit que… que tout ça n'était pas uniquement pour tromper Vera Kant et lui prendre ses terres et son argent. Il a dit que c'était aussi une histoire de vengeance. Mais… vengeance contre qui ? Et qui voulait se venger ? J'ai tourné ça dans tous les sens sur mon lit d'hôpital… mais je n'ai trouvé qu'une personne. »

Julia secoua la tête.

« Non…, dit-elle seulement.

— Pourquoi ramener Nils Kant chez lui… de toute façon ? chuchota Gerlof. Pas pour faire plaisir à Gunnar Ljunger. Pour Ljunger, Nils était plus utile en Amérique… là-bas, il n'était pas dangereux, et lui-même pouvait chaque année prendre encore plus de terres à Vera… Le trésor de guerre des Allemands était sans commune mesure avec tous les terrains sur lesquels Gunnar allait pouvoir mettre la main. »

Il reprit son souffle.

« Mais quelqu'un d'autre voulait ramener Nils… et le laisser arriver tout près de chez sa mère avant de l'exécuter. C'était le châtiment qui convenait. »

Julia secoua encore la tête, mais sans force.

« Quelqu'un qui a aidé, continua Gerlof. Qui a aidé Ljunger et Martin Malm à ramener le cercueil sur Öland, qui était présent quand on l'a ouvert et examiné… et qui a pu persuader tout le monde que le corps de Nils Kant était revenu. Un jeune policier de confiance. »

Le silence se fit à nouveau. Gerlof tourna la tête vers la porte.

Julia se retourna.

Lennart était revenu. Il avait ouvert la porte de la chambre sans qu'elle s'en rende compte. Il entrait maintenant dans la pièce comme si de rien n'était.

« Bon, dit-il, c'était mon chef qui appelait encore. Ils ont fini l'enquête à Marnäs, à présent, je vais donc pouvoir recommencer à travailler quand je… »

Lennart se tut, s'arrêta et croisa leurs regards graves.

« Il est arrivé quelque chose ? demanda-t-il, en se plaçant derrière le dossier de sa chaise.

— Nous parlions… de la sandale, Lennart, dit Gerlof. La sandale de Jens.

— La sandale ?

— Celle que je t'ai confiée… si tu te souviens, dit Gerlof. Est-il arrivé une réponse de tes techniciens de la police scientifique sur le continent… Sait-on au moins s'ils ont trouvé des traces dessus ?

— Non, dit-il. Pas de traces… ils n'ont rien trouvé.

— Tu as dit que tu la leur avais envoyée, dit Julia en le regardant.

— Tu l'as bien fait, n'est-ce pas ? dit Gerlof. Nous pouvons vérifier… qu'ils l'ont bien reçue ?

— Je ne sais pas… sans doute », dit Lennart.

Il ne quittait pas Gerlof des yeux, mais il n'y avait aucune colère dans son regard. Aucun sentiment. Son visage était blême, et il leva lentement les deux mains pour les placer sur le dossier de la chaise.

« Il y a une chose que je me demande, Lennart…, dit Gerlof. En fait, quand as-tu rencontré Gunnar Ljunger pour la première fois ? »

Lennart baissa les yeux vers ses mains.

« Je ne me souviens pas, dit-il.

— Vraiment pas ?

— Ça devait être… en soixante et un ou soixante-deux. »

Sa voix était faible et monocorde.

« En été, je venais d'être nommé à Marnäs. Il y avait eu un cambriolage dans son restaurant à Långvik… et j'y suis allé pour enregistrer sa plainte. Nous avons commencé à discuter.

— De Nils Kant ? »

Lennart hocha la tête. Il ne regardait toujours pas Julia.

« Entre autres, dit-il. Ljunger savait… Il s'était renseigné, et savait que j'étais le fils du garde champêtre qui avait été abattu. Quelques semaines plus tard, il m'a appelé en m'invitant à repasser le voir à son bureau. Il m'a demandé si je voulais tenter de retrouver Nils Kant, le pousser à revenir un jour chez lui et venger mon père… Est-ce que cela m'intéressait ? »

Lennart se tut.

« Et qu'as-tu répondu ?

— J'ai dit que j'étais intéressé, dit Lennart. Je devais l'aider, il devait m'aider. C'était un marché. »

Gerlof hocha lentement la tête.

« Est-ce qu'il a pris fin il y a quelques jours ? demanda-t-il à voix basse. Au commissariat de Marnäs ? Tu avais peur qu'il commence à raconter des choses sur toi à tes collègues ? Qui donc tenait le pistolet, Lennart… celui avec lequel Ljunger a été abattu ?

— Ça n'a pas d'importance, dit-il.

— Un marché », dit tout bas Julia.

Elle regarda par la fenêtre. Elle voyait le crépuscule au-dehors, mais pensait à tout autre chose.

Elle pensait à Martin Malm, qui avait eu de l'argent pour de nouveaux bateaux.

Et à Gunnar Ljunger, qui avait reçu des terrains bon marché pour les revendre cher.

Et à Lennart Henriksson, dont à l'instant elle avait cru être amoureuse, et qui avait fini par pouvoir se venger de Nils Kant.

Tout cela au prix de la vie de son fils.

« C'était un marché, dit Lennart. Je devais aider Ljunger et Martin Malm pour certaines choses… Et ils devaient m'aider.

— Et vous vous êtes donc rencontrés dans le brouillard sur la lande… ce jour-là, dit Gerlof.

— Ljunger m'a téléphoné le matin pour me dire qu'ils se rendraient au cairn, dit Lennart. Nous devions nous retrouver là. Mais j'ai été retardé, et je suis arrivé en pleine confusion… Martin Malm était à terre, en sang. Kant l'avait frappé à coups de pelle. Malm ne s'en est jamais remis… Il a eu sa première hémorragie cérébrale quelques jours plus tard.

— Et Jens ? demanda Julia à voix basse.

— C'était un accident, Julia. Je ne l'avais pas vu…, dit Lennart d'une voix chargée d'émotion, sans la regarder. Kant mort, nous avons trouvé… le petit corps sous la voiture. Il n'avait… pas eu le temps de se sauver quand j'ai renversé Kant. »

Il se tut.

« Où l'avez-vous enterré ? demanda Gerlof.

— Il repose au cimetière, dans la tombe de Kant », dit Lennart.

Il parlait comme quelqu'un qu'on force à se rappeler un rêve affreux.

« Nous avons monté à Marnäs les corps de Kant et du petit garçon pendant la nuit. Nous avons mis un grelot à la grille du cimetière pour entendre si quelqu'un venait, puis dégagé l'herbe qui couvrait la tombe. Nous avions une bâche pour mettre la terre. Puis nous avons creusé toute la nuit. Martin Malm, Ljunger et moi. Tous les trois… nous avons creusé et creusé. C'était terrible. »

Julia ferma les yeux.

Près d'un mur de pierres, pensa-t-elle. Jens était enterré près du mur de pierres qui entourait le cimetière de Marnäs, assassiné par un homme plein de haine – exactement comme Lambert avait dit.

Elle prit sa respiration.

« Mais avant que vous enterriez Jens, dit-elle d'une voix faible, les yeux fermés, tu es descendu à Stenvik dans la soirée pour aider à le chercher. Tu as dirigé les recherches de l'enfant que tu avais tué… mon fils. »

Julia poussa un soupir las.

« Puis tu es allé rouler dans tous les sens sur la lande, en faisant semblant de chercher, pour faire disparaître tes propres traces. »

Lennart hocha la tête en silence.

« Mais ce n'était pas facile, dit-il à voix basse, toujours sans la regarder. Je voulais seulement dire ça, Julia, ce n'était pas facile de garder le secret. Et cet automne, quand tu es revenue… j'aurais tellement voulu t'aider. J'ai essayé… je voulais oublier tout ce qui s'était passé il y a vingt ans, et essayer de *te* le faire oublier aussi. »

Il se tut, et ajouta :

« Je pensais que ça marcherait.

— Donc, Nils Kant est dans son cercueil », dit Gerlof.

Lennart hocha la tête et le regarda.

« Je n'ai pas parlé à Gunnar Ljunger pendant des années. Pas de ça… Je n'avais pas la moindre idée de ce qu'il avait l'intention de te faire, Gerlof. »

Il lâcha le dossier de la chaise et tourna lentement les talons, et il était à présent à nouveau aussi fatigué que la première fois qu'elle l'avait vu, près de la carrière. Plus fatigué, même.

Il se dirigea vers la porte et se retourna une dernière fois.

« Je peux dire que… je me suis senti mieux après avoir tiré sur Ljunger qu'après m'être vengé sur Nils Kant », dit-il.

Lennart ouvrit la porte et quitta la pièce.

Gerlof souffla dans le silence de la salle d'hôpital. Pas d'applaudissements.

Il regarda sa fille.

« Je suis désolé, Julia, chuchota-t-il. Vraiment désolé. »

Elle hocha la tête, et rencontra son regard à travers un rideau de larmes.

Julia pensa à ce moment pouvoir se représenter à quoi aurait ressemblé Jens adulte. Elle le vit dans le visage de Gerlof.

Elle se dit qu'ils se seraient beaucoup ressemblés, le grand-père et le petit-fils. Jens aurait eu les mêmes grands yeux tristes, des rides pensives sur un large front, et un regard intelligent et compréhensif, capable de voir à la fois les ténèbres et la lumière en ce monde.

« Je t'aime, Papa. »

Elle prit la main de Gerlof et la serra fort.

Épilogue

C'était la première vraie journée de printemps, une de ces journées de soleil, de chaleur et de fleurs et d'oiseaux, où le ciel semble flotter au-dessus d'Öland comme un drap bleu clair dans le vent. Un jour où la vie semblait à chacun pleine de promesses.

Pour le journaliste local Bengt Nyberg, le printemps, quand il daignait enfin se montrer, avait toujours semblé être le véritable début de l'année sur Öland. Des jours comme celui-ci, il se réjouissait de passer le plus de temps possible dehors.

Bengt avait beaucoup d'heures supplémentaires à rattraper. Il aurait pu prendre plusieurs jours de congé pour aller se promener et profiter de la chaleur printanière, écouter le chant insouciant du rossignol sur la lande, où les dernières fondrières formées par la fonte des neiges finissaient de sécher au soleil – mais un jour comme celui-ci, il voulait être à son poste.

Il ferma les yeux dans la lumière du soleil, puis regarda en direction de l'église de Marnäs, de l'autre côté du mur de pierre.

L'ouverture de la tombe avait suscité cet hiver une grande curiosité, et provoqué l'afflux au cimetière d'une foule de gens qui n'avaient pas été invités, une vraie marée humaine maintenue à distance par les barrages de police. Ce jeudi, à l'enterrement, il n'y avait que quelques personnes, et le prêtre les avait priées de rester de l'autre côté du mur du cimetière.

Bengt était donc là, seul reporter présent, avec son bloc-notes, et à ses côtés piétinait sur place un jeune photographe que la rédaction centrale de Borgholm avait envoyé, bien qu'il ait assuré qu'il pouvait faire les photos lui-même. Mais là, c'était du sérieux, qu'on pourrait même peut-être vendre aux grands journaux et, dans ce cas, le simple appareil de Bengt avec ses photos instantanées ne faisait pas l'affaire.

Le photographe qu'ils avaient envoyé était un jeune Smålandais nouvellement engagé, qui s'appelait Jens, exactement comme le petit garçon, et pour qui *Ölands-Posten* n'était probablement qu'une étape dans sa carrière – une carrière qui le mènerait certainement dans un journal du soir à Stockholm d'ici quelques années. Il était ambitieux, mais ennuyeux. Quand il ne mitraillait pas, il parlait tout le temps soit des célébrités qu'il voulait photographier en douce, soit des chevaux de course sur lesquels il voulait miser pour se faire de l'argent, et ni l'un ni l'autre n'intéressaient Bengt le moins du monde.

Jens ne tenait pas en place. Dès que le gardien du cimetière eut assigné une place aux journalistes à l'extérieur du mur, il entreprit, appareil au poing, de trouver un meilleur endroit.

« Je crois que je peux entrer dans le cimetière, dit-il à Bengt, et lorgnant au-dessus du mur de pierre. Je n'ai qu'à me glisser le long… »

Bengt secoua la tête, sans bouger.

« Reste là, dit-il à voix basse. Ça fera l'affaire. »

Ils restèrent donc à attendre, au soleil, à l'extérieur du mur, et au bout d'un moment, le cortège sortit de l'église. L'appareil à rembobinage automatique de Jens se mit à crépiter.

Julia Davidsson, la mère, avançait lentement sur les dalles de l'allée, derrière le prêtre. À côté d'elle marchait Gerlof, le grand-père. Ils étaient tous les deux vêtus de noir. Après eux venait un homme de grande taille, de l'âge de Julia, qui portait un manteau noir.

« C'est qui ce type ? chuchota Jens en baissant son appareil.

— Le père du gamin », dit Bengt.

Julia Davidsson tenait son père par le bras, et il s'appuya sur elle jusqu'à la tombe, qui était au sud du clocher. Ils restèrent côte à côte quand on descendit en terre le cercueil. Gerlof inclina la tête, Julia jeta une rose.

Voilà qui est bien, pensa Bengt. Tant d'horreurs avaient eu lieu dans la région en seulement six mois : la fin affreuse d'Ernst Adolfsson dans la carrière de Stenvik l'automne dernier, la mort violente de Gunnar Ljunger au commissariat quelques mois plus tard et la deuxième sandale d'enfant que la police avait retrouvée dans son coffre-fort au bureau de l'hôtel, à Långvik, un petit soulier qui faisait la paire avec celui qu'avait envoyé à Gerlof l'armateur Martin Malm, à présent défunt.

L'affaire semblait close, mais Lennart Henriksson avait soudain réclamé une nouvelle reconstitution des circonstances de la mort de Ljunger, qui avait entraîné sa mise en examen, à Kalmar, à la fois pour le meurtre de Gunnar Ljunger, et pour homicide involontaire sur Jens Davidsson.

Enfin, la tombe de Nils Kant avait été ouverte un jour d'hiver froid et gris.

Les techniciens de la police avaient monté une tente au-dessus de la tombe, comme une chapelle en toile blanche à côté de la grande église, et ils avaient travaillé là plusieurs jours durant, venant de temps à autre se réchauffer dans l'entrée de l'église. Pendant l'exhumation, on n'avait pas seulement retrouvé le corps de Nils Kant, mais aussi les restes d'un homme encore non identifié, probablement un citoyen suédois ayant longtemps séjourné en Amérique du Sud. C'est là-bas qu'il avait été tué.

Caché dans un trou creusé sous le cercueil de Nils Kant, les policiers avaient enfin découvert un troisième corps, beaucoup plus petit que les deux autres. Et alors seulement l'affaire avait été entièrement élucidée.

Les journaux du soir, la radio et les reporters de télévision étaient venus à Marnäs. Cela avait été une période d'intense activité pour un journaliste local au centre des événements – mais Bengt avait eu du mal à conserver le recul journalistique nécessaire, et avait souvent ressenti du chagrin pendant ses reportages. Il connaissait personnellement Lennart Henriksson depuis des dizaines d'années, et ce drame n'avait rien de réjouissant.

Pourtant le soleil brillait, à présent, c'était en quelque sorte le Nouvel An sur Öland. Après plus de vingt années passées sous terre, le petit garçon recevait enfin une vraie sépulture.

Une fois achevée la brève cérémonie autour de la tombe, Julia et Gerlof Davidsson retournèrent lentement vers l'église, suivis du père de Jens, Michael, qui marchait quelques pas derrière eux.

Julia et Gerlof ne se parlaient pas, à ce que Bengt pouvait voir depuis l'autre côté du mur. Il ne les avait pas vus se parler pendant toute la durée de l'enterrement. Mais il avait bien senti qu'ils étaient aussi proches l'un de l'autre que deux membres d'une même famille peuvent l'être – au point d'en être un peu jaloux.

« Alors c'est fini, hein ? dit le photographe en baissant son appareil.

— Oh oui, dit Bengt. Nous pouvons rentrer. »

Il n'avait pas noté un seul mot dans son bloc, et se contenterait probablement d'écrire dans le journal une brève légende pour les photos.

Cela suffirait. Mais si plus tard quelqu'un lui demandait comment s'était passé l'enterrement du petit garçon, Bengt Nyberg pourrait dire qu'il s'en était dégagé une impression de lumière, de dignité et de paix, comme – oui, comme une sorte de point final.

REMERCIEMENTS

L'Heure trouble se déroule principalement au milieu des années 1990 sur la belle île d'Öland – mais une Öland qui, pour une bonne part, n'existe que dans l'imagination de l'auteur. Ni les personnages, ni les entreprises du récit n'ont aucun modèle réel, et beaucoup de lieux sont également inventés.

Pour toutes les histoires qu'il m'a racontées et tous les souvenirs tirés de sa vie pleine d'aventures, je suis reconnaissant à mon grand-père maternel, le capitaine Ellert Gerlofsson, ainsi qu'à son frère, le coiffeur et plongeur Egon Gerlofsson. Pour les faits historiques, je veux remercier le capitaine Stellan Johansson, du Bohuslän, le journaliste Kristian Wedel à Göteborg et l'avocat Lars Oscarsson à Jönköping.

De nombreux amis m'ont d'une façon ou d'une autre aidé au cours de l'écriture de *L'Heure trouble* : merci à Kajsa Asklöf, Monica Bengtsson, Victoria Hammar et Peter Nilsson de l'atelier d'écriture « Litter » ; Jacob Beck-Friis, Niclas Ekström, Caroline Karlsson, Rikard Hedlund, Mats Larsson, Carlos Olguin, Catarina Oscarsson, Michael Sevholt, Kalle Ulvstig et

Anders Weidermann, ainsi qu'aux membres de ma famille Lasse et Eva Björk à Kalmar, Hans et Birgitta Gerlofsson à Färjestaden, et Gunilla et Per-Olof Rylander à Borholm.

Je veux aussi remercier mes excellents éditeurs, surtout Rickard Berghorn, de la revue *Minautoren* et Kent Björnsson, des éditions Schakt, qui ont suivi avec soin l'édition de beaucoup de mes nouvelles, ainsi que Lotta Aquilonius chez Wahlström & Widstrand, qui avec autant de soin a suivi l'édition de *L'Heure trouble*.

Ma mère Margot Theorin mérite un éloge tout particulier pour avoir généreusement mis à ma disposition des livres anciens et récents sur le patrimoine et les traditions d'Öland, ainsi que de nombreux articles de journaux.

Enfin, je remercie et j'embrasse Helena et Klara pour avoir supporté mes rêves éveillés.

Photocomposition Nord Compo
59650 Villeneuve-d'Ascq

Achevé d'imprimer par N.I.I.A.G.
en décembre 2009
pour le compte de France Loisirs, Paris

N° d'éditeur : 57901
Dépôt légal : novembre 2009

Imprimé en Italie